Diogenes Taschenbuch 23100

Donna Leon

Vendetta

Commissario Brunettis vierter Fall

Roman
Aus dem Amerikanischen von
Monika Elwenspoek

Diogenes

Titel der 1995 bei
HarperCollins Publishers, New York,
erschienenen Originalausgabe:
›Death and Judgment‹
Copyright © 1995 Donna Leon
Die deutsche Erstausgabe erschien 1997
im Diogenes Verlag
Das Motto aus: Mozart, *Don Giovanni,*
in der Übersetzung von
Karl Dietrich Gräwe, Reinbek, 1981
Umschlagfoto:
Fulvio Roiter (Ausschnitt)
Aus ›Living Venice‹, Magnus Edizioni,
Fagagna (UD)

*Für Toni Sepeda und
Craig Manley*

Veröffentlicht als Diogenes Taschenbuch, 1998
ISBN 3 257 23100 8

Questo è il fin di chi fa mal!
E de' perfidi la morte
alla vita è sempre ugual.

Dies ist das Ende dessen, der Böses tut!
Und der Bösewichter Ende
ist ihrem Leben immer angemessen.

DON GIOVANNI

I

Am letzten Dienstag im September fiel in den Bergen zwischen Norditalien und Österreich der erste Schnee, gut einen Monat bevor damit normalerweise zu rechnen war. Das Unwetter kam ganz plötzlich, herangetragen von dicken Wolken, die ohne Vorwarnung aus dem Nichts heraufzogen. Innerhalb kürzester Zeit waren die Paßstraßen oberhalb von Tarvisio tödlich glatt. Es hatte vier Wochen nicht geregnet, und so lag dieser erste Schnee auf einem Untergrund, der schon von einer öligen Schmiere überzogen war.

Es war eine unheilvolle Kombination für einen Schwertransporter mit rumänischen Nummernschildern, auf dessen Ladepapieren 90 Kubikmeter Kiefernbretter standen. Kurz vor Tarvisio, in einer Kurve der Auffahrt zur Autostrada und somit zu den wärmeren, sichereren Straßen Italiens, bremste der Fahrer zu scharf und verlor die Kontrolle über das Ungetüm, das mit fünfzig Stundenkilometern von der Straße abkam. Die Räder pflügten tiefe Furchen in die noch ungefrorene Erde, während der Aufbau Bäume umknickte und eine lange Schneise bis hinunter zum Grund der Schlucht riß, wo der Laster schließlich gegen eine Felswand prallte, regelrecht aufplatzte und seine Ladung in weitem Umkreis verstreute.

Die ersten Männer am Ort des Geschehens, Fahrer anderer Schwertransporter, die ohne nachzudenken anhielten, um einem der Ihren zu Hilfe zu eilen, liefen zuerst zum

Führerhaus, aber für den Fahrer kam jede Hilfe zu spät. Er hing in seinem Sicherheitsgurt halb aus der Kabine heraus, sein Schädel eingeschlagen von dem dicken Ast, der bei der Schußfahrt des schweren Gefährts dessen Fahrertür abgerissen hatte. Der Fahrer einer Ladung Schweine, die zum Schlachten nach Italien gebracht wurden, stieg über die Reste der Motorhaube und spähte durch die zersplitterte Windschutzscheibe. Der Beifahrersitz war leer, und so begann der Suchtrupp, der sich inzwischen gebildet hatte, nach dem offenbar herausgeschleuderten zweiten Fahrer zu suchen.

Vier Fahrer von Lastern verschiedener Größen kletterten den Abhang hinunter; ein fünfter blieb oben an der Straße, um Warnleuchten aufzustellen und über sein Funkgerät die *polizia stradale* herbeizurufen. Es fiel immer noch Schnee in dicken Flocken, weshalb es ein Weilchen dauerte, bevor einer der Männer den verdrehten Körper auf dem oberen Drittel des Hangs liegen sah. Zwei von ihnen rannten hin, auch sie in der Hoffnung, daß wenigstens einer der Fahrer den Unfall überlebt hatte.

Rutschend, in ihrer Hast auch immer wieder auf die Knie fallend, kämpften die Männer sich durch den Schnee, den der Laster so mühelos weggepflügt hatte. Der erste kniete neben der reglos auf dem Rücken liegenden Gestalt nieder und fing an, die dünne weiße Schicht von dem Körper zu bürsten, um zu sehen, ob er noch atmete. Aber dann verfingen sich seine Finger in langen Haaren, und als er den Schnee vom Gesicht wischte, kamen darunter unverkennbar die zarten Wangenknochen einer Frau zum Vorschein.

Er hörte einen der anderen Fahrer von unten etwas rufen. Als er sich umdrehte, sah er durch den noch immer rieselnden Schnee hindurch den anderen ein paar Meter links von der Spur, die der Laster bei seinem Sturz hinterlassen hatte, neben etwas knien.

»Was ist?« rief er, während er behutsam die Finger an den Hals der Frau legte und an dem grotesk verdrehten Körper ein Lebenszeichen zu ertasten versuchte.

»Das ist eine Frau«, schrie der zweite. Und gerade als er fühlte, daß in dem Hals unter seiner Hand kein Lebensfünkchen mehr war, rief der andere zu ihm herauf: »Sie ist tot.«

Später sagte der erste Fahrer, der hinter dem verunglückten Laster gesucht hatte, er habe geglaubt, der Wagen habe eine Ladung Schaufensterpuppen transportiert. Da lagen sie hinter den zerborstenen Hecktüren im Schnee herum, mindestens ein halbes Dutzend. Eine schien sogar zwischen den Brettern eingeklemmt zu sein, die im Laderaum umhergerutscht waren, denn sie hing halb von der hinteren Ladefläche herunter, die Beine unter den Bretterstapeln, die so gut zusammengeschnürt waren, daß selbst der Aufprall auf den Fels sie nicht hatte auseinanderreißen können. Aber dann habe er sich, wie er sagte, gewundert, seit wann Schaufensterpuppen denn Mäntel trugen. Und wovon der Schnee um sie herum so rot war.

Die *polizia stradale* brauchte über eine halbe Stunde, und als sie schließlich ankam, mußte sie erst einmal die Unfallstelle absichern und die kilometerlangen Staus auflösen, die sich in beiden Richtungen gebildet hatten, weil die durch die Straßenverhältnisse schon vorsichtig gewordenen Verkehrsteilnehmer noch langsamer fuhren, um durch das große Loch in der eisernen Leitplanke nach unten zu gaffen, dahin, wo die Lkw-Leiche lag. Zwischen den anderen Leichen.

Sowie der erste Beamte, der nicht verstehen konnte, was die Lastwagenfahrer ihm zuriefen, die verstümmelten Leiber neben dem Wrack sah, kletterte er den Hang wieder hinauf und rief über Funk die Carabinieristation in Tarvisio an. Die Reaktion auf seinen Hilferuf kam rasch, und schon bald vergrößerte sich das Verkehrschaos durch die Ankunft zweier Wagen mit sechs schwarzuniformierten Carabinieri. Sie stellten ihre Autos auf den Randstreifen und schlitterten den Hang hinunter zu dem Laster. Als sie feststellten, daß die Frau, deren Beine unter den Brettern auf der Ladefläche eingeklemmt waren, noch lebte, verloren die Carabinieri sofort jedes Interesse an der Verkehrslage.

Die nun folgende Szene war so wirr, daß sie hätte komisch sein können, wäre sie nicht so absurd gewesen. Der Bretterstapel auf den Beinen der Frau war mindestens zwei Meter hoch; man hätte ihn leicht mit einem Kran hochheben können, aber es war nicht möglich, einen Kran den Hang hinunterzubringen. Natürlich konnten die Männer den Stapel abräumen, aber dazu hätten sie daraufsteigen müssen und hätten sein Gewicht nur noch vergrößert.

Der jüngste der Carabinieri-Offiziere kauerte, fröstelnd in der bitteren Kälte der nahenden Bergnacht, hinter dem Lastwagen. Seine wattierte Uniformjacke war über den sichtbaren Teil der eingeklemmten Frauengestalt gebreitet. Ihre Beine verschwanden von den Oberschenkeln abwärts in einem kompakten Holzstapel wie auf einem besonders wunderlichen Gemälde von Magritte.

Er sah, daß sie jung und blond war, aber er sah auch, daß sie seit seiner Ankunft schon merklich blasser geworden war. Sie lag auf der Seite, die Wange auf den Wellblech-boden des Lasters gepreßt. Ihre Augen waren geschlossen, doch sie schien noch zu atmen.

Hinter sich hörte er etwas Schweres auf den Wagenbo-den fallen. Die anderen fünf Männer krochen wie die Ameisen auf beiden Seiten des Bretterstapels entlang und zerrten an den einzelnen Packen, um ihn von oben her ab-zutragen. Immer wenn sie wieder einen abgeworfen hatten, sprangen sie hinterher, hoben ihn auf und wuchteten ihn durch die Hecktür hinaus, vorbei an dem Mädchen und dem jungen Monelli.

Und jedesmal, wenn sie an Monelli vorbeikamen, sahen sie, daß die Blutlache, die unter den Brettern hervorquoll, wieder etwas näher an seine Knie heranreichte. Dennoch zerrten sie weiter an den Brettern herum, rissen sich die Hände auf, zeitweise wie von Sinnen in ihrem Drang, das Mädchen zu befreien. Selbst nachdem Monelli schon seine

Jacke über das Gesicht des Mädchens gezogen hatte und aufgestanden war, rissen zwei von ihnen noch Bretter von dem Stapel und schleuderten sie hinaus in die zunehmende Dunkelheit. Sie fuhren damit fort, bis ihr Sergente zu jedem einzelnen hinging und ihm die Hand auf die Schulter legte, um ihm zu bedeuten, daß er jetzt aufhören könne. Da wurden sie ruhiger und widmeten sich ihrer Routinearbeit der Unfallaufnahme. Bis sie damit fertig waren und in Tarvisio Krankenwagen angefordert hatten, um die Toten wegzubringen, war weiterer Schnee gefallen; mittlerweile war es ganz dunkel, und der Verkehrsstau reichte bis zur Grenze nach Österreich.

Man konnte bis zum nächsten Morgen nichts mehr tun, aber die Carabinicri stellten sicherheitshalber zwei Posten auf, denn sie wußten um die Faszination, die für manche Menschen von einem Ort des Todes ausgeht, und fürchteten, daß Spuren vernichtet oder Beweisstücke entwendet werden könnten, wenn das Wrack über Nacht unbewacht blieb.

Die Morgendämmerung zog, wie oft in dieser Jahreszeit, mit rosigen Wölkchen herauf, und gegen zehn Uhr war der Schnee nur noch eine Erinnerung. Doch das Wrack des Lastwagens blieb, ebenso die tiefen Schürfwunden, die zu ihm hinunterführten. Im Laufe des Tages wurde die Ladung geborgen und in einiger Entfernung aufgestapelt. Während die Carabinieri damit beschäftigt waren, schimpfend über die Schwerarbeit, die Holzsplitter und den Morast unter ihren Stiefeln, machte ein Spurensicherungsteam sich über die Fahrerkabine her, nahm Fingerabdrücke und steckte alle Papiere und sonstigen Gegenstände in etikettierte und numerierte Plastikbeutel. Der Fahrersitz war durch die Wucht des letzten Aufpralls aus der Verankerung gerissen worden; die beiden Männer, die in der Kabine arbeiteten, lösten ihn vollends heraus und entfernten den Bezug aus Kunststoff und Textilfaser, fanden aber nicht, was sie suchten. Auch entdeckten sie nichts in irgendeiner Weise Verdächtiges hinter der Kunststoffverkleidung der Kabine.

Erst im Laderaum kam etwas Ungewöhnliches zum Vorschein: acht Plastiktüten, wie man sie in Supermärkten bekommt, jede mit Frauenkleidung zum Wechseln, dazu in der einen noch ein kleines Gebetbuch in einer Sprache, die von einem der Männer als Rumänisch identifiziert wurde. Aus den Kleidungsstücken waren alle Etiketten herausgetrennt, und, wie sich zeigte, auch aus dem, was die acht bei dem Unfall getöteten Frauen am Leib getragen hatten.

An Papieren fand sich in der Fahrerkabine nichts weiter, als was man dort erwartete: der Paß des Fahrers, sein Führerschein, Versicherungsunterlagen, Zollerklärungen, Frachtbriefe und eine Rechnung mit dem Namen des Holzhändlers, an den die Ladung geliefert werden sollte. Die Papiere des Fahrers waren rumänisch, die Zollerklärungen in Ordnung; die Ladung war für eine Sägemühle in Sacile bestimmt, einer kleinen Stadt etwa hundert Kilometer weiter südlich.

Keine weiteren Erkenntnisse waren aus dem Wrack des Lastwagens zu gewinnen, das unter großen Schwierigkeiten und mit enormen Verkehrsbehinderungen von drei Abschleppwagen mit Winden hochgezogen und oben auf einen Tieflader verfrachtet wurde, der es zu seinem rumänischen Besitzer zurückbrachte. Das Holz wurde schließlich doch noch an die Sägemühle in Sacile geliefert, die sich weigerte, die Zusatzkosten zu übernehmen.

Über den merkwürdigen Tod der acht Frauen wurde in der österreichischen und italienischen Presse unter Schlagzeilen wie *Der Todeslaster* und *Il Camion della Morte* berichtet. Die Österreicher waren irgendwie an drei Fotos von den im Schnee liegenden Leichen gekommen, die sie zusammen mit dem Artikel veröffentlichten. Es wurde wild spekuliert: Wirtschaftsflüchtlinge? Illegale Arbeiterinnen? Der Zusammenbruch des Kommunismus machte die früher sonst unweigerliche Schlußfolgerung gegenstandslos: Spione. Das Rätsel wurde letzten Endes nie gelöst, und die Ermittlungen versandeten irgendwo zwischen dem Unvermögen der rumänischen Behörden, Anfragen zu beantworten oder Papiere zurückzuschicken, und dem erlahmenden Interesse der Italiener. Die Leichen der Frauen und des Fahrers wurden per Flugzeug nach Bukarest zurückgeschickt, wo man sie unter der schweren Erde und der noch schwereren Bürokratie ihres Heimatlandes begrub.

Das Ereignis verschwand schnell wieder aus den Zeitungen, verdrängt durch die Schändung eines jüdischen Friedhofs in Mailand und die Ermordung eines weiteren Richters. Vor ihrem Verschwinden wurde die Geschichte allerdings noch von Professoressa Paola Falier gelesen, Dozentin für englische Literatur an der Universität von Ca' Foscari in Venedig und, für diese Geschichte nicht ganz nebensächlich, Frau von Guido Brunetti, Commissario der Polizei in ebendieser Stadt.

Carlo Trevisan, Avvocato Carlo Trevisan, um ihm den Titel zu geben, mit dem er sich am liebsten anreden ließ, war ein Mann mit ganz normaler Vergangenheit, was nicht im mindesten dagegen sprach, daß er ein Mann mit grenzenloser Zukunft war. Geboren in Trient unweit der österreichischen Grenze, hatte er in Padua Jura studiert und, von allen Professoren einhellig gelobt, ein glänzendes Examen abgelegt. Danach hatte er eine Stelle in einer Anwaltskanzlei in Venedig angenommen, wo er bald zum Experten für internationales Recht wurde, einer der wenigen Juristen in der Stadt, die sich für dieses Gebiet interessierten. Nach nur fünf Jahren verließ er diese Kanzlei und gründete seine eigene, mit Schwerpunkt auf internationalem und Gesellschaftsrecht.

Italien ist ein Land, in dem man viele Gesetze an einem Tag erläßt, nur um sie am nächsten wieder aufzuheben. Und es ist auch nicht weiter verwunderlich, daß in einem Land, in dem selbst der simpelste Zeitungsartikel oft nicht zu verstehen ist, manchmal beträchtliche Unsicherheit hinsichtlich der genauen Bedeutung eines Gesetzes besteht. Die sich daraus ergebenden, vielfachen Auslegungsmöglichkeiten schaffen ein äußerst günstiges Klima für Anwälte, die für sich in Anspruch nehmen, die Gesetze zu verstehen. Zu diesen also gehörte Avvocato Carlo Trevisan.

Weil er ebenso fleißig wie ehrgeizig war, ging es Avvocato Trevisan ausgezeichnet. Da er sich vorteilhaft verheiratete, nämlich mit der Tochter eines Bankers, konnte er mit vielen der erfolgreichsten und mächtigsten Industriellen und Banker des Veneto verwandtschaftlichen und freundschaftlichen Umgang pflegen. Seine Praxis wuchs in gleichem Maße wie seine Taille, und bis zu dem Jahr, in dem er fünfzig wurde, beschäftigte Avvocato Trevisan in seiner Kanzlei sieben angestellte Anwälte, von denen keiner ein Teilhaber war. Einmal in der Woche besuchte er die Messe in Santa Maria del Giglio, zweimal hatte er im Stadtrat von Venedig gesessen und sich verdient gemacht; außerdem hatte er zwei Kinder, einen Sohn und eine Tochter, beide intelligent und schön.

Am Dienstag vor dem Fest der Madonna della Salute im November verbrachte Avvocato Trevisan den Nachmittag in Padua, wohin ihn Francesco Urbani gebeten hatte, ein Mandant, der sich vor kurzem entschlossen hatte, seine Frau nach siebenundzwanzig Ehejahren um die Trennung zu bitten. Während der zwei Stunden, in denen die beiden Männer zusammensaßen, schlug Trevisan vor, Urbani solle bestimmte Gelder außer Landes schaffen, vielleicht nach Luxemburg, und sofort seine Anteile an den beiden Fabriken in Verona verkaufen, die er mit einem anderen in stiller Teilhaberschaft besaß. Die Erlöse aus diesen Transaktionen, so Trevisan, könnten rasch den anderen Geldern außer Landes folgen.

Nach diesem Termin, den Trevisan so gelegt hatte, daß er mit seiner nächsten Verabredung zusammenpaßte, ging der Avvocato zu einem allwöchentlichen Abendessen mit einem Geschäftsfreund. Die Woche davor hatte man sich in Venedig getroffen, also war heute Padua an der Reihe. Wie alle ihre Zusammenkünfte war auch diese von der Jovialität geprägt, die aus Erfolg und Wohlstand erwächst. Gutes Essen, guter Wein und gute Nachrichten.

Trevisans Geschäftsfreund fuhr ihn zum Bahnhof, wo er wie immer den Intercity nach Triest bestieg, der um 22.15 Uhr in Venedig hielt. Obwohl er eine Fahrkarte für die 1. Klasse hatte, die sich im hinteren Teil des Zuges befand, ging Trevisan durch die fast leeren Wagen nach vorn und nahm in einem Abteil der 2. Klasse Platz: Wie alle Venezianer setzte auch er sich lieber in den vorderen Teil des Zuges, um nicht den ganzen Bahnsteig entlanggehen zu müssen, wenn sie im Bahnhof Santa Lucia hielten.

Er öffnete seinen kalbslederenen Aktenkoffer auf dem gegenüberliegenden Sitz und zog einen Prospekt heraus, den er kürzlich von der Banque Générale du Luxembourg zugeschickt bekommen hatte, mit einem Zinsangebot bis zu 18 %, allerdings nicht für Konten in italienischen Lire. Aus einem Fach im Deckel des Aktenkoffers zog er einen Taschenrechner, schraubte seinen Montblanc auf und machte auf einem Blatt Papier ein paar Überschlagsrechnungen.

Die Tür zu seinem Abteil wurde aufgeschoben, und Trevisan drehte sich zur Seite, um seine Fahrkarte aus der Manteltasche zu nehmen und sie dem Schaffner zu geben. Aber die Person, die da stand, wollte von Avvocato Carlo Trevisan etwas anderes als die Fahrkarte.

Seine Leiche wurde von der Schaffnerin Cristina Merli entdeckt, während der Zug die Lagune überquerte, die Venedig von Mestre trennt. Als sie an dem Abteil vorbeiging, in dem der gutgekleidete Herr ans Fenster gelehnt

schlief, wollte sie ihn zuerst nicht wegen einer Fahrkarten-
kontrolle wecken, doch dann fiel ihr ein, wie viele Reisende
ohne Fahrkarte, auch gutgekleidete, auf dieser kurzen
Fahrt über die Lagune Schlaf vortäuschten, um auf diese
Weise unbehelligt 1000 Lire zu sparen. Außerdem würde
er, wenn er eine Fahrkarte besaß, froh sein, geweckt zu
werden, bevor der Zug im Bahnhof einfuhr, besonders
wenn er das Einserboot zur Rialtobrücke erreichen wollte,
das genau drei Minuten nach Ankunft des Zuges vom *embarcadero* losmachte.

Sie schob die Tür auf und trat in das kleine Abteil.
»Buona sera, signore. Il Suo biglietto, per favore.«

Als sie später darüber berichtete, glaubte sie sich an den
Geruch zu erinnern und meinte, er sei ihr gleich aufgefallen, als sie die Tür des überheizten Abteils öffnete. Sie
machte zwei Schritte auf den Schlafenden zu und wiederholte mit erhobener Stimme: *»Il Suo biglietto, per favore.«*
Schlief er so fest, daß er sie nicht hörte? Unmöglich. Er
hatte bestimmt keine Fahrkarte und versuchte jetzt, um das
unvermeidliche Bußgeld herumzukommen. Im Lauf der
Jahre, die sie in Zügen verbracht hatte, war Cristina Merli
dahin gekommen, diesen Augenblick fast zu genießen:
Ausweis verlangen, Fahrkarte ausstellen und die Strafe kas-
sieren. Ebenso hatte sie ihren Spaß an den vielfältigen Ausreden, die sie zu hören bekam, alle inzwischen so vertraut,
daß sie sie im Schlaf hätte hersagen können: Ich muß sie
verloren haben; der Zug fuhr schon an, und ich wollte ihn
nicht verpassen; meine Frau sitzt mit den Fahrkarten in
einem anderen Abteil.

Da ihr das alles durch den Kopf ging und sie wußte, daß

sie nun am Ende der langen Fahrt, die in Turin begonnen hatte, auch noch aufgehalten würde, reagierte sie ungehalten, vielleicht sogar grob.

»Bitte, Signore, wachen Sie auf, zeigen Sie mir Ihre Fahrkarte«, sagte sie, wobei sie sich über ihn beugte und ihn an der Schulter rüttelte. Kaum hatte sie ihn angefaßt, kippte der Mann vom Fenster weg, fiel vornüber und glitt vom Sitz auf den Boden. Im Fallen verrutschte sein Jackett, und sie sah das blutdurchtränkte Hemd. Der unverkennbare Gestank von Urin und Kot drang ihr in die Nase.

»*Maria Vergine*«, japste sie und trat sehr langsam rückwärts aus dem Abteil. Von links sah sie zwei Männer auf sich zukommen, Passagiere auf dem Weg zur vorderen Tür des Wagens. »Tut mir leid, meine Herren, die vordere Tür klemmt. Benutzen Sie bitte die hintere.« An solche Dinge gewöhnt, drehten die beiden um und gingen zum hinteren Teil des Wagens zurück. Cristina Merli warf einen Blick aus dem Fenster und sah, daß der Zug fast das Ende der Brücke erreicht hatte. Es konnte nur noch einen Moment dauern, bis er im Bahnhof hielt. Dann würden sich die Türen öffnen, die Passagiere würden aussteigen und alle Erinnerungen an die Fahrt und an die Menschen mitnehmen, die sie unterwegs auf den Gängen des langen Zuges gesehen haben mochten. Sie hörte das vertraute Rumpeln und Poltern, mit dem der Zug aufs richtige Gleis gelenkt wurde, dann schob sich die Lok schon unters Bahnhofsdach.

Sie war seit fünfzehn Jahren bei der Bahn und hatte so etwas noch nie erlebt, aber sie tat das einzige, was ihr einfiel: Sie ging ins Nachbarabteil und griff nach der

Notbremse. Sie zog und hörte das leise ›Schnipp‹, mit dem der mürbe Faden riß. Dann wartete sie, nicht ohne eine kühle, fast wissenschaftliche Neugier, was passieren würde.

4

Die Räder blockierten, und der Zug kam kreischend zum Stehen; in den Gängen wurden Fahrgäste zu Boden geworfen, in den Abteilen fielen Reisende ihrem wildfremden Gegenüber auf den Schoß. Sekunden später wurden Fenster heruntergezogen, Köpfe schauten heraus und wandten sich suchend nach beiden Seiten, um zu sehen, was der Grund für diesen plötzlichen Halt war. Cristina Merli öffnete das Fenster im Gang, froh über die beißende Winterluft, und streckte den Kopf hinaus, um abzuwarten, wer nun kommen würde. Es waren dann zwei Uniformierte der *polizia ferroviaria*, die den Bahnsteig entlanggerannt kamen. Sie beugte sich hinaus und winkte ihnen. »Hier, hierher.« Da sie nicht wollte, daß außer der Polizei noch jemand hörte, was sie zu sagen hatte, schwieg sie, bis die beiden direkt unter ihrem Fenster angekommen waren.

Nachdem sie ihnen alles erklärt hatte, lief der eine in den Bahnhof zurück; der andere ging nach vorn, um dem Lokführer Bescheid zu sagen. Im Schrittempo bewegte der Zug sich nach zwei vergeblichen Ansätzen in den Bahnhof, wo er schließlich an der gewohnten Stelle auf Gleis 5 zum Stehen kam. Auf dem Bahnsteig standen ein paar Leute, die entweder jemanden abholen oder selbst in den Nachtzug nach Triest steigen wollten. Als die Türen nicht aufgingen, steckten sie die Köpfe zusammen und fragten einander, was los sei. Eine Frau, die annahm, es handle sich schon wieder um einen Streik, ließ ihren Koffer fallen und riß die Arme in die Luft. Während die Reisenden noch palavernd herumstanden und allmählich ungehalten wurden ob der unerklärten Verzögerung, in der sie einen neuerlichen Beweis für die Unzulänglichkeit der Bahn sahen, erschienen am Kopfende des Bahnsteigs sechs Polizisten mit Maschinenpistolen und schritten die Wagen entlang, wobei an jedem zweiten einer Stellung bezog. An den Fenstern tauchten weitere Köpfe auf, Männer brüllten wütend herum, aber was da auch alles gesagt wurde, niemand hörte darauf. Die Zugtüren blieben geschlossen.

Nachdem das einige lange Minuten so gegangen war, informierte jemand den Sergente, der das Kommando führte, daß der Zug eine Sprechanlage habe. Der Sergente stieg in die Lok und begann den Passagieren zu erklären, daß im Zug ein Verbrechen geschehen sei und sie sich so lange gedulden müßten, bis die Polizei ihre Personalien aufgenommen habe.

Als er geendet hatte, entriegelte der Lokführer die Türen, und die Polizisten stiegen in den Zug. Dummerweise hatte niemand daran gedacht, auch den Leuten auf dem Bahnsteig eine Erklärung zu geben, weshalb diese nun ebenfalls in den Zug drängten und sich rasch unter die anderen Fahrgäste mischten. Zwei Männer im zweiten Wagen versuchten sich mit der Bemerkung an dem Beamten im Gang vorbeizudrängeln, sie hätten nichts gesehen, wüßten nichts und seien sowieso schon spät dran. Der Beamte hielt seine Maschinenpistole quer vor die Brust, womit er wirkungsvoll den Gang versperrte und die Männer in ein Abteil abdrängte, wo sie sich murrend über die Arroganz der Polizei und ihre Rechte als Bürger ausließen.

Am Ende stellte sich heraus, daß sich im Zug außer denen, die mit den Polizisten eingestiegen waren, nur vierunddreißig Personen befanden. Nach einer halben Stunde hatte die Polizei von allen die Namen und Adressen notiert und sie gefragt, ob ihnen unterwegs etwas Ungewöhnliches aufgefallen sei. Zwei erinnerten sich an einen dunkelhäutigen Hausierer, der den Zug in Vicenza verlassen habe, einer wollte kurz vor Verona einen Mann mit langen Haaren aus der Toilette kommen gesehen haben, und irgend jemand hatte in Mestre eine Frau mit Pelzhut aussteigen sehen, aber sonst hatte keiner etwas in irgendeiner Weise Ungewöhnliches bemerkt.

Als es schon so aussah, als sollte der Zug die ganze Nacht stehenbleiben, und Leute die Telefone zu stürmen begannen, um ihre Verwandten in Triest anzurufen und zu sagen, daß mit ihrer Ankunft nicht mehr zu rechnen sei, fuhr eine Lokomotive rückwärts an den letzten Wagen und machte ihn so unvermittelt zum ersten. Drei Arbeiter in blauen Anzügen krochen unter den Zug und kuppelten den Wagen, in dem der Tote lag, vom Rest des Zuges ab. Ein Schaffner lief den Bahnsteig entlang und rief: »*In partenza, in partenza, siamo in partenza*«, und die Fahrgäste stiegen eilig ein. Der Schaffner schlug eine Tür zu, dann noch eine und sprang schließlich, gerade als der Zug langsam aus der Bahnhofshalle zu rollen begann, selbst hinein. Indessen versuchte Cristina Merli im Büro des Bahnhofsvorstehers zu erklären, warum man sie für das Ziehen der Notbremse nicht mit einer Million Lire bestrafen dürfe.

5

Guido Brunetti erfuhr von dem Mord an Avvocato Carlo Trevisan erst am nächsten Morgen, und zwar auf wenig polizeigerechte Weise, nämlich aus den schreienden Schlagzeilen des *Gazzettino,* desselben Blattes, das zweimal Avvocato Trevisans Wahl in den Stadtrat laut begrüßt hatte. *Avvocato assassinato sul Treno,* brüllte die Schlagzeile, während *La Nuova,* wie stets dem Dramatischen zugeneigt, von *Il Treno della Morte* sprach. Brunetti sah diese Schlagzeilen auf dem Weg zur Arbeit, kaufte beide Blätter und blieb dann lesend mitten auf der Ruga Orefici stehen, während die morgendlichen Passanten unbeachtet an ihm vorbeigingen. Die Meldungen nannten nur die kargen Fakten: Im Intercity erschossen, Leiche bei Fahrt über Lagune entdeckt, übliche polizeiliche Ermittlungen.

Brunetti sah auf und ließ den Blick über die Obst- und Gemüsestände schweifen, ohne etwas zu sehen. »Übliche polizeiliche Ermittlungen«? Wer hatte letzte Nacht Dienst gehabt? Warum hatte man ihn nicht gerufen? Und wenn schon nicht ihn, welchen seiner Kollegen dann?

Er wandte sich vom Zeitungskiosk ab und setzte seinen Weg zur Questura fort, wobei er im Geiste die verschiedenen Fälle durchging, an denen sie jeweils arbeiteten, um sich schon einmal auszurechnen, wer wohl jetzt mit diesem betraut würde. Brunetti selbst stand gerade kurz vor dem Abschluß einer Ermittlung, die mit dem gigantischen, wenn auch auf venezianische Maßstäbe verkleinerten Spinnennetz aus Bestechung und Korruption zu tun hatte, das sich in den letzten Jahren von Mailand her ausgebreitet hatte. Da waren Superschnellstraßen auf dem Festland gebaut worden, eine davon als Zubringer zum Flughafen, Milliarden Lire waren dafür ausgegeben worden. Und erst nach Fertigstellung hatte man sich überhaupt Gedanken darüber gemacht, daß der Flughafen mit seinen täglich kaum hundert Starts und Landungen bereits bestens durch Straßen, Busse, Taxis und Boote mit der Stadt verbunden war. Erst da war man auf die Idee gekommen, den enormen Aufwand an öffentlichen Geldern für eine Straße in Frage zu stellen, die auch beim allerbesten Willen nicht als in irgendeiner Weise notwendig bezeichnet werden konnte. Daher die Einschaltung von Brunetti, die Sperrung der Zahlungen und der Erlaß eines Haftbefehls gegen den Bauunternehmer, dessen Firma den Löwenanteil der Straßenbauarbeiten ausgeführt hatte, sowie gegen die drei Stadtratsmitglieder, die sich am lautesten für die Vergabe des Auftrags an diese Firma eingesetzt hatten.

Ein weiterer Commissario war mit dem Kasino beschäftigt, dessen Croupiers wieder einmal einen Weg gefunden hatten, das System zu überlisten und einen Prozentsatz für sich abzuzweigen. Der dritte ermittelte immer noch in Mestre gegen einige von der Mafia kontrollierte Geschäfte, ein Fall, der offenbar nirgendwo an eine Grenze stieß und leider auch kein Ende nahm.

So war es keine Überraschung für Brunetti, als er bei seiner Ankunft in der Questura von den Wachen am Eingang mit den Worten begrüßt wurde: »Er will Sie sprechen.« Wenn

Vice-Questore Patta ihn so früh schon sprechen wollte, war er letzte Nacht womöglich selbst gerufen worden, nicht einer der Commissari. Und wenn Patta den Mord so interessant fand, daß er um diese Morgenstunde schon anwesend war, dann mußte Trevisan wichtiger oder einflußreicher gewesen sein, als Brunetti sich klargemacht hatte.

Er ging in sein Büro, hängte seinen Mantel auf und sah sich seinen Schreibtisch an. Dort lag nichts, was nicht schon dagelegen hatte, als er gestern abend wegging, woraus er schloß, daß alle eventuell schon vorhandenen Unterlagen sich in Pattas Büro befanden. Er nahm die Hintertreppe nach unten und trat in Pattas Vorzimmer. Hinter ihrem Schreibtisch saß, als warte sie hier nur auf die Fotografen von *Vogue*, Signorina Elettra Zorzi, heute, wie die Lilien auf dem Felde, in einem weißen Crêpe-de-Chine-Kleid, das in schrägen, aber ausgesprochen provokativen Falten über ihren Busen fiel.

»Buon giorno, commissario«, sagte sie und blickte lächelnd von der Zeitschrift hoch, die aufgeschlagen auf ihrem Schreibtisch lag.

»Trevisan?« fragte Brunetti.

Sie nickte. »Er telefoniert schon seit zehn Minuten. Mit dem Bürgermeister.«

»Wer hat wen angerufen?«

»Der Bürgermeister ihn«, antwortete Signorina Elettra.

»Warum? Ist das wichtig?«

»Ja. Es bedeutet wahrscheinlich, daß wir nichts in der Hand haben.«

»Wieso?«

»Wenn er den Bürgermeister angerufen hätte, dann hieße das, er fühlt sich in irgendeinem Punkt sicher genug, um ihm mitzuteilen, daß wir schon einen Verdächtigen haben oder bald mit einem Geständnis rechnen können. Wenn der Bürgermeister ihn angerufen hat, kann das nur heißen, daß Trevisan ein bedeutender Mann war und sie die Sache schnell erledigt sehen wollen.«

Signorina Elettra klappte ihre Zeitschrift zu und legte sie beiseite. Brunetti erinnerte sich noch, daß sie zu Beginn ihrer Tätigkeit für Patta die Hefte immer in der Schublade verschwinden ließ, wenn sie nicht darin las; jetzt machte sie sich nicht einmal mehr die Mühe, sie mit der Schrift nach unten hinzulegen.

»Wann ist er gekommen?« erkundigte sich Brunetti.

»Um halb neun.« Und bevor er noch weiterfragen konnte, sagte sie: »Ich war schon hier und habe ihm erklärt, daß Sie bereits im Haus waren, aber wieder weggegangen sind, um mit Leonardis Dienstmädchen zu sprechen.« Er hatte sich gestern nachmittag im Zuge seiner Ermittlungen gegen die Baufirma mit dieser Frau unterhalten und nichts erfahren.

»*Grazie*«, sagte er. Brunetti hatte es schon mehr als einmal merkwürdig gefunden, daß Signorina Elettra mit ihrem angeborenen Hang zum Flunkern sich ausgerechnet eine Arbeit bei der Polizei gesucht hatte.

Sie warf einen Blick auf ihren Schreibtisch, wo ein rotes Lämpchen an ihrem Telefon zu blinken aufgehört hatte. »Er ist fertig«, sagte sie.

Brunetti nickte und klopfte an Pattas Tür, wartete auf das »*Avanti*« von drinnen und ging hinein.

Obwohl der Vice-Questore so früh gekommen war, hatte er offenbar genügend Zeit für seine Toilette gehabt: Der Duft eines durchdringenden After-shave hing in der Luft, und Pattas gutgeschnittenes Gesicht glänzte frisch. Die Krawatte aus Wolle, der Anzug Seide: kein Sklave der Tradition, der Vice-Questore. »Wo waren Sie?« fragte Patta zur Begrüßung.

»Bei den Leonardis. Ich dachte, ich könnte mal mit ihrem Dienstmädchen reden.«

»Und?«

»Sie weiß nichts.«

»Das ist jetzt egal«, sagte Patta, dann deutete er auf den Stuhl vor seinem Schreibtisch. »Setzen Sie sich, Brunetti.« Als der Commissario Platz genommen hatte, fragte Patta: »Haben Sie von der Sache gehört?«

Unnötig zu fragen, von welcher »Sache« die Rede war. »Ja«, antwortete Brunetti. »Was ist passiert?«

»Jemand hat ihn letzte Nacht im Zug aus Turin erschossen. Zwei Schüsse, aus nächster Nähe. In den Körper. Einer muß eine Arterie getroffen haben, denn er hat stark geblutet.« Wenn Patta »muß« sagte, konnte das nur heißen, daß die Autopsie noch nicht vorgenommen war und er lediglich mutmaßte.

»Wo waren Sie gestern abend?« fragte Patta, fast als wollte er Brunetti als Verdächtigen ausschließen, bevor er ins Detail ging.

»Wir haben bei Freunden zu Abend gegessen.«

»Wie ich hörte, hat man versucht, Sie zu Hause zu erreichen.«

»Ich war bei Freunden«, wiederholte Brunetti.

»Warum haben Sie keinen Anrufbeantworter?«

»Ich habe zwei Kinder.«

»Was soll das heißen?«

»Das heißt, wenn ich einen Anrufbeantworter hätte, müßte ich mir dauernd die Nachrichten ihrer Freunde anhören.« Oder die vielfältigen Ausflüchte der Kinder selbst für ihr Zuspätkommen oder ihre Abwesenheit. Es hieß zudem, daß nach Brunettis Meinung Kinder auch die Pflicht hatten, Nachrichten für ihre Eltern entgegenzunehmen, aber er hatte keine Lust, dieses Thema mit Patta zu bereden.

»So ist der Fall bei mir gelandet«, sagte Patta, ohne seine Verärgerung auch nur ansatzweise zu verbergen.

Brunetti hatte den Verdacht, daß eine Entschuldigung von ihm erwartet wurde. Er sagte nichts.

»Ich bin zum Bahnhof gefahren. Die *polizia ferroviaria* hatte natürlich alles verpfuscht.« Patta sah auf seinen Schreibtisch und schob Brunetti ein paar Fotos hinüber.

Brunetti beugte sich vor, nahm die Bilder und sah sie sich an, während Patta sich weiter über die Inkompetenz der Bahnpolizei ausließ. Das erste Bild war von der Abteiltür aus aufgenommen und zeigte den Körper eines Mannes, der zwischen den Sitzen auf dem Rücken lag. Der Blickwinkel machte es unmöglich, mehr als den Hinterkopf des Mannes zu erkennen, aber die dunkelroten Flecken auf dem sich nach oben wölbenden Bauch waren unverkennbar. Das nächste Bild zeigte den Körper von der anderen Seite des Abteils und mußte durchs Fenster aufgenommen worden sein. Auf diesem sah Brunetti, daß die Augen des Mannes geschlossen waren und eine seiner Hände einen

Füllfederhalter umklammert hielt. Die übrigen Bilder zeigten wenig mehr, obwohl sie im Abteil aufgenommen worden waren. Der Mann schien zu schlafen; der Tod hatte jeden Ausdruck von seinem Gesicht gewischt und nur noch so eine Art Schlaf des Gerechten übriggelassen.

»Wurde er ausgeraubt?« fragte Brunetti in Pattas anhaltendes Lamento hinein.

»Wie?«

»Wurde er ausgeraubt?«

»Anscheinend nicht. Seine Brieftasche war noch da, und sein Aktenkoffer lag, wie Sie sehen, auf dem Sitz gegenüber.«

»Mafia?« fragte Brunetti, wie man das so fragte, fragen mußte.

Patta zuckte die Achseln. »Er war Anwalt«, meinte er und überließ es Brunetti, daraus abzuleiten, ob ihn das einer Hinrichtung durch die Mafia mehr oder weniger würdig machte.

»Ehefrau?« fragte Brunetti, der damit zum Ausdruck brachte, daß er sowohl Italiener als auch verheiratet war.

»Unwahrscheinlich. Sie ist Geschäftsführerin des Lions Club«, antwortete Patta, und Brunetti wurde von der Absurdität dieser Bemerkung so überrumpelt, daß er unwillkürlich lachen mußte, doch als er Pattas Blick sah, machte er rasch ein Husten daraus, das sich zu einem echten Hustenanfall ausweitete, von dem er mit rotem Gesicht und tränenden Augen wieder aufsah.

Als er soweit zu sich gekommen war, daß er normal atmen konnte, fragte Brunetti: »Und Geschäftspartner? Wäre da etwas zu holen?«

»Keine Ahnung.« Patta klopfte mit einem Finger auf den Schreibtisch, um Brunettis Aufmerksamkeit auf sich zu lenken. »Ich habe mir die derzeit laufenden Fälle angesehen, und wie es aussieht, haben Sie am wenigsten zu tun.« Zu den Eigenschaften, die Patta für Brunetti besonders liebenswert machten, gehörte dessen unfehlbares Gespür für den richtigen Ausdruck. »Ich möchte den Fall gern Ihnen übertragen, aber vorher will ich die Gewißheit haben, daß Sie ihn so behandeln, wie es sich gehört.«

Für Brunetti hieß das, Patta wollte die Gewißheit haben, daß er der gesellschaftlichen Stellung, die sich aus der Tätigkeit für den Lions Club ergab, gebührend Rechnung trug. Da ihm klar war, daß er nicht hier säße, wenn Patta nicht bereits entschieden hätte, ihm den Fall zu übertragen, zog Brunetti es vor, die Warnung in diesen Worten zu überhören und statt dessen zu fragen: »Was ist mit den Leuten aus dem Zug?«

Sein Gespräch mit dem Bürgermeister mußte bei Patta den Eindruck hinterlassen haben, daß schnelles Handeln hier wichtiger war als eine Belehrung Brunettis, denn er antwortete ohne Umschweife: »Die *polizia ferroviaria* hat die Namen und Anschriften aller Reisenden aufgenommen, die im Zug waren, als er in den Bahnhof einfuhr.« Brunetti hob fragend das Kinn, und Patta fuhr fort: »Ein paar wollen irgendwelche verdächtigen Leute im Zug gesehen haben. Steht alles im Bericht.« Er deutete auf eine vor ihm liegende Mappe.

»Welcher Richter ist mit der Sache befaßt?« fragte Brunetti, denn damit würde er wissen, wieviel Rücksicht er auf den Lions Club nehmen mußte.

»Vantuno«, antwortete Patta. *Giudice* Vantuno war eine Frau in Brunettis Alter, mit der er in der Vergangenheit schon erfolgreich zusammengearbeitet hatte. Obwohl aus Sizilien gebürtig wie Patta, wußte sie doch, daß es in Venedigs Gesellschaft allerlei Vielschichtigkeiten und Nuancen gab, die sie nie durchschauen würde, aber sie hatte so viel Zutrauen zu den örtlichen Commissari, daß sie ihnen große Freiheit bei ihren Ermittlungen ließ.

Brunetti nickte nur, denn selbst diese kleine Genugtuung wollte er sich Patta gegenüber nicht anmerken lassen.

»Aber ich erwarte täglich einen Bericht von Ihnen«, fuhr Patta fort. »Trevisan war ein wichtiger Mann. Ich habe wegen dieser Sache bereits einen Anruf aus dem Bürgermeisteramt bekommen, und ich sage Ihnen ganz offen, daß er die Geschichte so schnell wie möglich erledigt sehen will.«

»Konnte er uns schon Hinweise geben?« fragte Brunetti.

Patta, an die Unverschämtheiten seines Untergebenen gewöhnt, lehnte sich auf seinem Stuhl zurück und sah Brunetti einen Moment lang an, bevor er fragte: »Was für Hinweise?« Mit seiner deutlichen Betonung auf dem ersten Wort drückte er sein Mißfallen an der Frage aus.

»Zu irgend etwas, worin Trevisan möglicherweise verwickelt war«, antwortete Brunetti ungerührt. Er meinte das ganz ernst. Wenn jemand Bürgermeister war, schloß das nicht aus, daß er über die dunklen Geheimnisse seiner Freunde Bescheid wußte, eher doch wohl im Gegenteil.

»Ich hätte es unpassend gefunden, dem Bürgermeister eine solche Frage zu stellen«, antwortete Patta.

»Dann tue ich es vielleicht«, meinte Brunetti ruhig.

»Brunetti, machen Sie in dieser Sache keinen Wirbel.«

»Den gibt es doch bereits«, sagte Brunetti und legte die Fotos in die Mappe zurück. »Sonst noch etwas, Vice-Questore?«

Patta ließ ein paar Sekunden verstreichen, bevor er antwortete: »Nein, vorerst nicht.« Er schob Brunetti die Mappe hin. »Das hier können Sie mitnehmen. Und vergessen Sie nicht, daß ich jeden Tag einen Bericht haben möchte.« Als Brunetti nichts erwiderte, setzte Patta hinzu: »Oder geben Sie ihn Scarpa«, wobei er Brunetti lange genug im Auge behielt, um zu sehen, wie er auf den Namen seines allseits verhaßten Assistenten reagierte.

»Gewiß, Vice-Questore«, antwortete Brunetti in neutralem Ton, nahm die Mappe an sich und stand auf. »Wohin hat man Trevisan gebracht?«

»Ins Ospedale Civile. Ich nehme an, die Autopsie findet heute vormittag statt. Und denken Sie daran, daß er mit dem Bürgermeister befreundet war.«

»Natürlich, Vice-Questore«, sagte Brunetti und ging.

6

Signorina Elettra sah von ihrer Zeitschrift hoch, als Brunetti aus Pattas Büro kam. »*Allora?*« fragte sie.

»Trevisan. Und ich soll es schnell zu Ende bringen, weil er mit dem Bürgermeister befreundet war.«

»Die Trevisan ist eine Tigerin«, sagte Signorina Elettra, und zu seiner Ermutigung fügte sie noch hinzu: »Sie wird Ihnen Ärger machen.«

»Gibt es eigentlich in dieser Stadt noch Leute, die Sie nicht kennen?« wollte Brunetti wissen.

»Direkt kenne ich sie gar nicht. Aber sie war mal Patientin meiner Schwester.«

»Barbara«, entfuhr es Brunetti, dem urplötzlich wieder einfiel, wo er ihre Schwester kennengelernt hatte. »Die Ärztin?«

»Genau die, Commissario«, sagte sie mit genüßlichem Lächeln. »Ich habe mich schon gefragt, wie lange Sie wohl brauchen, bis Sie sich erinnern.«

Als Signorina Elettra in der Questura angefangen hatte, war Brunetti ihr Familienname gleich bekannt vorgekommen; Zorzi war nicht unbedingt ein geläufiger Name, aber er hätte die aufgeweckte, strahlende Elettra – auch alle anderen Adjektive, die sich für sie anboten, fielen in das Umfeld von Licht und Sichtbarkeit – nie mit der ruhigen, zurückhaltenden Ärztin in Verbindung gebracht, zu deren Patienten sein Schwiegervater zählte und offenbar auch Signora Trevisan.

»*War* Patientin?« fragte Brunetti, der seine Überlegungen zu Elettras Familie lieber auf später verschieben wollte.

»Ja, bis vor etwa einem Jahr. Sie und ihre Tochter, beide waren Patientinnen. Aber eines Tages kam sie in Barbaras Praxis und machte irgendwie eine Szene, wollte wissen, weswegen Barbara ihre Tochter behandelte.«

Brunetti hörte zu, stellte aber keine Fragen.

»Die Tochter war erst vierzehn, aber als Barbara sich weigerte, ihr Auskunft zu geben, behauptete Signora Trevisan, Barbara habe eine Abtreibung vorgenommen oder sie zu diesem Zweck ins Krankenhaus geschickt. Sie hat herumgeschrien und schließlich eine Zeitschrift nach ihr geworfen.«

»Nach Ihrer Schwester?«

»Ja.«

»Und was hat sie gemacht?«

»Wer?«

»Ihre Schwester.«

»Sie hat sie aufgefordert, die Praxis zu verlassen. Das hat sie dann nach weiterem Herumschreien getan.«

»Und dann?«

»Am nächsten Tag hat Barbara ihr per Einschreiben die Krankenunterlagen geschickt und ihr empfohlen, sich einen anderen Arzt zu suchen.«

»Und die Tochter?«

»Die ist auch nicht mehr gekommen. Aber Barbara ist ihr auf der Straße begegnet, wo das Mädchen ihr erzählte, die Mutter habe ihr verboten, weiter zu ihr zu gehen. Sie habe sie in eine Privatklinik gebracht.«

»Weswegen war die Tochter denn in Behandlung?«

Er sah Signorina Elettra ihre Antwort abwägen. Sie kam aber rasch zu dem Schluß, daß Brunetti es sowieso herausbekommen würde, und sagte: »Es war eine Geschlechtskrankheit.«

»Welche?«

»Das weiß ich nicht mehr. Da müssen Sie meine Schwester fragen.«

»Oder Signora Trevisan.«

Elettra antwortete rasch und böse: »Wenn die je erfahren hat, was es war, dann jedenfalls nicht von Barbara.«

Brunetti glaubte ihr das ohne weiteres. »Die Tochter ist jetzt also etwa fünfzehn?«

Elettra nickte. »Müßte hinkommen.«

Brunetti dachte kurz nach. Das Gesetz war hier etwas unklar – wann war es das nicht? Ein Arzt mußte keine Auskunft über die Krankheiten eines Patienten geben, aber es war ihm doch sicher freigestellt, darüber zu reden, wie ein Patient sich verhalten hatte, besonders in einer Situation, in der es nicht um die eigene Gesundheit ging. Besser, er sprach selbst mit der Ärztin, als Elettra zu bitten, es für ihn zu tun. »Hat Ihre Schwester noch dieselbe Praxis in der Nähe von San Barnaba?«

»Ja. Sie wird heute nachmittag auch dort sein. Soll ich ihr sagen, daß Sie kommen?«

»Heißt das, Sie sagen ihr nichts davon, wenn ich Sie nicht darum bitte?«

Sie blickte auf die Tastatur ihres Computers, fand dort offenbar die gewünschte Antwort und sah wieder Brunetti an. »Es spielt ja keine Rolle, Commissario. Sie hat nichts verbrochen. Gut, ich sage ihr also nichts.«

Die Neugier ließ ihn fragen: »Und wenn es denn eine Rolle spielte? *Wenn* sie etwas verbrochen hätte?«

»Wenn es ihr helfen könnte, würde ich sie warnen. Selbstverständlich.«

»Auch wenn Sie damit ein Dienstgeheimnis verraten müßten, Signorina?« fragte er, lächelte aber dann, um ihr zu zeigen, daß er nur Spaß machte, obwohl das nicht stimmte.

Sie sah ihn verständnislos an. »Glauben Sie, Dienstgeheimnisse würden auch nur die allerkleinste Rolle spielen, wenn es um meine Familie ginge?«

Ernüchtert antwortete er: »Nein, Signorina. Sicher nicht.«

Signorina Elettra lächelte, sichtlich froh, dem Commissario wieder einmal zu einer Einsicht verholfen zu haben.

»Wissen Sie sonst noch etwas über die Frau« – er korrigierte sich – »die Witwe?«

»Nein, nicht unmittelbar. Ich habe natürlich in der Zeitung über sie gelesen. Ständig für irgendwelche guten Zwecke aktiv«, sagte sie mit übertriebener Betonung. »Sie wissen schon: Lebensmittelsendungen nach Somalia, die dann gestohlen, nach Albanien geschickt und dort verkauft werden. Oder diese Galakonzerte im La Fenice, die immer höchstens die Ausgaben decken und den Organisatoren Gelegenheit geben, sich herauszuputzen und sich vor ihren Freunden zu brüsten. Es erstaunt mich, daß Sie nicht wissen, wer sie ist.«

»So ganz entfernt kommt mir ihr Name bekannt vor, mehr aber auch nicht. Und der Mann?«

»Internationales Recht, soviel ich weiß, und sehr gut

darin. Ich glaube, ich habe mal etwas über ein Geschäft mit Polen oder Tschechien gelesen – irgendeines dieser Länder, wo man Kartoffeln ißt und sich schlecht anzieht –, aber genau weiß ich es nicht mehr.«

»Was für eine Art von Geschäft?«

Sie schüttelte den Kopf, konnte sich nicht erinnern.

»Könnten Sie das herausbekommen?«

»Wenn ich zum *Gazzettino* ins Archiv gehe und nachsehe, wahrscheinlich schon.«

»Haben Sie etwas für den Vice-Questore zu erledigen?«

»Ich bestelle ihm noch einen Tisch fürs Mittagessen, dann gehe ich gleich zum *Gazzettino*. Soll ich sonst noch etwas heraussuchen?«

»Ja, über die Ehefrau. Wer schreibt denn zur Zeit die Gesellschaftsspalte?«

»Pitteri, glaube ich.«

»Aha, dann reden Sie mal mit ihm und sehen Sie, ob er etwas über die beiden weiß, was er nicht veröffentlichen kann.«

»Was ja immer genau das ist, was die Leute am liebsten lesen.«

»Scheint so«, sagte Brunetti.

»Noch etwas, Commissario?«

»Nein, vielen Dank, Signorina. Ist Vianello im Haus?«

»Ich habe ihn noch nicht gesehen.«

»Wenn er kommt, würden Sie ihn dann bitte zu mir hochschicken?«

»Aber sicher«, antwortete sie, indem sie sich wieder ihrer Zeitschrift zuwandte. Brunetti warf einen Blick darauf, um zu sehen, was für einen Artikel sie gerade las – Schulterpolster –, und ging dann in sein Büro zurück.

Die Akte enthielt, wie immer zu Beginn einer Ermittlung, wenig mehr als Namen und Daten. Carlo Trevisan war vor fünfzig Jahren in Trient geboren und hatte an der Universität von Padua studiert, dort sein Juraexamen abgelegt und sich danach als Anwalt in Venedig niedergelassen. Vor achtzehn Jahren hatte er Franca Lotto geheiratet und mit ihr zwei Kinder in die Welt gesetzt, die inzwischen fünfzehnjährige Francesca und den jetzt siebzehnjährigen Sohn, Claudio.

Avvocato Trevisan hatte sich nie für Strafrecht interessiert und nie mit der Polizei zu tun gehabt. Auch war er nie der Guardia di Finanza aufgefallen, was man entweder als Wunder nehmen oder als Zeichen dafür verstehen mußte, daß seine Steuererklärungen immer in Ordnung waren, was wiederum ein Wunder gewesen wäre. Außerdem enthielt die Akte eine Liste der Angestellten in Trevisans Kanzlei und eine Kopie seines Paßantrags.

»Lavata con Perlana«, sagte Brunetti laut, als er die Papiere auf seinen Schreibtisch legte, eine Anlehnung an den Werbeslogan für ein Waschmittel, das angeblich alles und jedes weißer als weiß wusch. Wer konnte eine weißere Weste haben als Carlo Trevisan? Und interessanter noch, wer konnte ihm zwei Kugeln verpaßt und sich nicht einmal die Mühe gemacht haben, die Brieftasche mitzunehmen?

Brunetti zog mit dem rechten großen Zeh die unterste Schublade seines Schreibtischs auf und legte die Füße über Kreuz darauf. Wer immer das war, mußte es zwischen Padua und Mestre getan haben: niemand wäre das Risiko eingegangen, im selben Zug erwischt zu werden, wenn dieser in den Bahnhof von Venedig einfuhr. Es war kein Nahverkehrszug, also war Mestre der einzige Halt zwischen Padua und Venedig. Unwahrscheinlich, daß jemand, der in Mestre ausstieg, irgendwie auffiel, aber immerhin konnte man ja mal beim Bahnhof nachfragen. Die Schaffner saßen normalerweise im ersten Wagen, mußten also befragt werden, woran sie sich erinnerten. Und die Waffe natürlich; ergab eine Untersuchung der Geschosse, daß sie schon bei anderen Verbrechen benutzt worden war? Schußwaffen unterlagen einer strengen Kontrolle, es war also eventuell möglich, ihre Herkunft zurückzuverfolgen. Warum war Trevisan in Padua gewesen? Mit wem? Die Ehefrau überprüfen! Dann bei Nachbarn und Freunden herausfinden, ob sie die Wahrheit gesagt hatte. Die Tochter – eine Geschlechtskrankheit mit vierzehn Jahren?

Er bückte sich, zog die Schublade ganz heraus und griff nach dem Telefonbuch. Er schlug es auf und fand den Buchstaben Z. Unter *Zorzi, Barbara, medico* standen zwei Einträge, einer für ihre Privatwohnung, einer für die Praxis. Er wählte die Praxisnummer und geriet an den Anrufbeantworter, der ihm sagte, daß ihre Sprechstunde um sechzehn Uhr anfing. Daraufhin wählte er die Privatnummer und hörte dieselbe Stimme, die ihm mitteilte, die Dottoressa sei *momentaneamente assente,* und ihn bat, seinen Namen, den Grund des Anrufs und die Nummer, unter der er zu erreichen war, aufs Band zu sprechen. Sein Anruf werde *appena possibile* beantwortet.

»Guten Morgen, Dottoressa«, begann er nach dem Piepton. »Hier spricht Commissario Guido Brunetti. Es geht um den Tod des Avvocato Carlo Trevisan. Ich habe erfahren, daß seine Frau und seine Tochter...«

»*Buon giorno, commissario*«, unterbrach ihn die heisere Stimme der Ärztin. »Was kann ich für Sie tun, Guido?« Obwohl es schon über ein Jahr her war, seit sie sich zuletzt gesehen hatten, nannte sie ihn beim Vornamen und machte so deutlich, daß die Vertrautheit von damals noch galt.

»Guten Morgen«, sagte er. »Filtern Sie immer Ihre Gespräche?«

»Wissen Sie, Commissario, ich habe eine Patientin, die mich seit drei Jahren jeden Morgen anruft und einen Hausbesuch verlangt. Jeden Morgen hat sie andere Symptome. Und ob ich die Anrufe filtere!« Das klang bestimmt, aber ein humorvoller Unterton war auch herauszuhören.

»Ich wußte gar nicht, daß es so viele Körperteile gibt«, meinte Brunetti.

»Sie denkt sich interessante Kombinationen aus«, erklärte Barbara Zorzi. »Also, was kann ich für Sie tun, Guido?«

»Wie schon gesagt, ich habe gehört, daß Signora Trevisan und ihre Tochter Ihre Patientinnen waren.« Er unterbrach sich, um zu warten, was die Ärztin von sich aus dazu sagen würde. Sie schwieg. »Von der Sache mit Avvocato Trevisan haben Sie gehört?«

»Ja.«

»Ich wollte Sie fragen, ob Sie bereit wären, mir etwas über sie zu erzählen, ich meine die Frau und die Tochter.«

»Als Menschen oder als Patienten?« fragte sie mit ruhiger Stimme zurück.

»Was Ihnen lieber ist, Dottoressa«, antwortete Brunetti.

»Wir könnten mit ersterem anfangen und, wenn nötig, das zweite mit einbeziehen.«

»Das ist sehr freundlich. Ginge es heute?«

»Ich habe noch ein paar Hausbesuche zu erledigen, aber um elf müßte ich eigentlich fertig sein. Wo sollen wir uns treffen?«

Da sie ihm einen Gefallen tat, mochte Brunetti sie nicht in die Questura bitten. »Wo sind Sie um elf, Dottoressa?«

»Moment bitte«, sagte sie und legte den Hörer weg. Gleich darauf war sie wieder da. »Mein Patient wohnt ganz in der Nähe des Anlegers San Marco.«

»Wollen wir uns dann im Caffè Florian treffen?« fragte er.

Sie antwortete nicht gleich, und Brunetti, dem ihre politische Einstellung einfiel, erwartete schon fast eine Bemerkung über seinen Umgang mit dem Geld der Steuerzahler.

»Gut, im Florian«, sagte sie schließlich.

»Ich freue mich. Und vielen Dank noch mal.«

»Um elf Uhr dann.« Damit legte sie auf.

Er warf das Telefonbuch in die Schublade zurück und stieß sie mit dem Fuß zu. Als er aufsah, trat gerade Vianello ein.

»Sie wollten mich sprechen, Commissario?« fragte der Sergente.

»Ja. Setzen Sie sich. Der Vice-Questore hat mir den Fall Trevisan gegeben.«

Vianello nickte nur, ein Zeichen, daß es sich schon in der Questura herumgesprochen hatte.

»Und, was haben Sie gehört?« wollte Brunetti wissen.

»Nur was heute morgen über Zeitung und Radio zu erfahren war. Letzte Nacht erschossen im Zug gefunden. Keine Spur von einer Waffe, und kein Tatverdächtiger.«

Brunetti mußte sich eingestehen, daß er, obwohl er den offiziellen Polizeibericht gelesen hatte, auch nicht mehr wußte. Er deutete mit dem Kinn auf einen Stuhl. »Wissen Sie etwas über den Mann?«

»Bedeutend«, begann Vianello, während er auf dem Stuhl Platz nahm, der regelrecht unter seiner Größe verschwand. »War mal Stadtrat und für öffentliche Hygiene zuständig, wenn ich mich recht erinnere. Verheiratet, Kinder. Große Kanzlei. Drüben in der Nähe von San Marco, glaube ich.«

»Privatleben?«

Vianello schüttelte den Kopf. »Nie etwas gehört.«

»Und seine Frau?«

»Über die habe ich was gelesen, glaube ich. Will den Regenwald retten. Oder ist das die Frau des Bürgermeisters?«

»Soviel ich weiß, ja.«

»Dann eben so was Ähnliches. Irgendeine Rettungsaktion. Vielleicht für Afrika.« Hier schnaubte Vianello, ob über Signora Trevisan oder die Wahrscheinlichkeit, daß Afrika gerettet würde, konnte Brunetti nicht genau erkennen.

»Fällt Ihnen jemand ein, der etwas über ihn wissen könnte?« fragte Brunetti.

»Familie? Geschäftspartner? Angestellte seiner Kanzlei?« überlegte Vianello laut, und als er Brunettis Gesicht sah, meinte er: »Tut mir leid, etwas Besseres fällt mir nicht ein. Ich kann mich nicht erinnern, daß jemand aus meinem Bekanntenkreis den Namen Trevisan mal erwähnt hätte.«

»Ich werde mit seiner Frau sprechen, aber erst heute nachmittag. Gehen Sie bitte gleich nachher in seine Kanzlei, und versuchen Sie herauszukriegen, wie man dort zu seinem Tod steht.«

»Meinen Sie, da ist überhaupt jemand? Am Tag, nachdem er umgebracht wurde?«

»Das festzustellen wäre ja auch interessant«, entgegnete Brunetti. »Signorina Elettra meint, sie hätte mal etwas über seine Beteiligung an irgendeinem Geschäft mit Polen gelesen, oder vielleicht war es auch Tschechien. Sehen Sie, ob Sie darüber etwas herausbekommen. Sie glaubt, es habe in der Zeitung gestanden, weiß aber nicht mehr, um was es ging. Und fragen Sie das Übliche.« Sie arbeiteten schon so lange zusammen, daß Brunetti dieses Übliche nicht näher erläutern mußte: Ein vergrätzter Angestellter, ein erzürnter Geschäftspartner, ein eifersüchtiger Ehemann, die eigene eifersüchtige Frau. Vianello hatte die Gabe, Menschen zum Reden zu bringen. Besonders wenn sie Venezianer waren, erwärmten seine Gesprächspartner sich unfehlbar für diesen großen, liebenswürdigen Mann, der so offensichtlich nur widerstrebend richtiges Italienisch sprach und nur allzugern in ihren gemeinsamen Dialekt verfiel – ein Sprachwechsel, der die Sprecher oft zu unbewußten Enthüllungen verführte.

»Noch etwas, Commissario?«

»Ja. Ich habe heute vormittag zu tun, und heute nachmittag will ich versuchen, mit der Witwe zu reden; schicken Sie also bitte jemanden zum Bahnhof, der mit der

Schaffnerin sprechen soll, die den Toten gefunden hat. Versuchen Sie auch zu erfahren, ob die anderen Schaffner im Zug etwas gesehen haben.« Bevor Vianello noch seinen Einwand anbringen konnte, sagte Brunetti: »Ich weiß, ich weiß. Wenn ihnen etwas aufgefallen wäre, hätten sie das schon gesagt. Aber ich möchte trotzdem, daß sie noch einmal befragt werden.«

»Ja, Commissario.«

»Außerdem hätte ich gern eine Liste mit den Namen und Adressen aller Leute, die im Zug waren, als er anhielt, sowie eine Abschrift aller Aussagen, die sie bei der Vernehmung gemacht haben.«

»Warum hat man ihn wohl nicht ausgeraubt?«

»Falls Raub das Tatmotiv war, könnte jemand durch den Gang gekommen sein und den Täter vertrieben haben, bevor er Zeit hatte, die Leiche zu durchsuchen. Oder der Täter wollte uns deutlich klarmachen, daß es nicht um Raub ging.«

»Das klingt kaum plausibel, meinen Sie nicht?« fragte Vianello. »Wäre es für den Täter nicht besser, uns an einen Raubmord glauben zu lassen?«

»Das kommt auf sein wahres Motiv an.«

Vianello überlegte kurz, bevor er antwortete: »Ja, wahrscheinlich«, aber an seinem Ton hörte man, daß er nicht ganz überzeugt war. Warum sollte jemand der Polizei einen derartigen Vorteil verschaffen wollen?

Vianello, dem nicht danach war, darüber allzulange nachzugrübeln, stand auf. »Also, dann gehe ich jetzt zu seiner Kanzlei, Commissario«, sagte er. »Mal sehen, was ich da erfahre. Sind Sie heute nachmittag wieder hier?«

»Wahrscheinlich. Je nachdem, wann ich mit der Witwe reden kann. Ich hinterlasse eine Nachricht.«

»Gut. Dann sehen wir uns später«, sagte Vianello, schon auf dem Weg nach draußen.

Brunetti wandte sich wieder der Akte zu und suchte Trevisans Telefonnummer heraus. Er wählte. Es klingelte zehnmal, bevor jemand abnahm.

»*Pronto*«, sagte eine Männerstimme.

»Bin ich mit der Wohnung des Avvocato Trevisan verbunden?« fragte Brunetti.

»Wer spricht da, bitte?«

»Hier ist Commissario Guido Brunetti. Ich möchte bitte Signora Trevisan sprechen.«

»Meine Schwester kann nicht ans Telefon kommen.«

Brunetti blätterte in der Akte zurück, bis er Signora Trevisans Mädchennamen fand, und sagte: »Signor Lotto, ich bedaure, Sie ausgerechnet jetzt zu belästigen, und erst recht Ihre Schwester, aber es ist unumgänglich, ich muß so bald als möglich mit ihr sprechen.«

»Das ist leider unmöglich, Commissario. Meine Schwester hat starke Beruhigungsmittel bekommen und kann mit niemandem sprechen. Sie ist völlig am Ende.«

»Ich kann mir vorstellen, wie schmerzlich das alles für sie sein muß, Signor Lotto; ich darf Ihnen mein tiefempfundenes Beileid aussprechen. Aber wir müssen vor Beginn unserer Ermittlungen mit einem Familienmitglied sprechen.«

»Was müssen Sie denn wissen?«

»Wir brauchen ein klareres Bild von Avvocato Trevisans Leben, seinen beruflichen Unternehmungen, seinen Partnern. Solange wir darüber nichts wissen, können wir uns keine Vorstellung von den Motiven für diese Tat machen.«

»Ich denke, es war Raubmord«, sagte Lotto.

»Ihm ist nichts gestohlen worden.«

»Aber es gab keinen anderen Grund, meinen Schwager umzubringen. Der Dieb muß gestört worden sein.«

»Das ist durchaus möglich, Signor Lotto, aber wir möchten gern mit Ihrer Schwester sprechen, und sei es nur, um andere Möglichkeiten auszuschließen und uns ganz auf die Raubmordtheorie konzentrieren zu können.«

»Was für andere Möglichkeiten?« fragte Lotto ungehalten. »Ich kann Ihnen versichern, daß es im Leben meines Schwagers nichts Ungewöhnliches gab.«

»Daran zweifle ich nicht im mindesten, Signor Lotto, aber ich muß trotzdem mit Ihrer Schwester sprechen.«

Eine lange Pause trat ein, endlich fragte Lotto: »Wann?«

»Heute nachmittag«, sagte Brunetti und verkniff sich den Zusatz: »Wenn es geht«.

Wieder eine lange Pause. »Warten Sie bitte«, sagte Lotto und legte den Hörer hin. Er blieb so lange fort, daß Brunetti ein Blatt Papier aus der Schublade nahm und darauf immer wieder das Wort ›Tschechien‹ schrieb. Er war bei der sechsten Version, als Lotto wieder an den Apparat kam und sagte: »Wenn Sie heute nachmittag um vier kommen, wird meine Schwester mit Ihnen sprechen, oder ich.«

»Vier Uhr«, wiederholte Brunetti und fügte noch ein knappes »Bis dann« hinzu, bevor er auflegte. Aus langer Erfahrung wußte er, wie unklug es war, einem Zeugen gegenüber dankbar zu erscheinen, mochte dieser auch noch so verständnisvoll sein.

Er warf einen Blick auf seine Uhr und sah, daß es schon weit nach zehn war. Er rief im Ospedale Civile an, aber nachdem er unter drei verschiedenen Anschlüssen mit fünf verschiedenen Leuten gesprochen hatte, wußte er immer noch nichts Genaueres über die Autopsie. Er dachte oft, daß die einzige ungefährliche Maßnahme, der man sich im Ospedale Civile unterziehen konnte, eine Autopsie war: Wenigstens ging der Patient dabei kein Risiko mehr ein.

Mit solchen Gedanken über die Künste der Medizin verließ Brunetti sein Büro und ging zu seinem Treffen mit Dottoressa Zorzi.

7

Brunetti wandte sich nach rechts zum Bacino di San Marco und der Basilika, als er aus der Questura trat. Er war verblüfft, plötzlich in der hellen Sonne zu stehen; die morgendliche Neuigkeit von dem Mord an Trevisan hatte ihn so beschäftigt, daß ihm ganz entgangen war, welch einen Tag der Himmel seiner Stadt beschert hatte. Das Licht des frühen Winters durchdrang alles, und jetzt am Vormittag war es so warm, daß er wünschte, er hätte seinen Regenmantel zu Hause gelassen.

Es waren nicht viele Leute unterwegs, aber alle schienen gehobener Stimmung durch die unerwartete Sonne und Wärme. Wer würde glauben, daß gestern erst Nebel die Stadt eingehüllt hatte und die Vaporetti für die kurze Strecke zum Lido ihr Radar einschalten mußten? Aber hier stand er nun und wünschte sich seine Sonnenbrille und einen leichteren Anzug, und als er aufs Wasser zuging, war er einen Augenblick richtig geblendet vom reflektierten Licht. Gegenüber sah er die Kuppel und den Turm von San Giorgio – gestern waren sie nicht dagewesen –, als hätten sich beide über Nacht in die Stadt geschlichen. Wie gerade und schön der Turm aussah, ohne dieses entstellende Gerüst, das in den letzten Jahren den Campanile von San Marco verhüllt und zu einer Art Pagode gemacht hatte, was Brunetti zu der Vermutung veranlaßte, die Stadtverwaltung habe Venedig an die Japaner verkauft, die sich nun auf diese Weise hier etwas heimeliger einzurichten versuchten.

Brunetti hielt sich rechts in Richtung Piazza und merkte zu seinem größten Erstaunen, daß sein Blick heute freundlich auf den Touristen ruhte, die mit offenen Mündern und ehrfürchtig langsamen Schritten an ihm vorbeischlenderten. Sie konnte sie noch immer in den Bann schlagen, diese alte Hure von einer Stadt, und Brunetti, ihr wahrer Sohn und Beschützer ihrer alten Tage, empfand eine Mischung aus Stolz und Entzücken und hoffte, daß diese Leute ihn sehen und als Venezianer erkennen würden, als der er ein bißchen Erbe und ein bißchen Mitbesitzer all dessen war.

Die Tauben, die er gewöhnlich dumm und ekelhaft fand, erschienen ihm fast liebenswert, wie sie da zu Füßen ihrer Bewunderer hin und her trippelten. Plötzlich flatterten Hunderte von ihnen ohne ersichtlichen Grund auf, zogen Kreise in der Luft und ließen sich dann wieder an derselben Stelle nieder, um weiterzupicken und herumzutrippeln. Eine stattliche Matrone hatte gleich drei von ihnen auf der Schulter sitzen, das Gesicht abgewandt vor Entzücken oder Ekel, während ihr Mann sie mit einer Videokamera von den Ausmaßen einer Maschinenpistole filmte. Ein paar Meter weiter riß jemand eine Tüte Mais auf und warf die Körner in weitem Bogen aufs Pflaster, und wieder flatterten die Tauben auf, kreisten und setzten sich dann zum Fressen mitten in den Mais.

Brunetti ging die drei flachen Stufen zum Caffè Florian hinauf und trat durch die Doppeltüren aus geschliffenem Glas. Obwohl er zehn Minuten zu früh da war, schaute er rechts und links in alle die kleinen Räume, sah aber Barbara Zorzi nirgends.

Als ein Kellner im weißen Jackett auf ihn zutrat, bat Brunetti um einen Tisch am Fenster. Ein Teil von ihm wollte an diesem herrlichen Tag mit einer attraktiven jungen Frau im Florian am Fenster sitzen, ein anderer Teil wollte gesehen werden, wie er mit einer attraktiven jungen Frau im Florian am Fenster saß. Er zog einen der zierlichen Stühle mit gebogener Lehne heraus und nahm Platz, dann drehte er sich so, daß er die Piazza überblickte.

Solange Brunetti zurückdenken konnte, war die Fassade der Basilika teilweise von einem Gerüst verdeckt. Ob er sie als Kind einmal unverhüllt gesehen hatte? Wahrscheinlich nicht.

»Guten Morgen, Commissario«, hörte er hinter sich eine Stimme sagen und stand auf, um Barbara Zorzi die Hand zu geben. Er erkannte sie sofort wieder. Schlank und aufrecht stand sie da und begrüßte ihn mit einem herzlichen und erstaunlich kräftigen Händedruck. Ihre dichten Locken waren kürzer, als er es in Erinnerung hatte, und umschlossen das Gesicht wie eine dunkle Kappe. Ihre Augen waren so dunkel, wie Augen nur sein konnten; es bestand fast kein Unterschied zwischen Pupille und Iris. Die Ähnlichkeit mit Elettra war unverkennbar: die gleiche gerade Nase, der volle Mund und das runde Kinn; aber das, was bei der Schwester an eine reife Frucht denken ließ, war bei ihr gedämpft zu einer ernsteren und ruhigeren Schönheit.

»Dottoressa, ich freue mich, daß Sie sich die Zeit genommen haben«, sagte er, während er ihr den Mantel abnahm.

Sie lächelte und stellte eine behäbige braune Ledertasche auf dem Stuhl am Fenster ab. Er faltete ihren Mantel zusammen und legte ihn über denselben Stuhl, wobei er die

Tasche ansah und meinte: »Der Arzt, der immer zu uns kam, als ich noch ein Kind war, hatte genau so eine Tasche.«

»Ich sollte mich vielleicht der Mode anpassen und eine Ledermappe nehmen«, versetzte sie, »aber meine Mutter hat sie mir zum Examen geschenkt, und seitdem benutze ich sie.«

Der Ober kam, und sie bestellten beide Kaffee. Als er weg war, fragte die Ärztin: »Was kann ich für Sie tun, Guido?«

Brunetti fand, daß er nichts zu gewinnen hatte, wenn er verheimlichte, woher seine Informationen stammten, und begann: »Ihre Schwester hat mir erzählt, daß Signora Trevisan zu Ihren Patientinnen gehörte.«

»Und ihre Tochter«, ergänzte die Ärztin, wobei sie nach ihrer Tasche griff und ein zerknittertes Päckchen Zigaretten herausholte. Während sie noch nach dem Feuerzeug kramte, trat ein Ober an ihren Tisch, beugte sich vor und zündete ihr die Zigarette an. »*Grazie*«, sagte sie, den Kopf der Flamme zugewandt, als wäre sie an solche Dienste gewöhnt. Schweigend entfernte sich der Ober.

Sie zog gierig an ihrer Zigarette, ließ die Tasche zuschnappen und sah Brunetti an. »Kann ich davon ausgehen, daß dies etwas mit seinem Tod zu tun hat?«

»Nach dem derzeitigen Stand unserer Ermittlungen«, sagte Brunetti, »bin ich mir nicht sicher, was mit seinem Tod zu tun hat und was nicht.« Sie spitzte die Lippen, und Brunetti merkte, wie gekünstelt und förmlich seine Worte geklungen hatten. »Das ist die Wahrheit, Barbara. Im Augenblick haben wir noch nicht mehr als das, was wir am Tatort gefunden haben.«

»Er wurde erschossen?«

»Ja. Zwei Schüsse. Eine Kugel muß eine Arterie verletzt haben, denn er ist offenbar sehr schnell gestorben.«

»Warum wollen Sie etwas über seine Familie erfahren?« fragte sie, und ihm fiel auf, daß sie gar nicht wissen wollte, welches Mitglied der Familie ihn interessierte.

»Ich möchte soviel wie möglich über seine Geschäfte, seine Freundschaften, seine Familie wissen, alles, was dazu beiträgt, mir ein Bild von ihm zu machen.«

»Und Sie meinen, das kann Ihnen bei der Suche nach seinem Mörder helfen?«

»Nur so können wir herausbekommen, warum ihn jemand hat umbringen wollen. Danach ist es verhältnismäßig einfach, sich zusammenzureimen, wer es war.«

»Klingt ja sehr optimistisch.«

»Das bin ich nicht«, sagte Brunetti kopfschüttelnd. »Ganz und gar nicht, und ich werde es frühestens sein, wenn ich anfange, ihn zu verstehen.«

»Und das erhoffen Sie sich davon, wenn Sie etwas mehr über seine Frau und Tochter erfahren?«

»Ja.«

Der Ober tauchte zu ihrer Linken auf und stellte zwei Tassen Espresso und eine silberne Zuckerschale zwischen sie auf den Tisch. Sie taten jeder zwei Löffel Zucker in die kleinen Tassen und rührten um, eine Zeremonie, die sie als natürliche Pause in ihrem Gespräch betrachteten.

Nachdem die Ärztin getrunken und ihre Tasse wieder abgestellt hatte, sagte sie: »Signora Trevisan brachte ihre damals etwa vierzehnjährige Tochter vor gut einem Jahr in meine Praxis. Ich merkte gleich, daß es dem Mädchen unangenehm war, wenn ihre Mutter erfuhr, was ihr fehlte. Signora Trevisan wollte unbedingt mit ins Untersuchungszimmer kommen, aber das wußte ich zu verhindern.« Sie schnippte Asche von ihrer Zigarette, lächelte und fügte hinzu: »Nicht ohne Schwierigkeiten.« Sie trank noch einen Schluck Kaffee; Brunetti sagte nichts, damit sie weitersprach.

»Das Mädchen litt an einem Genitalherpes. Ich stellte ihr die üblichen Fragen: Ob ihr Partner Verhütungsmittel benutze, ob sie noch andere Sexualpartner habe, wie lange sie die Symptome schon beobachte. Bei Herpes ist meist der erste Ausbruch der schlimmste, darum wollte ich wissen, ob es der erste war. Das konnte mir nämlich Auskunft über die Schwere der Infektion geben.« Sie hielt inne und drückte ihre Zigarette aus. Dann nahm sie den Aschenbecher und stellte ihn ohne Erklärung auf den Nebentisch.

»War es der erste Ausbruch?«

»Zuerst behauptete sie es, aber ich hatte den Eindruck, daß sie log. Ich nahm mir viel Zeit, um ihr zu erklären, warum ich es wissen mußte, daß ich ihr sonst nicht die richtigen Medikamente verschreiben konnte. Es dauerte ein Weilchen, aber schließlich erzählte sie mir, es sei der zweite Ausbruch, und der erste sei viel schlimmer gewesen.«

»Warum ist sie da nicht gleich zu Ihnen gekommen?«

»Sie waren im Urlaub, als es passierte, und sie hatte Angst, zu einem anderen Arzt zu gehen, der ihren Eltern erzählen könnte, was ihr fehlte.«

»Wie schwer war die Erkrankung?«

»Fieber, Schüttelfrost, Schmerzen im Genitalbereich.«

»Was hat sie getan?«

»Sie hat ihrer Mutter von Bauchkrämpfen erzählt, und sich zwei Tage ins Bett gelegt.«

»Und die Mutter?«

»Was soll mit ihr sein?«

»Hat sie es geglaubt?«

»Anscheinend.«

»Und diesmal?«

»Diesmal hat sie ihrer Mutter gesagt, sie habe wieder schlimme Krämpfe und wolle zu mir. Ich bin seit etwa sieben Jahren ihre Ärztin, seit sie ein kleines Mädchen war.«

»Warum ist die Mutter mitgekommen?«

Die Ärztin blickte in ihre leere Tasse. »Signora Trevisan war immer eine übermäßig behütende Mutter. Als Francesca noch kleiner war, hat sie mich immer sofort gerufen, wenn das Kind auch nur die kleinsten Anzeichen von Fieber hatte. Manchmal im Winter bestellte sie mich mindestens zweimal im Monat zu einem Hausbesuch.«

»Und, sind Sie hingegangen?«

»Zu Beginn schon, da hatte ich gerade angefangen, aber dann lernte ich allmählich zu unterscheiden, wer nur anrief, wenn es etwas Ernstes war, und wer… nun, wer es auch in leichteren Fällen tat.«

»Hat Signora Trevisan Sie auch bei eigenen Krankheiten ins Haus bestellt?«

»Nein, nie. Sie ist immer in die Praxis gekommen.«

»Weswegen?«

»Das hat wohl nichts mit der Sache zu tun, Commissario«, sagte sie, zu seiner Überraschung wieder mit Nennung seines Titels. Er hakte nicht nach.

»Was hat das Mädchen auf Ihre anderen Fragen geantwortet?«

»Sie sagte, ihr Partner benutze keine Verhütungsmittel. Er finde, das störe seinen Genuß.« Sie verzog das Gesicht, als wäre sie nicht gerade glücklich darüber, eine so abgedroschene Schutzbehauptung zitieren zu müssen.

»War es nur ein Partner?«

»Ja, sie sagte, es gebe nur einen.«

»Hat sie seinen Namen genannt?«

»Danach habe ich nicht gefragt. Das geht mich nichts an.«

»Haben Sie ihr geglaubt? Ich meine, daß es nur einen gibt?«

»Ich sah keinen Grund, es nicht zu glauben. Wie ich schon sagte, ich kenne sie seit ihrer Kindheit. Soweit ich es beurteilen kann, schien sie mir die Wahrheit zu sagen.«

»Und die Zeitschrift, die ihre Mutter nach Ihnen geworfen hat?« fragte Brunetti.

Sie sah ihn überrascht an. »Ach, mein Schwesterchen. Wenn sie schon eine Geschichte erzählt, dann auch richtig, nicht?« Aber Brunetti konnte aus ihrem Ton keine wirkliche Verärgerung heraushören, nur die grollende Bewunderung, die einem der lebenslange Umgang mit Elettra wohl abnötigte. »Das mit der Zeitschrift war später«, erklärte sie dann. »Als wir aus dem Behandlungszimmer kamen, wollte Signora Trevisan wissen, was mit Francesca los sei. Ich sagte, es sei eine kleine Infektion, die bald abklingen werde. Damit schien sie zufrieden, und die beiden gingen.«

»Wie hat sie es dann erfahren?« wollte Brunetti wissen.

»Durch das Medikament, Zovirax. Es wird nur bei Herpesinfektionen verschrieben. Signora Trevisan hat einen befreundeten Apotheker danach gefragt – sicher so ganz beiläufig und nebenbei. Und er hat es ihr gesagt. Am nächsten Tag war sie wieder da, ohne Francesca, und warf mit Beleidigungen um sich.« Sie verstummte.

»Was für Beleidigungen?«

»Sie beschuldigte mich, ich hätte für Francesca eine Abtreibung arrangiert. Ich forderte sie auf, meine Praxis zu verlassen, und da hat sie die Zeitschrift genommen und nach mir geworfen. Zwei Patienten, ältere Männer, haben sie an den Armen gepackt und vor die Tür gesetzt. Seitdem habe ich sie nicht mehr gesehen.«

»Und das Mädchen?«

»Wie schon gesagt, ihr bin ich ein- oder zweimal auf der Straße begegnet, aber sie ist nicht mehr meine Patientin. Ich bekam von einem anderen Arzt ein Schreiben mit der Bitte, meine Diagnose zu bestätigen, was ich auch getan habe. Die Krankenunterlagen von Mutter und Tochter hatte ich inzwischen schon an Signora Trevisan geschickt.«

»Haben Sie eine Ahnung, wie sie auf die Idee kam, Sie hätten eine Abtreibung arrangiert?«

»Nein, nicht die geringste. Ich hätte das sowieso nicht ohne Einverständnis der Eltern tun können.«

Brunettis eigene Tochter, Chiara, war so alt, wie Francesca vor einem Jahr gewesen war: vierzehn. Er überlegte, wie er oder seine Frau reagieren würden, wenn sie erführen, daß ihre Tochter eine Geschlechtskrankheit hatte. Schieres Grauen ließ ihn vor dem Gedanken zurückschrecken.

»Warum wollen Sie nicht über Signora Trevisans Krankengeschichte sprechen?«

»Wie gesagt, weil sie in meinen Augen nichts zur Sache tut.«

»Und ich habe Ihnen gesagt, daß einfach alles zur Sache gehören kann«, entgegnete er, um einen sanften Ton bemüht, vielleicht mit Erfolg.

»Wenn ich Ihnen nun sage, sie hatte Rückenbeschwerden?«

»In diesem Fall hätten Sie von vornherein nicht gezögert, es mir zu sagen.«

Sie schwieg einen Moment und schüttelte dann den Kopf. »Nein. Sie war meine Patientin, und ich darf über das, was ich weiß, nicht sprechen.«

»Darf nicht oder will nicht?« fragte Brunetti, jetzt ohne jedes Bemühen um einen leichten Ton.

Ihr Blick war offen und gleichmütig. »Darf nicht«, wiederholte sie, dann sah sie auf ihre Armbanduhr. Mittlerweile trug sie eine mit Snoopy, wie er feststellte. »Ich muß vor dem Mittagessen noch einen Hausbesuch machen.«

Brunetti wußte, daß er gegen diese Entscheidung nicht ankam. »Vielen Dank, daß Sie mir Ihre Zeit geopfert haben. – Und für Ihre Informationen«, sagte er aufrichtig. Und etwas persönlicher fügte er hinzu: »Eigentlich erstaunlich, wieso ich nicht schon früher gemerkt habe, daß Sie und Elettra Schwestern sind.«

»Na ja, sie ist fünf Jahre jünger als ich.«

»Ich dachte nicht ans Äußere«, sagte er. Und als sie fragend das Kinn hob, fügte er hinzu: »Der Charakter. Der ist sehr ähnlich.«

Sie lächelte übers ganze Gesicht. »Das haben uns schon viele gesagt.«

»Kann ich mir vorstellen«, sagte Brunetti.

Sie sagte eine ganze Weile nichts, aber dann lachte sie herzlich. Immer noch lachend schob sie ihren Stuhl zurück und griff nach ihrem Mantel. Er half ihr hinein, warf einen Blick auf den Kassenbon und legte das Geld auf den Tisch. Sie nahm ihre braune Tasche, und zusammen gingen sie hinaus auf die Piazza, um festzustellen, daß es sogar noch wärmer geworden war.

»Die meisten meiner Patienten sind überzeugt, daß darauf ein schrecklicher Winter folgt«, sagte sie mit einer Geste, die den gesamten Platz und das Licht, das ihn erfüllte, umschloß. Sie gingen die drei flachen Stufen hinunter und begannen, die Piazza zu überqueren.

»Und was würden Ihre Patienten sagen, wenn es unnatürlich kalt wäre?« fragte Brunetti.

»Na, genau dasselbe. Daß es ein sicheres Anzeichen für einen schlechten Winter ist«, antwortete sie, ohne sich im mindesten an dem Widerspruch zu stören. Da sie beide Venezianer waren, verstanden sie.

»Wir sind schon ein pessimistisches Völkchen, finden Sie nicht?« meinte Brunetti.

»Wir hatten immerhin einmal ein Weltreich«, sagte sie mit der gleichen Geste wie vorhin, die wieder die Basilika, den Campanile und darunter die Loggetta von Sansovino umschloß. »Jetzt haben wir nur noch dieses Disneyland. Ich glaube, das ist Grund genug zum Pessimismus.«

Brunetti nickte, sagte aber nichts. Sie hatte ihn nicht überzeugt. Für ihn war die Glorie der Stadt trotz allem lebendig.

Sie trennten sich am Fuß des Campanile, sie, um einen Patienten am Campo della Guerra zu besuchen, und er, um zur Rialtobrücke und von dort nach Hause zum Mittagessen zu gehen.

8

Die Läden hatten noch geöffnet, als er in seine Gegend kam, also ging Brunetti in den Gemüseladen an der Ecke und kaufte vier Glasflaschen Mineralwasser. In einem schwachen Moment ökologischer Friedfertigkeit hatte er sich bereit gefunden, den Plastikflaschenboykott seiner Familie mitzumachen, woraufhin er sich – wie die anderen auch, das mußte er ihnen lassen – angewöhnt hatte, jedesmal ein paar Flaschen aus dem Laden mitzunehmen, wenn er vorbeikam. Manchmal fragte er sich, ob die anderen in dem Zeug badeten, so schnell verschwand es immer.

Auf dem fünften Treppenabsatz setzte er die Tüte mit den Flaschen ab und fischte seinen Schlüssel heraus. Von drinnen hörte er die Radionachrichten, die zweifellos eine gierige Öffentlichkeit mit den letzten Neuigkeiten über den Mord an Trevisan versorgten. Er stieß die Tür auf, stellte die Flaschen hinein und machte hinter sich zu. Aus der Küche hörte er eine Stimme sagen: »...leugnet jedes Wissen um die Dinge, die ihm zur Last gelegt werden, und verweist auf zwanzig Jahre treue Dienste für die frühere Democrazia Cristiana als Beweis seines Engagements für Recht und Gerechtigkeit. In seiner Zelle im Regina-Coeli-Gefängnis erhält jedoch der geständige Mafia-Mörder Renato Mustacci seine Behauptung aufrecht, er habe auf Befehl des Senators gehandelt, als er im Mai letzten Jahres gemeinsam mit zwei anderen Männern den Richter Filippo Preside und seine Frau Elvira erschoß.«

Auf die ernste Stimme des Nachrichtensprechers folgte der Singsang einer Waschmittelreklame, übertönt von Paola, die laut zu ihrem liebsten Publikum redete, sich selbst. »Du widerliches, verlogenes Schwein. Widerliches, verlogenes DC-Schwein, du wie alle anderen. Engagement für Recht und Gerechtigkeit. Wenn ich das schon höre…« Es folgte einer jener etwas skurrilen Kraftausdrücke, die seine Frau auf Lager hatte, seltsamerweise aber nur bei ihren Selbstgesprächen benutzte.

Sie hörte ihn über den Flur kommen und drehte sich um. »Hast du das gehört, Guido? Hast du das gehört? Alle drei Mörder haben ausgesagt, daß er sie beauftragt hat, den Richter umzubringen, und er redet von seinem Engagement für Recht und Gerechtigkeit. Aufhängen sollte man ihn. Aber er ist Parlamentsabgeordneter, sie kommen nicht an ihn heran. Einsperren sollte man sie alle, so wie sie da sind. Das gesamte Parlament im Knast, das würde uns allen viel Zeit und Ärger sparen.«

Brunetti ging durch die Küche, bückte sich und stellte die Flaschen in das Schränkchen neben dem Kühlschrank. Es war nur noch eine da, obwohl er tags zuvor erst wieder fünf mitgebracht hatte. »Was gibt es zu essen?« fragte er.

Sie machte einen kleinen Schritt rückwärts und richtete anklagend den Finger auf sein Herz. »Die Republik bricht zusammen, und er denkt nur ans Essen«, sagte sie, diesmal an den unsichtbaren Zuhörer gewandt, der seit mehr als zwanzig Jahren stiller Teilhaber in ihrer Ehe war. »Guido, diese Schurken vernichten uns alle. Vielleicht haben sie es schon getan. Und du fragst, was es zu essen gibt.«

Brunetti verkniff sich die Bemerkung, daß jemand, der

Kaschmir aus der Burlington Arcade trug, nicht gerade einen glaubwürdigen Revolutionär abgab, und sagte statt dessen: »Gib mir zu essen, Paola, und ich gehe wieder und widme mich meinem eigenen Engagement für Recht und Gerechtigkeit.«

Das genügte, um sie an Trevisan zu erinnern, und wie Brunetti hätte vorhersagen können, verzichtete Paola gern auf ihre philosophischen Donnerschläge für ein bißchen Klatsch. Sie schaltete das Radio aus und fragte: »Hat er ihn dir übertragen?«

Brunetti nickte und stemmte sich aus seiner Hockstellung hoch. »Er fand, daß ich im Moment nichts Besonderes zu tun hätte. Der Bürgermeister hatte schon angerufen, da muß ich dir nicht sagen, in welcher Verfassung er war.« Von wem die Rede war, bedurfte keiner weiteren Erklärung.

Paola war, wie Brunetti gleich gewußt hatte, von ihren Betrachtungen über politische Gerechtigkeit und Redlichkeit abgelenkt. »In der Zeitung, die ich gelesen habe, stand nur, daß er erschossen worden ist. Im Zug aus Turin.«

»Er hatte eine Fahrkarte ab Padua. Wir versuchen herauszufinden, was er dort gemacht hat.«

»Eine Frau?«

»Möglich. Noch zu früh, um etwas sagen zu können. Was gibt es zu essen?«

»*Pasta e fagioli,* danach *cotoletta.*«

»Salat?«

»Guido, hatten wir schon einmal *cotoletta* ohne Salat?« fragte sie mit spitzen Lippen und himmelwärts verdrehten Augen.

Statt einer Antwort fragte er: »Haben wir noch etwas von diesem guten Dolcetto?«

»Keine Ahnung. Wir haben letzte Woche mal eine Flasche getrunken, oder?«

Er brummelte etwas und kniete sich wieder vor das Schränkchen. Hinter den Sprudelflaschen standen drei Flaschen Wein, alle weiß. Im Aufstehen fragte er: »Wo ist Chiara?«

»In ihrem Zimmer. Warum?«

»Sie soll mir einen Gefallen tun.«

Paola sah auf die Uhr. »Es ist Viertel vor eins, Guido. Die Läden haben gleich zu.«

»Do Mori nicht. Da ist länger offen.«

»Und da willst du sie hinschicken, nur um dir eine Flasche Dolcetto zu holen?«

»Drei«, sagte er, und schon verließ er die Küche und ging den Flur entlang zu Chiaras Zimmer. Er klopfte und hörte, wie das Radio hinter ihm wieder angestellt wurde.

»*Avanti, papà*«, rief sie.

Er trat ein. Das Bett, auf dem Chiara der Länge nach lag, hatte einen weißen, gerafften Baldachin. Auf dem Boden lagen neben Schultasche und Jacke ihre Schuhe. Die Läden waren offen, und das Licht durchflutete den Raum und beleuchtete die Bären und anderen Plüschtiere, die das Bett mit ihr teilten. Sie strich sich eine dunkelblonde Strähne aus dem Gesicht, sah zu ihm auf und schenkte ihm ein Lächeln, das dem Licht Konkurrenz machte.

»*Ciao, dolcezza*«, sagte er.

»Du bist früh da, *papà*.«

»Nein, nur pünktlich. Hast du gelesen?«

Sie nickte mit einem Blick auf ihr Buch.

»Chiara, tust du mir einen Gefallen?«

Sie senkte das Buch und sah ihn darüber hinweg an.

»Ja, Chiara?«

»Wohin?« fragte sie.

»Nur schnell zu Do Mori.«

»Was fehlt denn?«

»Dolcetto.«

»Oh, *papà*, warum kannst du nicht mal etwas anderes zum Essen trinken?«

»Weil ich gern Dolcetto hätte, mein Herz.«

»Ich gehe, wenn du mitgehst.«

»Aber dann kann ich ja gleich selber gehen.«

»Wenn du willst, dann tu's doch, *papà*.«

»Ich will aber nicht, Chiara. Darum bitte ich dich ja, für mich zu gehen.«

»Aber warum ich?«

»Weil ich schwer arbeite, um euch alle zu ernähren.«

»*Mamma* arbeitet auch.«

»Ja, aber von meinem Geld bezahlen wir die Wohnung und alles, was dazugehört.«

Sie legte ihr Buch umgedreht aufs Bett. »*Mamma* sagt, das ist kapitalistische Erpressung, und ich soll nicht auf dich hören, wenn du so etwas tust.«

»Chiara«, erklärte er mit sehr sanfter Stimme, »deine Mutter ist eine Unruhestifterin, eine Nörglerin und eine Aufwieglerin.«

»Wieso sagst du dann immer, daß ich tun muß, was sie von mir verlangt?«

Er holte tief Luft. Chiara sah es, rutschte auf die Bettkante und angelte mit den Zehen nach ihren Schuhen. »Wie viele Flaschen willst du?« fragte sie trotzig.

»Drei.«

Sie beugte sich vor und band ihre Schuhe zu. Brunetti streckte die Hand aus und wollte ihr übers Haar streichen, aber sie wich mit einer Kopfbewegung aus. Nachdem die Schuhe zugebunden waren, stand sie auf und schnappte sich ihre Jacke. Wortlos schlüpfte sie an ihm vorbei in den Flur.

»Deine Mutter soll dir Geld geben«, rief er ihr nach, dann ging er ins Bad. Während er sich dort die Hände wusch, hörte er die Wohnungstür zuschlagen.

Als er in die Küche zurückkam, deckte Paola gerade den Tisch, aber nur für drei. »Wo ist Raffi?« fragte Brunetti.

»Er hat heute nachmittag eine mündliche Prüfung, darum sitzt er den ganzen Tag in der Bibliothek.«

»Und was ißt er?«

»Er holt sich irgendwo ein Sandwich.«

»Wenn er eine Prüfung hat, sollte er vorher eine anständige Mahlzeit zu sich nehmen.«

Sie warf ihm quer durch die Küche einen Blick zu und schüttelte den Kopf.

»Was ist?« fragte er.

»Nichts.«

»Doch, sag es nur. Warum schüttelst du den Kopf?«

»Ich frage mich manchmal, wie ich bloß so einen gewöhnlichen Mann heiraten konnte.«

»Gewöhnlich?« Von allen Beleidigungen, die Paola ihm im Lauf der Jahre an den Kopf geworfen hatte, empfand er diese als die schlimmste. »Gewöhnlich?« wiederholte er.

Sie zögerte kurz, dann legte sie mit ihrer Erklärung los. »Zuerst versuchst du deine Tochter zu erpressen, damit sie dir Wein holt, den sie selbst nicht trinkt, und dann sorgst du dich, daß dein Sohn nichts ißt. Nicht daß er nicht lernt, sondern daß er nicht ißt.«

»Worum sollte ich mich denn sonst sorgen?«

»Daß er nicht lernt«, schoß Paola zurück.

»Er hat doch das ganze letzte Jahr nichts weiter getan als gelernt, und ansonsten in der Wohnung herumgehangen und an Sara gedacht.«

»Was hat Sara damit zu tun?«

Was hatte das alles überhaupt damit zu tun, überlegte Brunetti. »Was hat Chiara denn gesagt?« fragte er.

»Daß sie dir angeboten hat, zu gehen, wenn du mitgehst, und daß du nicht wolltest.«

»Wenn ich hätte gehen wollen, wäre ich gleich selber gegangen.«

»Du sagst immer, daß du nicht genug Zeit für die Kinder hast, und wenn sich die Gelegenheit bietet, nutzt du sie nicht.«

»In eine Bar zu gehen, um eine Flasche Wein zu kaufen, ist nicht gerade das, was ich mir unter ›Zeit für die Kinder haben‹ vorstelle.«

»Was dann? Am Tisch sitzen und ihnen erklären, auf welche Weise Geld den Leuten Macht verleiht?«

»Paola«, sagte er, alle drei Silben ihres Namens schön nacheinander, »ich habe zwar keine Ahnung, was das alles soll, aber ich bin ziemlich sicher, es hat nichts damit zu tun, daß ich Chiara zu Do Mori geschickt habe.«

Sie zuckte die Achseln und wandte sich ab.

»Was ist los, Paola?« fragte er, ohne sich vom Fleck zu rühren, aber seine Stimme schien sich förmlich nach ihr auszustrecken.

Sie zuckte erneut die Achseln.

»Sag's mir, Paola. Bitte.«

Sie drehte ihm weiter den Rücken zu, und ihre Stimme war leise. »Ich fühle mich allmählich alt, Guido. Raffi hat eine Freundin, und Chiara ist schon fast eine Frau. Bald werde ich fünfzig.« Er staunte über ihre Rechenkünste, sagte aber nichts. »Ich weiß, daß es dumm ist, aber ich finde es deprimierend; als ob mein Leben verbraucht wäre, der beste Teil hinter mir läge.« Gütiger Himmel, und sie nannte ihn gewöhnlich?

Er wartete, aber sie war anscheinend fertig.

Sie hob den Deckel vom Topf und war einen Moment lang eingehüllt in die Dampfwolke, die daraus hervorquoll. Sie nahm einen langen Holzlöffel und rührte den Topfinhalt, was immer es sein mochte; aber wie eine Hexe sah sie dabei ganz und gar nicht aus. Brunetti versuchte, wenn auch nicht sehr erfolgreich, die über zwanzig Jahre Liebe und Vertrautheit zu vergessen und sie ganz objektiv zu betrachten. Er sah eine große, schlanke Frau von Anfang Vierzig mit dunkelblondem Haar, das ihr bis auf die Schultern fiel. Sie drehte sich um und warf ihm einen Blick zu, und er sah die lange Nase, die dunklen Augen und den großen Mund, der ihn seit Jahrzehnten entzückte.

»Heißt das, ich muß dich umtauschen?« fragte er vorsichtig.

Sie kämpfte einen Moment gegen das Lächeln, bevor sie es zuließ.

»Stelle ich mich sehr albern an?« fragte sie.

Er wollte gerade antworten, sie stelle sich, wenn überhaupt, nicht alberner an, als er es von ihr gewohnt sei, als die Wohnungstür aufflog und Chiara hereinstürmte.

»*Papà*«, rief sie schon im Flur, »das hast du mir ja gar nicht erzählt.«

»Was habe ich dir nicht erzählt, Chiara?«

»Das mit Francescas Vater. Daß ihn einer umgebracht hat.«

»Du kennst sie?« fragte Brunetti.

Sie kam in die Küche, die Stofftasche mit den Flaschen in der Hand. Offenbar hatte die Neugier ihren ganzen Zorn auf Brunetti verdrängt. »Klar. Wir waren doch zusammen in der Schule. Suchst du jetzt den, der es war?«

»Ich suche mit«, sagte er, denn er hatte wenig Lust, sich auf die penetrante Fragerei einzulassen, die sonst unweigerlich folgen würde. »Hast du sie gut gekannt?«

»Nein, nein«, antwortete sie. Zu seinem Erstaunen behauptete sie nicht, ihre beste Freundin gewesen zu sein und somit Anspruch auf alles zu haben, was er wußte. »Sie hat immer mit der Pedrocci zusammengesteckt, weißt du, die so viele Katzen zu Hause hatte. Die roch, darum wollte niemand mit ihr befreundet sein. Außer Francesca.«

»Hatte Francesca noch andere Freundinnen?« mischte Paola sich ein, die nun auch neugierig geworden war und sich willig an dem Versuch ihres Mannes beteiligte, dem eigenen Kind Informationen zu entlocken. »Ich glaube nicht, daß ich sie mal kennengelernt habe.«

»Nein, nein, sie war nie hier. Wer mit ihr spielen wollte, mußte zu ihr nach Hause. Ihre Mutter wollte das so.«

»Und das Mädchen mit den Katzen ist zu ihr gegangen?«

»Klar. Ihr Vater ist Richter, da hat es Signora Trevisan nichts ausgemacht, daß sie roch.« Brunetti konnte nur staunen, wie klar Chiara die Welt sah. Er hatte zwar keine Ahnung, welche Richtung seine Tochter einmal einschlagen würde, aber sie würde weit kommen, daran zweifelte er nicht.

»Wie ist sie denn so, diese Signora Trevisan?« fragte Paola, dann warf sie ihrem Mann einen kurzen Blick zu. Brunetti nickte. Sehr geschickt gemacht. Er zog sich einen Stuhl hervor und setzte sich stumm an den Tisch.

»*Mamma,* warum läßt du diese Fragen nicht *papà* stellen, wo er es doch ist, der das alles wissen will?« Ohne auf die Lüge ihrer Mutter zu warten, ging Chiara durch die Küche und kuschelte sich auf Brunettis Schoß, wobei sie die inzwischen vergessenen oder vergebenen Weinflaschen vor ihn auf den Tisch stellte. »Was möchtest du denn über sie wissen, *papà*?«

Wenigstens hatte sie ihn nicht *commissario* genannt. »Alles, was dir einfällt, Chiara«, antwortete er. »Vielleicht könntest du mir erklären, warum jeder, der mit ihr spielen wollte, zu ihr nach Hause mußte.«

»Francesca wußte es selber nicht genau, aber einmal, vor fünf Jahren oder so, hat sie gemeint, ihre Eltern hätten vielleicht Angst, daß sie entführt werden könnte.« Noch ehe Brunetti oder Paola zu dieser absurden Behauptung etwas sagen konnten, fuhr Chiara fort: »Ich weiß, das ist dumm, aber so hat sie es gesagt. Vielleicht hat sie es ja nur erfunden, um sich wichtig zu machen. Aber es hat sie sowieso keiner ernst genommen, und irgendwann hat sie dann damit aufgehört.« Sie wandte ihre Aufmerksamkeit Paola zu und fragte: »Wann essen wir eigentlich, *mamma*? Ich bin schon fast verhungert, und wenn ich nicht bald was zu essen bekomme, werde ich ohnmächtig.« Sprach's und ließ dem Wort die Tat folgen, sackte in sich zusammen und drohte zu Boden zu rutschen, nur um sich von Brunetti retten zu lassen, der instinktiv die Arme um sie schlang und sie wieder zu sich heraufzog.

»Schauspielerin«, raunte er ihr ins Ohr und begann sie zu kitzeln, wobei er sie mit einem Arm festhielt und mit der anderen Hand auf ihren Rippen Klavier spielte.

Chiara quietschte und fuchtelte mit den Armen, atemlos vor Schrecken und Vergnügen. »Nicht, *papà!* Laß mich los. Laß mich…« Der Rest ging in kreischendem Lachen unter.

Bis zum Essen war wieder einigermaßen Ruhe eingekehrt. In stillschweigender Übereinkunft fragten die Erwachsenen nicht weiter nach Signora Trevisan oder deren Tochter. Während des Essens zuckte Brunettis Hand, sehr zu Paolas Mißfallen, immer wieder nach Chiara, die wie üblich neben ihm saß. Jede dieser Bewegungen entfesselte neue angstvoll-vergnügte Lachsalven, und Paola wünschte sich die Autorität, einen Commissario der Polizei ohne Mittagessen in sein Zimmer schicken zu können.

9

Ein wohlgesättigter Brunetti verließ unmittelbar nach dem Mittagessen das Haus und ging zur Questura zurück, trank nur unterwegs noch rasch einen Kaffee, um die Schläfrigkeit zu vertreiben, die ihn nach dem guten Essen und der anhaltenden Wärme des Tages überkommen hatte. In seinem Büro zog er den Mantel aus, hängte ihn auf und ging an seinen Schreibtisch, um zu sehen, was sich dort in seiner Abwesenheit angesammelt hatte. Wie gehofft, lag der Autopsiebericht da, nicht der offizielle, sondern einer, den Signorina Elettra offenbar am Telefon aufgenommen und danach abgetippt hatte.

Bei der Waffe, mit der Trevisan erschossen worden war, handelte es sich um eine kleine Sportpistole, Kaliber 5,6 Millimeter. Wie vermutet, hatte ein Geschoß die Aorta durchschlagen, so daß der Tod praktisch sofort eingetreten war. Das andere war im Magen steckengeblieben. Aus den Einschußwunden war zu schließen, daß der Schütze höchstens einen Meter von ihm entfernt gewesen war, und nach dem Schußwinkel mußte Trevisan gesessen haben, als auf ihn geschossen wurde, wobei der Mörder rechts vor ihm gestanden hatte.

Trevisan hatte kurz vor seinem Tod eine komplette Mahlzeit eingenommen und eine bescheidene Menge Alkohol getrunken, auf keinen Fall so viel, daß er ihm in irgendeiner Weise die Sinne vernebelt hätte. Von leichtem Übergewicht abgesehen, schien Trevisan für einen Mann seines Alters bei guter Gesundheit gewesen zu sein. Es gab keine Anzeichen für irgendeine frühere ernsthafte Erkrankung, obschon ihm der Blinddarm entfernt worden war und er sich hatte sterilisieren lassen. Der Pathologe sah keinen Grund, warum er, schwere Krankheit oder Unfall ausgenommen, nicht noch mindestens zwanzig Jahre hätte leben können.

»Zwei gestohlene Jahrzehnte«, murmelte Brunetti vor sich hin, als er das las, und dachte an die unendlich vielen Dinge, die ein Mann in zwanzig Jahren Lebenszeit noch tun konnte: ein Kind heranwachsen sehen, sogar noch Enkel; erfolgreich im Beruf arbeiten; ein Gedicht schreiben. Und Trevisan würde nun nie mehr die Chance haben, irgendeines von diesen Dingen zu tun, überhaupt noch irgend etwas zu tun. Mit das Grausamste an einem Mord war für Brunetti schon immer gewesen, daß dem Opfer gnadenlos alle Möglichkeiten genommen wurden, jemals wieder irgend etwas zu bewerkstelligen. Er war katholisch aufgewachsen, wußte also, daß für viele Menschen der größte Schrecken darin lag, daß dem Opfer die Gelegenheit zur Reue genommen wurde. Er mußte an Dantes *Inferno* denken, wo es an einer Stelle heißt: »Nur wer bereut, dem wird vergeben.« Obwohl Brunetti nicht gläubig war, ließ ihn die Magie des Glaubens nicht kalt, und er konnte sich vorstellen, welch schreckliche Aussicht das für viele Menschen sein mußte.

Es klopfte, und Sergente Vianello kam mit einer der hauseigenen blauen Mappen herein. »Dieser Mann war absolut sauber«, sagte er ohne Einleitung und legte die Mappe auf Brunettis Schreibtisch. »Für uns hätte er ebensogut nie existiert haben können. Das einzige, was wir von ihm haben, ist sein Reisepaß, den er« – Vianello unterbrach sich und schlug die Mappe auf, um das Datum nachzusehen – »vor vier Jahren hat erneuern lassen. Sonst nichts.«

An sich war das nicht überraschend; vielen Menschen gelang es, durch ihr ganzes Leben zu gehen, ohne das Augenmerk der Polizei auf sich zu lenken, bis sie zum zufälligen Opfer einer beliebigen Gewalttat wurden: von Trunkenheit am Steuer, einem Raubüberfall, der Panikreaktion eines Einbrechers. Doch nur äußerst wenige fielen einer Tat zum Opfer, die so sehr nach einem professionellen Mord aussah.

»Ich bin mit der Witwe verabredet«, sagte Brunetti. »Heute nachmittag um vier.«

Vianello nickte. »Über die engere Familie gibt es auch nichts.«

»Merkwürdig, finden Sie nicht?«

Vianello überlegte kurz und meinte dann: »Es ist doch ziemlich normal, daß Leute, sogar ganze Familien, nie mit uns zu tun haben.«

»Warum kommt es mir dann so merkwürdig vor?« fragte Brunetti.

»Vielleicht weil es eine kleinkalibrige Pistole war?« Sie wußten beide, daß solche Waffen von vielen Profikillern benutzt wurden.

»Können wir etwas über ihre Herkunft in Erfahrung bringen?«

»Kaum mehr als das Fabrikat«, sagte Vianello. »Ich habe die Daten der Geschosse nach Rom und Genf geschickt.« Beide wußten auch, daß dabei kaum irgendwelche nützlichen Informationen herauskommen würden.

»Und am Bahnhof?«

Vianello wiederholte, was die Kollegen schon in der Nacht zuvor erfahren hatten. »Hilft uns nicht viel weiter, nicht wahr, Dottore?«

Brunetti schüttelte den Kopf, dann fragte er: »Seine Kanzlei?«

»Als ich hinkam, waren die meisten schon zum Essen gegangen. Ich habe mit einer Sekretärin gesprochen, die tatsächlich in Tränen aufgelöst war, und danach noch mit dem Anwalt, der offenbar die Geschäfte in die Hand genommen hat«, sagte Vianello, schwieg kurz und fügte dann hinzu: »Der nicht.«

»Nicht in Tränen aufgelöst?« fragte Brunetti und sah interessiert auf.

»Genau, keine Tränen. Er schien von Trevisans Tod sogar ziemlich unberührt.«

»Auch von den Umständen?«

»Daß es Mord war?«

»Ja.«

»Das schien ihn ein bißchen zu erschüttern. Nach meinem Eindruck hatte er für Trevisan nicht viel übrig, aber daß er ermordet worden war, schockierte ihn doch.«

»Was hat er gesagt?«

»Eigentlich nichts«, antwortete Vianello, und dann zur Erklärung: »Es kam mehr durch das zum Ausdruck, was er nicht gesagt hat – alle die Dinge, die einem so einfallen, wenn jemand gestorben ist, auch wenn man ihn nicht mochte: daß es ein großer Verlust ist, daß man sehr mit der Familie fühlt, daß niemand den Verstorbenen ersetzen kann.« Er und Brunetti hatten diese Sätze im Lauf der Jahre so oft gehört, daß es sie nicht mehr überraschte, wenn sie merkten, daß der Sprecher log. Es überraschte sie allerdings, wenn jemand sich gar nicht erst die Mühe machte, das alles zu sagen.

»Noch etwas?« fragte Brunetti.

»Nein. Die Sekretärin hat gemeint, morgen seien alle Angestellten wieder da – heute nachmittag hat man ihnen frei gegeben, dem Toten zu Ehren; ich werde also dann noch einmal hingehen und mit ihnen reden.« Bevor Brunetti nachfragen konnte, sagte Vianello: »Ich habe Nadia angerufen und sie gebeten, sich umzuhören. Sie hat ihn nicht persönlich gekannt, glaubt aber, daß er – allerdings vor mindestens fünf Jahren – das Testament des Mannes aufgesetzt haben könnte, der in der Via Garibaldi das Schuhgeschäft hatte. Sie wird die Witwe anrufen. Und in der Nachbarschaft will sie auch herumhören.«

Brunetti nickte dazu. Wenn Vianellos Frau auch nicht von der Polizei bezahlt wurde, war sie doch eine hervorragende Quelle für Informationen, die nie in die Akten kamen. »Ich möchte gern noch seine Finanzen unter die Lupe nehmen«, sagte er. »Das Übliche: Bankkonten, Steuererklärungen, Immobilien. Und versuchen Sie sich einen Eindruck zu verschaffen, wie seine Anwaltspraxis läuft, was sie im Jahr so einbringt.«

Obwohl es Routinefragen waren, schrieb Vianello sie auf. »Soll ich Elettra bitten, mal zu sehen, was sie findet?«

Diese Frage beschwor bei Brunetti immer ein Bild von Signorina Elettra herauf, wie sie, in schwere Gewänder gehüllt und mit einem Turban auf dem Kopf – der Turban natürlich aus Brokat und reich mit Edelsteinen bestickt –, auf den Bildschirm ihres Computers starrt, von dem eine dünne Rauchsäule aufsteigt. Brunetti hatte keine Ahnung, wie sie es anstellte, aber sie brachte es jedesmal wieder fertig, finanzielle und oft auch persönliche Informationen über Opfer und Verdächtige aufzuspüren, die sogar deren Familien und Geschäftspartner überraschten. Brunetti war der Meinung, daß niemand vor ihr sicher war, und er fragte sich manchmal – oder sorgte sich? –, ob sie ihre nicht unerheblichen Talente womöglich dazu benutzte, einen Blick ins Privatleben der Leute zu werfen, für die und mit denen sie arbeitete.

»Ja, sehen Sie mal zu, was sie ausfindig macht. Außerdem hätte ich gern eine Liste seiner Klienten.«

»Aller?«

»Ja.«

Vianello nickte und machte sich eine Notiz, obwohl er wußte, wie schwierig das sein würde. Es war so gut wie unmöglich, Anwälte zur Nennung ihrer Klienten zu bringen. Die einzigen, die der Polizei auf diesem Gebiet noch mehr Schwierigkeiten machten, waren Huren.

»Noch etwas, Commissario?«

»Nein. Ich treffe die Witwe in« – er sah auf die Uhr – »in einer halben Stunde. Wenn ich von ihr etwas erfahre, was für uns von Nutzen ist, komme ich hierher zurück; andernfalls sehen wir uns morgen vormittag.«

Vianello verstand das als Ende ihres Gesprächs, steckte sein Notizbuch in die Tasche, stand auf und ging zurück ins untere Stockwerk.

Brunetti verließ fünf Minuten später die Questura und

ging zur Riva degli Schiavoni hinauf, wo er das Vaporetto Nummer eins bestieg. Er fuhr bis Santa Maria del Giglio, bog dann am Hotel Ala links ab, ging über zwei Brücken, wandte sich nach links in eine kleine *calle,* die zum Canal Grande führte, und blieb an der ersten Tür links stehen. Er drückte auf die Klingel neben dem Schild »Trevisan«, und als die Tür aufsprang, stieg er in den dritten Stock hinauf.

Oben stand in der offenen Wohnungstür ein grauhaariger Mann, dessen dicker Bauch geschickt durch den guten Schnitt seines teuren Anzugs kaschiert wurde. Als Brunetti am oberen Ende der Treppe ankam, fragte der Mann, ohne die Hand auszustrecken: »Commissario Brunetti?«

»Ja. Signor Lotto?«

Der Mann nickte, gab Brunetti aber noch immer nicht die Hand. »Dann kommen Sie herein. Meine Schwester wartet schon.« Obwohl es drei Minuten vor der vereinbarten Zeit war, klang das so, als ob Brunetti die Witwe hätte warten lassen.

In der Diele hingen an beiden Seiten Spiegel, die den Eindruck vermittelten, als sei der kleine Vorraum mit lauter Doppelgängern von Brunetti und Signora Trevisans Bruder angefüllt. Der Fußboden war mit weißen und schwarzen Quadraten aus Marmor belegt, was bei Brunetti das Gefühl auslöste, er und seine Spiegelbilder würden sich auf einem Schachbrett bewegen, wodurch der andere Mann zwangsläufig zu seinem Gegenspieler wurde.

»Ich weiß es zu schätzen, daß Signora Trevisan sich bereit erklärt hat, mich zu empfangen«, sagte Brunetti.

»Ich habe ihr davon abgeraten«, entgegnete ihr Bruder brüsk. »Sie sollte gar niemanden empfangen. Es ist furchtbar.« Der Blick, mit dem er das sagte, ließ Brunetti überlegen, ob der Mann den Mord an Trevisan oder seine Anwesenheit im Trauerhaus meinte.

Der andere führte Brunetti über einen zweiten Gang in ein kleines Zimmer linker Hand. Es war schwer zu sagen, wozu dieser Raum diente: Es gab keine Bücher darin, keinen Fernseher, und die einzigen Sitzgelegenheiten waren Stühle in den vier Ecken des Zimmers. Zwei Fenster auf der einen Seite waren mit dunkelgrünen Vorhängen verhängt. In der Mitte stand ein runder Tisch und darauf eine Vase mit getrockneten Blumen. Weiter nichts, und kein Hinweis auf Sinn und Zweck des Zimmers.

»Sie können hier warten«, sagte Lotto und ging. Brunetti blieb kurz stehen, dann trat er an eines der Fenster und zog den Vorhang beiseite. Vor ihm lag der Canal Grande, auf dessen Wasser das Sonnenlicht glitzerte, und links drüben der Palazzo Dario, dessen Fassade mit ihrem Goldmosaik das Licht von der Wasserfläche aufnahm, um es in kleinste Teilchen zu zerlegen und aufs Wasser zurückzuwerfen. Boote zogen vorüber; die Minuten verstrichen.

Er hörte hinter sich die Tür aufgehen und drehte sich um, wollte die Witwe Trevisan begrüßen, aber statt ihrer trat ein junges Mädchen mit dunklem, schulterlangem Haar ein, sah Brunetti am Fenster stehen und zog sich so schnell wieder zurück, wie es gekommen war. Ein paar Minuten später wurde die Tür erneut geöffnet, doch diesmal war die Eintretende eine Frau Anfang Vierzig. Sie trug ein schlichtes schwarzes Wollkleid und so hohe Schuhe, daß sie fast so groß wie Brunetti war. Ihr Gesicht hatte dieselbe Form wie das des Mädchens, und ihr Haar war ebenfalls schulterlang und von derselben dunkelbraunen Farbe, wenngleich Brunetti den Eindruck hatte, daß bei der Farbe nachgeholfen worden war. Ihre Augen standen weit auseinander, wie die ihres Bruders, und strahlten Intelligenz und noch etwas aus, was Brunetti eher für Neugier als für Trauer hielt.

Sie kam auf ihn zu und streckte die Hand aus. »Commissario Brunetti?«

»Ja, Signora. Es tut mir leid, daß wir uns unter solchen Umständen kennenlernen müssen. Ich bin Ihnen sehr dankbar, daß Sie bereit sind, mit mir zu sprechen.«

»Ich möchte alles tun, um Ihnen zu helfen, Carlos Mörder zu finden.« Ihre Stimme war sanft, der Akzent ein leichter Anklang an die verschluckten Hauchlaute der Florentiner.

Sie blickte sich um, als sähe sie das Zimmer zum erstenmal. »Warum hat Ubaldo Sie hier hereingeführt?« fragte sie, und während sie schon kehrtmachte, fügte sie hinzu: »Kommen Sie mit.«

Brunetti folgte ihr auf den Flur, wo sie rechter Hand eine andere Tür öffnete. Sie kamen in einen viel größeren Raum mit drei Fenstern, die auf den Campo San Maurizio hinausgingen; offenbar ein Arbeits- oder Lesezimmer. Sie führte ihn zu zwei tiefen Sesseln, nahm in dem einen Platz und deutete auf den zweiten.

Brunetti setzte sich, doch als er die Beine übereinanderschlagen wollte, merkte er, daß der Sessel dafür viel zu niedrig war. So stützte er beide Ellbogen auf die Armlehnen und legte die Hände auf dem Bauch übereinander.

»Was möchten Sie von mir wissen, Commissario?« fragte Signora Trevisan.

»Ich möchte wissen, ob Ihr Mann in den letzten Wochen, vielleicht auch Monaten, beunruhigt oder nervös auf Sie gewirkt hat, oder ob er sich sonst auf eine Art verändert hatte, die Ihnen merkwürdig erschien.«

Sie wartete, ob noch mehr zu dieser Frage käme, und als das offenbar nicht der Fall war, dachte sie ein Weilchen darüber nach. Schließlich antwortete sie: »Nein, mir fällt dazu nichts ein. Carlo war immer sehr von seiner Arbeit in Anspruch genommen. Und angesichts der politischen Veränderungen in den letzten Jahren und der Öffnung neuer Märkte hatte er besonders viel zu tun. Aber nein, er war in den letzten Monaten nicht nervöser, als er es auch sonst durch die Arbeitsbelastung war.«

»Hat er je mit Ihnen über Fälle gesprochen, an denen er gerade arbeitete, oder vielleicht über einen Klienten, mit dem er besonders viel Ärger hatte?«

»Nein, nicht direkt.«

Brunetti wartete.

»Er hatte einen neuen Klienten«, sagte sie endlich. »Ein Däne, der ein Importgeschäft eröffnen wollte – Käse und Butter, glaube ich – und Probleme mit den neuen EU-Richtlinien hatte. Carlo versuchte für ihn eine Möglichkeit zu finden, wie er seine Produkte über Frankreich statt über Deutschland transportieren könnte. Oder vielleicht war es andersherum. Er war sehr engagiert in der Sache, aber ich kann nicht sagen, daß sie ihn mitgenommen hätte.«

»Und in der Kanzlei? Wie waren die Beziehungen zu seinen Angestellten? Friedlich? Freundlich?«

Sie legte die Hände in den Schoß und senkte den Blick. »Ich glaube schon. Jedenfalls hat er nie irgendwelche Schwierigkeiten mit seinen Leuten erwähnt. Wenn er welche gehabt hätte, bin ich sicher, er hätte mir davon erzählt.«

»Stimmt es, daß die Firma ausschließlich ihm gehörte und die anderen Juristen alle nur angestellt waren?«

»Wie bitte?« fragte sie mit einem erstaunten Blick. »Ich verstehe Ihre Frage nicht ganz.«

»Hat Ihr Mann die Erträge aus seiner Anwaltspraxis mit den anderen Juristen geteilt, oder haben sie als Gehaltsempfänger für ihn gearbeitet?«

Sie sah zu Brunetti hinüber. »Es tut mir leid, aber diese Frage kann ich nicht beantworten, Dottor Brunetti. Ich weiß über Carlos Geschäfte so gut wie nichts. Da müßten Sie mit seinem Steuerberater sprechen.«

»Und wer ist das, Signora?«

»Ubaldo.«

»Ihr Bruder?«

»Ja.«

»Ah, ja«, sagte Brunetti. Und nach einer kurzen Pause fuhr er fort: »Ich möchte Ihnen noch einige Fragen über Ihr Privatleben stellen, Signora.«

»Privatleben?« wiederholte sie, als hätte sie von so etwas noch nie gehört. Als er darauf nichts sagte, nickte sie zum Zeichen, daß er anfangen könne.

»Wie lange waren Sie und Ihr Mann verheiratet?«

»Neunzehn Jahre.«

»Wie viele Kinder haben Sie, Signora?«

»Zwei. Claudio ist siebzehn, Francesca fünfzehn.«

»Gehen beide in Venedig zur Schule, Signora?«

Sie hob abrupt den Kopf bei der Frage. »Warum wollen Sie das wissen?«

»Meine eigene Tochter, Chiara, ist vierzehn. Vielleicht kennen die beiden sich«, antwortete er und lächelte dabei, um zu zeigen, welch unschuldige Frage das gewesen war.

»Claudio ist in einem Schweizer Internat, aber Francesca ist hier. Bei uns.« Sie fuhr sich mit der Hand über die Stirn und korrigierte: »Bei mir.«

»Würden Sie Ihre Ehe als glücklich bezeichnen, Signora?«

»Ja«, antwortete sie wie aus der Pistole geschossen, viel schneller, als Brunetti auf diese Frage geantwortet hätte, auch wenn seine Antwort ebenso ausgefallen wäre. Sie fügte der ihren allerdings nichts hinzu.

»Hatte Ihr Mann irgendwelche besonders guten Freunde oder Geschäftsfreunde?«

Sie blickte bei dieser Frage kurz hoch, dann schnell wieder auf ihre Hände. »Unsere engsten Freunde sind die Nogares, Mirto und Graziella. Er ist Architekt, und sie wohnen am Campo Sant' Angelo. Es sind Francescas Paten. Über Geschäftsfreunde kann ich nichts sagen, da müssen Sie Ubaldo fragen.«

»Und andere Freunde, Signora?«

»Wozu müssen Sie das alles wissen?« fragte sie, und ihre Stimme bekam dabei einen schrillen Ton.

»Ich möchte mehr über Ihren Mann erfahren, Signora.«

»Warum?« Die Frage entfuhr ihr wie ungewollt.

»Solange ich nicht weiß, was er für ein Mensch war, kann ich auch nicht verstehen, warum das passiert ist.«

»Ein Raubmord?« Ihre Frage klang fast sarkastisch.

»Es war kein Raubmord, Signora. Der Täter wollte ihn bewußt töten.«

»Niemand könnte einen Grund gehabt haben, Carlo umbringen zu wollen«, beharrte sie. Brunetti, der diesen Satz schon öfter gehört hatte, als ihm lieb war, sagte nichts.

Signora Trevisan stand unvermittelt auf. »Haben Sie noch Fragen? Wenn nicht, würde ich jetzt gern wieder zu meiner Tochter gehen.«

Brunetti erhob sich ebenfalls und streckte die Hand aus. »Darf ich Ihnen noch einmal dafür danken, daß Sie bereit waren, mit mir zu sprechen, Signora? Ich kann mir vorstellen, wie schmerzlich das alles für Sie und Ihre Familie sein muß, und wünsche Ihnen die Kraft, es durchzustehen.« Während er das alles sagte, klangen die Worte ihm wie Formeln in den Ohren, lauter Dinge, die man so sagte, wenn von wirklichem Leid nichts zu spüren war, und so war es hier.

»Ich danke Ihnen, Commissario«, sagte sie, drückte ihm kurz die Hand und wandte sich zur Tür. Sie hielt sie für Brunetti auf, dann ging sie den Flur entlang auf die Eingangstür zu. Von den übrigen Mitgliedern der Familie war nichts zu sehen.

An der Tür nickte Brunetti der Witwe noch kurz zu, und als er draußen und schon auf der Treppe war, hörte er die Tür leise hinter sich zugehen. Er fand es seltsam, daß eine Frau fast zwanzig Jahre mit einem Mann verheiratet gewesen sein konnte, ohne etwas über seine Geschäfte zu wissen. Zumal wenn ihr Bruder der Steuerberater war. Worüber sprachen sie denn, wenn sie alle miteinander beim Essen saßen? Über Fußball? Alle Leute, die Brunetti kannte, haßten Juristen. Brunetti selbst haßte Juristen. Folglich konnte er auch nicht glauben, daß ein Jurist, dazu noch ein berühmter und erfolgreicher, keine Feinde haben sollte. Darüber konnte er ja morgen mit Lotto reden und sehen, ob dieser etwas entgegenkommender war als seine Schwester.

10

Während Brunettis Besuch bei den Trevisans hatte sich der Himmel bewölkt, und die schimmernde Wärme des Tages war verflogen. Der Commissario sah auf seine Armbanduhr; es war noch nicht sechs, er konnte also, wenn er wollte, in die Questura zurückgehen. Statt dessen wandte er sich in Richtung Ponte dell'Accademia, ging über die Brücke und machte sich auf den Weg nach Hause. Unterwegs betrat er eine Bar und bestellte sich ein Glas Weißwein. Er nahm eine der kleinen Brezeln, die auf dem Tresen standen, biß einmal hinein und warf den Rest in einen Aschenbecher. Der Wein war genauso mies wie die Brezel, also ließ er auch ihn stehen und setzte seinen Heimweg fort.

Er versuchte, sich den Ausdruck in Francesca Trevisans Gesicht ins Gedächtnis zu rufen, als sie so plötzlich in der Tür erschienen war, aber er konnte sich nur noch an ihre weitaufgerissenen Augen erinnern, als sie ihn da stehen sah. Die Augen waren trocken gewesen, und es hatte nichts in ihnen gestanden als die Überraschung; sie glich ihrer Mutter nicht nur im Aussehen, auch in der Abwesenheit von Trauer. Hatte sie jemand anderen erwartet?

Wie würde Chiara reagieren, wenn er umgebracht würde? Und Paola? Wäre sie so ohne weiteres in der Lage, irgendeinem Polizisten Fragen über ihr Privatleben zu beantworten? Ganz sicher könnte Paola, anders als Signora Trevisan, kaum sagen, sie wisse nichts über das berufliche Leben ihres Mannes, ihres verstorbenen Mannes. Diese vorgebliche Ahnungslosigkeit hatte sich in Brunettis Gedanken festgesetzt, und er konnte sie weder loswerden noch daran glauben.

Als er seine Wohnung betrat, sagte ihm sein über Jahre geschultes Radar, daß keiner zu Hause war. Er ging in die Küche, wo der Tisch voller Zeitungen lag, daneben offenbar Chiaras Hausaufgaben, karierte Blätter voller Zahlen und mathematischer Zeichen, mit denen Brunetti absolut nichts anfangen konnte. Er nahm eines der Blätter und besah es sich genauer, sah die ordentliche, etwas rechtslastige Handschrift seiner Tochter in einer langen Reihe von Zahlen und Symbolen, die, wenn er sich recht erinnerte, zu einer quadratischen Gleichung gehörten. War das nun Algebra? Trigonometrie? Es war so lange her und Brunetti war so unbegabt für Mathematik gewesen, daß er sich an fast nichts mehr erinnern konnte, obwohl er sich bestimmt vier Jahre lang damit hatte abplagen müssen.

Er schob die Blätter beiseite und konzentrierte sich auf die Zeitungen, in denen der Mordfall Trevisan mit einem weiteren korrupten Senator und einem weiteren Bestechungsfall um die Aufmerksamkeit des Lesers buhlte. Es war schon Jahre her, seit Giudice Di Pietro die erste offizielle Anklage erhoben hatte, und noch immer regierten Verbrecher das Land. Alle führenden Politiker – zumindest hatte man den Eindruck, daß es alle waren –, die seit Brunettis Kindheit das Land regiert hatten, waren inzwischen mit Straftaten belastet und wieder belastet worden, belasteten sich jetzt sogar schon gegenseitig, und doch war es noch bei keinem einzigen von ihnen zum Prozeß oder gar zur Verurteilung gekommen, obwohl die Staatskasse völlig geplündert war. Jahrzehntelang hatten sie ihre Rüssel im öffentlichen Trog gehabt, aber nichts war offenbar stark genug – kein Volkszorn, kein Aufbranden nationalen Ekels –, um sie aus dem Amt zu fegen. Er blätterte eine Seite um, sah die Fotos der beiden übelsten Figuren, des Buckligen und des Glatzenschweins, und schlug die Zeitung müde und angewidert zu. Nichts würde sich ändern. Brunetti wußte nicht wenig über diese Skandale, wußte, wohin ein großer Teil des Geldes geflossen war und wessen Name wahrscheinlich als nächster genannt würde, aber ganz sicher wußte er nur, daß nichts sich ändern würde. Lampedusa hatte es erfaßt – es mußte den Anschein der Veränderung geben, damit alles beim alten bleiben konnte. Es würde Wahlen geben, neue Gesichter und neue Versprechungen, aber dann würden lediglich andere Rüssel in den Trog getaucht, neue Konten eröffnet werden bei diskreten Privatbanken jenseits der Schweizer Grenze.

Brunetti kannte diese Stimmung und fürchtete sie fast, diese immer neue Gewißheit, daß alles, was er tat, sinnlos war. Warum sich die Mühe machen, den Jungen, der in ein Haus einbrach, ins Gefängnis zu stecken, wenn der Mann, der Milliarden aus dem Gesundheitssystem abzweigte, zum Botschafter des Landes ernannt wurde, in das er die Gelder seit Jahren transferierte? Und was war das für eine Gerechtigkeit, die den Mann mit Strafe bedrohte, der die Gebühren für sein Autoradio nicht bezahlt hatte, wenn der Hersteller desselben Autos offen zugeben konnte, daß er Milliarden Lire an Gewerkschaftsführer gezahlt hatte, damit sie verhinderten, daß ihre Mitglieder Lohnerhöhungen verlangten – dies zugeben konnte und auf freiem Fuß blieb? Warum jemanden wegen Mordes verhaften, oder warum Trevisans Mörder suchen, wenn der Mann, der jahrzehntelang der höchste Politiker des Landes gewesen war, unter der Anklage stand, die Morde an den wenigen ehrlichen Staatsanwälten befohlen zu haben, die den Mut hatten, gegen die Mafia zu ermitteln?

Diese trostlosen Überlegungen wurden durch Chiaras Ankunft unterbrochen. Sie knallte die Wohnungstür zu und kam mit viel Lärm und einem großen Bücherstapel herein. Brunetti sah ihr nach, wie sie in ihr Zimmer ging und gleich darauf ohne die Bücher wieder herauskam.

»Hallo, Engelchen«, rief er. »Möchtest du etwas essen?« Wann mochte sie das eigentlich nicht, fragte er sich.

»*Ciao, papà!*« rief sie zurück und kam durch den Flur, voll damit beschäftigt, sich ihres Mantels zu entledigen, wobei sie allerdings nur den einen Ärmel ganz nach außen krempelte und mit der Hand darin steckenblieb. Unter Brunettis Blicken befreite sie ihre andere Hand und zerrte damit an dem widerspenstigen Ärmel. Er schaute weg, und als er wieder hinsah, lag der Mantel zusammengeknäuelt auf dem Boden, und Chiara bückte sich gerade, um ihn aufzuheben.

Sie kam in die Küche und hielt ihm die Wange hin, damit er den erwarteten Kuß darauf drückte.

Dann ging sie zum Kühlschrank, öffnete ihn, bückte sich, um hineinzuschauen, und holte von ganz hinten ein in Papier gewickeltes Stück Käse heraus. Sie richtete sich auf, nahm ein Messer aus der Schublade und schnitt sich eine dicke Scheibe ab.

»Brot?« fragte er, wobei er eine Tüte mit Brötchen vom

Kühlschrank nahm. Chiara nickte, und sie machten einen Tauschhandel: Er bekam für zwei Brötchen ein großes Stück von dem Käse.

»*Papà*«, begann sie, »was verdient ein Polizist eigentlich in der Stunde?«

»Ich weiß es nicht genau, Chiara. Polizisten bekommen ein Gehalt, aber manchmal müssen sie in der Woche mehr Stunden arbeiten als jemand, der in einem Büro beschäftigt ist.«

»Du meinst, wenn viele Verbrechen passieren oder wenn sie einen verfolgen müssen?«

»*Sì.*« Er nickte zum Käse hin, und sie schnitt ihm noch ein Stück ab, das sie ihm schweigend überreichte.

»Oder wenn sie Leute verhören müssen, Verdächtige und so was?« fragte sie, sichtlich entschlossen, nicht lockerzulassen.

»*Sì*«, wiederholte er, gespannt, worauf sie hinauswollte.

Sie steckte den Rest ihres zweiten Brötchens in den Mund und griff in die Tüte, um sich noch eins zu nehmen.

»*Mamma* bringt dich um, wenn du das ganze Brot wegißt«, sagte er, eine Drohung, die durch jahrelange Wiederholung fast wie eine Liebenswürdigkeit klang.

»Aber was denkst du, wieviel dabei pro Stunde herauskommt, *papà*?« fragte sie, während sie, ohne auf seinen Einwurf einzugehen, das Brötchen aufschnitt.

Er beschloß, eine Zahl zu erfinden, denn egal, welche Summe er nannte, am Ende würde sie ihn darum bitten. »Ich würde sagen, nicht mehr als höchstens 20.000 Lire die Stunde.« Und da er wußte, daß die Frage von ihm erwartet wurde, fragte er: »Warum?«

»Na ja, ich wußte doch, daß du daran interessiert bist, etwas über Francescas Vater zu erfahren, da habe ich heute mal ein bißchen herumgefragt, und weil ich damit der Polizei die Arbeit abnehme, dachte ich, sie könnte mich für meine Zeit eigentlich bezahlen.« Brunetti hatte nichts gegen Venedigs tausendjährige Kaufmannstradition, solange er bei seinen eigenen Kindern keine Anzeichen von Käuflichkeit entdeckte.

Er antwortete nicht, so daß Chiara gezwungen war, ihr Kauen einzustellen und ihn anzusehen. »Na, was hältst du davon?«

Er überlegte ein Weilchen, dann antwortete er: »Ich finde, es hängt davon ab, was du herausgefunden hast, Chiara. Wir zahlen dir ja kein Gehalt – egal was du tust –, wie wir es bei unseren Polizisten machen. Du wärst so eine Art Privatunternehmer, der freiberuflich für uns tätig ist, und wir würden dich nach dem Wert dessen entlohnen, was du uns lieferst.«

Sie dachte kurz darüber nach, und es schien ihr einzuleuchten. »Also gut. Ich erzähle dir, was ich herausbekommen habe, und du sagst mir dann, was es dir wert ist.«

Nicht ohne Bewunderung stellte Brunetti fest, wie geschickt sie die kritische Frage umgangen hatte, ob er überhaupt bereit war, für Informationen zu zahlen, und einfach an dem Punkt angesetzt hatte, wo das Geschäft schon vereinbart war und es nur noch um Einzelheiten ging. Also gut. »Dann erzähl mal.«

Chiara, nun ganz Geschäftsfrau, steckte den Rest ihres dritten Brötchens in den Mund, wischte ihre Hände an einem Geschirrtuch ab und setzte sich an den Tisch. »Ich mußte mit vier verschiedenen Leuten reden, bevor ich wirklich etwas herausbekam«, begann sie so ernst, als wäre sie Zeugin vor Gericht. Oder im Fernsehen.

»Wer waren diese Leute?«

»Ein Mädchen von der Schule, in die Francesca jetzt geht; eine Lehrerin in meiner Schule, und noch ein Mädchen, auch aus meiner Schule; als viertes eins von den Mädchen, das mit uns zusammen in der Grundschule war.«

»Und das hast du alles heute geschafft, Chiara?«

»Klar. Ich mußte mir den Nachmittag frei nehmen, um Luciana zu treffen und anschließend zu Francescas Schule zu gehen und mit dem anderen Mädchen zu reden, aber davor habe ich noch mit der Lehrerin und dem Mädchen aus meiner eigenen Schule gesprochen.«

»Du hast dir den Nachmittag frei genommen?« fragte Brunetti, aber nur aus Neugier.

»Klar, alle machen das andauernd. Du mußt nur einen Zettel von deinen Eltern abliefern, auf dem steht, daß du krank bist oder irgendwohin mußt, dann fragt keiner nach.«

»Machst du das oft, Chiara?«

»Nein, *papà*. Nur, wenn es sein muß.«

»Wer hat dir den Zettel geschrieben?«

»*Mamma* war gerade an der Reihe. Außerdem ist ihre Unterschrift viel leichter nachzumachen als deine.« Während sie sprach, sammelte Chiara die Blätter mit ihren Hausaufgaben ein, die auf dem Tisch lagen, machte einen ordentlichen Stapel daraus, legte ihn zur Seite und sah dann zu ihm auf, um endlich mit den wichtigeren Dingen fortzufahren.

Er zog einen Stuhl unter dem Tisch hervor und setzte sich ihr gegenüber. »Und was haben diese Leute dir erzählt, Chiara?«

»Als erstes habe ich erfahren, daß Francesca diesem anderen Mädchen auch die Entführungsgeschichte erzählt hat, und ich glaube, sie hat dasselbe auch einigen von uns erzählt, als wir zusammen in der Grundschule waren, aber das ist fünf Jahre her.«

»Wie lange wart ihr denn zusammen in der Schule?«

»Na, die ganze Grundschule durch. Aber dann ist ihre Familie umgezogen, und sie kam in die Vivaldi-Mittelschule. Ich sehe sie manchmal, aber wir waren ja nicht befreundet oder so was.«

»War denn das Mädchen, dem sie die Geschichte erzählt hat, gut mit ihr befreundet?«

Er sah, wie Chiara bei der Frage den Mund verzog, und sagte: »Vielleicht erzählst du mir besser alles auf deine Art.«

Sie lächelte. »Das Mädchen aus meiner Schule, das ich gefragt habe, kennt Francesca von der Mittelschule, und sie sagt, Francesca hat ihr erzählt, daß ihre Eltern sie gewarnt haben, sie soll nur ja immer achtgeben, mit wem sie redet, und nie mit jemandem mitgehen, den sie nicht kennt. Das ist so ziemlich dasselbe, was sie uns damals gesagt hat.«

Sie sah beifallheischend zu ihm herüber, und er lächelte ihr zu, obwohl es nicht viel mehr war, als was sie schon beim Mittagessen erzählt hatte.

»Das wußte ich ja schon, und da dachte ich, es ist besser, wenn ich mit jemandem von der Schule rede, in der sie jetzt ist. Darum mußte ich mir den Nachmittag frei nehmen, damit ich sie auch treffe.« Er nickte. »Dieses Mädchen hat mir erzählt, daß Francesca einen Freund hat. Nein, *papà,* einen richtigen. Die sind ein echtes Liebespaar mit allem Drum und Dran.«

»Hat sie gesagt, wer der Freund ist?«

»Nein, nur daß Francesca ihr nie seinen Namen sagen wollte, aber er ist schon älter, über zwanzig. Francesca hat ihr erzählt, daß sie mit ihm durchbrennen wollte, aber das will er erst, wenn sie älter ist.«

»Hat das Mädchen dir gesagt, warum Francesca durchbrennen wollte?«

»Nicht so direkt, aber sie meint, es ist wegen der Mutter, weil Francesca so oft Krach mit ihr hat.«

»Und der Vater?«

»Oh, den hatte Francesca wohl sehr gern, er soll immer sehr gut zu ihr gewesen sein, nur hat sie ihn kaum zu sehen bekommen, weil er immer so viel zu tun hatte.«

»Francesca hat doch auch einen Bruder, oder?«

»Ja, Claudio, aber der ist in der Schweiz in einem Internat. Darum habe ich mit der Lehrerin geredet. Sie hat früher an der Mittelschule unterrichtet, in der er war, bevor er in die Schweiz ging. Ich dachte, ich könnte sie irgendwie dazu bringen, mir etwas von ihm zu erzählen.«

»Und, hast du sie dazu gebracht?«

»Klar. Ich habe gesagt, daß ich Francescas beste Freundin bin und Francesca sich Sorgen um Claudio macht, wie er das mit dem Tod seines Vaters aufnimmt, dort in der Schweiz, und überhaupt. Ich habe gesagt, daß ich ihn auch kenne, und sogar durchblicken lassen, daß ich in ihn verknallt sei.« Hier hielt sie inne und schüttelte den Kopf.

»Pfui Spinne. Jeder, absolut jeder sagt, daß Claudio ein echtes Ekel ist, aber sie hat es mir geglaubt.«

»Was hast du sie denn gefragt?«

»Ich habe gesagt, Francesca möchte wissen, ob die Lehrerin einen Rat geben könnte, wie sie mit Claudio umgehen soll.« Als sie Brunettis erstaunte Miene sah, erklärte Chiara: »Ja, ich weiß, daß es blöde klingt, und niemand würde so was fragen, aber du weißt doch, wie Lehrer sind, die wollen dir immer sagen, was du mit deinem Leben anfangen und wie du dich verhalten sollst.«

»Hat die Lehrerin dir das abgenommen?«

»Natürlich«, antwortete Chiara ernsthaft.

»Du mußt ja eine gute Lügnerin sein«, sagte Brunetti halb im Scherz.

»Bin ich auch. Eine sehr gute sogar. *Mamma* war immer der Meinung, so etwas muß man gut können.« Sie sah Brunetti dabei gar nicht erst an und fuhr gleich fort: »Die Lehrerin hat gesagt, Francesca soll der Tatsache eingedenk sein – das waren ihre Worte: ›eingedenk sein‹ – , daß Claudio seinen Vater immer lieber gehabt hat als seine Mutter und daß es darum eine schwere Zeit für ihn ist.« Sie verzog das Gesicht zu einer Grimasse. »Toll, was? Da bin ich durch die halbe Stadt getigert, um das zu hören. Und es hat eine halbe Stunde gedauert, bis sie damit herauskam.«

»Was haben die anderen gesagt?«

»Luciana sagt – ich mußte bis nach Castello, um sie zu treffen –, daß Francesca ihre Mutter richtig haßt, weil sie ihren Vater immer so rumschubst, ihm dauernd sagt, was er tun soll. Den Onkel kann sie auch nicht besonders gut leiden. Sie sagt, er hält sich für den Chef der Familie.«

»Inwiefern hat sie ihn rumgeschubst?«

»Das wußte Luciana auch nicht. Aber Francesca hat es ihr so erzählt, daß ihr Vater immer gemacht hat, was ihre Mutter wollte.« Bevor Brunetti das ins Scherzhafte ziehen konnte, fügte Chiara hinzu: »Nicht so wie bei dir und *mamma*. Sie sagt dir zwar immer, was du tun sollst, aber du bist dann meist derselben Meinung wie sie und machst sowieso, was du willst.« Sie warf einen Blick auf die Wanduhr und fragte: »Was meinst du, wo *mamma* ist? Es ist fast sieben. Was essen wir denn zu Abend?« Wobei die zweite Frage eindeutig die war, die Chiara am meisten beschäftigte.

»Wahrscheinlich ist sie an der Uni aufgehalten worden, weil sie einem Studenten sagen mußte, was er mit seinem Leben anfangen soll.« Und bevor Chiara entscheiden konnte, ob sie darüber lachen sollte oder nicht, meinte Brunetti: »Wenn das jetzt alles war, was du mir über deine Detektivarbeit zu berichten hast, können wir ja schon anfangen, das Essen zu machen. Dann ist es zur Abwechslung mal fertig, wenn *mamma* nach Hause kommt.«

»Aber wieviel ist das denn nun wert?« schmeichelte Chiara.

Brunetti überlegte. »Dreißigtausend, denke ich«, sagte er schließlich. Da er es aus seiner eigenen Tasche bezahlen mußte, gedachte er nicht mehr zu investieren, obwohl die Information, daß Signora Trevisan ihren Mann herumgeschubst hatte, sollte sie sich als zutreffend erweisen und sich auch auf sein Berufsleben beziehen, möglicherweise von unschätzbarem Wert war.

11

Am nächsten Tag meldete der *Gazzettino* auf der Titelseite den Selbstmord Rino Faveros, eines der erfolgreichsten Steuerberater im Veneto. Favero, hieß es, habe seinen Rover in die Doppelgarage unter seinem Haus gefahren, das Garagentor geschlossen und sich bei laufendem Motor ganz friedlich auf die Vordersitze seines Wagens gelegt. Es hieß ferner, Faveros Name solle demnächst in Verbindung mit dem sich ausweitenden Skandal gebracht werden, der zur Zeit durch die Gänge des Gesundheitsministeriums tobe. Es war zwar inzwischen in ganz Italien bekannt, daß dem früheren Gesundheitsminister vorgeworfen wurde, er habe von diversen Pharmaunternehmen horrende Bestechungssummen eingesackt und es ihnen im Gegenzug erlaubt, ihre Medikamentenpreise zu erhöhen; aber daß Favero der Steuerberater war, der die privaten Finanzen des Direktors der größten dieser Firmen verwaltete, gehörte noch nicht zum Allgemeinwissen. Wer davon wußte, nahm an, daß Favero beschlossen hatte, es denen nachzutun, deren Namen sich in diesem weitgespannten Korruptionsnetz schon verfangen hatten, und er seine Ehre retten wollte, indem er sich der Anklage, dem Urteil und einer möglichen Bestrafung entzog. Nur wenige stellten offenbar in Frage, daß man so seine Ehre retten könne.

Drei Tage nach Faveros Tod, also fünf Tage nach dem Mord an Trevisan, kam Brunetti in sein Büro, als gerade das Telefon klingelte.

»Brunetti«, meldete er sich, in der einen Hand den Hörer, während er mit der anderen seinen Regenmantel aufknöpfte.

»Commissario Brunetti, hier spricht Capitano della Corte von der Polizei in Padua.« Den Namen hatte Brunetti schon einmal gehört, wußte aber nur noch, daß es in einem für della Corte positiven Zusammenhang gewesen war.

»Guten Morgen, Capitano. Was kann ich für Sie tun?«

»Sie können mir sagen, ob Ihnen der Name Rino Favero im Zusammenhang mit dem Mord im Intercity untergekommen ist.«

»Favero? Der Mann, der Selbstmord verübt hat?«

»Selbstmord?« fragte della Corte. »Mit vier Milligramm Rohypnol im Blut?«

Brunetti war sofort hellwach. Mit so viel Schlafmittel im Blut konnte niemand mehr laufen, geschweige denn Auto fahren. »Was für ein Zusammenhang besteht mit Trevisan?« fragte er.

»Das wissen wir noch nicht. Aber wir haben alle Telefonnummern überprüft, die in seinem Adreßbuch stehen, das heißt alle, bei denen kein Name stand. Trevisans Nummer war eine davon.«

»Haben Sie die Liste schon?« Brunetti mußte nicht erklären, daß er die Liste der Telefonate meinte, die von Faveros Anschluß aus geführt worden waren.

»Ein Anruf bei Trevisan ist nicht registriert, weder bei ihm zu Hause noch in der Kanzlei, jedenfalls nicht von seinem eigenen Anschluß aus.«

»Wozu hatte er dann die Nummer?« fragte Brunetti.

»Das ist genau die Frage, die wir uns auch stellen.« Della Cortes Ton war trocken.

»Wie viele Nummern waren denn sonst noch ohne Namen aufgeführt?«

»Acht. Eine davon ist eine Bar in Mestre, eine ist eine öffentliche Telefonzelle im Bahnhof von Padua. Die anderen gibt es nicht.«

»Wie meinen Sie das, die gibt es nicht?«

»Daß sie alle nicht als Telefonnummern in der Region Veneto in Frage kommen.«

»Und in anderen Städten, anderen Provinzen?«

»Haben wir überprüft. Entweder haben sie zu viele Stellen, oder sie entsprechen nicht dem Nummernsystem hierzulande.«

»Ausland?«

»Die einzige Möglichkeit.«

»Irgendeine Ländervorwahl vielleicht?«

»Zwei sehen so aus, als könnten sie nach Osteuropa passen, zwei entweder nach Ecuador oder Thailand. Und fragen Sie mich bitte nicht, woher die Leute, die mir das gesagt haben, es wissen«, antwortete della Corte. »Und keine dieser Nummern hat er je von einem seiner Anschlüsse aus angerufen, weder die ausländischen noch die hiesigen.«

»Aber er hatte sie notiert«, sagte Brunetti.

»Ja, das hatte er.«

»Er hätte ohne weiteres von einer öffentlichen Zelle aus telefonieren können«, gab Brunetti zu bedenken.

»Ich weiß, ich weiß.«

»Und sonstige Auslandsgespräche? Hat er in irgendeinem Land besonders häufig angerufen?«

»Er hat in vielen Ländern häufig angerufen.«

»Internationale Kundschaft?« fragte Brunetti.

»Manche waren Gespräche mit Kunden, ja. Aber viele lassen sich niemandem zuordnen, für den er tätig war.«

»Welche Länder sind das denn?« wollte Brunetti wissen.

»Österreich, Niederlande, Dominikanische Republik«, begann della Corte, dann sagte er: »Warten Sie, ich hole die Liste.« Der Hörer wurde hingelegt, Brunetti hörte Papier rascheln, darauf wieder della Cortes Stimme. »Und Polen, Rumänien und Bulgarien.«

»Wie oft hat er dort angerufen?«

»In manchen Ländern zweimal die Woche.«

»Immer dieselbe Nummer, oder Nummern?«

»Oft ja, aber nicht immer.«

»Gehen Sie denen nach?«

»Die österreichische Nummer gehört einem Reisebüro in Wien.«

»Und die anderen?«

»Commissario, ich weiß nicht, wie gut Sie sich in Osteuropa auskennen, aber die haben nicht mal Telefonbücher, geschweige denn eine Vermittlung, die Ihnen sagen kann, wem ein Anschluß gehört.«

»Und die Polizei?«

Della Corte schnaubte verächtlich.

»Haben Sie die Nummern mal anzurufen versucht?«

»Ja. Keine Antwort.«

»Bei keiner?«

»Bei keiner.«

»Was ist mit den Anschlüssen im Bahnhof und in der Bar?« fragte Brunetti.

Als Antwort hörte er ein weiteres Schnauben, aber dann erklärte della Corte: »Ich konnte schon froh sein, daß ich die Nummern überhaupt ermitteln durfte.« Es folgte eine lange Pause, und Brunetti wartete auf die Bitte, von der er wußte, daß sie gleich kommen würde. »Da Sie soviel näher dran sind, dachte ich, Sie könnten mal jemand in die Bar schicken, der das Telefon eine Weile im Auge behält.«

»Wo ist die Bar?« fragte Brunetti und griff nach einem Stift, hütete sich aber, irgendwelche Zusagen zu machen.

»Heißt das, Sie schicken jemanden hin?«

»Ich will es versuchen«, antwortete Brunetti, denn mehr konnte er nicht versprechen. »Wo ist sie?«

»Ich habe nur Namen und Adresse. Ich kenne Mestre nicht so gut, um genau zu wissen, wo das ist.« In Brunettis Augen lohnte es sich auch nicht, Mestre gut genug zu kennen, um zu wissen, was wo lag.

»Die Bar heißt Pinetta. Via Fagare 16. Wissen Sie, wo das ist?« fragte della Corte.

»Die Via Fagare ist irgendwo in der Nähe des Bahnhofs, glaube ich. Aber den Namen der Bar habe ich noch nie gehört.« Nachdem er sich nun doch irgendwie zur Mithilfe bereit erklärt hatte, fand Brunetti, daß er im Gegenzug seinerseits eine Information erbitten konnte. »Haben Sie eine Ahnung, wie die beiden Fälle zusammenhängen könnten?«

»Sie wissen über die Pharmageschichte Bescheid?« fragte della Corte.

»Wer nicht?« gab Brunetti statt einer Antwort zurück. »Sie meinen, beide könnten damit zu tun haben?«

»Möglich. Aber für den Anfang wollen wir erst mal alle seine Klienten überprüfen. Er hatte viele in der Region.«

»Die richtigen Leute?«

»Allerbeste Adressen. In den letzten Jahren nannte er sich ›Gutachter‹ statt nur ›Steuerberater‹.«

»War er gut?«

»Er galt als der beste.«

»Also gut genug, um die neuen Steuerformulare zu durchschauen«, warf Brunetti ein, um mit diesem Scherz so etwas wie eine menschliche Gemeinsamkeit zwischen sich und della Corte herzustellen. Er wußte, daß alle Italiener sich einig waren in ihrem Widerwillen gegen die Steuerbehörde, aber in diesem Jahr, mit einem Steuerformular von zweiunddreißig Seiten Umfang, das selbst der Finanzminister nach eigenem Eingeständnis weder verstand noch ausfüllen konnte, hatte dieser Widerwille eine neue Stufe erreicht.

Della Cortes leise geknurrter Kraftausdruck machte zwar seine Gefühle gegenüber der Steuerbehörde deutlich, sprach aber nicht allzusehr von menschlicher Gemeinsamkeit. »Ja, anscheinend war er sogar dafür gut genug. Ich kann Ihnen sagen, daß seine Klientenliste die meisten Steuerberater vor Neid erblassen ließe.«

»Ist auch Medi-Tech dabei?« fragte Brunetti. Das war die größte der in den jüngsten Preisabspracheskandal verwickelten Firmen.

»Nein, mit deren Arbeit für das Ministerium hatte er anscheinend nichts zu tun. Und seine Tätigkeit für den Minister scheint rein privater Art gewesen zu sein, das heißt, sie betraf nur die persönlichen Einkünfte des Ministers.«

»Er war nicht in den Skandal verwickelt?« fragte Brunetti, der das sogar noch interessanter fand.

»Soweit wir sehen können, nein.«

»Gibt es ein anderes mögliches Motiv für seinen« – Brunetti verstummte kurz, bis er das richtige Wort fand – »für seinen Tod?«

Della Corte antwortete nicht sofort. Dann sagte er: »Wir haben noch nichts gefunden. Er war siebenunddreißig Jahre verheiratet, offenbar glücklich. Vier Kinder, die alle studiert haben, und keines davon hat ihm unseres Wissens Kummer bereitet.«

»Also Mord?«

»Sehr wahrscheinlich.«

»Werden Sie das an die Presse geben?«

»Nein, solange wir noch nicht mehr dazu sagen können, es sei denn, einer von denen kriegt Wind von dem Autopsiebericht«, antwortete della Corte, und es klang, als wisse er das noch eine Weile zu verhindern.

»Und wenn sie Wind davon kriegen?« Brunetti hegte großes Mißtrauen gegenüber der Presse und ihrem oft gewaltsamen Umgang mit der Wahrheit.

»Darüber mache ich mir Gedanken, wenn es soweit ist«, sagte della Corte brüsk. »Sagen Sie mir Bescheid, wenn Sie irgend etwas über diese Bar herausbekommen?«

»Natürlich. Kann ich Sie in der Questura anrufen?«

Della Corta nannte ihm die Durchwahl zu seinem Büro. »Und, Brunetti, wenn Sie etwas haben, geben Sie die Information bitte nicht an jemand anderen, der sich an meinem Apparat meldet, nein?«

»Selbstverständlich nicht«, sagte Brunetti, obwohl er diese Bitte merkwürdig fand.

»Und ich rufe Sie an, wenn mir der Name Trevisan noch

einmal begegnet. Sehen Sie mal, ob sich nicht irgendeine Verbindung zwischen den beiden finden läßt. Eine Telefonnummer ist nicht gerade viel.«

Der Meinung war Brunetti auch, obwohl es immerhin etwas war, und was Trevisans Tod anging, sogar einiges mehr, als sie bisher hatten.

Della Corte verabschiedete sich so abrupt, als wäre er zu etwas Wichtigerem gerufen worden.

Brunetti legte den Hörer auf und lehnte sich in seinem Schreibtischsessel zurück. Er versuchte sich vorzustellen, was den venezianischen Anwalt mit dem Steuerberater aus Padua verbinden könnte. Beide Männer waren sicher in den gleichen gesellschaftlichen und beruflichen Kreisen herumgekommen, so daß es einen nicht erstaunen mußte, wenn sie sich kannten oder wenn im Adreßbuch des einen die Telefonnummer des anderen stand. Wie merkwürdig aber, daß sie dort ohne Namen stand und in welch eigenartiger Gesellschaft: zwei öffentliche Telefonzellen und einige Nummern, die es offenbar nirgends gab. Und noch merkwürdiger war, daß diese Nummer im Adreßbuch eines Mannes stand, der in derselben Woche umgebracht wurde wie Trevisan.

12

Brunetti rief unten bei Signorina Elettra an, um zu fragen, ob die Telecom schon auf sein Ersuchen reagiert hatte, ihm eine Liste mit Trevisans sämtlichen Telefongesprächen der letzten sechs Monate zu geben, und mußte hören, daß sie ihm die Liste schon gestern auf den Schreibtisch gelegt hatte. Er bedankte sich, legte auf und fing an, die vor ihm liegenden Papiere zu sortieren, schob die Personalberichte beiseite, die er schon vor vierzehn Tagen hätte bearbeiten sollen, ebenso den Brief eines Kollegen, mit dem er in Neapel zusammengearbeitet hatte, der aber zu deprimierend war, um ihn noch einmal zu lesen oder zu beantworten.

Die Liste mit den Telefonaten war da, eine Mappe mit fünfzehn Seiten Computerausdruck. Ein kurzer Blick auf die erste Seite sagte ihm, daß nur die Ferngespräche aufgeführt waren, sowohl von der Kanzlei als auch von Trevisans Privatanschluß aus. Jede Spalte begann mit der Orts- oder gegebenenfalls der Ländervorwahl, gefolgt von der angewählten Teilnehmernummer sowie Uhrzeit und Dauer des Gesprächs. Rechts waren in einer Sonderspalte die Namen der Städte und Länder aufgeführt, zu denen die jeweiligen Nummern gehörten. Er blätterte rasch die Seiten durch und stellte fest, daß nur die abgehenden Gespräche aufgelistet waren, nicht aber die eingehenden. Vielleicht waren letztere nicht angefordert worden, oder vielleicht brauchte die Telecom länger, sie zuzuordnen, oder vielleicht – und ebensogut möglich – war irgendein neuer bürokratischer Alptraum für die Bearbeitung solcher Ersuchen ersonnen worden, und die Informationen kamen später.

Brunetti ließ seinen Blick über die rechte Spalte mit den Städtenamen wandern. Auf den ersten Seiten ergab sich noch kein Schema, aber ab der vierten sah er, daß Trevisan – oder, wie er sich gewissenhaft sagte, wer sonst von dessen Apparat aus telefonierte – regelmäßig drei Nummern in Bulgarien angerufen hatte, mindestens zwei- oder dreimal im Monat. Dasselbe galt für Nummern in Ungarn und Polen. Er erinnerte sich, daß schon della Corte Bulgarien und Polen erwähnt hatte, Ungarn allerdings nicht. Dazwischen waren Gespräche mit den Niederlanden und England aufgeführt, die vielleicht durch Trevisans Anwaltstätigkeit zu erklären waren. Die Dominikanische Republik tauchte nirgends auf, und bei den Gesprächen mit Österreich und den Niederlanden, die della Corte beide auch erwähnt hatte, ließ sich keine Regelmäßigkeit erkennen.

Brunetti hatte keine Ahnung, wie viele von den Geschäften eines Anwalts wohl übers Telefon abgewickelt wurden, und konnte darum auch nicht sagen, ob die Liste, die er hier las, eine unüblich hohe Zahl von Gesprächen verzeichnete.

Er rief in der Zentrale an und ließ sich mit der Nummer verbinden, die della Corte ihm gegeben hatte. Als er den anderen am Apparat hatte, meldete Brunetti sich mit Namen und bat um die Nummern in Padua und Mestre aus Faveros Adreßbuch.

Als della Corte sie ihm durchgegeben hatte, sagte Brunetti: »Ich habe hier eine Liste von Trevisans Telefonaten, aber nur von den Ferngesprächen, da ist die Nummer in Mestre nicht dabei. Wollen Sie warten, während ich nach der Nummer in Padua suche?«

»Fragen Sie mich, ob ich in den Armen einer Sechzehnjährigen sterben möchte, und Sie kriegen dieselbe Antwort«, gab della Corte zurück.

Brunetti verstand das als ein Ja und begann die Liste durchzusehen, wobei er jedesmal innehielt, wenn sein Blick auf 049 fiel, die Vorwahl für Padua. Auf den vier ersten Seiten fand er nichts, aber auf der fünften und dann wieder auf der neunten erschien sie, tauchte dann eine Weile nicht mehr auf und erschien erneut auf der vierzehnten Seite, dort gleich dreimal in einer Woche.

Della Cortes Antwort auf Brunettis Mitteilung war ein tiefes, zweisilbiges Summen. »Ich glaube, ich werde dieses Telefon in Padua mal überwachen lassen.«

»Und ich schicke jemanden sich die Bar ansehen«, sagte Brunetti, jetzt höchst interessiert und begierig darauf, zu erfahren, was das für eine Bar war und wer dort verkehrte, vor allem jedoch darauf erpicht, eine Liste mit Trevisans Ortsgesprächen in die Hand zu bekommen und zu sehen, ob die Nummer der Bar darin auftauchte. Brunettis langjährige und oft unerfreuliche Erfahrungen als Polizist hatten in ihm jede Zufallsgläubigkeit zerstört. Eine Telefonnummer, die zwei Männern bekannt war, welche wenige Tage nacheinander ermordet wurden, war keine Zufälligkeit, war keine statistische Kuriosität, die man kurz kommentierte und dann vergaß. Die Nummer in Padua hatte etwas zu bedeuten, wenn Brunetti auch noch nicht wußte, was, und er war sich plötzlich ganz sicher, daß er auch der Nummer dieser Bar in Mestre auf der Liste mit Trevisans Ortsgesprächen wieder begegnen würde.

Er versprach della Corte, ihn anzurufen, sobald er etwas über den Anschluß in Mestre wisse, dann drückte er kurz auf die Gabel und wählte Vianellos Nummer. Als der Sergente abnahm, bat Brunetti ihn zu sich.

Wenige Minuten später kam Vianello herein. »Trevisan?« fragte er und sah Brunetti mit offener Neugier an.

»Ja. Ich hatte eben einen Anruf von der Polizei in Padua, wegen Rino Favero.«

»Der Steuerberater, der für den Gesundheitsminister gearbeitet hat?« fragte Vianello. Und als Brunetti nickte, platze es regelrecht aus Vianello heraus: »Das sollten die alle machen.«

Brunetti sah verblüfft auf. »Was sollten alle machen?«

»Sich umbringen, die ganze Saubande.« So plötzlich der Ausbruch gekommen war, ebbte er wieder ab, und Vianello ließ sich auf dem Stuhl vor Brunettis Schreibtisch nieder.

»Was war denn das?« wollte Brunetti wissen.

Statt einer Antwort hob Vianello die Schultern und machte eine wegwerfende Handbewegung.

Brunetti wartete.

»Der Leitartikel im *Corriere* von heute morgen«, erklärte Vianello schließlich.

»Und, was stand da?«

»Daß wir Mitleid mit diesen armen Männern haben sollten, in den Selbstmord getrieben durch die Schande und das Leid, das man ihnen antut. Die Richter sollten sie aus den Gefängnissen lassen und ihren Familien wiedergeben. Den

Rest weiß ich nicht mehr; aber mir ist schon davon schlecht geworden.« Brunetti schwieg weiter, und Vianello fuhr fort: »Wenn einer ein Portemonnaie klaut und dafür ins Gefängnis kommt, lesen wir keine Leitartikel, jedenfalls nicht im *Corriere,* die damit anfangen, daß er freigelassen werden soll und wir Mitleid mit ihm haben müßten. Und was diese Schweine alles gestohlen haben, weiß nur Gott allein. Das sind Ihre Steuern. Meine. Milliarden, Tausende von Milliarden.« Als Vianello plötzlich merkte, wie laut er geworden war, wiederholte er die Handbewegung von vorhin, wie um seine Wut zu verscheuchen, und fragte mit wesentlich gemäßigterer Stimme: »Was ist mit Favero?«

»Es war kein Selbstmord«, sagte Brunetti.

Vianellos Blick war ehrlich überrascht. »Was ist passiert?« fragte er. Sein Ausbruch war offenbar vergessen.

»Er hatte so viel Schlafmittel im Leib, daß er unmöglich noch hätte fahren können.«

»Wieviel?« wollte Vianello wissen.

»Vier Milligramm«, antwortete Brunetti, und bevor Vianello ihm erklären konnte, daß dies wohl kaum eine hohe Dosis sei, ergänzte er: »Rohypnol.« Vianello wußte so gut wie Brunetti, daß vier Milligramm Rohypnol sie beide für die nächsten anderthalb Tage in Tiefschlaf versetzen würden.

»Welche Verbindung gibt es zu Trevisan?«

Wie Brunetti hatte auch Vianello längst den Glauben an Zufälle verloren, und so lauschte er gebannt der Geschichte von der Telefonnummer, die beide Männer gekannt hatten.

»In der Nähe vom Bahnhof?« fragte Vianello. »Via Fagare?«

»Ja. Die Bar heißt Pinetta. Kennen Sie die?«

Vianello blickte nachdenklich zur Decke, dann nickte er.

»Ich glaube, ja, wenn es die ist, an die ich denke. Links vom Bahnhof?«

»Keine Ahnung«, antwortete Brunetti. »Ich weiß, daß sie nicht weit vom Bahnhof ist, aber ich habe nie davon gehört.«

»Ja, ich glaube, das ist sie. Pinetta?«

Brunetti nickte und wartete, was Vianello noch zu sagen hätte.

»Wenn es die ist, die ich meine, die ist ziemlich verrufen. Jede Menge Nordafrikaner, diese ›vucumprà‹-Typen, die man überall rumhängen sieht.« Vianello hielt einen Moment inne, und Brunetti bereitete sich darauf vor, irgendeine abfällige Bemerkung über diese illegalen Händler zu hören, die Venedigs Straßen bevölkerten und ihre imitierten Gucci-Taschen und afrikanischen Schnitzereien verkauften. Doch Vianello überraschte ihn, indem er sagte: »Arme Teufel.«

Brunetti hatte längst die Hoffnung aufgegeben, von seinen Mitbürgern einmal so etwas wie logisches politisches Denken zu hören, aber auf Vianellos Mitgefühl für diese eingewanderten Straßenhändler, meist die Verachtetsten unter den Hunderttausenden, die nach Italien strömten, um von den Krümeln satt zu werden, die unter die Tische der Reichen fielen, war er nicht gefaßt. Doch hier saß nun Vianello, ein Mann, der nicht nur die Lega Nord wählte, sondern sich auch energisch dafür stark machte, daß Italien nördlich von Rom zweigeteilt werden solle – wenn er besonders in Fahrt war, hatte man ihn schon nach einer

Mauer rufen hören, um die Barbaren draußen zu halten, die Afrikaner, denn südlich von Rom begann für ihn Afrika –, dieser selbe Vianello also nannte nun diese Afrikaner ›arme Teufel‹ und meinte es anscheinend sogar ernst.

So erstaunt Brunetti über die Bemerkung war, wollte er doch jetzt keine Zeit vertun. Statt dessen fragte er: »Haben wir einen, der da mal abends hingehen kann?«

»Und was soll er machen?« fragte Vianello, ebenso froh wie Brunetti, das andere Thema meiden zu können.

»Einen trinken. Mit Leuten reden. Sehen, wer telefoniert. Oder angerufen wird.«

»Also einer, der nicht aussieht wie ein Polizist, meinen Sie?«

Brunetti nickte.

»Pucetti?« schlug Vianello vor.

Brunetti schüttelte den Kopf. »Zu jung.«

»Und wahrscheinlich zu sauber«, ergänzte Vianello sofort.

»Diese Pinetta-Bar scheint ja richtig nett zu sein.«

»Das ist so ein Schuppen, in dem ich lieber meine Waffe bei mir hätte«, meinte Vianello. Und nachdem er kurz überlegt hatte, fügte er etwas allzu beiläufig hinzu: »Scheint mir das Richtige für Topa zu sein«, denn das war der Name eines Sergente, der nach dreißig Jahren Polizeidienst vor einem halben Jahr in den Ruhestand gegangen war. Topa hieß eigentlich Romano, aber es hatte ihn niemand mehr so genannt, seit er vor über fünfzig Jahren ein kleiner, rundlicher Junge gewesen war, der genau so aussah wie das Mäuschen, dem er seinen Spitznamen verdankte. Auch als er erwachsen geworden war und eine so breite

Brust bekommen hatte, daß seine Uniformjacken extra für ihn angefertigt werden mußten, war der Name ihm geblieben, völlig widersinnig, aber dennoch unveränderbar. Nie hatte sich jemand über Topa lustig gemacht, weil er einen Spitznamen mit weiblicher Endung hatte. Etliche Leute hatten ihm in seinen dreißig Jahren Dienstzeit zu schaden versucht, aber keiner hatte es gewagt, über seinen Spitznamen zu lachen.

Als Brunetti schwieg, sah Vianello einmal rasch zu ihm hoch und ebenso rasch wieder weg. »Ich weiß, wie Sie zu ihm stehen, Commissario.« Und ehe Brunetti noch Zeit fand, dazu etwas zu sagen: »Es wäre nicht einmal ein dienstlicher Einsatz, jedenfalls nicht offiziell. Er würde Ihnen nur einen Gefallen tun.«

»Indem er in die Pinetta-Bar geht?«

Vianello nickte.

»Das gefällt mir nicht«, sagte Brunetti.

Vianello ließ sich nicht beirren. »Er wäre lediglich ein Rentner, der auf ein Gläschen in eine Bar geht, vielleicht auf eine Runde Karten.« Und da Brunetti weiter schwieg, fügte er hinzu: »Ein Polizist im Ruhestand kann doch in eine Bar gehen und Karten spielen, wenn er will, oder?«

»Das weiß ich eben nicht«, sagte Brunetti.

»Was?«

»Ob er das wollen würde.« Es war deutlich, daß keiner von ihnen gern über die Gründe für Topas frühzeitige Pensionierung sprechen wollte. Vor einem Jahr hatte Topa den dreiundzwanzigjährigen Sohn eines Stadtrats wegen Belästigung eines achtjährigen Mädchens festgenommen. Die Festnahme war nachts in der Wohnung des jungen Mannes erfolgt, und als der Verdächtige in der Questura ankam, waren sein linker Arm und seine Nase gebrochen. Topa beharrte darauf, der Junge habe ihn bei einem Fluchtversuch angegriffen; die Version des jungen Mannes war, daß Topa ihn auf dem Weg zur Questura in eine Seitengasse gezerrt und zusammengeschlagen habe.

Der Kollege, der in der Nacht Dienst gehabt hatte, versuchte erfolglos, den Blick zu beschreiben, den Topa dem Festgenommenen zuwarf, als der seine Version der Geschichte vorbrachte. Der junge Mann wiederholte sie nicht, und es gab auch nie eine offizielle Beschwerde. Aber eine Woche später drang aus Vice-Questore Pattas Büro die Kunde, daß es langsam Zeit für den Sergente wäre, sich pensionieren zu lassen, was dieser auch tat, womit er einen Teil seiner Pension einbüßte. Der junge Mann wurde zu zwei Jahren Hausarrest verurteilt. Topa, der eine siebenjährige Enkelin hatte, verlor nie ein Wort über die Festnahme, seine Pensionierung oder die Ereignisse, die damit zusammenhingen.

Vianello übersah geflissentlich Brunettis Blick und fragte: »Soll ich ihn anrufen?«

Brunetti zögerte einen Moment und erklärte dann höchst unliebenswürdig: »Also gut.«

Vianello hütete sich zu lächeln. »Er kommt erst um acht von der Arbeit. Ich rufe ihn dann an.«

»Arbeit?« fragte Brunetti, obwohl er wußte, daß er das eigentlich nicht sollte. Das Gesetz verbot es pensionierten Polizisten zu arbeiten, sonst verwirkten sie ihre Pension.

»Arbeit«, wiederholte Vianello, sagte aber nichts weiter. Er stand auf. »Noch etwas, Commissario?«

Brunetti erinnerte sich, daß Topa über sieben Jahre lang Vianellos Partner gewesen war und sein Sergente den Dienst hatte quittieren wollen, als Topa in den Ruhestand gezwungen wurde. Nur Brunettis entschiedener Widerstand hatte ihn davon abbringen können. Brunetti hatte Topa nie für einen Menschen gehalten, für den sich ein hoher moralischer Einsatz lohnte.

»Nein, nichts weiter. Vielleicht könnten Sie auf dem Weg nach unten bei Signorina Elettra vorbeigehen und sie bitten, den Telecom-Leuten etwas Dampf zu machen, damit sie sich mit der Liste von Trevisans Ortsgesprächen beeilen.«

»Die Pinetta-Bar ist nicht gerade die Adresse, wo ein Anwalt für internationales Recht anrufen würde«, sagte Vianello.

Es war auch keine Adresse, die ein erfolgreicher Steuerberater anrufen würde, aber Brunetti behielt das lieber für sich. »Wir werden es aus den Listen ersehen«, meinte er gleichmütig. Vianello wartete, doch als Brunetti nichts weiter sagte, ging er in sein eigenes Büro hinunter und überließ seinen Chef den Spekulationen darüber, weshalb reiche und erfolgreiche Männer öffentliche Telefone anriefen, vor allem an einem so verrufenen Ort wie der Pinetta-Bar.

13

Das Abendessen im Hause Brunetti wurde belebt – Brunetti fiel kein netteres Wort dafür ein – durch eine hitzige Debatte zwischen Chiara und ihrer Mutter, die dadurch ausgelöst wurde, daß Chiara ihrem Vater erzählte, sie habe ihre Mathematikhausaufgaben heute bei der besten Freundin von Francesca Trevisan gemacht.

Bevor Chiara weiterreden konnte, schlug Paola unvermittelt mit der flachen Hand auf den Tisch. »Ich will nicht mit einer Spionin unter einem Dach leben«, fuhr sie ihre Tochter an.

»Ich bin keine Spionin«, entgegnete Chiara scharf. »Ich arbeite für die Polizei.« Und an Brunetti gewandt: »Nicht wahr, *papà*?«

Brunetti antwortete darauf lieber nicht, sondern griff nach der fast leeren Flasche Pinot Noir.

»Stimmt doch, oder?« hakte Chiara nach.

»Es spielt keine Rolle«, meinte ihre Mutter, »ob du für die Polizei arbeitest oder nicht. Du kannst nicht hingehen und einfach aus deinen Freunden Informationen herauslocken.«

»Aber das tut *papà* doch bei seinen Freunden auch immer. Heißt das, er ist ein Spion?«

Brunetti nippte an seinem Wein und spähte über den Rand des Glases zu seiner Frau hinüber, neugierig, was sie darauf antworten würde.

Paola sah ihn an, sprach aber zu Chiara. »Es geht nicht

darum, ob er seinen Freunden Informationen entlockt, sondern daß sie dabei wissen, wer er ist und warum er es tut.«

»Also, meine Freunde wissen auch, wer ich bin, und sie sollten sich denken können, warum ich es tue«, erklärte Chiara, deren Wangen sich langsam röteten.

»Das ist nicht dasselbe, und du weißt es«, antwortete Paola.

Chiara murmelte etwas, was für Brunetti klang wie »Ist es doch«, aber sie hielt den Kopf dabei über ihren leeren Teller gesenkt, so daß er nicht sicher sein konnte.

Paola wandte sich an Brunetti. »Guido, würdest du bitte versuchen, deiner Tochter den Unterschied zu erklären?« Wie so oft ließ Paola in der Hitze des Gefechts, einem pflichtvergessenen Muttertier gleich, alle Fürsorge fahren und gab das junge Ding ganz dem Vater preis.

»Deine Mutter hat recht«, sagte er. »Wenn ich Leute ausfrage, wissen sie, daß ich Polizist bin, und geben mir ihre Informationen in Kenntnis dieser Tatsache. Und sie wissen, daß sie für das, was sie sagen, zur Rechenschaft gezogen werden können, was ihnen die Chance einräumt, sich zurückzuhalten, wenn sie wollen.«

»Und du legst nie einen herein?« wollte Chiara wissen. »Oder versuchst es wenigstens?« fügte sie hinzu, bevor er antworten konnte.

»Ich habe beides sicher schon getan«, räumte er ein. »Aber du darfst nicht vergessen, daß nichts, was jemand dir erzählt, rechtlich irgendein Gewicht hat. Er kann es immer hinterher leugnen, und dann steht nur dein Wort gegen seines.«

»Aber warum sollte ich lügen?«

»Warum sollte der andere lügen?« versetzte Brunetti.

»Wen interessiert denn, ob etwas, was Leute sagen, rechtlich bindend ist oder nicht?« mischte Paola sich jetzt wieder in die Debatte. »Wir sprechen hier nicht darüber, was rechtlich bindend ist, wir sprechen über Verrat. Und wenn das Wort an diesem Tisch erlaubt ist«, sagte sie, wobei sie beide abwechselnd ansah, »über Ehre.«

Auf Chiaras Gesicht erschien ein Ausdruck, der hieß: ›O je, jetzt kommt es wieder‹, und sie sah Brunetti an, von dem sie sich moralische Unterstützung erhoffte, doch er gab sie ihr nicht.

»Ehre?« fragte Chiara.

»Ja, Ehre«, sagte Paola, plötzlich ganz ruhig, aber darum nicht weniger bedrohlich. »Du kannst Freunden nicht einfach Informationen entlocken. Du kannst nicht etwas nehmen, was sie dir gesagt haben, und es gegen sie verwenden.«

Hier unterbrach Chiara sie. »Aber von dem, was Susanna mir gesagt hat, kann doch nichts gegen sie verwendet werden.«

Paola schloß einen Moment die Augen, dann nahm sie ein Stück Brot und begann es zu zerkrümeln, was sie oft tat, wenn sie aufgebracht war. »Chiara, es ist nicht entscheidend, ob irgend etwas, was sie dir erzählt hat, verwendet oder nicht verwendet wird. Es ist schlicht ein Unding«, fing sie an und wiederholte dann: »Es ist schlicht ein Unding, seine Freunde dazu zu verleiten, einem unter vier Augen etwas zu erzählen, und es dann weiterzusagen oder die Informationen in einer Weise zu benutzen, von der die anderen nicht ahnten, daß man sie im Hinterkopf hatte, als das Gespräch stattfand. Das ist Vertrauensbruch.«

»So, wie du das sagst, klingt es direkt strafbar«, sagte Chiara.

»Es ist schlimmer als strafbar«, erklärte Paola. »Es ist unrecht.«

»Und was strafbar ist, ist nicht unrecht?« mischte sich Brunetti von der Seitenlinie aus ein.

Sie nahm die Herausforderung an. »Guido, falls ich nicht geträumt habe, hatten wir vergangene Woche zwei Tage lang drei Installateure im Haus. Kannst du für ihre Arbeit eine *ricevuta fiscale* vorweisen? Kannst du nachweisen, daß sie das Geld versteuern, das wir ihnen bezahlt haben?« Als er nichts sagte, wiederholte sie: »Kannst du?« Und als er weiter schwieg, erklärte sie: »Das ist strafbar, Guido, strafbar, aber ich würde mich energisch gegen dich oder jeden aus dieser unserer stinkenden Regierung von Schweinen und Dieben zur Wehr setzen, der mir erzählen wollte, daß es unrecht ist.«

Er griff nach der Flasche, aber sie war leer.

»Willst du noch mehr?« fragte Paola, und er wußte, daß sie nicht den Wein meinte. Er war nicht scharf darauf, aber Paola stand jetzt auf dem Rednerpodest, und er wußte aus langer Erfahrung, daß es keinen Sinn hatte, sie herunterholen zu wollen, bevor sie fertig war. Er bedauerte nur, daß er den Wein schon ausgetrunken hatte.

Aus dem Augenwinkel sah er Chiara aufstehen und zum Schrank gehen. Kurz darauf war sie mit zwei kleinen Gläsern und einer Flasche Grappa zurück, die sie ihm leise über den Tisch zuschob. Ihre Mutter konnte sie nennen wie sie wollte – Verräterin, Spionin, Ungeheuer –, für ihn war das Kind ein Engel.

Er sah den langen Blick, den Paola ihrer Tochter zuwarf, und war froh, einen milden Ausdruck in ihren Augen zu entdecken, wenn auch nur kurz. Er goß sich einen kleinen Grappa ein, nippte daran und seufzte.

Paola griff über den Tisch und nahm die Flasche. Sie goß sich ebenfalls ein und trank einen Schluck. Der Haussegen hing wieder gerade.

»Chiara«, sagte Paola, »ich wollte dich deswegen nicht anschreien.«

»Hast du aber«, entgegnete ihre stets buchstabengetreue Tochter.

»Ich weiß, und es tut mir leid.« Paola nahm noch ein Schlückchen. »Du weißt, wie ernst mir diese Dinge sind.«

»Das hast du aus diesen Büchern, nicht?« fragte Chiara so unverblümt, daß man fast daraus schließen mußte, der Beruf ihrer Mutter als Professorin für englische Literatur habe einen verderblichen Einfluß auf ihre moralische Entwicklung ausgeübt.

Ihre Eltern suchten beide nach Sarkasmus oder Geringschätzung in Chiaras Ton, konnten aber nichts anderes entdecken als Wissensdurst.

»Ja, wahrscheinlich«, mußte Paola zugeben. »Sie verstanden etwas von Ehre, die Leute, die diese Bücher geschrieben haben, und sie bedeutete ihnen etwas.« Hier hielt sie inne und dachte über das soeben Gesagte nach. »Aber sie bedeutete nicht nur ihnen etwas, den Schriftstellern; für die Gesellschaft insgesamt waren manche Dinge wichtig: Ehre, der gute Name eines Menschen, sein Wort.«

»Ich finde diese Dinge auch wichtig, *mamma*«, sagte Chiara, und es klang viel kindlicher, als es ihrem Alter entsprach.

»Das weiß ich. Mir sind sie auch wichtig, und Raffi, und deinem Vater. Aber in unserer Welt sind sie es nicht, jedenfalls nicht mehr.«

»Liebst du darum diese Bücher so, *mamma*?«

Paola lächelte und stieg zu Brunettis Erleichterung jetzt endlich von ihrem Podest herunter, bevor sie antwortete: »Wahrscheinlich, *cara*. Außerdem verdanke ich der Kenntnis dieser Bücher meine Stelle an der Universität.«

Da Brunettis Pragmatismus sich schon seit mehr als zwei Jahrzehnten an den verschiedenen Formen von Paolas Idealismus rieb, fand er, daß sie ›diesen Büchern‹ weit mehr zu verdanken glaubte als nur einen Beruf.

»Hast du noch viel für die Schule zu tun, Chiara?« fragte Brunetti, der wußte, daß er auch später oder morgen früh noch von ihr erfahren konnte, was Francescas Freundin ihr erzählt hatte. Chiara verstand das zu Recht als Zeichen, daß sie entlassen war, bejahte die Frage und ging in ihr Zimmer, damit ihre Eltern weiterdebattieren konnten.

»Paola, ich wußte doch nicht, daß sie mein Angebot so ernst nehmen und gleich losgehen und Leute ausfragen würde«, sagte Brunetti. Es sollte eine Erklärung, oder zumindest teilweise auch eine Entschuldigung sein.

»Ich habe ja nichts dagegen, daß sie sich diese Informationen beschafft«, meinte Paola. »Aber wie sie es gemacht hat, das gefällt mir nicht.« Sie nippte wieder an ihrem Grappa. »Glaubst du, sie hat verstanden, was ich ihr klarzumachen versucht habe?«

»Ich glaube, sie versteht alles, was wir sagen«, antwortete Brunetti. »Ich bin nicht sicher, ob sie mit allzu vielem einverstanden ist, aber verstehen tut sie es bestimmt.« Dann fragte er, um noch einmal auf das vorher Gesagte zurückzukommen: »Was für Beispiele hast du denn sonst noch für Dinge, die strafbar, aber nicht unrecht sind?«

Sie rollte ihr kleines Glas zwischen den Handflächen. »Das finde ich zu leicht«, sagte sie, »besonders bei den verrückten Gesetzen in diesem Land. Viel schwerer ist es, das zu benennen, was unrecht, aber nicht strafbar ist.«

»Zum Beispiel?«

»Zum Beispiel, wenn du deine Kinder fernsehen läßt«, meinte sie lachend, des Themas offenbar überdrüssig.

»Nein, sag's mir, Paola«, drängte er, inzwischen neugierig geworden. »Ich würde gern ein Beispiel hören.«

Bevor sie antwortete, schnippte sie mit dem Fingernagel gegen die gläserne Mineralwasserflasche auf dem Tisch. »Ich weiß, daß du es nicht mehr hören kannst, Guido, aber ich finde, daß Plastikflaschen unrecht sind, dabei verstoßen sie bestimmt nicht gegen das Gesetz. Allerdings«, fügte sie rasch hinzu, »glaube ich, daß es in ein paar Jahren so sein wird. Das heißt, wenn wir vernünftig sind.«

»Ich hatte eigentlich ein etwas eindrucksvolleres Beispiel erwartet«, sagte Brunetti.

Sie dachte ein Weilchen nach und sagte dann: »Wenn wir die Kinder in dem Glauben erzogen hätten, der Reichtum meiner Familie gäbe ihnen besondere Vorrechte, das wäre unrecht.«

Es überraschte Brunetti, daß Paola gerade dieses Beispiel anführte; im Lauf der Jahre hatte sie nur selten den Reichtum ihrer Eltern angesprochen, höchstens wenn politische Diskussionen in Streit ausarteten und sie ihn dann als Beispiel für soziale Ungerechtigkeit anführte.

Sie tauschten einen Blick, aber ehe Brunetti etwas sagen konnte, fuhr Paola fort: »Ich weiß nicht, ob das soviel eindrucksvoller ist, aber angenommen, ich würde abfällig über dich reden, ich glaube, das wäre unrecht.«

»Du redest doch ständig abfällig über mich«, sagte Brunetti mit einem gezwungenen Lächeln.

»Nein, Guido, ich bin höchstens kritisch. Das ist ein Unterschied. Abfällig würde ich nie über dich reden.«

»Weil das unehrenhaft wäre?«

»Genau«, bestätigte sie lächelnd.

»Aber es ist nicht unehrenhaft, wenn du mich kritisierst?«

»Natürlich nicht, schon gar nicht, wenn es stimmt. Denn das ist zwischen uns beiden, Guido, und geht die Welt in keiner Weise etwas an.«

Er griff über den Tisch und angelte sich die Grappaflasche. »Ich finde, daß der Unterschied immer schwerer zu definieren ist«, sagte er.

»Zwischen was?«

»Zwischen strafbar und unrecht.«

»Was meinst du, warum das so ist, Guido?«

»Ich weiß nicht recht. Vielleicht, weil wir, wie du vorhin sagtest, nicht mehr an die alten Werte glauben, und neue haben wir noch nicht gefunden.«

Sie nickte, während sie darüber nachdachte.

»Und alle die alten Regeln sind gebrochen worden«, fuhr er fort. »Seit fünfzig Jahren, seit Kriegsende, werden wir nur angelogen. Von der Regierung, der Kirche und den Parteien, von Industrie, Handel und Militär.«

»Und der Polizei?« fragte sie.

»Ja«, pflichtete er ohne das geringste Zögern bei. »Und von der Polizei.«

»Aber du willst dabeibleiben?«

Brunetti zuckte die Achseln und schenkte ihnen Grappa nach. Paola wartete schweigend. Schließlich sagte er: »Irgend jemand muß es ja versuchen.«

Paola beugte sich vor, legte ihre Hand an seine Wange und drehte sein Gesicht zu sich. »Wenn ich je wieder versuchen sollte, dich über Ehre zu belehren, Guido, dann hau mir eine Flasche über den Schädel, ja?«

Er wandte den Kopf und küßte ihre Handfläche. »Aber erst, wenn du mich Plastikflaschen kaufen läßt.«

Zwei Stunden später, als Brunetti gähnend über Prokops *Bella* saß, klingelte des Telefon.

»Brunetti«, meldete er sich und sah gleichzeitig auf die Uhr.

»Commissario, hier ist Alvise. Er hat gesagt, ich soll Sie anrufen.«

»Wer hat gesagt, Sie sollen mich anrufen?« fragte Brunetti, während er einen alten Vaporettofahrschein aus seiner Tasche kramte und ihn als Lesezeichen in sein Buch steckte. Telefonate mit Alvise hatten die Tendenz, entweder lang oder wirr zu sein. Oder beides.

»Der Sergente, Commissario.«

»Welcher Sergente?« Brunetti legte sein Buch beiseite.

»Sergente Topa, Commissario.«

»Warum hat er gesagt, Sie sollen mich anrufen?« fragte Brunetti, jetzt ganz Ohr.

»Weil er mit Ihnen reden will.«

»Warum ruft er mich dann nicht selbst an? Ich stehe im Telefonbuch.«

»Weil er nicht kann, Commissario.«

»Und warum kann er nicht?«

»Weil es gegen die Vorschriften ist.«

»Welche Vorschriften?« fragte Brunetti, in dessen Stimme jetzt die wachsende Ungeduld hörbar wurde.

»Die Vorschriften hier bei uns, Commissario.«

»Bei wem?«

»In der Questura, Commissario. Ich habe Nachtdienst.«

»Was macht Sergente Topa in der Questura?«

»Er ist festgenommen worden, Commissario. Die Kollegen in Mestre haben ihn aufgegriffen, aber dann festgestellt, wer er ist, oder was er ist. Oder was er mal war. Ich meine, ein Sergente. Und da haben sie ihn eben hierhergeschickt, aber sie haben ihn allein kommen lassen. Sie haben hier bei uns angerufen, daß er kommt, aber hergekommen ist er dann allein.«

»Dann hat Sergente Topa sich also selbst festgenommen?«

Alvise mußte darüber einen Moment nachdenken, dann antwortete er: »Es scheint so, Commissario. Ich weiß jetzt nicht, was ich in das Formular schreiben soll, wo es heißt: ›Festnehmender Beamter‹.«

Brunetti hielt den Hörer kurz vom Ohr weg, dann drückte er ihn wieder dagegen. »Weswegen ist er festgenommen worden?«

»Er war in eine Schlägerei verwickelt.«

»Wo?« fragte Brunetti, obwohl er die Antwort schon wußte.

»In Mestre.«

»Mit wem?«

»Mit irgendeinem Ausländer.«

»Und wo ist dieser Ausländer?«

»Er ist entkommen, Commissario. Sie haben sich geprügelt, aber dann ist der Ausländer weggelaufen.«

»Woher wissen Sie, daß es ein Ausländer war?«

»Sergente Topa hat es mir gesagt. Er sagt, der Mann hatte einen Akzent.«

»Wenn der Ausländer entkommen ist, wer erstattet dann Anzeige gegen Sergente Topa?«

»Ich denke, deswegen haben die Kollegen in Mestre ihn zu uns geschickt, Commissario. Weil sie dachten, daß wir vielleicht wissen, was zu tun ist.«

»Haben die Kollegen aus Mestre Ihnen gesagt, Sie sollen ein Festnahmeprotokoll schreiben?«

»Nicht direkt, Commissario«, sagte Alvise nach einer besonders langen Pause. »Sie haben zu Topa gesagt, er soll hierherkommen und über den Vorfall Meldung machen. Das einzige Formular, das ich hier auf dem Tisch liegen sah, war ein Festnahmeprotokoll, und da habe ich gedacht, das muß ich nehmen.«

»Warum haben Sie ihn nicht bei mir anrufen lassen?«

»Na, er hatte schon seine Frau angerufen, und ich weiß genau, daß Festgenommene nur *ein* Telefongespräch führen dürfen.«

»Im Fernsehen, Alvise, in amerikanischen Fernsehserien«, sagte Brunetti, um Geduld bemüht. »Wo ist Sergente Topa jetzt?«

»Er ist sich einen Kaffee holen gegangen.«

»Während Sie das Festnahmeprotokoll schreiben?«

»Ja, Commissario. Es kam mir nicht richtig vor, ihn dabeizuhaben.«

»Wenn Sergente Topa zurückkommt – er kommt doch zurück, oder?«

»Aber ja, Commissario, ich habe ihm gesagt, er soll zurückkommen. Das heißt, ich habe ihn gebeten, und er hat gesagt, er kommt.«

»Wenn er also zurückkommt, sagen Sie ihm bitte, er soll warten. Ich bin auf dem Weg.« Damit legte Brunetti, der merkte, daß er mit seiner Geduld jetzt am Ende war, den Hörer auf, ohne Alvises Antwort abzuwarten.

Zwanzig Minuten später kam Brunetti, nachdem er Paola erklärt hatte, er müsse noch einmal in die Questura, um etwas in Ordnung zu bringen, dort an und ging auf direktem Wege in den Wachraum hinauf. Alvise saß an einem Schreibtisch, ihm gegenüber Topa, der noch genauso aussah wie vor einem Jahr, als er die Questura verlassen hatte.

Der ehemalige Sergente war klein und tonnenförmig. Das Licht der Deckenlampe spiegelte sich auf seinem fast kahlen Kopf. Er hatte seinen Stuhl auf die hinteren Beine gekippt und hielt die Arme über der Brust verschränkt. Er blickte auf, als Brunetti hereinkam, betrachtete ihn kurz mit seinen dunklen, unter buschigen weißen Brauen fast verborgenen Augen und ließ den Stuhl mit einem schweren Plumps nach vorn fallen. Dann erhob er sich und streckte Brunetti die Hand hin, denn da er nicht mehr Sergente war, konnte er einem Commissario als Gleichgestellter die Hand schütteln, woraufhin Brunetti wieder die gleiche Abneigung empfand, die er schon immer gegen diesen Mann empfunden hatte, bei dem es vor Gewalttätigkeit unter der Oberfläche brodelte wie in einer frischen Polenta, die nur darauf wartet, daß jemand sie zu essen versucht und sich den Mund daran verbrennt.

»Guten Abend, Sergente«, sagte Brunetti, indem er die angebotene Hand ergriff.

»Commissario«, antwortete der andere, kein Wort mehr.

Alvise stand auf und blickte von einem zum andern, sagte aber nichts.

»Vielleicht könnten wir in mein Büro gehen und uns dort unterhalten«, schlug Brunetti vor.

»Ja«, stimmte Topa zu.

Brunetti machte Licht, als sie eintraten, zog aber gar nicht erst seinen Mantel aus, womit er deutlich zu machen hoffte, daß er nicht viel Zeit für diese Geschichte übrig hatte. Dann setzte er sich hinter seinen Schreibtisch.

Topa ließ sich auf einem Stuhl links davon nieder.

»Also?« fragte Brunetti.

»Vianello hat mich angerufen und gefragt, ob ich mir diese Pinetta-Bar mal ansehen kann. Ich hatte schon davon gehört, war aber noch nie da gewesen. Was ich gehört hatte, gefiel mir nicht besonders.«

»Was hatten Sie denn gehört?«

»Viele Schwarze. Und Slawen. Die sind noch schlimmer, die Slawen.« Brunetti, der beinahe auch diesen Eindruck hatte, sagte nichts.

Topa, der merkte, daß er nicht gedrängt wurde, seine Geschichte zu erzählen, verzichtete auf weitere Kommentare zu nationalen und rassischen Unterschieden und fuhr fort: »Ich bin also hingegangen und habe ein Glas Wein getrunken. An einem Tisch waren ein paar Männer beim Kartenspielen, da habe ich mich dazugestellt und ihnen über die Schulter geschaut. Keiner schien sich daran zu stören. Ich habe mir dann noch einen Wein bestellt und mich mit einem anderen Mann an der Bar unterhalten. Dann ist einer von den Kartenspielern weggegangen, und ich habe für ein paar Runden seinen Platz eingenommen. Ich hatte etwa zehntausend Lire verloren, als der Mann zurückkam, um weiterzuspielen. Ich bin wieder an den Tresen gegangen und habe mir noch ein Glas Wein bestellt.« Für Brunetti klang das, als hätte Topa einen aufregenderen Abend verbringen können, wenn er sich zu Hause vor den Fernseher gesetzt hätte.

»Und wie war das mit der Schlägerei?«

»Darauf komme ich gleich. Nach einer Viertelstunde oder so stand einer der Männer vom Spieltisch auf, und sie fragten mich, ob ich noch ein bißchen mitspielen wolle. Ich sagte nein, worauf der Mann, der am Tresen neben mir stand, hinging und ein paar Runden mitspielte. Dann kam der andere wieder zurück und bestellte sich am Tresen etwas zu trinken. Wir kamen ins Gespräch, und er fragte mich, ob ich eine Frau wolle.

Ich habe ihm gesagt, daß ich mir keine kaufen muß, es laufen genug herum, die es umsonst gibt, und er sagte, was er mir besorgen könne, würde ich sonst nirgends kriegen.«

»Und das war?«

»Junge Mädchen, sehr junge Mädchen. Ich habe ihm gesagt, daß ich mich dafür nicht interessiere, daß mir Frauen lieber sind, und darauf hat er dann etwas Beleidigendes gesagt.«

»Was?«

»Daß er denke, ich sei wohl auch nicht an Frauen interessiert, und ich habe ihm geantwortet, daß mir Frauen, richtige Frauen, lieber sind als das, was er zu bieten hat. Darauf fing er an zu lachen und hat den Kartenspielern irgendwas zugerufen, auf Slawisch, glaube ich, und die haben alle gelacht. Da habe ich ihm eine reingehauen.«

»Wir hatten Sie gebeten, uns Informationen aus dieser Bar zu liefern, nicht eine Schlägerei anzufangen«, sagte Brunetti, ohne seinen Unmut zu verhehlen.

»Ich lasse mich nicht auslachen«, erwiderte Topa in dem verbissenen, wütenden Ton, an den Brunetti sich noch erinnerte.

»Glauben Sie, er hat es ernst gemeint?«

»Wer?«

»Der Mann, der Ihnen die Mädchen angeboten hat.«

»Keine Ahnung. Vielleicht. Er sah nicht aus wie ein Zuhälter, aber bei Slawen kann man das schlecht sagen.«

»Würden Sie ihn wiedererkennen?«

»Er hat eine gebrochene Nase, er dürfte leicht zu erkennen sein.«

»Wissen Sie das genau?« fragte Brunetti.

»Was?«

»Das mit der Nase.«

»Natürlich weiß ich das genau«, sagte Topa, wobei er die rechte Hand hochhielt. »Ich habe gefühlt, wie das Nasenbein gebrochen ist.«

»Würden Sie ihn auf einem Foto erkennen?«

»Ja.«

»Gut, Sergente. Es ist zu spät, jetzt noch etwas zu unternehmen. Kommen Sie morgen vormittag vorbei, und sehen Sie sich die Fotos an, ob er vielleicht dabei ist.«

»Ich dachte, Alvise wollte mich festnehmen.«

Brunetti winkte unwirsch ab, als wollte er eine Fliege vor seinem Gesicht verjagen. »Vergessen Sie's.«

»So wie dieser Kerl redet niemand mit mir«, sagte Topa trotzig.

»Bis morgen vormittag, Sergente«, sagte Brunetti.

Topa warf ihm einen Blick zu, der Brunetti an die Geschichte seiner letzten Festnahme erinnerte, stand auf und verließ das Büro, wobei er die Tür hinter sich offen ließ. Brunetti wartete volle zehn Minuten, bevor auch er ging. Draußen hatte es zu nieseln angefangen, der erste naßkalte Vorbote des Winters, aber die eisigen Tropfen in seinem Gesicht waren ihm eine willkommene Abkühlung, nachdem ihm so heiß geworden war vom Widerwillen gegen Topas Gesellschaft.

Zwei Tage später, aber erst nachdem Brunetti sich gezwungen gesehen hatte, die Unterlagen mit einer richterlichen Verfügung von Giudice Vantuno anzufordern, stellte die venezianische Telecom-Niederlassung der Polizei eine Liste der Ortsgespräche zur Verfügung, die in den letzten sechs Monaten von Trevisans Privatanschluß und seinem Büro aus geführt worden waren. Wie Brunetti erwartet hatte, waren einige zur Pinetta-Bar darunter, wenn auch kein Schema erkennbar war. Er suchte aus der Liste der Ferngespräche die Daten und Uhrzeiten der Anrufe am Bahnhof von Padua heraus, aber zwischen diesen Anrufen und denen in der Bar in Mestre war kein Zusammenhang zu erkennen.

Er legte die beiden Listen auf seinen Schreibtisch und betrachtete sie. Anders als bei den Ferngesprächen standen bei den Ortsgesprächen Namen und Adressen der Anschlußinhaber in einer rechten Spalte auf der über dreißig Seiten langen Liste. Er begann diese Spalte durchzulesen, gab es aber nach ein paar Minuten wieder auf.

Schließlich nahm er die Blätter und ging damit die Treppe hinunter zu Signorina Elettra. Das Tischchen vor dem Fenster in ihrem Zimmer war offenbar neu, aber es stand noch dieselbe mundgeblasene Venini-Vase darauf, heute mit nichts besonders Edlem darin, wenn sich auch kaum etwas Fröhlicheres denken ließ als der Riesenstrauß Schwarzäugige Susannen.

Passend dazu trug Signorina Elettra heute ein Tuch, dessen Farbschattierungen wohl den Kanarienvögeln abgeguckt worden war. »Guten Morgen, Commissario«, begrüßte sie ihn, als er eintrat, und strahlte wie ihre Blumen.

»Guten Morgen, Signorina. Ich habe eine Aufgabe für Sie beide«, begann er, wobei sein freundliches Nicken andeutete, daß der zweite im Bunde ihr Computer war.

»Das da?« fragte sie mit einem Blick auf die Telecom-Listen in seiner Hand.

»Ja. Das sind Trevisans Telefongespräche. Endlich«, fügte er hinzu, ohne seinen Ärger darüber zu verhehlen, daß er so viel Zeit mit Warten hatte verplempern müssen, bis er über offizielle Kanäle schließlich an die Informationen kam.

»Oh, Sie hätten mir nur sagen müssen, daß es eilig ist, Commissario.«

»Freund bei der Telecom?« fragte Brunetti, den die Größe des Netzes, über das Signorina Elettra verfügte, inzwischen nicht mehr überraschen konnte.

»Giorgio«, sagte sie und beließ es dabei.

»Glauben Sie, daß Sie…?« fing Brunetti an.

Sie lächelte nur und streckte die Hand aus.

Er gab ihr die Listen. »Ich brauche sie nach der Häufigkeit geordnet, mit der die Nummern angewählt wurden.«

Sie notierte sich das auf einem Block. Dann sah sie lächelnd zu ihm auf, als wäre das alles ein Kinderspiel. »Noch etwas?«

»Ja. Ich wüßte gern, wie viele dieser Anschlüsse öffentlich zugänglich sind – in Bars, Restaurants, auch Telefonzellen.«

Sie lächelte wieder: ebenfalls kein Problem. »Ist das alles?«

»Nein. Außerdem wüßte ich noch gern, welches die Nummer seines Mörders ist.« Wenn er erwartet hatte, daß sie auch dies notierte, wurde er enttäuscht. »Aber an die kommen Sie wohl nicht heran«, meinte er und lächelte dabei, um ihr zu zeigen, daß er Spaß machte.

»Ich fürchte nein, Commissario, aber vielleicht ist sie ja dabei«, versetzte sie, indem sie mit den Blättern wedelte.

Ja, wahrscheinlich, dachte Brunetti, dann fragte er: »Wie lange dauert das?« Wie viele Tage, meinte er.

Signorina Elettra warf einen Blick auf ihre Armbanduhr, dann auf das letzte Blatt, um zu sehen, wie viele es waren. »Wenn Giorgio heute im Büro ist, müßte ich es eigentlich bis zum Nachmittag haben.«

»Wie?« entfuhr es Brunetti, bevor er noch Zeit hatte, seine Frage in eine etwas verbindlichere Form zu kleiden.

»Ich habe ein Modem ans Telefon des Vice-Questore anschließen lassen«, sagte sie, wobei sie auf ein Metallkästchen zeigte, das neben dem Telefon auf ihrem Schreibtisch stand. Davon führten Kabel zu ihrem Computer. »Giorgio muß die Daten nur aufrufen und die Anrufe nach der Häufigkeit sortieren lassen, dann kann er sie mir direkt auf meinen Drucker geben.« Sie hielt kurz inne. »Sie kämen dann nach Häufigkeit geordnet sowie mit Datum und Uhrzeit. Möchten Sie auch wissen, wie lange jedes Gespräch gedauert hat?« Sie hielt ihren Stift bereit und wartete auf seine Antwort.

»Ja, bitte. Und glauben Sie, daß er auch eine Liste der Gespräche aufstellen kann, die von der Bar in Mestre aus geführt wurden?«

Sie nickte, sagte aber nichts, denn sie war mit Schreiben beschäftigt.

»Alles bis heute nachmittag?« fragte Brunetti.

»Wenn Giorgio da ist, bestimmt.«

Als Brunetti hinausging, griff sie schon zum Telefon, zweifellos um Giorgio anzurufen und zusammen mit ihm und diesem rechteckigen Kästchen an ihrem Computer alle Hindernisse zu überwinden, die man bei der Telecom um die in den Akten befindlichen Informationen herum aufbauen könnte, sowie auch gleich alle Gesetze, in denen geregelt sein mochte, was ohne Gerichtsbeschluß zugänglich war und was nicht.

In seinem Büro angekommen, schrieb Brunetti seinen kurzen Bericht für Patta und ging sogar so weit, seine Pläne für die nächsten Tage zu umreißen. Ersteres war zum großen Teil frustrierend, letzteres setzte sich zu gleichen Teilen aus Erfindung und Optimismus zusammen, aber er glaubte, es würde Patta für ein Weilchen zufriedenstellen. Danach rief er Ubaldo Lotto an und bat um eine Unterredung im Lauf des Nachmittags, was er damit erklärte, daß er Informationen über Trevisans Praxis benötige. Nach anfänglichem Zögern und der Versicherung, er wisse nichts über die Anwaltspraxis, nur über die Finanzgeschäfte, fand Lotto sich widerwillig dazu bereit und bestellte Brunetti für halb sechs in sein Büro.

Dieses Büro war, wie sich herausstellte, im selben Haus und auf demselben Stockwerk wie Trevisans Praxis, nämlich in der Via XXII Marzo über der Banca Commerciale d'Italia, eine Geschäftsadresse, wie man sie sich in Venedig besser nicht wünschen konnte. Brunetti erschien dort ein paar Minuten vor der vereinbarten Zeit und wurde in einen Büroraum geführt, der so sichtlich von fleißiger Arbeit zeugte, daß er geradezu perfekt in das Klischee paßte, das sich ein cleverer junger Fernsehregisseur für eine Szene ausgedacht haben könnte, in der es um einen cleveren jungen Steuerberater geht. In dem offenen Raum von der Größe eines halben Tennisplatzes standen acht Schreibtische, alle mit Computerterminal und Bildschirm, jeder Arbeitsplatz abgetrennt durch eine hüfthohe, mit grünem Leinen bezogene spanische Wand. Fünf junge Männer und drei junge Frauen saßen vor den Bildschirmen; Brunetti fand es interessant, daß keiner auch nur den Kopf hob, als er auf dem Weg zu Lottos Büro im Schlepptau des Rezeptionisten an ihnen vorbeiging.

Dieser junge Mann blieb vor einer Tür stehen, klopfte zweimal, öffnete, ohne eine Antwort abzuwarten, und hielt die Tür für Brunetti auf, der beim Eintreten Lotto am anderen Ende des Zimmers vor einer hohen Vitrine stehen und etwas herausnehmen sah. Brunetti hörte hinter sich die Tür zugehen und warf einen Blick über die Schulter, um zu sehen, ob der junge Mann mit hereingekommen war. Er war es nicht. Als er sich wieder umdrehte, war Lotto von der Vitrine zurückgetreten und hielt in der rechten Hand eine Flasche süßen Wermut, in der linken zwei kleine Gläser.

»Trinken Sie auch einen Schluck, Commissario?« fragte er. »Ich genehmige mir um diese Zeit immer einen.«

»Danke, gern«, sagte Brunetti, der süße Drinks verabscheute. »Den kann ich gut gebrauchen.« Er lächelte, und Lotto winkte ihn auf die andere Seite des Büros, wo zwei Sessel standen, dazwischen ein niedriges Tischchen mit dünnen Beinen.

Lotto goß die Gläser großzügig voll und trug sie durchs Zimmer. Brunetti nahm eines, dankte und wartete, bis sein Gastgeber die Flasche zwischen ihnen auf dem Tisch abgestellt und Platz genommen hatte, bevor er das Glas hob, sein freundlichstes Lächeln aufsetzte und »cin, cin« sagte. Die süße Flüssigkeit glitschte ihm über die Zunge und durch die Kehle und hinterließ einen dicken Schleim. Der Alkohol wurde von der klebrigen Süße totgeschlagen: Das Ganze schmeckte wie After-shave gesüßt mit Aprikosennektar.

Obwohl man aus den Fenstern des Zimmers nur die Fenster des gegenüberliegenden Gebäudes sah, sagte Brunetti: »Kompliment für Ihr Büro. Sehr schön.«

Lotto schwenkte abwehrend sein Glas. »Danke, Dottore. Wir versuchen eine Atmosphäre zu schaffen, die unseren Klienten das Gefühl gibt, daß sie sich bei uns in guten Händen befinden und wir ihre Interessen zu wahren verstehen.«

»Das stelle ich mir schwierig vor«, meinte Brunetti.

Ein Schatten legte sich über Lottos Gesicht, verschwand aber gleich wieder und nahm einen Teil seines Lächelns mit sich fort. »Ich fürchte, ich verstehe Sie nicht ganz, Commissario.«

Brunetti versuchte ein verlegenes Gesicht zu machen: ein nicht sehr sprachgewandter Mensch, der sich wieder einmal schlecht ausgedrückt hatte. »Ich meine wegen der neuen Gesetze, Signor Lotto. Es ist sicher sehr schwer, sie zu verstehen oder richtig anzuwenden. Seit die neue Regierung alle diese Änderungen erlassen hat, gibt mein eigener Steuerberater zu, daß er nicht immer weiß, was er zu tun hat, ja nicht einmal, wie die Formulare auszufüllen sind.« Brunetti nahm einen Schluck von seinem Drink, aber nur einen winzigen, man hätte es sogar als ein bescheidenes Nippen bezeichnen können, und fuhr fort: »Natürlich sind meine Finanzen kaum so kompliziert, daß da irgendwelche Unklarheiten entstehen könnten, aber wahrscheinlich haben Sie viele Klienten, deren Angelegenheiten einen Experten erfordern.« Wieder ein kleines Schlückchen. »Ich verstehe natürlich nichts von diesen Dingen«, sagte er und gestattete sich einen Blick zu Lotto hinüber, der anscheinend aufmerksam zuhörte. »Deswegen habe ich um diese Unterredung gebeten, weil ich sehen möchte, ob Sie mir über Avvocato Trevisans Finanzen etwas sagen können, was Sie für wichtig halten. Sie waren ja sein Steuerberater, nicht wahr? Auch sein Geschäftsführer?«

»Ja«, antwortete Lotto knapp, bevor er in neutralem Ton fragte: »An was für Informationen dachten Sie?«

Brunetti lächelte und machte eine Handbewegung, als wollte er seine Finger wegwerfen. »Das ist es ja, wovon ich nichts verstehe und weshalb ich hier bin. Da Avvocato Trevisan Ihnen seine Finanzgeschäfte anvertraut hat, dachte ich, Sie könnten uns vielleicht sagen, ob es unter seinen Klienten jemanden gab, der – ich weiß nicht recht, wie ich es ausdrücken soll – der möglicherweise unzufrieden mit Signor Trevisan war.«

»›Unzufrieden‹, Commissario?«

Brunetti blickte auf seine Knie, ganz der Mann, der sich schon wieder im Netz seiner eigenen sprachlichen Unbeholfenheit verfangen hat, einer, den Lotto beruhigt für einen ebenso unbeholfenen Polizisten halten konnte.

Schließlich brach Lotto das lange Schweigen. »Es tut mir leid, aber ich verstehe immer noch nicht«, sagte er, und seine viel zu dick aufgetragene ehrliche Verwirrung erfreute Brunetti, zeigte sie doch, daß Lotto sich in Gesellschaft eines Mannes wähnte, der sich auf Feinheiten oder komplizierte Zusammenhänge nicht verstand.

»Nun, Signor Lotto, da wir kein Motiv für diesen Mord haben…«, begann Brunetti.

»War es denn kein Raubmord?« unterbrach ihn Lotto mit erstaunt hochgezogenen Augenbrauen.

»Es wurde nichts gestohlen, Signore.«

»Der Dieb wurde vielleicht gestört? Überrascht?«

Brunetti würdigte die Überlegung mit der Nachdenklichkeit, die sie verdient gehabt hätte, wäre sie noch nie vorgebracht worden, und genau das wollte er Lotto ja gern glauben machen. »Möglich wäre es«, meinte er dann, als hätte er es mit seinesgleichen zu tun. Er nickte vor sich hin, während er diese neue Möglichkeit bedachte. Doch mit der Beharrlichkeit eines Hundes kam er wieder auf seinen ersten Gedanken zurück. »Wenn es aber nicht so war, wenn wir es hier tatsächlich mit einem Mord zu tun haben, könnte das Motiv mit seinem Beruf zusammenhängen.« Brunetti fragte sich, ob Lotto nun versuchen würde, den klar vorgezeichneten Gang dieser Überlegungen abzukürzen, bevor er bei der nächsten Möglichkeit landete, daß nämlich das Motiv in Trevisans Privatleben zu suchen war.

»Wollen Sie damit andeuten, es könnte ein Klient gewesen sein?« fragte Lotto ungläubig: Dieser Polizist hatte wohl nicht die mindeste Vorstellung von der Sorte Klienten, mit denen ein Mann wie Trevisan zu tun hatte.

»Ich weiß, wie unwahrscheinlich das ist«, sagte Brunetti mit einem Lächeln, das hoffentlich nervös aussah. »Aber es wäre immerhin möglich, daß Signor Trevisan in seiner Eigenschaft als Anwalt in den Besitz von Informationen gelangt ist, die für ihn gefährlich waren.«

»Über einen seiner Klienten? Wollen Sie dies damit sagen, Commissario?« Der schockierte Unterton in Lottos Worten machte deutlich, wie überlegen er sich diesem Polizisten gegenüber dünkte.

»Ja.«

»Unmöglich.«

Brunetti lächelte noch einmal kurz. »Mir ist klar, daß es schwer zu glauben ist, aber dennoch brauchen wir, und sei es nur, um diese Möglichkeit auszuschließen, eine Liste von Signor Trevisans Klienten, und ich dachte, Sie als sein Geschäftsführer könnten sie uns geben.«

»Haben Sie vor, die Leute in die Sache hineinzuziehen?« fragte Lotto, nicht ohne dafür zu sorgen, daß Brunetti die vorweggenommene Entrüstung in seinen Worten auch verstand.

»Ich versichere Ihnen, wir werden alles in unserer Macht Stehende tun, sie überhaupt nicht merken zu lassen, daß wir ihre Namen kennen.«

»Und wenn Sie diese Namen nun nicht bekämen?«

»Dann würden wir uns gezwungen sehen, eine gerichtliche Verfügung zu beantragen.«

Lotto trank aus und stellte sein leeres Glas links von sich auf den Tisch. »Ich könnte Ihnen wohl eine Liste zusammenstellen lassen.« Sein Widerstreben war hörbar. Schließlich hatte er es mit der Polizei zu tun. »Aber ich möchte Sie daran erinnern, daß es sich dabei nicht um die Art Leute handelt, die üblicherweise Objekt polizeilicher Ermittlungen sind.«

Unter anderen Umständen hätte Brunetti hier angemerkt, daß die Polizei in den letzten Jahren kaum etwas anderes getan hatte, als gegen ›die Art Leute‹ zu ermitteln, aber er behielt es diesmal für sich und antwortete statt dessen: »Mir ist das sehr wohl klar, Signor Lotto.«

Der Steuerberater räusperte sich. »Ist das alles?«

»Ja«, sagte Brunetti, wobei er die restliche Flüssigkeit in seinem Glas kreisen ließ und zusah, wie sie an den Seitenwänden hochstieg und wieder heruntersank. »Eine Kleinigkeit hätte ich noch, aber die ist kaum der Rede wert.« Das ekelhafte Gesöff kreiste weiter in Brunettis Glas.

»Ja?« fragte Lotto desinteressiert, nachdem nun der eigentliche Grund für den Besuch dieses Polizisten abgehakt war.

»Rino Favero«, sagte Brunetti und ließ den Namen so leicht wie einen flatternden Schmetterling in die Luft entschweben.

»Was?« entfuhr es Lotto, der seine Verblüffung nicht verbergen konnte. Und Brunetti blinzelte zufrieden und so einfältig wie nur möglich, bevor er wieder in sein Glas schaute. Lotto formulierte seine Frage zu einem neutralen »Wer?« um.

»Favero, Rino. Er war auch Steuerberater. In Padua, soviel ich weiß. Ich dachte nur, ob Sie ihn vielleicht kennen, Signor Lotto.«

»Kann sein, daß ich den Namen schon mal gehört habe. Warum fragen Sie?«

»Er ist vor kurzem gestorben. Von eigener Hand.« Für Brunettis Geschmack war das genau der Euphemismus, den ein Mann von Lottos sozialer Stellung in Verbindung mit dem Selbstmord eines Mannes von Faveros Stellung gebrauchen würde. Er wartete ab, wie groß dessen Neugier wohl war.

»Warum fragen Sie?«

»Ich dachte, wenn Sie ihn vielleicht kannten, wäre es doch traurig für Sie, zwei Freunde so rasch hintereinander zu verlieren.«

»Nein, ich kannte ihn nicht. Jedenfalls nicht persönlich.«

Brunetti schüttelte den Kopf. »Eine tragische Geschichte.«

»Ja«, antwortete Lotto kurz und erhob sich. »Haben Sie sonst noch etwas, Commissario?«

Brunetti stand auf, sah sich hilflos nach einem Platz für sein noch halbvolles Glas um und ließ es sich gern von Lotto abnehmen, der es neben sein eigenes auf den Tisch stellte. »Nein, nur die Liste mit den Klienten.«

»Morgen. Oder übermorgen«, sagte Lotto, schon auf dem Weg zur Tür.

Brunetti vermutete, daß es wohl letzteres sein würde, ließ sich dadurch aber nicht davon abhalten, dem anderen die Hand hinzustrecken und sich wortreich für die geopferte Zeit und das Entgegenkommen des Steuerberaters zu bedanken.

Lotto brachte Brunetti zum Ausgang, schüttelte ihm noch einmal die Hand und schloß die Tür hinter ihm. Im Flur blieb Brunetti kurz stehen und sah sich das diskrete Bronzeschild an, das rechts neben der gegenüberliegenden Tür hing: »C. Trevisan Avvocato«. Er hegte nicht den geringsten Zweifel, daß hinter dieser Tür die gleiche Atmosphäre tüchtiger Geschäftigkeit herrschte wie hinter der, aus der er soeben gekommen war; ebenso überzeugt war er, daß die beiden Büros weit mehr verband als nur die räumliche Nähe; und zum dritten war er jetzt sicher, daß beide auch irgendwie mit Rino Favero in Verbindung standen.

15

Am nächsten Morgen fand Brunetti auf seinem Schreibtisch, gefaxt von Capitano della Corte aus Padua, eine Kopie der Akte Rino Favero, dessen Tod zumindest gegenüber der Presse und der Öffentlichkeit noch immer als Selbstmord dargestellt wurde. Die Akte sagte ihm über Faveros Tod wenig mehr, als della Corte ihm schon am Telefon gesagt hatte; interessant fand Brunetti höchstens, was sie über Faveros Stellung in der Gesellschaft und Finanzwelt von Padua aussagte, einer verschlafenen, reichen Stadt etwa eine halbe Stunde westlich von Venedig.

Favero war auf Körperschaftsrecht spezialisiert gewesen und stand einer Firma mit sieben Steuerberatern vor, die nicht nur in Padua, sondern in der gesamten Provinz höchstes Ansehen genoß. Zu seinen Klienten zählten wichtige Geschäftsleute und Unternehmer dieser fabrikenreichen Provinz sowie die Dekane dreier verschiedener Fakultäten der Universität, die als eine der besten in ganz Italien galt. Brunetti kannte die Namen vieler der Firmen, deren Finanzen von Favero betreut wurden, ebenso die Namen vieler seiner Privatklienten. Ein Muster war nicht zu erkennen: Chemie, Lederwaren, Reisebüros, Stellenvermittlungen, das Politikwissenschaftliche Institut; Brunetti sah keinerlei Verbindungslinien zwischen ihnen.

Er war so kribbelig und auf Handeln erpicht, oder auch nur schon auf einen Ortswechsel, daß er daran dachte, nach Padua zu fahren und mit della Corte zu reden, aber nach kurzer Überlegung beschloß er, ihn statt dessen anzurufen. Dabei fiel ihm della Cortes Mahnung ein, er solle mit niemand anderem über Favero sprechen, eine Warnung, die ihm sagte, daß es mehr über Favero – vielleicht auch über die paduanische Polizei – zu wissen gab, als della Corte vorerst preisgeben mochte.

»Della Corte«, meldete sich der Capitano beim ersten Klingeln.

»Guten Morgen, Capitano. Hier ist Brunetti. Aus Venedig.«

»Guten Morgen, Commissario.«

»Ich wollte fragen, ob es bei Ihnen etwas Neues gibt«, sagte Brunetti.

»Ja.«

»In Sachen Favero?«

»Ja«, antwortete della Corte kurz und meinte dann: »Wie es aussieht, haben wir gemeinsame Freunde, Dottore.«

»Ach ja?« fragte Brunetti, den die Bemerkung überraschte.

»Nachdem wir gestern telefoniert hatten, habe ich ein paar Bekannte angerufen.«

Brunetti schwieg.

»Ich habe Ihren Namen erwähnt«, sagte della Corte. »Ganz nebenbei.«

Das bezweifelte Brunetti. »Was für Bekannte?« wollte er wissen.

»Unter anderem Riccardo Fosco in Mailand.«

»Ah, und wie geht es ihm?« fragte Brunetti, obwohl er eigentlich viel lieber wissen wollte, warum della Corte einen Reporter anrief, um etwas über ihn zu erfahren, denn er war ganz sicher, daß der Name Brunetti nicht nebenbei gefallen war.

»Er hat einiges über Sie gesagt«, begann della Corte. »Alles sehr vorteilhaft.«

Noch vor zwei Jahren wäre Brunetti schockiert gewesen, zu hören, daß ein Polizist es für nötig hielt, einen Reporter anzurufen, um in Erfahrung zu bringen, ob er einem anderen Polizisten trauen konnte, aber jetzt empfand er nur abgrundtiefe Verzweiflung darüber, daß sie so weit gekommen waren. »Und, wie geht es Riccardo?« wiederholte er höflich.

»Gut, sehr gut. Ich soll Sie grüßen.«

»Hat er geheiratet?«

»Ja, letztes Jahr.«

»Haben Sie die Jagd auch noch nicht aufgegeben?« fragte Brunetti. Gemeint waren Foscos Freunde in Polizeikreisen, die noch Jahre nach den Schüssen auf den Journalisten diejenigen zu finden hofften, die den Anschlag, bei dem Fosco zum Krüppel wurde, zu verantworten hatten.

»Ja, aber wir hören nie etwas. Sie?« fragte della Corte, woraus Brunetti erfreut entnahm, daß er zu denen gezählt wurde, die immer noch nach Spuren suchten, auch wenn diese inzwischen fünf Jahre alt waren.

»Nein, wir auch nicht. Haben Sie Riccardo noch aus einem anderen Grund angerufen?«

»Ich wollte ihn fragen, ob er mir irgend etwas über Favero sagen kann, was wir vielleicht gern wüßten, aber selbst nicht in Erfahrung bringen können.«

»Konnte er etwas sagen?« erkundigte sich Brunetti.

»Nein, nichts.«

Einer plötzlichen Eingebung folgend, fragte Brunetti: »Haben Sie ihn von Ihrem Büro aus angerufen?«

Der Laut, den della Corte daraufhin von sich gab, hätte ein Lachen sein können. »Nein.« Brunetti sagte nichts, und es folgte ein langes Schweigen, an dessen Ende della Corte fragte: »Haben Sie eine Durchwahl zu Ihrem Apparat?«

Brunetti gab ihm die Nummer.

»Ich rufe in zehn Minuten zurück.«

Während er auf della Cortes Anruf wartete, spielte Brunetti mit dem Gedanken, bei Fosco anzurufen, um ihn über den Kollegen auszufragen, aber er wollte seine Leitung freihalten und sagte sich, daß allein schon die Erwähnung des Journalisten für della Corte sprach.

Eine Viertelstunde später rief della Corte zurück. Im Hintergrund konnte Brunetti Verkehrsgeräusche, Hupen und Motorengeheul hören.

»Ich nehme doch an, daß Ihre Leitung sicher ist«, sagte della Corte, um zu erklären, daß seine eigene es nicht war.

Brunetti widerstand der Versuchung zu fragen, vor wem die Leitung sicher sein sollte. »Was ist denn los?« fragte er.

»Wir haben die Todesursache abgeändert. Es ist jetzt ein Selbstmord. Offiziell.«

»Was soll das heißen?«

»Im Autopsiebericht stehen jetzt nur noch zwei Milligramm.«

»Jetzt?« fragte Brunetti.

»Jetzt«, wiederholte della Corte.

»Dann wäre Favero also in der Lage gewesen zu fahren?«

»Ja, und seinen Wagen in die Garage zu manövrieren, das

Tor zu schließen und, kurz gesagt, Selbstmord zu begehen.« Della Cortes Stimme klang gepreßt vor Zorn. »Ich finde keinen Richter, der mir die Anordnung unterschreibt, mit den Mordfallermittlungen fortzufahren oder die Leiche für eine zweite Autopsie exhumieren zu lassen.«

»Wie sind Sie denn an den ursprünglichen Bericht gekommen, den, weswegen Sie mich angerufen haben?«

»Ich hatte mit dem Arzt gesprochen, der die Autopsie durchgeführt hat; er ist Assistenzarzt im Krankenhaus.«

»Und?« fragte Brunetti.

»Als der offizielle Laborbericht zurückkam – er hatte unmittelbar nach der Autopsie eine Blutuntersuchung vorgenommen, aber danach die Proben zur Bestätigung ins Labor geschickt –, war darin ein viel geringerer Barbituratgehalt angegeben, als er ihn gemessen hatte.«

»Hat er seine Aufzeichnungen überprüft? Und was ist mit den Proben?«

»Alles verschwunden.«

»Verschwunden?«

Della Corte machte sich gar nicht erst die Mühe, darauf zu antworten.

»Wo wurden sie aufbewahrt?«

»Im Labor der Pathologie.«

»Was passiert normalerweise damit?«

»Nachdem der amtliche Autopsiebericht raus ist, werden sie noch ein Jahr aufgehoben und dann vernichtet.«

»Und diesmal?«

»Als er den amtlichen Bericht bekam, wollte er gleich seine Aufzeichnungen nachprüfen, ob er sich vielleicht geirrt hätte. Dann hat er mich angerufen.« Della Corte machte eine Pause, bevor er fortfuhr: »Das war vor zwei Tagen. Inzwischen hat er wieder angerufen und mir erklärt, er müsse sich bei seinen Ergebnissen wohl geirrt haben.«

»Druck von oben?«

»Natürlich«, antwortete della Corte grimmig.

»Haben Sie etwas gesagt?«

»Nein. Mir hatte gleich nicht gefallen, was er mir bei unserem zweiten Gespräch über seine Aufzeichnungen sagte. Ich habe mich also seiner Aussage angeschlossen, daß so etwas vorkommt, auch ein bißchen mit ihm geschimpft, weil ihm dieser Fehler unterlaufen war, und ihm empfohlen, bei seiner nächsten Autopsie etwas achtsamer zu sein.«

»Hat er Ihnen das abgenommen?«

Della Cortes Achselzucken war förmlich zu hören. »Wer weiß?«

»Und dann?« fragte Brunetti.

»Dann habe ich Fosco angerufen, um mich über Sie zu informieren.« Brunetti hörte plötzlich seltsame Geräusche in der Leitung und überlegte sofort, ob seine eigene Leitung womöglich abgehört wurde, doch das Klicken und Piepen erklärte sich bald: Della Corte warf Münzen nach.

»Commissario«, sagte della Corte, »ich habe nicht mehr viel Kleingeld. Könnten wir uns nicht irgendwo treffen?«

»Natürlich. Inoffiziell?«

»Auf jeden Fall.«

»Wo?« fragte Brunetti.

»Auf halbem Weg?« schlug della Corte vor. »Mestre?«

»Die Pinetta-Bar?«

»Heute abend, zehn Uhr?«

»Wie erkenne ich Sie?« fragte Brunetti, der hoffte, della

Corte möge nicht schon von weitem wie ein Polizist aussehen.

»Ich habe eine Glatze. Und wie erkenne ich Sie?«

»Ich sehe aus wie ein Polizist.«

16

Am Abend ging Brunetti um zehn vor zehn die Stufen des Bahnhofs von Mestre hinunter, nachdem er zuvor auf dem Stadtplan im Telefonbuch von Venedig die Via Fagare gefunden hatte. Vor dem Bahnhof stand der übliche Pulk von Autos im Parkverbot, und es herrschte mäßiger Verkehr in beiden Richtungen. Er überquerte die Straße und wandte sich nach links. An der zweiten Querstraße bog er rechts in Richtung Stadtzentrum ab. Auf beiden Straßenseiten waren die Gitter der kleinen Läden heruntergelassen wie Fallgitter gegen eventuelle nächtliche Invasionen.

Hin und wieder wirbelte eine Windböe das Papier und die Blätter zu seinen Füßen auf und ließ sie träge kreisen; die ungewohnten Verkehrsgeräusche irritierten ihn wie immer, wenn er ihnen außerhalb Venedigs ausgesetzt war. Alle Leute klagten über das feuchtwarme, unzuträgliche Klima in Venedig, aber für Brunetti war betäubender Verkehrslärm viel schlimmer, und wenn dazu noch der scheußliche Auspuffgestank kam, wunderte er sich, wie Menschen mitten darin leben und es als Teil ihres Alltags akzeptieren konnten. Dennoch verließen Jahr für Jahr mehr Venezianer die Stadt und zogen hierher, durch die allgemeine Wirtschaftsflaute und die explodierenden Mieten in die Flucht geschlagen. Er konnte verstehen, daß so etwas passierte, daß ökonomische Gründe die Menschen aus ihrer Stadt vertrieben. Aber im Tausch gegen dies hier? Sicher ein schlechtes Geschäft.

Einige Minuten später kam am Ende des nächsten Häuserblocks eine Neonschrift in Sicht. Die Buchstaben reichten von der Dachkante bis etwa mannshoch über den Gehweg und lauteten: ›B__ _in__ta‹. Mit den Händen in den Manteltaschen und der Schulter voraus schlüpfte Brunetti in die Bar, ohne die Tür groß aufstoßen zu müssen.

Der Besitzer mußte zu viele amerikanische Filme gesehen haben, denn das Innere ähnelte den Bars, in denen Victor Mature immer den Kraftprotz markierte. Die Wand hinter dem Tresen bestand aus einem Spiegel, der allerdings von einer so dicken Schicht aus Staub und Tabakrauch überzogen war, daß nichts mehr deutlich reflektiert wurde. Statt der vielen Flaschenreihen, die man in italienischen Bars gewohnt ist, stand hier nur eine, alles Bourbon und Scotch. Statt des geraden Tresens mit der Espresso-Maschine war dieser hier hufeisenförmig, und in der Mitte stand ein Barmann in einer ehemals weißen Schürze, die er sich eng um die Taille gebunden hatte.

Zu beiden Seiten standen Tische; links saßen, jeweils zu dritt oder viert, kartenspielende Männer; auf der rechten Seite waren es gemischte Paare, eindeutig mit Glücksspielen anderer Art beschäftigt. An allen Wänden hingen vergrößerte Fotos amerikanischer Filmstars, von denen viele mit Skepsis zu betrachten schienen, was zu beobachten sie vom Schicksal verdammt worden waren.

Vier Männer und zwei Frauen standen am Tresen. Der erste Mann, klein und vierschrötig, hatte beide Hände schützend um sein Glas gelegt und stierte in die Flüssigkeit. Der zweite, größer und schlanker, stand mit dem Rücken zum Tresen und drehte langsam den Kopf von einer Seite zur anderen, während er zuerst die Kartenspieler, dann die anderen Glücksritter musterte. Der dritte, ein Kahlkopf, war offensichtlich della Corte. Der vierte, dünn, fast ausgemergelt, stand zwischen den beiden Frauen und wandte nervös den Kopf hin und her, während sie abwechselnd auf ihn einredeten. Er sah auf, als Brunetti hereinkam, und die Frauen, die ihn zur Tür blicken sahen, drehten sich um und musterten den Neuankömmling. Düsterer hätten die drei Parzen nicht dreinschauen können, wenn sie den Lebensfaden eines Menschen abschnitten.

Brunetti ging zu della Corte, einem dünnen Mann mit zerfurchtem Gesicht und buschigem Schnauzbart, schlug ihm auf die Schulter und sagte in breitestem Veneziano und viel lauter als nötig: »*Ciao, Beppe, come stai?* Tut mir leid, daß ich zu spät komme, aber meine Alte, diese Hexe…« Den Rest ließ er untergehen, während er mit einer ärgerlichen Handbewegung alle Hexen, alle Ehefrauen zum Teufel jagte. Dann wandte er sich an den Barmann und sagte noch lauter: »*Amico mio,* gib mir einen Whisky«, und zu della Corte: »Was nimmst du, Beppe? Du trinkst doch noch einen mit?« Als er sich dem Barmann zuwandte, achtete er darauf, nicht nur den Kopf, sondern den ganzen Körper zu drehen, und den auch noch zu weit. Um das Gleichgewicht zu halten, stützte er sich mit einer Hand auf den Tresen und murmelte noch einmal: »Hexe.«

Als der Whisky kam, nahm er das hohe Glas, kippte den Inhalt mit einem Schluck hinunter, knallte das Glas auf den Tresen und wischte sich mit dem Handrücken den Mund ab. Ein zweites Glas erschien vor ihm, aber bevor er danach greifen konnte, sah er della Corte die Hand ausstrecken.

»*Cin, Cin*, Guido«, sagte della Corte und hob das Glas mit einer Geste, die auf alte Freundschaft schließen ließ. »Schön, daß du dich losmachen konntest.« Er trank einen kleinen Schluck und noch einen. »Kommst du am Wochenende mit uns auf die Jagd?«

Brunetti und della Corte hatten für dieses Treffen kein Drehbuch geschrieben, aber ein Thema war für zwei angetrunkene Männer mittleren Alters, die sich in einer billigen Bar in Mestre trafen, so gut wie das andere. Brunetti sagte, er wolle ja gern mitkommen, aber seine Frau, diese Hexe, bestehe darauf, daß er zu Hause bleibe, weil es ihr Hochzeitstag sei und sie zum Essen ausgeführt werden wolle. Wozu hätten sie eigentlich einen Herd, wenn sie ihn nicht benutzte, um ihm sein Essen darauf zu kochen? Nachdem das ein paar Minuten so gegangen war, stand eines der Pärchen an den Tischen auf und ging. Daraufhin zog della Corte, nachdem er zwei weitere Drinks bestellt hatte, Brunetti am Ärmel zu dem freien Tisch und half ihm beim Hinsetzen. Als die Gläser vor ihnen standen, stützte Brunetti das Kinn auf eine Hand und fragte leise: »Sind Sie schon lange hier?«

»Eine halbe Stunde vielleicht«, antwortete della Corte, nun nicht mehr mit der alkoholisierten Stimme und auch nicht mit dem breiten venezianischen Akzent von vorhin.

»Und?«

»Der Mann an der Bar, der mit den Frauen«, begann della Corte, bevor er an seinem Glas nippte, »wird immer wieder von Männern angesprochen, die hereinkommen. Zweimal hat sich daraufhin eine der Frauen mit dem jeweiligen Mann an die Bar gesetzt und etwas getrunken. Einmal ist eine von ihnen mit dem Besucher weggegangen und etwa zwanzig Minuten später allein zurückgekommen.«

»Schnelle Arbeit«, sagte Brunetti, und della Corte nickte und nahm noch einen kleinen Schluck.

»Wie er aussieht«, fuhr della Corte fort, »würde ich sagen, er hängt an der Nadel.« Er sah zur Bar hinüber und grinste breit, als eine der Frauen seinen Blick erwiderte.

»Sind Sie da sicher?« fragte Brunetti.

»Ich war sechs Jahre im Rauschgiftdezernat. Ich habe Hunderte von der Sorte gesehen.«

»Tut sich sonst etwas in Padua?« erkundigte sich Brunetti. Beide wirkten bei dieser Unterhaltung recht uninteressiert an ihrer Umgebung, aber beide prägten sich Gesichter ein und verfolgten aufmerksam alles, was vorging.

Della Corte schüttelte den Kopf. »Ich rede nicht mehr darüber, aber ich habe einen meiner Leute, dem ich traue, ins Labor geschickt, um zu sehen, ob sonst noch etwas fehlt.«

»Und?«

»Der Betreffende ist sehr umsichtig vorgegangen. Es fehlen sämtliche Aufzeichnungen und Proben von den Autopsien, die an diesem Tag gemacht worden sind.«

»Wie viele waren das denn?«

»Drei.«

»In Padua?« fragte Brunetti, nicht wenig erstaunt.

»Zwei alte Leute sind im Krankenhaus gestorben, nachdem sie verdorbenes Fleisch gegessen hatten. Salmonellen. Auch von ihnen waren alle Aufzeichnungen des Pathologen und die Proben weg.«

Brunetti nickte. »Wer hatte die Möglichkeit dazu?«

fragte er den Capitano. »Oder wer hatte ein Interesse daran, die Sachen verschwinden zu lassen?«

»Derselbe, der ihm das Schlafmittel verabreicht hat, würde ich sagen.«

Brunetti nickte wieder.

Der Barmann machte die Runde um die Tische, und Brunetti hob den Kopf von den Händen und gab ihm ein Zeichen, noch zwei Drinks zu bringen, obwohl sein zweiter fast unberührt vor ihm stand.

»Bei dem bißchen, was die im Labor verdienen, kann man für ein paar hunderttausend Lire ziemlich viel Entgegenkommen kaufen«, sagte della Corte.

Zwei Männer betraten die Bar, laut lachend und wie Leute, die unbedingt von Fremden bemerkt werden wollen.

»Gibt's was Neues im Fall Trevisan?« fragte della Corte.

Brunetti schüttelte den Kopf mit dem gewichtigen Ernst, den Betrunkene Trivialitäten widmen.

»Und nun?« frage della Corte.

»Ich denke, einer von uns wird die Ware testen müssen«, sagte Brunetti, als er den Barmann kommen sah. Er blickte auf, lächelte den Mann an und bedeutete ihm mit einem Kopfnicken, die Drinks auf den Tisch zu stellen, dann winkte er ihn etwas näher heran. »Drinks für die *signorine*«, sagte er, wobei er unsicher in die Richtung wedelte, wo die beiden Frauen immer noch rechts und links von dem Mann am Tresen standen.

Der Barmann nickte, ging hinter seinen Tresen und goß weißen Schaumwein in zwei Gläser. Brunetti war sicher, daß es übelster, zusammengepanschter Prosecco war, und ebenso sicher, daß auf seiner Rechnung französischer

Champagner stehen würde. Der Barmann ging zu dem Mann und den beiden Frauen, beugte sich vor, stellte die Gläser auf den Tresen und sagte etwas zu dem Mann, der daraufhin einen Blick in Brunettis Richtung warf. Dann drehte er sich um und sprach mit der Frau zu seiner Linken, einer kleinen Dunkelhäutigen mit breitem Mund und rötlichem Haar, das ihr über die Schultern wallte. Sie sah den Mann an, dann die Gläser, dann zu dem Tisch, an dem Brunetti saß. Brunetti lächelte ihr zu, erhob sich halb und machte eine plumpe Verbeugung in ihre Richtung.

»Sind Sie von allen guten Geistern verlassen?« fragte della Corte, wobei er breit grinsend nach seinem Glas griff.

Statt zu antworten, winkte Brunetti den dreien an der Bar zu und stieß mit dem Fuß den freien Stuhl links von sich zurück. Die Rothaarige ließ ihre Freunde stehen, nahm ihr Glas und kam auf Brunettis Tisch zu. Als Brunetti sie kommen sah, lächelte er ihr erneut zu und fragte della Corte leise: »Sind Sie mit dem Auto hier?«

Der Capitano nickte.

»Gut. Wenn sie sich hersetzt, gehen Sie weg. Warten Sie im Auto, und wenn wir herauskommen, folgen Sie uns.«

In dem Moment, als die Frau an ihren Tisch kam, schob della Corte seinen Stuhl zurück und stand auf, wobei er fast mit ihr zusammengestoßen wäre und höchst überrascht tat. Er sah sie kurz an und sagte: »Guten Abend, Signorina. Nehmen Sie doch bitte Platz.« Alles wieder in seinem schönsten Venezianisch und mit einem breiten Lächeln.

Die Frau zog ihren Rock zurecht und setzte sich neben Brunetti. Sie lächelte ihn an, und er sah, daß sie hübsch war unter dem dick aufgetragenen Make-up: gerade Zähne, dunkle Augen und eine fröhliche Stupsnase. »*Buona sera*«, sagte sie leise, beinah flüsternd. »Danke für den Champagner.«

Della Corte beugte sich über den Tisch und streckte Brunetti die Hand hin. »Ich muß gehen, Guido. Ich rufe dich nächste Woche an.«

Brunetti übersah die ausgestreckte Hand, seine ganze Aufmerksamkeit galt der Frau. Della Corte drehte sich zu den Männern an der Bar um, lächelte, zuckte die Achseln und ging.

»*Ti chiami Guido*?« fragte die Frau, und das vertrauliche ›du‹ ließ keinen Zweifel daran aufkommen, worum es hier ging.

»Ja, Guido Bassetti. Und wie heißt du, Süße?«

»Mara«, sagte sie und lachte, als hätte sie etwas Schlaues gesagt. »Was bist du für einer, Guido?« Aus ihren Worten hörte Brunetti zweierlei heraus: irgendeinen fremdländischen Akzent, ganz sicher eine romanische Sprache, wenn er auch nicht genau wußte, ob es Spanisch oder Portugiesisch war; und noch unverkennbarer war die freche Doppeldeutigkeit ihrer Frage.

»Ich bin Rohrleger«, erklärte Brunetti mit übertriebenem Stolz im Ton, wobei er noch mit einer vulgären Geste unterstrich, daß er die Anspielung in ihrer Frage sehr wohl verstanden hatte.

»Ach, wie interessant«, sagte Mara und lachte wieder, aber weiter fiel ihr nichts dazu ein.

Brunetti sah, daß sein zweites Glas noch ziemlich voll und das dritte völlig unangetastet war. Er trank aus dem zweiten, schob es beiseite und nahm das dritte.

»Du bist ein richtig hübsches Mädchen, Mara«, sagte er, ohne auch nur im geringsten zu vertuschen, daß diese Tatsache für das bevorstehende Geschäft bedeutungslos war. Sie schien sich nichts daraus zu machen.

»Ist das dein Freund, da an der Bar?« Brunetti deutete mit dem Kinn zu der Stelle, wo der Mann noch immer stand, wenn die andere Frau auch inzwischen verschwunden war.

»Ja«, antwortete Mara.

»Wohnst du in der Nähe?« fragte Brunetti, ganz der Mann, der keine Zeit verschwenden wollte.

»Ja.«

»Können wir zu dir gehen?«

»Ja.« Sie lächelte wieder, und er sah, wie sie sich bemühte, Wärme und Interesse in ihren Blick zu legen.

Er ließ jetzt allen Charme von sich abfallen. »Wieviel?«

»Hunderttausend«, antwortete sie mit der Bereitwilligkeit einer Frau, die diese Frage schon allzuoft gehört hatte.

Brunetti lachte, trank noch einen kleinen Schluck und stand auf. Dabei stieß er seinen Stuhl so rasch und kräftig zurück, daß er hinter ihm umkippte. »Du spinnst wohl, kleine Mara. Ich habe eine Frau zu Hause. Bei der krieg ich's umsonst.«

Sie zuckte die Achseln und sah auf ihre Uhr. Es war elf, und in den letzten zwanzig Minuten war niemand mehr in die Bar gekommen. Er sah sie förmlich Zeit in Geld umrechnen.

»Fünfzig«, sagte sie schließlich, offenbar um Zeit und Energie zu sparen.

Brunetti stellte sein immer noch nicht leeres Glas auf den

Tisch und griff nach ihrem Arm. »Also gut, kleine Mara, dann laß dir mal zeigen, was ein richtiger Mann für dich tun kann.«

Sie erhob sich widerstandslos. Brunetti zog sie am Arm zur Bar hinüber. »Was bin ich schuldig?« fragte er.

Ohne zu zögern, antwortete der Barmann: »Dreiund-sechzigtausend.«

»Sind Sie noch zu retten?« fragte Brunetti wütend. »Für drei Whisky? Miserablen Whisky noch dazu?«

»Plus die zwei für Ihren Freund und den Champagner für die Damen«, sagte der Barmann.

»Damen«, wiederholte Brunetti sarkastisch, aber er zückte seine Brieftasche, zählte einen Fünziger, einen Zeh-ner und drei Eintausendlirescheine ab und warf sie auf den Tresen. Bevor er die Brieftasche wieder wegstecken konnte, griff Mara nach seinem Arm.

»Du kannst das Geld gleich meinem Freund geben«, sagte sie mit einer Kopfbewegung zu dem dünnen Mann an der Bar, der Brunetti anstarrte, ohne eine Miene zu verzie-hen. Brunetti blickte sich um, das Gesicht hochrot vor Ver-legenheit, als suchte er jemanden, der ihm half, die Welt zu verstehen. Es fand sich keiner. Er nahm einen Fünfzigtau-sendlireschein aus der Brieftasche und warf ihn auf den Tresen, ohne den Mann anzusehen, der das Geld keines Blickes würdigte. Wie um seinen verletzten Stolz wieder-herzustellen, griff Brunetti nach dem Arm der Frau und zog sie mit sich zum Ausgang. Sie nahm nur noch rasch ihre Jacke aus imitiertem Leopardenfell vom Haken neben der Tür, dann trat sie mit Brunetti auf die Straße hinaus. Er knallte die Tür heftig hinter ihnen zu.

Draußen wandte Mara sich nach links, ohne auf Brunetti zu warten. Sie machte rasche Schritte, allerdings waren der kurze Rock und die hohen Absätze ihr hinderlich, so daß Brunetti keine Mühe hatte dranzubleiben. An der ersten Ecke bog sie links ab und blieb dann drei Häuser weiter an einer Tür stehen. Den Schlüssel hielt sie schon bereit. Sie schloß auf und ging hinein, ohne sich nach Brunetti umzudrehen, der gerade lange genug stehenblieb, um zu sehen, wie ein Auto in die schmale Straße einbog. Der Fahrer blendete zweimal auf, und Brunetti folgte der Frau ins Haus.

Eine Treppe höher machte sie rechter Hand eine Tür auf, die sie wieder für Brunetti offenließ. Beim Eintreten sah er in dem Zimmer eine niedrige Bettcouch mit grellbunt gestreifter Decke, einen Schreibtisch und zwei Stühle stehen. Das einzige Fenster war zu, die Läden geschlossen. Sie knipste das Licht an, eine nackte, schwache Glühbirne, die an einem kurzen Kabel von der Decke hing.

Ohne sich zu Brunetti umzudrehen, zog Mara ihre Jacke aus und hängte sie sorgsam über die Lehne des einen Stuhls. Dann setzte sie sich auf die Bettkante und löste die Riemchen ihrer Schuhe. Brunetti hörte sie erleichtert aufatmen, als sie die Dinger zu Boden fallen ließ. Immer noch ohne ihn anzusehen, machte sie ihren Rock auf, faltete ihn zusammen und legte ihn über die Jacke. Darunter hatte sie nichts an. Sie setzte sich zuerst, dann legte sie sich aufs Bett, wobei sie ihn noch immer keines Blickes würdigte.

»Es kostet extra, wenn du meine Brüste anfassen willst«, sagte sie, bevor sie sich auf die Seite drehte, um den Bettüberwurf glattzustreichen, der sich unter ihrer Schulter verknüllt hatte.

Brunetti ging durchs Zimmer und setzte sich auf den freien Stuhl. »Woher kommst du, Mara?« fragte er in normalem Italienisch, ohne venezianischen Akzent.

Sie sah überrascht auf, entweder ob der Frage oder weil sie in ganz normalem Konversationston gestellt worden war. »Hör mal, du Rohrleger«, sagte sie, eher müde als ärgerlich, »du bist nicht zum Reden hier, und ich auch nicht, also kommen wir zur Sache, damit ich wieder an meine Arbeit gehen kann, ja?« Sie drehte sich ganz auf den Rücken und spreizte die Beine.

Brunetti sah weg. »Woher kommst du, Mara?« fragte er noch einmal.

Sie klappte die Beine zusammen und schwang sie über den Bettrand, um sich dann aufzusetzen und ihn anzusehen. »Hör mal, wenn du vögeln willst, dann bringen wir's hinter uns, ja? Ich kann nicht die ganze Nacht hier herumsitzen und reden. Und außerdem geht es dich einen Scheißdreck an, woher ich komme.«

»Brasilien?« mutmaßte er aufgrund ihres Akzents.

Sie gab einen ärgerlichen, angewiderten Ton von sich, stand auf und griff nach ihrem Rock. Sie bückte sich, stieg hinein, zog ihn hoch und zerrte wütend am Reißverschluß. Dann angelte sie mit einem Fuß nach ihren Schuhen, die sie vorhin unters Bett geschoben hatte. Schließlich setzte sie sich wieder auf die Bettkante und fing an, die Riemchen festzuziehen.

»Er kann dafür eingelocht werden«, sagte Brunetti in unverändert ruhigem Ton. »Er hat Geld von mir genommen. Das könnte ihm ein paar Monate einbringen.«

Die Riemchen, die ihre Schuhe an den Fußgelenken hielten, saßen beide fest, aber sie blickte weder zu Brunetti auf, noch machte sie Anstalten, sich vom Bett zu erheben. Sie saß mit gesenktem Kopf da und hörte zu.

»Das wünschen Sie ihm doch sicher nicht, oder?« fragte Brunetti.

Sie schnaubte angeekelt und ungläubig.

»Dann denken Sie mal nach, was er wohl machen wird, wenn er wieder rauskommt, Mara. Sie haben mich nicht erkannt. Er muß ja wohl Ihnen die Schuld geben.«

Jetzt sah sie auf und streckte die Hand aus. »Kann ich Ihren Ausweis sehen?«

Brunetti reichte ihn ihr.

»Was wollen Sie?« fragte sie, nachdem sie ihm den Dienstausweis zurückgegeben hatte.

»Ich will wissen, woher Sie kommen.«

»Warum? Damit Sie mich zurückschicken können?« fragte sie, wobei sie ihm in die Augen sah.

»Ich bin nicht von der Ausländerpolizei, Mara. Es interessiert mich nicht, ob Sie legal oder illegal hier sind.«

»Was wollen Sie denn dann?« fragte sie, Wut in der Stimme.

»Ich möchte wissen, woher Sie kommen.«

Sie zögerte nur kurz, suchte nach einem Haken, fand keinen und antwortete: »São Paulo.« Er hatte also recht gehabt; der leichte Akzent war brasilianisch.

»Wie lange sind Sie schon hier?«

»Zwei Jahre«, sagte sie.

»Und arbeiten als Prostituierte?« Er versuchte das Wort so klingen zu lassen, daß es nur eine Bezeichnung war, keine Verurteilung.

»Ja.«

»Haben Sie schon immer für diesen Mann gearbeitet?«

Sie sah ihn an. »Seinen Namen verrate ich nicht«, sagte sie.

»Ich will seinen Namen nicht wissen, Mara. Ich will wissen, ob Sie schon immer für ihn gearbeitet haben.«

Sie sagte etwas, aber ihre Stimme war so leise, daß er nichts verstand.

»Wie bitte?«

»Nein.«

»Immer in dieser Bar?«

»Nein.«

»Wo haben Sie davor gearbeitet?«

»Woanders«, antwortete sie ausweichend.

»Seit wann arbeiten Sie in der Bar?«

»Seit September.«

»Warum?«

»Warum was?«

»Warum sind Sie in diese Bar gewechselt?«

»Die Kälte. Ich bin nicht daran gewöhnt, und im letzten Winter bin ich bei der Arbeit draußen krank geworden. Da hat er gesagt, ich soll diesen Winter in der Bar arbeiten.«

»Verstehe«, sagte Brunetti. »Wie viele Mädchen sind es noch?«

»In der Bar?«

»Ja.«

»Drei.«

»Und auf der Straße?«

»Ich weiß nicht genau. Vier? Sechs? Ich habe keine Ahnung.«

»Kommen von denen noch mehr aus Brasilien?«

»Zwei.«

»Und die anderen, woher sind die?«

»Das weiß ich nicht.«

»Wie ist das mit dem Telefon?«

»Was?« fragte sie und sah ihn mit zusammengekniffenen Augen an, vielleicht ehrlich verwirrt.

»Das Telefon. In der Bar. Wer wird dort angerufen? Er?«

Die Frage brachte sie eindeutig durcheinander. »Ich weiß es nicht«, sagte sie. »Alle benutzen das Telefon.«

»Aber wer *bekommt* dort Anrufe?«

Sie überlegte einen Moment. »Ich weiß es nicht.«

»Er?« bohrte Brunetti nach.

Sie zuckte die Achseln, versuchte seinem Blick auszuweichen, aber Brunetti schnippte vor ihrem Gesicht mit den Fingern, und sie sah ihn wieder an.

»Bekommt er Anrufe?«

»Manchmal«, sagte sie, dann schaute sie auf ihre Uhr und wieder zu ihm auf. »Sie müßten jetzt fertig sein.«

Er warf einen Blick auf seine eigene Uhr; fünfzehn Minuten waren vergangen. »Wieviel Zeit läßt er Ihnen?«

»Normalerweise eine Viertelstunde. Bei Älteren auch mehr, wenn sie Stammkunden sind. Aber wenn ich nicht bald zurückgehe, stellt er Fragen, und ich muß ihm sagen, warum es so lange gedauert hat.«

Der Art, wie sie das sagte, entnahm Brunetti, daß die Frau jede Frage beantworten würde, die der Mann ihr stellte. Er überlegte kurz, ob es besser wäre, den Mann merken zu lassen, daß die Polizei sich nach ihm erkundigte. Er betrachtete das gesenkte Gesicht der Frau und versuchte zu schätzen, wie alt sie war. Fünfundzwanzig? Zwanzig?

»Also gut«, sagte er im Aufstehen.

Bei seiner plötzlichen Bewegung zuckte sie zurück und sah zu ihm auf. »Ist das alles?«

»Ja, das ist alles.«

»Kein Quickie?«

»Was?« fragte er verständnislos.

»Ein Quickie. Das gehört meistens dazu, wenn uns die Polizei zu einer Vernehmung holt.« Ihre Stimme klang neutral, wertfrei, müde.

»Nein, nichts dergleichen«, sagte Brunetti, schon auf dem Weg zur Tür.

Sie stand hinter ihm auf und fuhr erst mit dem einen, dann mit dem anderen Arm in ihre Jacke. Er öffnete die Tür, ließ Mara vorbei und folgte ihr auf den Flur. Sie drehte sich um, schloß die Tür ab und ging die Treppe hinunter. Unten zog sie die Haustür auf, wandte sich nach rechts und war gleich darauf in Richtung Bar verschwunden. Brunetti ging in entgegengesetzter Richtung bis ans Ende der Straße, überquerte sie und blieb unter einer Laterne stehen, wo einen Augenblick später della Cortes schwarzer Wagen neben ihm hielt.

17

Na?« fragte della Corte, als Brunetti neben ihn auf den Vordersitz des Wagens glitt. Brunetti fand es sympathisch, daß in der Frage nichts Anzügliches mitklang.

»Sie ist Brasilianerin und arbeitet für den Mann, der mit ihr in der Bar war. Sie sagt, er bekommt dort auch Anrufe.«

»Und?« fragte della Corte, während er einen Gang einlegte und langsam in Richtung Bahnhof fuhr.

»Das ist schon alles«, antwortete Brunetti. »Alles, was sie mir erzählt hat, aber ich glaube, wir können daraus einiges schließen.«

»Zum Beispiel?«

»Daß sie zum Beispiel illegal hier ist, daß sie keine Aufenthaltsgenehmigung hat und also nicht groß darüber bestimmen kann, womit sie ihren Lebensunterhalt verdient.«

»Vielleicht tut sie es ja, weil es ihr Spaß macht«, warf della Corte ein.

»Haben Sie schon mal eine Hure kennengelernt, der es Spaß macht?«

Della Corte ließ Brunettis Frage unbeantwortet, bog um eine Ecke und hielt kurz darauf vor dem Bahnhof. Er zog die Handbremse an, ließ aber den Motor laufen. »Und was nun?«

»Ich denke, wir müssen den Mann festnehmen, der bei ihr war. So erfahren wir wenigstens, wer er ist. Und solange wir ihn in Gewahrsam haben, können wir vielleicht noch einmal mit der Frau sprechen.«

»Sie meinen, daß sie dann redet?«

Brunetti zuckte die Achseln. »Vielleicht, wenn sie keine Angst hat, daß man sie daraufhin nach Brasilien zurückschickt.«

»Müßten wir denn davon ausgehen?«

»Kommt darauf an, wer mit ihr spricht.«

»Eine Frau vielleicht?« schlug della Corte vor.

»Das wäre wahrscheinlich besser.«

»Haben Sie eine?«

»Wir haben eine Psychiaterin, die uns gelegentlich berät. Ich könnte Mara vielleicht dazu bringen, mit ihr zu reden.«

»Mara?« fragte della Corte.

»So hat sie sich mir vorgestellt. Ich möchte gern glauben, daß sie wenigstens eins behalten durfte, ihren Namen.«

»Wann schnappen Sie sich den Mann?«

»So bald wie möglich.«

»Wissen Sie schon, wie Sie's machen?«

»Am einfachsten wäre es, ihn in dem Moment einzukassieren, wenn einer von Maras Kunden ihm das Geld auf den Tresen legt.«

»Wie lange können Sie ihn deswegen festhalten?«

»Das kommt darauf an, was wir über ihn in Erfahrung bringen, ob er vielleicht vorbestraft ist, oder ob sonst noch etwas gegen ihn vorliegt.« Brunetti überlegte kurz. »Wenn Sie mit dem Heroin recht haben, müßten ein paar Stunden eigentlich genügen.«

Della Cortes Lächeln war nicht nett anzusehen. »Ich habe recht mit dem Heroin.« Als Brunetti schwieg, fragte della Corte: »Und bis dahin?«

»Ich gehe einigen Dingen nach. Ich will mehr über Trevisans Familie herausfinden, und soviel wie möglich über seine Kanzlei.«

»Etwas Bestimmtes?«

»Nicht direkt. Nur ein paar Punkte, die mir Kopfschmerzen bereiten, Kleinigkeiten, die sich nicht reimen.« Mehr wollte Brunetti jetzt nicht dazu sagen, weshalb er fragte: »Und Sie?«

»Wir machen dasselbe bei Favero, aber da heißt es so einigem auf den Grund gehen, zumindest was seine Firma betrifft.« Della Corte hielt kurz inne, um dann fortzufahren: »Ich hatte keine Ahnung, daß diese Typen derart viel verdienen.«

»Wer, Steuerberater?«

»Ja. Hunderte von Millionen im Jahr, wie es aussieht. Und das ist nur sein versteuertes Einkommen, Sie können sich also vorstellen, wieviel mehr er unterderhand macht.« Brunetti brauchte sich nur einige der Namen auf Faveros Klientenliste ins Gedächtnis zu rufen, und schon konnte er sich die Höhe dieser Einnahmen vorstellen, der versteuerten wie der unversteuerten.

Er öffnete die Wagentür, stieg aus und ging zur Fahrerseite hinüber. »Ich schicke morgen abend ein paar Leute hierher. Wenn er und Mara in der Bar sind, müßte es eigentlich ein leichtes sein, sie zu kriegen.«

»Beide?« fragte della Corte.

»Ja. Vielleicht redet sie bereitwilliger, nachdem sie eine Nacht in einer Zelle verbracht hat.«

»Ich denke, Sie wollen sie mit einer Psychiaterin reden lassen?«

»Schon, aber erst soll sie ruhig mal ein bißchen Gefängnisluft schnuppern. Angst macht Menschen gesprächiger, besonders Frauen.«

»Ganz schön hartgesotten, wie?« meinte della Corte, nicht ohne Respekt.

Brunetti zuckte mit den Schultern. »Sie könnte etwas über einen Mord wissen. Je mehr Angst sie hat, je verwirrter sie ist, desto eher sagt sie uns vielleicht, was sie weiß.«

Della Corte lächelte und löste die Handbremse. »Ich habe vorhin einen Moment lang gedacht, Sie wollten mir etwas über die Hure mit dem goldenen Herzen erzählen.«

Brunetti stieß sich vom Fensterrahmen des Wagens ab und ging. Nach ein paar Schritten in Richtung Bahnhof drehte er sich noch einmal zu della Corte um, der gerade die Scheibe hochkurbelte, während er schon langsam anfuhr. »Niemand hat ein Herz aus Gold«, sagte er, aber della Corte fuhr davon, ohne zu erkennen zu geben, daß er es gehört hatte.

Am nächsten Morgen wurde Brunetti von Signorina Elettra mit der Nachricht empfangen, daß sie die Zeitungsmeldung über Trevisan im *Gazzettino* zwar gefunden habe, es sich aber um einen völlig harmlosen Bericht über ein touristisches Gemeinschaftsunternehmen der Handelskammern von Venedig und Prag handle, das er organisiert habe. Auch Signora Trevisans Leben war, jedenfalls laut Auskunft der Gesellschaftskolumnisten dieser Zeitung, nur ein weißes Blatt Papier.

Brunetti hatte so etwas zwar erwartet, trotzdem war er enttäuscht. Er bat Signorina Elettra, Giorgio zu fragen – er war selbst überrascht, daß er von Giorgio schon wie von einem alten Freund sprach –, ob er eine Liste der Telefongespräche zusammenstellen könne, die von dem Apparat in der Pinetta-Bar aus geführt sowie dort entgegengenommen worden waren. Danach begnügte er sich damit, seine Post zu lesen und auf einen der Briefe hin ein paar Telefongespräche zu führen.

Er rief Vianello zu sich und wies ihn an, abends drei Mann in die Pinetta-Bar zu schicken und dort Mara und ihren Zuhälter festnehmen zu lassen. Danach mußte Brunetti sich wohl oder übel mit dem Papierkram auf seinem Schreibtisch befassen, obwohl er sich nur mit Mühe auf das konzentrieren konnte, was er las: Statistiken aus dem Innenministerium mit den Personalplanungen für die nächsten fünf Jahre, den Kosten einer Computervernetzung mit Interpol und den technischen Daten und Leistungsangaben einer neuartigen Pistole. Brunetti schob die Blätter unwillig beiseite. Der Questore hatte vor kurzem eine Mitteilung des Innenministers erhalten, die ihn darüber informierte, daß der nationale Polizeietat im nächsten Jahr um mindestens fünfzehn, wenn nicht gar um zwanzig Prozent gekürzt werden solle und mit einer Erhöhung der Mittel in naher Zukunft nicht zu rechnen sei. Dennoch schickten diese Trottel in Rom ihm weiterhin Projekte und Pläne, ganz als ob Geld da wäre, ganz als ob es nicht schon alles gestohlen oder auf Nummernkonten in der Schweiz überwiesen worden wäre.

Er nahm das Blatt mit den technischen Daten der Pistole, die nie angeschafft würde, drehte es um und machte sich auf der Rückseite eine Liste der Leute, mit denen er sprechen wollte: Trevisans Witwe und ihr Bruder, ihre Tochter

Francesca und jemand, der ihm sowohl über Trevisans Anwaltspraxis als auch über sein Privatleben genauere Auskünfte geben konnte.

In einer zweiten Spalte notierte er die Dinge, die ihm nicht aus dem Kopf gingen: Francescas Geschichte – oder war es nur Wichtigtuerei? –, daß jemand sie zu entführen versuchen könnte; Lottos Zögern, eine Liste mit Trevisans Klienten herauszurücken; Lottos Überraschung, als der Name Favero fiel.

Und das alles war, wie er jetzt merkte, überlagert von den Telefonnummern und diesen Anrufen in alle Welt, aus denen sich noch immer kein Muster herauslesen ließ, kein erklärbarer Anlaß.

Als er in die unterste Schreibtischschublade griff, um das Telefonbuch herauszuholen, dachte er, wie nützlich es doch wäre, es Favero gleichzutun und die häufig gebrauchten Telefonnummern in einem Notizbuch stehen zu haben. Aber jetzt suchte er eine Nummer, die er noch nie angerufen hatte, weil er bisher noch nie die Gefälligkeit hatte einfordern wollen, die ihm geschuldet wurde.

Vor drei Jahren hatte sein Freund Danilo, der Apotheker, ihn eines frühen Abends angerufen und gebeten, zu seiner Wohnung zu kommen, wo Brunetti ihn mit einem fast zugeschwollenen Auge antraf, als wäre er in eine Schlägerei verwickelt gewesen. Es hatte tatsächlich eine gewalttätige Szene gegeben, doch sie war vollkommen einseitig gewesen, denn Danilo hatte keinen Versuch gemacht, sich dem jungen Mann zu widersetzen, der in seine Apotheke gekommen war, als er gerade schließen wollte. Ebensowenig hatte er Widerstand geleistet, als dieser junge Mann den

Giftschrank der Apotheke aufbrach und sieben Ampullen Morphium herausnahm. Aber Danilo hatte ihn erkannt und zu dem jungen Mann, als er gerade gehen wollte, nur gesagt: »Das solltest du nicht tun, Roberto«, was für den Jungen Provokation genug war, um dem Apotheker einen wütenden Stoß zu versetzen, der ihn seitlich gegen die Kante einer Ausstellungsvitrine schleuderte.

Roberto war, wie nicht nur Danilo und Brunetti, sondern auch die meisten Polizisten der Stadt wußten, einziger Sohn Mario Beniamins, des Vorsitzenden Richters am Kriminalgericht von Venedig. Bis zu diesem Abend hatte seine Drogenabhängigkeit ihn nie zu Gewalt verführt, denn er hatte sich immer mit gefälschten Rezepten und dem Verkauf von Dingen, die er aus den Wohnungen von Eltern und Freunden stahl, behelfen können. Mit diesem tätlichen Angriff auf den Apotheker aber, mochte er auch nicht vorsätzlich gewesen sein, hatte Roberto sich unter die Kriminellen der Stadt begeben. Nachdem Brunetti mit Danilo gesprochen hatte, war er zum Haus des Richters gegangen und über eine Stunde bei ihm geblieben; am nächsten Morgen hatte Richter Beniamin seinen Sohn in eine kleine Privatklinik bei Zürich gebracht, wo Roberto sich die nächsten sechs Monate aufhielt, um danach irgendwo bei Mailand eine Töpferlehre anzufangen.

Diese von Brunetti spontan geleistete Gefälligkeit war die ganzen Jahre zwischen ihm und dem Richter in der Versenkung geblieben, etwa wie ein Paar zu teure Schuhe ganz unten im Kleiderschrank liegenbleiben und so gut wie vergessen sind, bis man eines Tages zufällig darüber stolpert und schmerzhaft daran erinnert wird, daß man sich einmal leichtgläubig auf so ein schlechtes Geschäft eingelassen hat.

Im Gericht wurde nach dem dritten Klingeln abgehoben, und es meldete sich eine Frauenstimme. Brunetti nannte seinen Namen und verlangte mit Richter Beniamin verbunden zu werden.

Kurz darauf meldete sich der Richter. »*Buon giorno, commissario.* Ich habe mit Ihrem Anruf schon gerechnet.«

»Ja«, sagte Brunetti nur. »Ich würde gern mit Ihnen sprechen, *eccellenza.*«

»Heute?«

»Wenn Sie es einrichten können.«

»Ich kann eine halbe Stunde für Sie erübrigen, heute nachmittag um fünf. Ist Ihnen damit gedient?«

»Ich glaube ja, *eccellenza.*«

»Dann erwarte ich Sie. Hier«, sagte der Richter und legte auf.

Das Kriminalgericht liegt am Fuß der Rialtobrücke, nicht auf der Seite von San Marco, sondern auf der mit dem Obst- und Gemüsemarkt. Frühe Marktbesucher können sogar manchmal beobachten, wie Männer oder Frauen in Hand- und Beinschellen durch die verschiedenen Türen des Gerichtsgebäudes hinein- und herausgeführt werden, und nicht selten stehen zu ihrer Bewachung Carabinieri mit Maschinenpistolen zwischen den Kisten mit Kohl und Weintrauben. Brunetti zeigte den bewaffneten Posten an der Tür seinen Ausweis und ging die zwei breiten Marmortreppen zu Richter Beniamins Büro hinauf. Auf jedem Treppenabsatz war ein großes Fenster, durch das man auf den Fondaco dei Tedeschi blickte, zu Zeiten der Republik das Handelszentrum der deutschen Kaufleute in der Stadt, heute die Hauptpost. Oben angekommen, wurde er von zwei Carabinieri mit kugelsicheren Westen und Sturmgewehren angehalten, die seinen Ausweis sehen wollten.

»Haben Sie eine Waffe bei sich, Commissario?« fragte der eine, nachdem er sich den Dienstausweis sehr genau angesehen hatte.

Brunetti bedauerte, daß er vergessen hatte, seine Pistole im Büro zu lassen: Richter waren in Italien schon so lange Freiwild, daß alle nervös und, leider zu spät, sehr vorsichtig waren. Er knöpfte langsam sein Jackett auf und hielt es weit offen, damit der Wachposten ihm die Waffe abnehmen konnte.

Die dritte Tür rechts war Beniamins Zimmer. Brunetti klopfte zweimal und wurde hereingerufen.

In den Jahren, die seit seinem Besuch in Richter Beniamins Haus vergangen waren, hatten die beiden Männer sich gelegentlich auf der Straße gesehen und einander zugenickt, aber inzwischen war es schon mindestens ein Jahr her, seit Brunetti den Richter zuletzt gesehen hatte, und dessen verändertes Aussehen erschreckte ihn. Obwohl der Richter höchstens zehn Jahre älter war als Brunetti, sah er alt genug aus, um sein Vater zu sein. Tiefe Falten führten beiderseits der Nase am Mund vorbei und verschwanden erst unter dem Kinn. Seine einstmals dunkelbraunen Augen schienen trübe, als hätte jemand vergessen, sie abzustauben. Und in der weiten schwarzen Robe seiner Zunft wirkte er mehr eingewickelt als angezogen, so stark hatte er abgenommen.

»Nehmen Sie Platz, Commissario«, sagte Beniamin. Die

Stimme war noch dieselbe, tief und wohlklingend, eine Sängerstimme.

»Danke, *eccellenza*«, sagte Brunetti und setzte sich auf einen der vier Stühle vor dem Schreibtisch des Richters.

»Ich muß Ihnen leider sagen, daß ich doch weniger Zeit habe, als ich dachte.« Der Richter verstummte nach diesem Satz, als hörte er selbst erst jetzt, was er gesagt hatte. Er lächelte kurz und traurig, dann fügte er hinzu: »Heute nachmittag, meine ich. Ich wäre Ihnen also dankbar, wenn wir uns kurz fassen könnten. Wenn nicht, müßten wir uns nötigenfalls übermorgen weiter unterhalten.«

»Selbstverständlich, *eccellenza*. Ich muß wohl kaum sagen, wie dankbar ich bin, daß Sie mich empfangen.« Brunetti hielt inne, und die Blicke der beiden Männer trafen sich; beide waren sich bewußt, wie phrasenhaft sie redeten.

»Ja«, antwortete der Richter nur.

»Carlo Trevisan«, sagte Brunetti.

»Genauer ausgedrückt?« fragte der andere.

»Wem nützt sein Tod? Wie war sein Verhältnis zu seinem Schwager? Zu seiner Frau? Warum hat seine Tochter vor etwa fünf Jahren herumerzählt, ihre Eltern sorgten sich, daß sie entführt werden könnte? Und was für Verbindungen hatte er gegebenenfalls zur Mafia?«

Richter Beniamin hatte sich keine Notizen gemacht, nur zugehört. Jetzt stützte er den Ellbogen auf den Schreibtisch, drehte den Handrücken zu Brunetti und spreizte alle fünf Finger weit.

»Vor zwei Jahren ist ein anderer Anwalt, Salvatore Martucci, in seine Kanzlei eingetreten und hat seine eigenen Klienten mitgebracht. Es wurde vereinbart, daß Martucci nächstes Jahr Teilhaber werden sollte. Nun wird gemunkelt, daß Trevisan nicht mehr gewillt war, diese Abmachung einzuhalten. Seit Trevisans Tod hat Martucci in der Kanzlei allein das Sagen.«

Richter Beniamins Daumen verschwand. »Der Schwager ist glatt, aalglatt. Es sind unbewiesene Gerüchte, und ich würde mich der üblen Nachrede schuldig machen, wenn ich sie wiederholte, aber jedem, der bei internationalen Geschäften um die Steuer herumkommen oder auch nur wissen möchte, wen er bestechen muß, damit seine Sendungen vom Zoll unbehelligt hier ankommen, ist bekannt, daß er sich am besten an ihn wendet.«

Die obere Hälfte des Zeigefingers verschwand. »Die Ehefrau hat ein Verhältnis mit Martucci.«

Der Mittelfinger gesellte sich zu den anderen. »Vor etwa fünf Jahren hatte Trevisan – und auch das ist nur ein Gerücht – mit irgendwelchen Geldgeschäften zweier Angehöriger der Mafia von Palermo zu tun, zweier sehr gewalttätiger Männer. Ich kenne die Art seiner Verwicklung nicht, ob sie kriminell war oder nicht, oder ob er sich überhaupt freiwillig darauf eingelassen hat, aber ich weiß, daß diese Männer Interesse an ihm hatten, oder er an ihnen, weil die Aussicht bestand, daß Osteuropa sich bald öffnen und es in der Folge verstärkten Handel zwischen Italien und diesen Ländern geben würde. Es ist bekannt, daß die Mafia schon Kinder von Leuten entführt oder ermordet hat, die nicht mit ihr ins Geschäft kommen wollten. Es heißt, daß Trevisan eine Zeitlang große Angst hatte, aber es heißt auch, daß diese Angst sich wieder gelegt hat.« Der Richter ließ die beiden übrigen Finger in der Faust verschwinden. »Ich glaube, damit sind alle Ihre Fragen beantwortet.«

Brunetti stand auf. »Ich danke Ihnen, *eccellenza.*«

»Gern geschehen, Commissario.«

Es wurde weder von Roberto gesprochen, der vor einem Jahr an einer Überdosis gestorben war, noch wurde der Krebs erwähnt, der die Leber des Richters zerfraß. Vor der Tür ließ Brunetti sich von dem Wachposten seine Pistole zurückgeben und verließ das Gerichtsgebäude.

18

Als Brunetti am nächsten Morgen in sein Büro kam, wählte er als erstes Barbara Zorzis Privatnummer. Nach dem Piepton sagte er: »Dottoressa, hier Guido Brunetti. Wenn Sie da sind, nehmen Sie bitte ab. Ich muß noch einmal mit Ihnen über die Trevisans sprechen. Ich habe nämlich gehört…«

»Ja?« unterbrach sie, aber es überraschte ihn nicht, daß sie auf Begrüßungsfloskeln und Nettigkeiten verzichtete.

»Ich wüßte gern, ob Signora Trevisans Besuch in Ihrer Praxis etwas mit einer Schwangerschaft zu tun hatte.« Und bevor sie antworten konnte, fügte er hinzu: »Nicht mit der ihrer Tochter, mit der eigenen.«

»Warum wollen Sie das wissen?« fragte sie.

»Im Autopsiebericht steht, daß ihr Mann sterilisiert war.«

»Wann hat er das machen lassen?«

»Ich weiß es nicht. Spielt das eine Rolle?«

Es gab eine lange Pause, bevor sie wieder sprach. »Nein, wohl nicht. Ja, als sie vor zwei Jahren zu mir kam, glaubte sie, schwanger zu sein. Sie war damals einundvierzig, es hätte also durchaus sein können.«

»War sie schwanger?«

»Nein.«

»War sie besonders in Unruhe deswegen?«

»Damals hatte ich nicht den Eindruck, das heißt, nicht mehr als jede Frau in ihrem Alter, die dachte, sie hätte das alles hinter sich. Aber jetzt muß ich wohl sagen, doch, sie war in Unruhe.«

»Danke«, sagte Brunetti nur.

»War das schon alles?« Ihr Erstaunen war hörbar.

»Ja.«

»Sie wollten mich nicht fragen, ob ich weiß, wer der Vater war?«

»Nein. Ich denke, wenn Sie den Verdacht gehabt hätten, daß es ein anderer als Trevisan war, hätten Sie mir das neulich schon gesagt.«

Sie antwortete zuerst nicht, aber als sie es dann doch tat, zog sie das erste Wort sehr in die Länge. »Jaaa, das hätte ich wahrscheinlich.«

»Gut.«

»Vielleicht.«

»Danke«, sagte Brunetti und legte auf.

Als nächstes rief er in Trevisans Kanzlei an und versuchte einen Termin mit Avvocato Salvatore Martucci zu vereinbaren, bekam allerdings die Auskunft, Signor Martucci sei geschäftlich in Mailand und werde Commissario Brunetti zurückrufen, sobald er wieder in Venedig sei. Es lag kein neuer Papierkram auf Brunettis Schreibtisch, und so befaßte er sich mit der Liste, die er tags zuvor aufgestellt hatte, und dachte über sein Gespräch mit dem Richter nach.

Es wäre Brunetti nie eingefallen, die Wahrheit dessen, was Richter Beniamin ihm erzählt hatte, in Frage zu stellen und seine Zeit damit zu vertun, es zu überprüfen. Wenn man also davon ausging, daß Trevisan mit der Mafia zu tun hatte, sah sein Tod sogar noch mehr nach Hinrichtung aus:

so plötzlich und anonym wie ein Blitzschlag. Martucci kam, dem Namen nach zu urteilen, wahrscheinlich aus dem Süden; Brunetti mahnte sich zur Vorsicht gegen das Vorurteil, das aus dieser Tatsache bestimmte Schlüsse ableiten würde, vor allem wenn sich herausstellen sollte, daß Martucci Sizilianer war.

Blieb Francesca, die Tochter, und ihre Geschichte von der Angst ihrer Eltern, sie könnte entführt werden. Bevor Brunetti heute morgen aus dem Haus gegangen war, hatte er zu Chiara gesagt, die Polizei habe die Entführungsgeschichte geklärt und brauche ihre Hilfe nicht mehr. Schon die entfernteste Möglichkeit, daß jemand von Chiaras Interesse an einer Sache erfahren könnte, die mit der Mafia zu tun hatte, bereitete Brunetti allergrößtes Unbehagen, und er wußte, daß er sie von weiterer Fragerei am besten abhielt, indem er sich uninteressiert stellte.

Ein Klopfen riß ihn aus seinen Überlegungen. »*Avanti*«, rief er, und als er aufblickte, sah er Signorina Elettra die Tür für einen Mann aufhalten. »Commissario«, sagte sie, während sie über die Schwelle trat, »ich möchte Ihnen Signor Giorgio Rondini vorstellen. Er würde gern mit Ihnen sprechen.«

Der Mann, den sie mitgebracht hatte, überragte sie mindestens um Haupteslänge, aber er wog wahrscheinlich nicht viel mehr als sie. Signor Rondini war so hager, als hätte er El Greco Modell gestanden, und diesen Eindruck verstärkten ein dunkler Spitzbart und die schwarzen Augen, die unter buschigen Brauen hervor in die Welt blickten.

»Bitte nehmen Sie doch Platz, Signor Rondini«, sagte Brunetti und erhob sich. »Was kann ich für Sie tun?«

Während Rondini sich setzte, ging Signorina Elettra zur Tür zurück, die sie offengelassen hatte, und blieb dort unbeweglich stehen, bis Brunetti zu ihr hinübersah und sie, den Finger auf Rondini gerichtet, mit den Lippen ein unhörbares ›Gior-gio‹ formte, als hätte sie es mit einem Tauben zu tun. Brunetti sagte mit einem kaum wahrnehmbaren Kopfnicken: »*Grazie, signorina*«, worauf sie hinausging und die Tür hinter sich schloß.

Für eine Weile sprach keiner der beiden Männer ein Wort. Rondini sah sich im Zimmer um, und Brunetti betrachtete die Liste auf seinem Schreibtisch. Endlich sagte Rondini: »Commissario, ich bin gekommen, um mir von Ihnen einen Rat geben zu lassen.«

»Ja, Signor Rondini?« fragte Brunetti und sah auf.

»Es geht um den Strafbescheid«, sagte Rondini und verstummte.

»Strafbescheid, Signor Rondini?«

»Ja, wegen der Sache am Strand.« Er bedachte Brunetti mit einem ermunternden Lächeln, wie um ihn an etwas zu erinnern, wovon er doch irgendwann einmal gewußt haben mußte.

»Bedaure, Signor Rondini, aber ich weiß nichts von einem Strafbescheid. Könnten Sie mir Näheres darüber sagen?«

Rondinis Lächeln verblaßte und machte einem gequälten, verlegenen Gesichtsausdruck Platz.

»Hat Elettra es Ihnen nicht erzählt?«

»Nein, darüber hat sie leider nicht mit mir gesprochen.« Als Rondinis Gesicht daraufhin noch grimmiger wurde, fügte Brunetti lächelnd hinzu: »Nur über die große Hilfe, die Sie uns waren, versteht sich. Die Fortschritte, die wir in diesem Fall gemacht haben, verdanken wir ausschließlich Ihnen.« Daß es eigentlich noch gar keine Fortschritte gab, machte diese Behauptung nicht unbedingt zur Lüge, aber auch das hätte Brunetti nicht davon abgehalten, es auszusprechen.

Als Rondini schwieg, meinte Brunetti ermunternd: »Vielleicht könnten Sie mir etwas Genaueres darüber sagen, dann wüßte ich, ob und wie ich Ihnen helfen kann.«

Rondini faltete die Hände im Schoß und massierte mit der rechten die Finger der linken. »Wie gesagt, es geht um diesen Strafbescheid.« Er sah auf, und Brunetti lächelte und nickte ermutigend. »Wegen Erregung öffentlichen Ärgernisses.«

Brunettis Lächeln veränderte sich nicht; das schien Rondini Mut zu machen.

»Sehen Sie, Commissario, ich war vorletzten Sommer am Strand, dem von Alberoni.« Brunetti lächelte immer noch weiter, selbst als der Name dieses Strandes am Ende des Lido fiel, der bei Schwulen so beliebt war, daß er im Volksmund schon ›Sündenstrand‹ hieß. Das Lächeln blieb also unverändert, aber Brunettis Augen musterten Rondini – und dessen Hände – jetzt mit erhöhter Aufmerksamkeit.

»Nein, nein, Commissario«, sagte Rondini mit energischem Kopfschütteln. »Nicht ich. Nur mein Bruder.« Er unterbrach sich und schüttelte wieder den Kopf, ganz durcheinander vor Verlegenheit. »Ich mache. es immer schlimmer.« Wieder lächelte er, noch nervöser jetzt, und seufzte einmal tief. »Lassen Sie mich noch mal von vorn anfangen.« Brunetti billigte diesen Vorschlag mit einem

Nicken. »Mein Bruder ist Journalist. In dem Sommer arbeitete er an einem Artikel über den bewußten Strand und hat mich gebeten, mit ihm hinzugehen. Er dachte, dann sähen wir wie ein Pärchen aus, und die Leute würden uns in Ruhe lassen. Ich meine, uns in Ruhe lassen, aber mit ihm reden.« Wieder unterbrach sich Rondini und blickte auf seine flattrigen Hände hinunter.

Als er nicht weitersprach und es auch nicht den Eindruck machte, als wollte er noch etwas sagen, fragte Brunetti: »Und da ist es passiert?« Als Rondini weder antwortete noch aufsah, bohrte Brunetti nach: »Dieser Vorfall?«

Rondini holte tief Luft und fing wieder zu reden an. »Ich bin schwimmen gegangen, aber dann wurde es kühl, und ich wollte mich wieder anziehen. Mein Bruder war ein Stück weitergegangen und unterhielt sich mit irgendwem, und ich dachte, ich wäre allein. Jedenfalls war niemand im Umkreis von zwanzig Metern. Da habe ich mich also hingesetzt und meine Badehose ausgezogen, und als ich gerade meine andere Hose wieder anziehen wollte, kamen plötzlich zwei Polizisten an und befahlen mir aufzustehen. Ich wollte mir noch die Hose hochziehen, konnte aber nicht, denn einer der Polizisten hatte sich draufgestellt.« Rondinis Stimme klang immer gepreßter, ob aus Verlegenheit oder Wut, konnte Brunetti nicht sagen.

Der junge Mann fuhr sich mit einer Hand ans Kinn und begann abwesend über seinen Bart zu streichen. »Daraufhin wollte ich meine Badehose wieder anziehen, aber einer von ihnen hat sie aufgehoben und festgehalten.« Rondini verstummte.

»Und dann, Signor Rondini?«

»Ich bin aufgestanden.«

»Und?«

»Sie haben eine Anzeige gegen mich geschrieben, wegen Erregung öffentlichen Ärgernisses.«

»Haben Sie ihnen die Sache erklärt?«

»Ja.«

»Und?«

»Sie haben mir nicht geglaubt.«

»Und Ihr Bruder? Ist der nicht zurückgekommen?«

»Nein. Das Ganze dauerte keine fünf Minuten. Als er zurückkam, hatten sie schon die Anzeige geschrieben und waren gegangen.«

»Was haben Sie unternommen?«

»Nichts«, sagte Rondini und blickte Brunetti direkt in die Augen. »Mein Bruder meinte, ich solle mir keine Gedanken machen, die müßten mich benachrichtigen, wenn sie etwas daraus machen wollten.«

»Und, hat man Sie benachrichtigt?«

»Nein. Zumindest habe ich nie mehr was gehört. Aber zwei Monate später rief mich ein Freund an und sagte, er habe meinen Namen im *Gazzettino* gelesen. Es hätte irgendein Verfahren gegeben, aber ich wurde nie verständigt. Ich habe nie etwas gehört, bis ich eines Tages einen Brief bekam, in dem stand, ich sei verurteilt worden.«

Brunetti dachte ein Weilchen darüber nach und fand es keineswegs merkwürdig. Eine Ordnungswidrigkeit wie diese konnte leicht durch die Ritzen des Justizwesens fallen, und dann sah ein Mensch sich plötzlich verurteilt, ohne je offiziell angeklagt gewesen zu sein. Allerdings verstand er nicht, warum Rondini damit zu ihm kam.

»Haben Sie versucht, die Entscheidung rückgängig machen zu lassen?«

»Ja, aber da sagte man mir, es sei zu spät, ich hätte vor Abschluß des Verfahrens etwas dagegen tun müssen. Aber es hat ja gar keine Verhandlung oder so etwas stattgefunden.« Brunetti nickte, er kannte diese Art der Behandlung von Ordnungswidrigkeiten. »Aber das bedeutet, daß ich jetzt vorbestraft bin.«

»Schuldig gesprochen wegen einer Ordnungswidrigkeit«, korrigierte Brunetti.

»Aber immerhin«, beharrte Rondini.

Brunetti legte den Kopf schief und zog die Augenbrauen hoch, eine Geste, die gleichzeitig skeptisch und beschwichtigend sein sollte. »Ich glaube nicht, daß Sie sich irgendwelche Sorgen machen müssen, Signor Rondini.«

»Ich will heiraten«, sagte Rondini, und mit dieser Antwort wußte Brunetti nun gar nichts mehr anzufangen.

»Jetzt kann ich Ihnen leider nicht ganz folgen.«

Rondinis Stimme klang angespannt, als er erklärte: »Meine Verlobte. Ihre Familie soll nicht erfahren, daß ich wegen Erregung öffentlichen Ärgernisses an einem Homosexuellenstrand verurteilt worden bin.«

»Weiß Ihre Verlobte davon?« erkundigte sich Brunetti. Er sah Rondini schon zu einer Antwort ansetzen und sich dann eine andere überlegen. »Nein. Als das passierte, kannte ich sie noch nicht, und dann hat sich nie der richtige Zeitpunkt ergeben, um es ihr zu sagen. Oder ich wußte nicht, wie. Für meinen Bruder und meine Freunde ist das jetzt nur noch eine komische Geschichte, aber meine Verlobte fände es, glaube ich, nicht so lustig.« Rondini schüttelte mit einem Achselzucken alles Unbehagen ab, das er deswegen empfinden mochte, und fügte hinzu: »Und ihre Familie fände das Ganze noch weniger lustig.«

»Und Sie sind zu mir gekommen, um zu sehen, ob ich da etwas machen kann?«

»Ja. Elettra hat mir so viel von Ihnen erzählt, von dem Einfluß, den Sie hier in der Questura haben.« Rondinis Ton war bei diesen Worten voller Hochachtung und, schlimmer noch, voller Hoffnung.

Brunetti tat das Kompliment mit einem Achselzucken ab. »Was haben Sie sich denn vorgestellt?«

»Ich brauche zweierlei«, begann Rondini. »Erstens hätte ich gern eine Änderung in meiner Akte…« Als er sah, daß Brunetti etwas einwenden wollte, fügte er schnell hinzu: »Das ist für Sie doch sicher eine Kleinigkeit.«

»Es bedeutet immerhin die Änderung eines amtlichen Dokuments«, sagte Brunetti in einem Ton, in dem doch hoffentlich die gebotene Strenge lag.

»Aber Elettra sagt, das ist…«, begann Rondini, bremste sich aber sogleich.

Brunetti wollte lieber nicht wissen, wie dieser Satz sonst zu Ende gegangen wäre, und sagte deshalb: »So etwas klingt vielleicht sehr viel einfacher, als es ist.«

Jetzt sah Rondini ihn an, den unausgesprochenen Einwand deutlich im Blick. »Darf ich noch das zweite sagen?«

»Natürlich.«

»Ich brauche einen Brief, in dem steht, daß die ganze Anzeige ein Irrtum war und ich vor Gericht freigesprochen wurde. Es könnte auch nicht schaden, wenn eine Entschuldigung für meine Ungelegenheiten drinstände.«

Brunetti war versucht, den Vorschlag als unmöglich zurückzuweisen, fragte aber statt dessen: »Wozu brauchen Sie diesen Brief?«

»Für meine Verlobte. Und ihre Familie. Für den Fall, daß sie je davon erfahren.«

»Aber wenn die Akte abgeändert wird, wozu dann noch der Brief?« wollte Brunetti wissen, korrigierte sich aber sofort, indem er hinzufügte: »Das heißt, falls die Akte überhaupt abgeändert werden kann.«

»Machen Sie sich keine Gedanken um die Akte, Dottore.« Rondini sprach mit einer Autorität, die Brunetti zwangsläufig daran erinnerte, daß der junge Mann in der EDV-Abteilung der Telecom arbeitete, und gleich fiel ihm auch der rechteckige kleine Kasten auf Signorina Elettras Schreibtisch wieder ein.

»Und von wem soll dieser Brief kommen?«

»Am liebsten wäre mir, er käme vom Questore«, begann Rondini, doch dann fügte er rasch hinzu: »Aber das ist unmöglich, ich weiß.« Brunetti sah, daß Rondinis Hände, kaum daß sich eine Einigung andeutete und anscheinend nur noch die Details zu verhandeln blieben, zu flattern aufgehört hatten und ganz ruhig in seinem Schoß lagen; der Mann wirkte sogar richtig entspannt.

»Würde ein Brief von einem Commissario auch genügen?«

»Ja, das denke ich schon«, antwortete Rondini.

»Und wie soll das Protokoll in unseren Akten gelöscht werden?«

Rondini machte eine wegwerfende Handbewegung. »Ein Tag. Oder zwei.«

Brunetti wollte gar nicht wissen, wer von den beiden, Rondini oder Elettra, es machen würde, also fragte er nicht danach. »Ich werde im Lauf der Woche einmal Ihren Namen durch den Computer laufen lassen und sehen, ob wir etwas über Sie in den Akten haben.«

»Da werden Sie nichts finden«, versicherte Rondini, aber es lag keine Arroganz in dieser Feststellung, nur schlichte Gewißheit.

»Sobald ich das weiß, schreibe ich den Brief.«

Rondini stand auf und streckte die Hand über den Schreibtisch. »Wenn ich Ihnen je einen Gefallen tun kann, Commissario, irgendeinen, Sie wissen ja, wo ich arbeite.« Brunetti begleitete ihn zur Tür, und als er fort war, ging er nach unten, um mit Signorina Elettra zu sprechen.

»Haben Sie sich mit ihm verständigt?« fragte sie, als Brunetti eintrat.

Brunetti wußte nicht recht, ob er beleidigt sein sollte, weil sie so ohne weiteres voraussetzte, daß es für ihn das Normalste auf der Welt sei, über eine Abänderung amtlicher Dokumente zu sprechen und einen völlig verlogenen Brief zu schreiben.

Er verlegte sich lieber auf Ironie. »Ich staune, daß Sie ihn überhaupt erst zu mir geschickt haben. Daß Sie die Sache nicht gleich selbst in die Hand genommen haben.«

Sie strahlte. »Na ja, daran habe ich natürlich auch gedacht, aber dann fand ich es eigentlich ganz gut, daß Sie mal mit ihm reden.«

»Wegen der Abänderung der Akten?«

»Ach was. Das hätten Giorgio oder ich in einer Minute erledigen können«, meinte sie wegwerfend.

»Gibt es nicht so etwas wie ein geheimes Kennwort, das Unbefugten den Zugang zu unserem Computer verwehrt?«

Sie zögerte eine Sekunde, bevor sie antwortete: »Ein Kennwort gibt es schon, aber sehr geheim ist es nicht.«

»Wer kennt es?«

»Das weiß ich nicht, aber es muß leicht herauszufinden sein.«

»Und zu benutzen?«

»Wahrscheinlich.«

Brunetti zog es vor, diesen Gedanken nicht weiterzuverfolgen. »Dann wegen des Briefs?« fragte er in der Annahme, daß sie von Rondinis Bitte um einen Brief wußte.

»Aber nein, Dottore. Den hätte ich ohne weiteres selbst für ihn schreiben können. Aber ich dachte, es wäre ganz gut, wenn er Sie kennenlernt, damit er sieht, daß Sie bereit sind, ihm in dieser Sache zu helfen.«

»Für den Fall, daß wir wieder einmal Informationen von der Telecom brauchen?« fragte er, jetzt ganz ohne Ironie.

»Genau«, sagte sie und lächelte hocherfreut, hatte der Commissario doch soeben zu begreifen begonnen, wie der Hase lief.

19

Alle Gedanken an Signor Rondini wurden jedoch ausgelöscht durch die Nachricht, die Brunetti am nächsten Morgen halbrasiert aus dem Bad holte. Ubaldo Lotto, Bruder der Witwe Carlo Trevisans, war erschossen in seinem Auto gefunden worden, das in einer von der Autostrada zwischen Mestre und Mogliano Veneto abzweigenden Nebenstraße stand. Anscheinend waren drei Schüsse aus nächster Nähe auf ihn abgegeben worden, und zwar offenbar von jemandem, der neben ihm im Auto saß.

Die Leiche war gegen fünf Uhr früh von einem Anwohner entdeckt worden, der wegen der von starkem nächtlichem Regen aufgeweichten Straße und des großen Wagens, der darauf parkte, langsam fahren mußte und im Vorbeifahren etwas sah, was ihm nicht gefiel: Der Fahrer hing über dem Lenkrad, und der Motor lief noch. Der Mann hatte angehalten, war zurückgegangen und hatte ins Wageninnere geschaut, und als er das Blut auf dem Vordersitz sah, hatte er die Polizei gerufen. Diese hatte nach ihrer Ankunft die Umgebung abgesperrt und sofort begonnen, nach Spuren des Täters oder der Täter zu suchen. Es gab Anzeichen dafür, daß hinter Lottos Auto ein zweiter Wagen gestanden hatte, aber jede Hoffnung, noch Abdrücke der Reifenspuren nehmen zu können, hatte der starke Herbstregen weggespült. Dem Polizisten, der als erster die Wagentür aufgemacht hatte, war richtig übel geworden von dem Geruch nach Blut, Fäkalien und noch etwas, das er für das After-shave des Opfers hielt, alles durcheinandergemischt und verstärkt durch die Wagenheizung, die während der Stunden, in denen Lotto in der Umarmung des Todes über seinem Steuer gehangen hatte, auf vollen Touren gelaufen war. Die Spurensicherung hatte das Gelände um den Wagen sorgfältig abgesucht und, nachdem man ihn in die Polizeigarage von Mestre geschleppt hatte, den Wagen selbst unter die Lupe genommen, um Fasern, Haare und andere Partikel sicherzustellen, die Auskunft über die Person geben mochten, die neben Lotto gesessen hatte, als er starb.

Der Wagen war schon abgeschleppt, als Brunetti und Vianello in einem Streifenwagen der Polizei von Mestre an den Tatort kamen. Von ihrem Rücksitz aus sahen sie nur eine schmale Landstraße und Bäume, von denen es immer noch tropfte, obwohl der Regen bei Tagesanbruch aufgehört hatte. In der Polizeigarage fanden sie eine rotbraune Lancia-Limousine vor, den Fahrersitz voller Flecken, die allmählich die gleiche Farbe annahmen wie der Lack. Und im Leichenschauhaus trafen sie den Mann, der zur Identifizierung des Toten herbeigerufen worden war, nämlich Salvatore Martucci, den überlebenden Teilhaber der Anwaltskanzlei Trevisan. Ein Aufblitzen in Vianellos Augen und eine leichte Kopfbewegung in Martuccis Richtung sagten Brunetti, daß es der Mann war, mit dem Vianello bereits gesprochen hatte, derselbe, der nach Trevisans Ermordung so wenig Trauer an den Tag gelegt hatte.

Martucci war zwar schlank und drahtig, aber größer als die meisten Süditaliener, und sein Haar, das er kürzer trug, als es die derzeitige Mode gebot, war rötlichblond: Beides zusammengenommen ließ ihn als späten Nachfahren der Normannenhorden erscheinen, die generationenlang die Insel überschwemmt hatten und deren Erbe man noch jetzt, Jahrhunderte später, in den durchdringenden grünen Augen vieler Sizilianer sah und in den vereinzelten französischen Ausdrücken in ihrem Dialekt hörte.

Als Vianello und Brunetti hinkamen, wurde Martucci gerade aus dem Raum geführt, in dem die Leichen aufbewahrt wurden. Beide hatten den Eindruck, daß nicht viel fehlte, und Martucci hätte selbst wie eine Leiche ausgesehen. Die Ringe um seine Augen waren so dunkel wie Blutergüsse und betonten die schreckliche Blässe seiner Haut.

»Avvocato Martucci?« begann Brunetti und trat ihm in den Weg.

Der Anwalt schaute zu Brunetti, offenbar ohne ihn zu sehen, dann zu Vianello, den er wahrzunehmen schien, auch wenn er vielleicht nur die bekannte blaue Uniform registrierte.

»Ja?« sagte er.

»Ich bin Commissario Guido Brunetti. Ich möchte Ihnen gern ein paar Fragen nach Signor Lotto stellen.«

»Ich weiß gar nichts«, antwortete Martucci. Trotz der monotonen Stimme klang sein sizilianischer Akzent durch.

»Ich weiß sehr wohl, daß dies eine schwierige Situation für Sie sein muß, Signor Martucci, aber wir müssen Ihnen gewisse Fragen stellen.«

»Ich weiß gar nichts«, wiederholte Martucci.

»Signor Martucci«, sagte Brunetti, der eisern neben Vianello stehenblieb und Martucci so den Weg durch den Gang versperrte, »wenn Sie nicht mit uns reden wollen, bleibt uns leider nichts anderes übrig, als uns mit diesen Fragen an Signora Trevisan zu wenden.«

»Was hat Franca damit zu tun?« fragte Martucci, wobei er abrupt den Kopf hob und sein Blick zwischen Brunetti und Vianello hin und her schoß.

»Der Ermordete ist ihr Bruder. Ihr Gatte ist vor nicht einmal einer Woche auf die gleiche Weise umgekommen.«

Martucci sah an ihnen vorbei, während er sich das durch den Kopf gehen ließ. Brunetti wartete neugierig, ob Martucci diese Übereinstimmung jetzt in Frage stellen und behaupten würde, sie habe nichts zu bedeuten. Aber er sagte nur: »Gut, was wollen Sie wissen?«

»Vielleicht können wir in eines dieser Zimmer gehen«, schlug Brunetti vor, der den Leichenbeschauer bereits gefragt hatte, ob er das Zimmer seines Stellvertreters benutzen dürfe.

Brunetti machte kehrt und ging voraus, hinter ihm Martucci, gefolgt von Vianello, der noch immer kein Wort gesagt oder zu erkennen gegeben hatte, daß er schon einmal mit Martucci gesprochen hatte. Brunetti öffnete die Tür zu dem Büro und hielt sie Martucci auf. Nachdem alle drei saßen, sagte Brunetti: »Vielleicht können Sie uns sagen, wo Sie letzte Nacht waren, Signor Martucci.«

»Ich wüßte nicht, wozu das gut sein sollte«, antwortete Martucci in einem Ton, der eher verwirrt als widerborstig klang.

»Wir werden von allen, die Signor Lotto kannten, wissen wollen, wo sie letzte Nacht waren, Signor Martucci. Solche Angaben brauchen wir, wie Ihnen bekannt sein dürfte, immer, wenn wir in einem Mordfall ermitteln.«

»Ich war zu Hause«, antwortete Martucci.

»War jemand bei Ihnen?«

»Nein.«

»Sind Sie verheiratet, Signor Martucci?«

»Ja, aber ich lebe von meiner Frau getrennt.«

»Leben Sie allein?«

»Ja.«

»Haben Sie Kinder?«

»Ja, zwei.«

»Wohnen sie bei Ihnen oder bei Ihrer Frau?«

»Ich weiß nicht, was das alles mit Lotto zu tun hat.«

»Im Augenblick gilt unser Interesse Ihnen, Signor Martucci, und nicht Signor Lotto«, antwortete Brunetti. »Wohnen Ihre Kinder bei Ihrer Frau?«

»Ja.«

»Leben Sie gesetzlich getrennt, also in Scheidung?«

»Wir haben nie darüber gesprochen.«

»Könnten Sie mir das etwas genauer erklären, Signor Martucci?« fragte Brunetti, obwohl eine solche Situation durchaus normal war.

Als Martucci sprach, hatte sein Ton die tödliche Ruhe der Wahrheit. »Obwohl ich Anwalt bin, erfüllt mich der Gedanke, ein Scheidungsverfahren durchzumachen, mit Grausen. Und meine Frau würde sich jedem derartigen Versuch von meiner Seite widersetzen.«

»Dabei haben Sie noch nie darüber gesprochen?«

»Noch nie. Ich kenne meine Frau gut genug, um zu wissen, was sie antworten würde. Sie würde nicht einwilligen, und ich habe keine Scheidungsgründe gegen sie anzuführen. Wenn ich die Scheidung gegen ihren Willen durchsetzen wollte, würde sie mir alles nehmen, was ich besitze.«

»Hätte Ihre Frau denn Scheidungsgründe gegen Sie, Signor Martucci?« fragte Brunetti. Als Martucci nicht antwortete, formulierte Brunetti seine Frage beschönigend um: »Unterhalten Sie eine Bekanntschaft, Signor Martucci?«

Martuccis Antwort kam wie aus der Pistole geschossen: »Nein.«

»Das kann ich nur schwer glauben«, meinte Brunetti mit komplizenhaftem Lächeln.

»Was soll das heißen?« fragte Martucci.

»Sie sind ein gutaussehender Mann in den besten Jahren, Akademiker, sichtlich erfolgreich. Sicherlich finden viele Frauen Sie attraktiv und würden sich Ihre Aufmerksamkeit gern gefallen lassen.«

Martucci schwieg.

»Keine?« wiederholte Brunetti.

»Nein.«

»Also waren Sie letzte Nacht allein zu Hause?«

»Das habe ich bereits gesagt, Commissario.«

»Ach ja, das haben Sie.«

Martucci stand unvermittelt auf. »Wenn Sie keine weiteren Fragen haben, möchte ich jetzt gehen.«

Mit einer begütigenden Handbewegung sagte Brunetti: »Nur noch ein paar Fragen, Signor Martucci.«

Martucci sah Brunettis Blick und setzte sich wieder.

»In welcher Beziehung standen Sie zu Signor Trevisan?«

»Ich habe für ihn gearbeitet.«

»Für ihn oder mit ihm zusammen, Avvocato Martucci?«

»Beides, wenn man so will.« Brunetti ermunterte ihn mit einem fragenden Blick, und Martucci fuhr fort: »Zuerst das eine, dann das andere.« Er sah Brunetti an, und als er merkte, daß dies nicht genug war, fuhr er fort: »Zuerst habe ich für ihn gearbeitet, aber letztes Jahr haben wir vereinbart, daß ich zum Ende dieses Jahres Teilhaber seiner Kanzlei werden sollte.«

»Zu gleichen Teilen?«

Martuccis Stimme blieb so ruhig wie sein Blick. »Darüber hatten wir noch nicht gesprochen.«

Brunetti hielt das für ein ungewöhnliches Versäumnis, ungewöhnlich vor allem unter Juristen. Ein Versäumnis oder, wenn man bedachte, daß der andere Vertragspartner tot war, vielleicht etwas anderes.

»Und im Falle seines Todes?« fragte Brunetti.

»Darüber haben wir nicht gesprochen.«

»Warum nicht?«

Martuccis Stimme wurde hart. »Das erklärt sich doch wohl von selbst. Menschen planen nicht ihren Tod voraus.«

»Aber Menschen sterben«, bemerkte Brunetti.

Martucci ging darauf nicht ein.

»Und nun, nachdem Signor Trevisan tot ist, übernehmen Sie die Leitung der Kanzlei?«

»Wenn Signora Trevisan mich darum bittet, ja.«

»Ich verstehe«, sagte Brunetti, dann wandte er seine Aufmerksamkeit wieder Martucci zu und fragte: »Sie haben also gewissermaßen Signor Trevisans Klienten geerbt?«

Martucci mußte sich sichtlich beherrschen. »Wenn diese Klienten mich als ihren Anwalt zu behalten wünschen, dann ja.«

»Tun sie das?«

»Es ist noch zu früh nach Signor Trevisans Tod, um das wissen zu können.«

»Und Signor Lotto«, wechselte Brunetti jetzt den Kurs, »in welcher Beziehung stand er zur Kanzlei, oder welche Rolle spielte er darin?«

»Er war unser Steuerberater und Geschäftsführer«, antwortete Martucci.

»Für beide, Sie und Signor Trevisan, da Sie doch zusammenarbeiteten?«

»Ja.«

»Und nach Signor Trevisans Tod war Signor Lotto weiter Ihr Steuerberater?«

»Gewiß. Er war mit den Geschäften bestens vertraut. Arbeitete seit über fünfzehn Jahren für Carlo.«

»Und hatten Sie vor, ihn als Ihren Steuerberater und Geschäftsführer zu behalten?«

»Natürlich.«

»Hatte Signor Lotto irgendeinen rechtlichen Anspruch auf die Kanzlei oder einen Teil davon?«

»Ich verstehe nicht ganz, was Sie meinen.«

Das kam Brunetti seltsam vor, nicht nur weil seine Frage eindeutig genug war, sondern weil Martucci als Jurist sie hätte verstehen müssen. »War die Kanzlei eine irgendwie geartete Gesellschaft, und gehörte Signor Lotto ein Teil davon?« fragte Brunetti.

Martucci überlegte ein Weilchen, bevor er antwortete. »Soviel ich weiß, nicht, aber es könnte sein, daß irgendeine private Abmachung zwischen den beiden bestand.«

»Wie hätte die aussehen können?«

»Keine Ahnung. Sie hätten alles mögliche vereinbaren können.«

»Ich verstehe«, sagte Brunetti, dann fragte er in normalem Umgangston: »Und Signora Trevisan?«

Martuccis Schweigen machte deutlich, daß er die Frage erwartet hatte. »Was soll mit ihr sein?«

»Gehören ihr irgendwelche Anteile an der Firma?«

»Das hängt von den Bestimmungen in Carlos Testament ab.«

»Das haben nicht Sie aufgesetzt?«

»Nein, er selbst.«

»Und Sie kennen den Inhalt nicht?«

»Natürlich nicht. Wieso sollte ich?«

»Ich dachte, daß man als Teilhaber…« begann Brunetti und beendete den Satz mit einer Handbewegung, die nichts und alles bedeuten konnte.

»Ich war nicht sein Teilhaber und wäre es erst mit Beginn des nächsten Jahres geworden.«

»Ach ja, natürlich«, pflichtete Brunetti ihm bei. »Ich dachte nur, Sie hätten vielleicht im Hinblick auf Ihre künftige Teilhaberschaft irgendeine Vorstellung vom Inhalt.«

»Nicht die mindeste.«

»Aha.« Brunetti erhob sich. »Ich denke, das ist vorerst alles, Signor Martucci. Ich danke Ihnen sehr für Ihre bereitwilligen Auskünfte.«

»Das ist alles?« fragte Martucci und erhob sich. »Kann ich gehen?«

»Selbstverständlich«, sagte Brunetti, und wie zum Beweis seines guten Glaubens ging er zur Tür und hielt sie dem Anwalt auf. Man verabschiedete sich, und Martucci ging. Brunetti und Vianello warteten noch ein paar Minuten, dann verließen auch sie das Gebäude und fuhren nach Venedig zurück.

Als das Polizeiboot sie am Landesteg vor der Questura absetzte, waren Brunetti und Vianello sich einig, daß Martucci zwar auf die Frage nach Signora Trevisan offenbar vorbereitet gewesen war und gelassen darauf reagiert hatte, aber die Fragen nach ihrem verstorbenen Mann und der Teilhaberschaft ihn sichtlich nervös gemacht hatten. Vianello arbeitete schon so lange unter Brunetti, daß er keiner Anweisung mehr bedurfte, um die üblichen Überprüfungen vorzunehmen – Nachbarn, Freunde, Ehefrau – und zu sehen, ob es von irgendwoher eine Bestätigung für Martuccis Behauptung gab, er sei in der letzten Nacht zu Hause gewesen. Die Autopsie war noch nicht vorgenommen worden, und wegen der Hitze im Wagen und ihrer Auswirkungen auf die Leiche würde es schwierig sein, die genaue Todeszeit zu bestimmen.

Als sie durch die geräumige Eingangshalle der Questura gingen, blieb Brunetti plötzlich wie angewurzelt stehen und drehte sich zu Vianello um. »Der Benzintank«, sagte er.

»Wie bitte?«

»Der Tank. Lassen Sie nachmessen, wieviel Benzin noch darin ist, und versuchen Sie dann, wenn es geht, herauszukriegen, wann er zuletzt getankt hat. Das könnte uns eine gewisse Vorstellung davon geben, wie lange der Motor gelaufen ist. Danach könnte man vielleicht ausrechnen, wann er erschossen wurde.«

Vianello nickte. Es würde den Zeitraum vielleicht nicht

sehr einengen, aber wenn die Autopsie keinen klaren Hinweis auf die Todeszeit erbrachte, konnte es doch hilfreich sein. Auch wenn es im Moment keine zwingende Notwendigkeit gab, sich der genauen Todeszeit zu versichern.

Vianello machte sich an die Arbeit, und Brunetti ging zu seinem Büro hinauf. Noch auf der Treppe begegnete er Signorina Elettra, die aus dem Korridor kam und nach unten wollte.

»Ah, da sind Sie ja, Commissario. Der Vice-Questore hat nach Ihnen gefragt.«

Brunetti blieb stehen und sah zu ihr auf, wie sie ihm die Treppe hinunter entgegenkam. Ein langer Chiffonschal, zart wie Spinnenfäden, schwebte hinter ihr her, emporgeweht von der durchs Treppenhaus aufsteigenden warmen Luft. Wäre die Nike von Samothrake von ihrem Sockel gestiegen, hätte ihren Kopf wiederbekommen und wäre so die Stufen des Louvre herabgekommen, sie müßte so ähnlich ausgesehen haben.

»Hmm?« machte Brunetti fragend, als sie auf gleicher Höhe waren.

»Der Vice-Questore, Commissario. Er sagt, er möchte Sie sehr gern sprechen.«

»Möchte, sehr gern«, wiederholte Brunetti unwillkürlich, beeindruckt von der Wortwahl. Paola amüsierte sich oft über eine Dickens-Figur, die Unheil immer mit den Worten ankündigte, der Wind komme aus einer bestimmten Richtung; Brunetti vergaß immer, welche Figur das war, oder welche Richtung, aber er wußte, wenn Patta ihn ›sehr gern sprechen‹ wollte, konnte man durchaus sagen, daß der Wind aus ebendieser Richtung wehte.

»Ist er in seinem Büro?« fragte Brunetti, indem er kehrt-machte und neben der jungen Frau die Treppe wieder hin-unterging.

»Ja. Und er war den halben Vormittag am Telefon.« Auch das war oft Vorbote eines drohenden Gewitters.

»*Avanti*«, rief Vice-Questore Patta auf Brunettis Klop-fen. »Guten Morgen, Brunetti«, sagte er, als sein Unterge-bener eintrat. »Nehmen Sie bitte Platz. Ich möchte ein paar Dinge mit Ihnen besprechen.« Drei höfliche Sätze von Patta, noch ehe er saß, das machte Brunetti hellhörig.

Er ging durchs Zimmer und setzte sich auf seinen übli-chen Platz. »Ja, Vice-Questore?« Dabei zückte Brunetti bereits sein Notizbuch, womit er Patta zu demonstrieren hoffte, wie ernst er diese Unterredung nahm.

»Ich möchte gern von Ihnen hören, was Sie über den Tod Rino Faveros wissen.«

»Favero, Vice-Questore?«

»Ja, ein Steuerberater aus Padua, der letzte Woche tot in seiner Garage gefunden wurde.« Patta machte eine Kunst-pause, gerade so lang, daß sie für seine Begriffe wohl in-haltsschwer wirkte, und fügte dann hinzu: »Selbstmord.«

»Ach ja, Favero. Man hat mir mitgeteilt, daß er Carlo Trevisans Telefonnummer in seinem Adreßbuch hatte.«

»Ich bin sicher, daß er viele Telefonnummern in seinem Adreßbuch hatte«, versetzte Patta.

»Trevisans Nummer stand dort ohne Namen.«

»Aha. Sonst noch etwas?«

»Es standen noch andere Nummern darin. Wir ver-suchen sie gerade zu überprüfen.«

»Wir, Commissario? Wir?« Pattas Stimme drückte

nichts als höfliche Neugier aus. Wer den Vice-Questore weniger gut kannte, hätte nur das gehört, nicht die darin liegende Drohung.

»Ich meine, die Polizei von Padua.«

»Und haben Sie schon herausbekommen, was das für Nummern sind?«

»Nein.«

»Ermitteln Sie im Fall Favero?«

»Nein, Vice-Questore«, antwortete Brunetti ehrlich.

»Gut.« Patta sah auf seinen Schreibtisch und schob eine Telefonnotiz zur Seite, dann betrachtete er das Blatt Papier darunter. »Und Trevisan? Was haben Sie da zu melden?«

»Es hat einen weiteren Mord gegeben«, sagte Brunetti.

»Lotto? Ja, ich weiß. Sehen Sie da einen Zusammenhang?«

Brunetti atmete tief durch, bevor er antwortete. Die beiden Männer waren Geschäftspartner und wurden auf die gleiche Weise ermordet, vielleicht sogar mit derselben Waffe, und Patta fragte, ob zwischen den beiden Verbrechen ein Zusammenhang bestehe. »Ja, Vice-Questore, den sehe ich.«

»Dann finde ich, Sie sollten Ihre Zeit und Energie am besten auf die Untersuchung dieser beiden Todesfälle richten und den Fall Favero den Leuten in Padua überlassen, wo er hingehört.« Patta schob ein zweites Blatt Papier zur Seite und betrachtete ein drittes.

»Wäre sonst noch etwas, Vice-Questore?« fragte Brunetti.

»Nein, ich glaube, das war alles«, sagte Patta, ohne noch einmal aufzusehen.

Brunetti steckte sein Notizbuch ein, stand auf und ging, von Pattas Höflichkeit ein wenig aus dem Lot gebracht. Im Vorzimmer blieb er an Signorina Elettras Schreibtisch stehen. »Haben Sie eine Ahnung, mit wem er telefoniert hat?«

»Das nicht, aber er geht zum Mittagessen ins Do Forni«, sagte sie. Das Restaurant war früher einmal für seine Speisen berühmt gewesen, jetzt nur noch für seine Preise.

»Haben Sie ihm einen Tisch bestellt?«

»Nein. Er muß bei einem dieser Telefonate dorthin eingeladen worden sein, denn er hat mich gebeten, seine Reservierung im Corte Sconta rückgängig zu machen.« Dies war auch nicht gerade ein billiges Restaurant. Bevor Brunetti die Tollkühnheit aufbrachte, eine Polizeibedienstete zur Verletzung ihrer Grundsätze verleiten zu wollen, meinte Signorina Elettra schon: »Ich könnte ja heute nachmittag mal dort anrufen und fragen, ob das Notizbuch des Vice-Questore gefunden wurde. Da er nie eins bei sich hat, ist das unwahrscheinlich. Aber die werden mir bestimmt sagen, mit wem er dort war, wenn ich erkläre, ich möchte den oder die Betreffenden anrufen und fragen, ob jemand es gefunden hat.«

»Dafür wäre ich Ihnen sehr dankbar«, sagte Brunetti. Er hatte keine Ahnung, ob die Information in irgendeiner Weise wichtig sein könnte, aber im Lauf der Jahre hatte er es recht nützlich gefunden, immer ungefähr zu wissen, was Patta gerade trieb und mit wem er sich traf, besonders in jenen seltenen Phasen, in denen es Patta gefiel, ihn höflich zu behandeln.

20

Eine Stunde, nachdem Brunetti in sein Büro zurückgekehrt war, rief della Corte ihn aus einer Telefonzelle in Padua an. Zumindest klang es so für Brunetti, der manchmal nur schwer verstand, was der andere sagte, so laut tönten Verkehrslärm und Gehupe mit seiner Stimme durch die Leitung.

»Wir haben das Restaurant gefunden, wo er am Abend vor seinem Tod gegessen hat«, sagte della Corte, und Brunetti brauchte keine Erklärung, um zu wissen, daß mit dem persönlichen Fürwort Favero gemeint war.

Brunetti übersprang die Fragen, wie und wo die Polizei das herausbekommen hatte, und fragte das einzige, was für den Fall Bedeutung hatte: »War er allein?«

»Nein«, antwortete della Corte eifrig. »Er war mit einer Frau dort, etwa zehn Jahre jünger als er. Sehr gut angezogen und nach den Angaben des Obers sehr attraktiv.«

»Und weiter?« fragte Brunetti gespannt, der wußte, wie wenig diese Beschreibung dazu beitragen würde, sie wiederzuerkennen.

»Sekunde«, sagte della Corte. »Hier, ich hab's. Sie war ungefähr fünfunddreißig, blondes Haar, nicht lang und nicht kurz. Etwa so groß wie Favero.« Brunetti erinnerte sich an Faveros Maße im Autopsiebericht und fand, daß sie demnach ziemlich groß für eine Frau sein mußte. »Der Ober sagt, sie war sehr gut angezogen, sehr teuer. Er hat sie nicht viel sagen hören, aber ihre Sprechweise klang so teuer wie ihre Kleidung – so hat er sie zumindest beschrieben.«

»Und wo war das?«

»In einem Restaurant im Univiertel.«

»Wie haben Sie es gefunden?«

»Zufall. Von den Leuten, die dort arbeiten, liest keiner den *Gazzettino,* und sie haben Faveros Foto nicht gesehen, als die Geschichte erschien. Aber heute morgen war der Ober beim Friseur und hat es dort in einem Stapel alter Zeitungen entdeckt. Er hat Favero nach dem Foto erkannt und uns angerufen. Ich habe eben mit dem Restaurant gesprochen, war aber noch nicht dort, um den Ober selbst zu befragen. Ich dachte, Sie möchten vielleicht mitkommen.«

»Wann?«

»Da es ein Restaurant ist – zum Mittagessen?«

Brunetti warf einen Blick auf seine Uhr. Es war zwanzig vor elf. »Ich brauche eine halbe Stunde zum Bahnhof«, sagte er. »Dort nehme ich den ersten Zug, der fährt. Können Sie mich abholen?«

»Ich werde da sein«, sagte della Corte und legte auf.

Er stand dann auch tatsächlich auf dem Bahnsteig, als der Zug in Padua einfuhr. Brunetti bahnte sich einen Weg durch die Menge der Studenten, die auf dem Bahnsteig herumwimmelten und sofort zu den Türen drängten, kaum daß diese aufgingen.

Die beiden Männer gaben sich die Hand und gingen in die Unterführung hinunter, die sie unter den Gleisen hindurch und auf der anderen Seite wieder nach oben aus dem Bahnhof hinausführte, wo ein Streifenwagen mit Fahrer und laufendem Motor stand.

Während der Wagen sich durchs Verkehrsgewühl quälte, fragte Brunetti: »Hat sich irgend jemand von Ihrer Dienststelle mit meinem Chef in Verbindung gesetzt?«

»Patta?« fragte della Corte, sprach den Namen so, daß es wie eine kleine Explosion klang, die alles mögliche bedeuten konnte. Oder nichts.

»Ja.«

»Nicht daß ich wüßte. Warum?«

»Er hat mir nahegelegt, die Ermittlungen um Faveros Tod Ihnen zu überlassen. Seinen Selbstmord. Ich habe mich nur gefragt, ob diese Empfehlung wohl von hier kam.«

»Möglich«, sagte della Corte.

»Hatten Sie noch weitere Schwierigkeiten?«

»Nein, nicht direkt. Alle behandeln den Fall als Selbstmord. Was ich unternehme, mache ich in meiner Freizeit.«

»Wie jetzt?« fragte Brunetti mit einer Geste, die sich auf das Auto bezog.

»Ja. Ich darf immer noch zu Mittag essen, wo ich will.«

»Und dazu einen Freund aus Venedig einladen?« fragte Brunetti.

»Genau«, bestätigte della Corte, und in dem Moment hielt der Wagen am Bürgersteig vor dem Restaurant an. Der uniformierte Fahrer sprang hinaus, öffnete die Tür und hielt sie auf, während die beiden Männer ausstiegen. »Gehen Sie irgendwo was essen, Rinaldi«, sagte della Corte. »Holen Sie uns um drei ab.«

Der junge Mann salutierte und stieg wieder in den Wagen.

Zwei Minikiefern in großen Terrakottakübeln standen

rechts und links der Tür, die sich öffnete, als sie darauf zugingen. »*Buon giorno, signori*«, begrüßte sie ein dunkel gekleideter Mann mit langem Gesicht und den Augen eines Bassets.

»Guten Tag«, sagte der Capitano. »Della Corte. Ich habe einen Tisch für zwei Personen bestellt.«

»Der Tisch ist bereit, wenn Sie bitte mitkommen wollen.«

Der Mann blieb kurz stehen, um von einem Tischchen bei der Tür zwei längliche Speisekarten mitzunehmen, bevor er sie in einen Raum führte, der so klein war, daß nicht mehr als sechs oder sieben Tische darin Platz hatten, die bis auf einen alle besetzt waren. Durch einen hohen Bogen sah Brunetti einen zweiten Raum, auch dieser gut gefüllt, wie es aussah mit lauter Geschäftsleuten. Weil die hohen Fenster wenig Licht hereinließen, hatten beide Räume zusätzlich eine sanfte künstliche Beleuchtung, die geschickt zwischen den Eichenbalken an der Decke versteckt war. Sie kamen an einem runden Tisch mit allerlei Vorspeisen vorbei: Salami, Meeresfrüchte, Schinken, Tintenfisch. Der Mann führte sie an den leeren Tisch, hielt Brunetti den Stuhl bereit und legte ihnen dann die Speisekarten vor. »Darf ich Ihnen einen Prosecco anbieten, *signori*?« fragte er.

Beide nickten, und er ging.

»Der Besitzer?« erkundigte sich Brunetti.

»Ja.«

»Warum ist er so aufgeregt?«

»Jeder ist aufgeregt, wenn die Polizei kommt, um Fragen zu stellen«, sagte della Corte und nahm die Speisekarte. Er hielt sie auf Armeslänge von sich weg und las. Als er sie schließlich hinlegte, meinte er: »Ich habe gehört, die Ente soll hier sehr gut sein.«

Tatsächlich fand Brunetti nichts Verlockenderes, obwohl er die Karte eingehend studierte. Kaum hatte er sie zugeklappt und neben seinen Teller gelegt, als der Besitzer auch schon mit einer Flasche Prosecco zurückkam. Er füllte die schlanken Gläser rechts neben ihren Tellern und reichte die Flasche dann an einen Ober weiter, der hinter ihm erschien.

»Haben Sie schon gewählt, Capitano?« fragte er.

»Ich nehme *fettuccine* mit Trüffeln«, sagte della Corte. Brunetti nickte bestätigend. »Und dann die Ente.« Brunetti nickte wieder.

»Ich würde Ihnen dazu Merlot del Piave empfehlen«, sagte der Besitzer. Als della Corte nickte, entfernte er sich mit einer angedeuteten Verbeugung rückwärts von ihrem Tisch.

Della Corte nahm sein Glas und nippte an dem perlenden Wein. Brunetti tat es ihm nach. Bis der erste Gang kam, redeten die beiden Männer über vieles und nichts. Della Corte erklärte, daß die jüngsten Wahlen wahrscheinlich zu einer kompletten Umbesetzung bei der Paduaner Polizei führen würden, zumindest in den oberen Rängen.

Brunetti dachte an sein eigenes erbärmliches Verhalten bei der letzten Bürgermeisterwahl in Venedig und schwieg. Beide Kandidaten hatten ihm nicht zugesagt – weder der Philosoph ohne Regierungserfahrung, vorgeschlagen von den Exkommunisten, noch der von der Lega aufgestellte Geschäftsmann –, und so hatte er die Wahlkabine wieder verlassen, ohne seine Stimme abgegeben zu haben, was er

Paola aber nie gebeichtet hatte, die so glücklich über den Sieg des Philosophen war, daß sie ganz zu fragen vergaß, wen ihr Mann denn gewählt habe. Vielleicht würden ja alle diese Neuwahlen einmal einen allmählichen Wandel erzwingen. Brunetti hatte seine Zweifel, denn schon zu lange hatte er mit Regierung und Regierenden zu tun, um noch daran zu glauben, daß irgendeine Veränderung einmal mehr als nur kosmetischer Art sein würde.

Er wandte seine Aufmerksamkeit wieder dem Tisch und den butterglänzenden *fettuccine* zu. Der Besitzer erschien, in der einen Hand einen weißen Teller mit einer kleinen Trüffel, in der anderen eine Reibe aus Edelstahl. Er stellte den Teller ab, beugte sich über della Cortes Teller und schabte etwas von der Trüffel darauf, richtete sich auf, beugte sich dann über Brunettis Teller und tat dasselbe. Modriger Waldgeruch stieg von den noch dampfenden *fettuccine* auf und hüllte nicht nur die drei Männer ein, sondern ihre ganze Umgebung. Brunetti wickelte die ersten *fettuccine* auf seine Gabel und begann zu essen, genoß in vollen Zügen die perfekt gekochten Bandnudeln mit Butter und den würzigen, berauschenden Geschmack der Trüffel.

Della Corte schien ein Mann zu sein, der sich das Essen nicht mit Reden verdarb, und so sprachen sie wenig, bis ihr Mahl beendet war – die Ente fast so gut wie die Trüffel und für Brunetti gab es nichts Köstlicheres als Trüffel –, und beide ein Gläschen Calvados vor sich stehen hatten.

In dem Moment trat ein kleiner Mann mit dem Bauch des fröhlichen Essers an ihren Tisch. Er trug das gleiche weiße Jackett mit schwarzem Kummerbund wie ihr Ober.

»Signor Germani sagt, Sie möchten mich sprechen, Capitano.«

»Waren Sie der Anrufer heute vormittag?« fragte della Corte, indem er einen Stuhl zurechtschob und dem Mann bedeutete, sich zu ihnen zu setzen.

Der Kellner zog den Stuhl noch ein Stückchen weiter heraus, um Platz für seinen beachtlichen Bauch zu schaffen, und setzte sich. »Ja, das war ich.«

»Ich möchte gern, daß Sie für meinen Kollegen hier noch einmal wiederholen, was Sie mir gesagt haben«, sagte della Corte mit einem Kopfnicken in Brunettis Richtung.

Der Mann sah della Corte an und begann: »Wie ich Ihnen am Telefon schon sagte, Capitano, ich habe ihn zuerst nicht erkannt, als ich das Bild in der Zeitung sah. Aber als der Friseur mir dann die Haare schnitt, ist mir wieder eingefallen, wer er war, einfach aus heiterem Himmel. Daraufhin habe ich bei der Polizei angerufen.«

Della Corte nickte lächelnd, wie um dem Kellner zu seinem staatsbürgerlichen Verantwortungsbewußtsein zu gratulieren. »Sprechen Sie weiter«, sagte er.

»Ich glaube nicht, daß ich Ihnen noch viel mehr sagen kann als heute morgen, Capitano. Er war mit einer Frau zusammen. Ich habe sie Ihnen ja schon am Telefon beschrieben.«

Della Corte fragte: »Könnten Sie das bitte auch noch einmal wiederholen?«

»Sie war groß, so groß wie er. Helle Augen, heller Teint, auch helles Haar, nicht blond, aber fast. Es war dieselbe, mit der er schon früher mal hier war.«

»Wann war das?« wollte della Corte wissen.

»Einmal vor ungefähr einem Monat, und einmal im Sommer, ich weiß nicht mehr, wann. Ich erinnere mich nur noch, daß es heiß war und sie ein gelbes Kleid trug.«

»Wie haben sie sich benommen?« fragte della Corte.

»Benommen? Meinen Sie ihre Manieren?«

»Nein, ich meine, wie sie sich zueinander verhalten haben.«

»Ah, Sie meinen, ob sie etwas miteinander hatten?«

»Ja«, sagte della Corte kopfnickend.

»Das glaube ich nicht«, antwortete der Mann, während er über die Frage nachzudenken schien. Nach kurzer Pause fuhr er fort: »Sie waren aber eindeutig nicht miteinander verheiratet.« Und bevor della Corte nachfragen konnte, erklärte er: »Ich weiß nicht, wie ich jetzt darauf komme, aber ich habe über die Jahre Tausende von Paaren beobachtet, und Verheiratete haben eine ganz bestimmte Art, miteinander umzugehen. Ich meine, egal ob ihre Ehe gut oder schlecht ist, selbst wenn sie einander hassen, gehen sie doch immer irgendwie vertraut miteinander um.« Er winkte ab, als ob das ein zu kompliziertes Thema wäre, um es erklären zu können. Brunetti wußte genau, was er meinte, aber auch er hätte das im Leben nicht erklären können.

»Und bei diesen Leuten hatten Sie nicht diesen Eindruck?« fragte Brunetti. Es war das erste Mal, daß er etwas sagte.

Der Kellner schüttelte den Kopf.

»Wissen Sie, worüber sie gesprochen haben?«

»Nein«, antwortete der Kellner, »aber was es auch war, sie schienen beide sehr davon angetan. Einmal hat er ihr während des Essens irgendwelche Papiere gezeigt. Die hat sie sich eine Zeitlang angesehen. Dabei hat sie dann auch ihre Brille aufgesetzt.«

»Haben Sie eine Vorstellung, was das für Papiere waren?« fragte della Corte.

»Nein. Als ich die Pasta brachte, hat sie ihm alle zurückgegeben.«

»Und was hat er damit gemacht?«

»Er muß sie wohl eingesteckt haben. Ich habe es nicht gesehen.«

Brunetti warf della Corte einen Blick zu, aber der schüttelte den Kopf, was hieß, daß bei Favero keine Papiere gefunden worden waren.

»Könnten Sie uns noch etwas genauer beschreiben, wie die Frau aussah?« fragte della Corte.

»Also, wie gesagt, sie war so Mitte Dreißig. Groß, helles Haar, aber nicht ihre Naturfarbe. Der Typ war sie schon, mit diesen hellen Augen und dem hellen Teint, also hat sie vielleicht nur ein bißchen nachgeholfen.«

»Noch etwas?« fragte Brunetti lächelnd, nippte dann aber an seinem Calvados, um anzudeuten, daß die Frage nicht sonderlich wichtig war.

»Also, nachdem ich jetzt weiß, daß der Mann tot ist, und das von eigener Hand, bin ich nicht mehr sicher, ob es mir seinerzeit aufgefallen ist oder ob ich das erst gedacht habe, als ich erfuhr, was aus ihm geworden ist…« Weder Brunetti noch della Corte stellte eine Zwischenfrage. »Na ja, irgend etwas stimmte nicht zwischen den beiden.« Er streckte die Hand aus und wischte ein paar Krümel vom Tisch, fing sie mit der anderen Hand auf und ließ sie, als er nichts sah, wohin er sie tun konnte, in seine Jackentasche gleiten.

Da die beiden Polizisten weiterschwiegen, fuhr er fort, sprach aber jetzt langsam, überlegte sich zum erstenmal, was er sagte. »Es war irgendwann während des Essens, als sie sich diese Papiere ansah. Da hat sie einmal aufgesehen und ihm so einen Blick zugeworfen.«

»Was für einen Blick«, fragte della Corte nach einer langen Pause.

»Ach, ich weiß nicht. Er war nicht böse oder so. Sie hat ihn nur angesehen, etwa wie ein Tier im Zoo oder als hätte sie so etwas wie ihn noch nie gesehen. Wissen Sie, so als gehörte er zu einer anderen Spezies oder wäre gerade einem Raumschiff entstiegen. – Ich weiß nicht, ob ich mich damit verständlich ausdrücke«, sagte er, dann verstummte er unschlüssig.

»Kam dieser Blick Ihnen irgendwie drohend vor?«

»Nein, überhaupt nicht.« Er schüttelte energisch den Kopf, wie um sie davon zu überzeugen. »Das war ja das Sonderbare daran, daß gar keine Wut darin lag. Es lag überhaupt nichts darin.« Er steckte die Hände in die Taschen und grinste verlegen. »Tut mir leid. Ich erkläre das nicht gut.«

»Hat er es gemerkt?« fragte Brunetti.

»Nein. Er schenkte gerade Wein nach. Aber ich hab's gesehen.«

»Und die anderen Male?« fragte Brunetti. »Haben sie sich da gut verstanden?«

»Oh, ja. Die anderen Male haben sie sich gut verstanden. Ich will auch gar nicht sagen, daß sie sich an diesem Abend nicht gut verstanden hätten. Sie waren immer sehr freundlich miteinander, aber doch auch ein bißchen förmlich.«

»Haben sie die anderen Male auch mit Papieren hantiert?«

»Nein, nichts dergleichen. Sie kamen einem vor wie Freunde, oder nein, wie Geschäftsfreunde bei einem gemeinsamen Essen. Ja, so war es. Wie zwei Leute, die sich geschäftlich treffen müssen. Vielleicht ist mir das deshalb immer so eigenartig vorgekommen, eine so attraktive Frau, und er ein gutaussehender Mann; aber da war nichts von dieser Spannung zu merken wie sonst zwischen einem Mann und einer Frau, überhaupt nichts. Ja, wenn ich es mir jetzt überlege, war es das, was ich so eigenartig fand.« Er lächelte, nachdem er es jetzt endlich herausgebracht hatte.

»Wissen Sie noch, was sie für Wein getrunken haben?« fragte Brunetti.

Der Kellner und della Corte sahen ihn beide verwundert an.

Der Ober dachte ein Weilchen nach. »Barolo«, antwortete er schließlich. »Einen guten, herzhaften Roten. Paßte zu ihren *bistecche.* Und zum Dessert dann Vin Santo.«

»Hat der Mann irgendwann einmal den Tisch verlassen?« fragte Brunetti, der wußte, wie herzhaft dieser Wein war und wie leicht man einem da etwas ins Glas tun konnte.

»Ich erinnere mich nicht. Könnte sein.«

»Wissen Sie noch, ob er mit Kreditkarte bezahlt hat?« fragte Brunetti.

»Nein, diesmal hat er bar bezahlt, und wenn ich mich recht erinnere, die anderen Male auch.«

»Wissen Sie, ob er sonst noch mal hier war? Ich meine, außer den Malen, als Sie die beiden gesehen haben?«

»Ich habe meine Kollegen schon gefragt, und keiner kann sich erinnern. Es ist aber unwahrscheinlich. Wir haben ja dienstags und mittwochs geschlossen, und an den anderen Tagen bin ich immer hier. Ich habe in dreizehn Jahren noch keinen Tag gefehlt. Wenn sie kamen, war ich hier, und ich kann mich nicht erinnern, sie je gesehen zu haben, außer vorige Woche und diese beiden anderen Male. An eine Frau wie sie würde ich mich erinnern.«

Della Corta sah über den Tisch hinweg zu Brunetti, aber der schüttelte den Kopf. Er hatte keine Fragen mehr, vorerst nicht. Della Corte griff in die Tasche und holte eine kleine Visitenkarte heraus. »Wenn Ihnen noch irgend etwas einfällt, können Sie mich in der Questura erreichen«, sagte er und gab dem Kellner die Karte. Dann fügte er in bemüht beiläufigem Ton hinzu: »Verlangen Sie aber auf jeden Fall mich persönlich.«

Der Kellner steckte die Karte ein, stand auf und ging. Plötzlich hielt er an, drehte sich um und kam noch einmal zurück. »Möchten Sie ihre Brille haben?« fragte er ohne Einleitung.

»Wie bitte?« sagte della Corte.

»Ihre Brille. Die hat sie hier auf dem Stuhl liegenlassen. Sie muß sie abgenommen haben, nachdem sie diese Papiere angesehen hatte, und dann vergessen, sie mitzunehmen. Wir haben sie hinterher gefunden. Soll ich sie Ihnen geben?«

Della Corte fing sich sofort wieder. »Ja, natürlich.«

Der Kellner verschwand und kam ein paar Sekunden später wieder, in der einen Hand eine Metallrandbrille. Er hob sie in die Höhe und sagte mit fast kindlichem Vergnügen: »Sehen Sie mal.« Damit faßte er die Brille an beiden

Bügelenden und verdrehte sie, als wäre der Rahmen aus Gummi und das Ganze ein raffinierter Trick. Die Bügel ließen sich zu einer regelrechten Brezel verdrehen und sprangen, als der Kellner losließ, sofort in ihre ursprüngliche Form zurück. »Ist das nicht toll?« fragte er. Der Kellner gab die Brille della Corte und ging dann durch das Restaurant zurück zu der Tür, die in die Küche führte.

»Warum bricht das nicht?« fragte della Corte, während er die Brille mit einer Hand festhielt und sie mit der anderen verdrehte, wie es der Kellner gemacht hatte.

»Titan«, antwortete Brunetti, obgleich es eine rein rhetorische Frage gewesen war.

»Was?« fragte della Corte.

»Titan«, wiederholte Brunetti. »Meine Frau hat sich letzten Monat eine neue Lesebrille gekauft und mir von dieser Neuheit erzählt. Darf ich mal?« fragte er und streckte die Hand aus. Della Corte gab ihm die Brille, und Brunetti hielt sie sich dicht vor die Augen, um das Herstellerzeichen zu suchen. Er fand es auf der Innenseite des rechten Bügels, ganz dicht beim Scharnier. »Sehen Sie mal«, sagte er, wobei er sie della Corte hinstreckte und auf das winzige Zeichen zeigte.

»Was ist denn da?« fragte della Corte. »Ich habe meine Brille nicht bei mir.«

»Aus Japan«, sagte Brunetti. »Glaube ich jedenfalls. Die Dinger werden nur in Japan hergestellt.«

»Japan?« fragte della Corte. »Macht man da auch Brillen?«

»Die Gestelle«, erklärte Brunetti. »Und diese Gestelle kosten, wie ich sagen würde, fast eine Million Lire. Sagt zumindest meine Frau. Wenn sie aus Titan sind, und ich glaube, das hier ist Titan«, sagte er, indem er die Bügel noch einmal zu einem fürchterlichen Gebilde verdrehte, plötzlich losließ und zusah, wie sie wieder in die ursprüngliche Form sprangen, »dann kosten sie so viel.« Brunetti begann übers ganze Gesicht zu strahlen und sah die Brille an, als hätte sie sich in eine Million Lire zurückverwandelt, die er behalten dürfte.

»Was grinsen Sie so?« fragte della Corte.

»Bei Brillengestellen, die eine Million kosten«, erklärte Brunetti, »vor allem solchen, die aus Japan importiert sind, müßte sich leicht die Herkunft feststellen lassen.«

Diesmal erschien die Million Lire in della Cortes Lächeln.

21

Es war Brunettis Vorschlag, mit der Brille zu einem Optiker zu gehen und die Gläser messen zu lassen, um so die Besitzerin leichter ausfindig machen zu können. Da das Gestell nicht nur teuer, sondern auch importiert war, hätte das eigentlich sowieso nicht schwer sein dürfen, aber zum einen konnte della Corte, der die Anweisung bekommen hatte, Faveros Tod als Selbstmord zu behandeln, die Suche nach dem Optiker, der die Brille verkauft hatte, nur in seiner Freizeit betreiben, zum anderen war die Brille möglicherweise woanders als in Padua gekauft worden.

Brunetti tat, was er konnte, indem er einen seiner jüngeren Mitarbeiter bei allen Optikern in der Gegend Mestre-Venedig anrufen und nachfragen ließ, ob sie solche Gestelle führten, und wenn ja, ob sie schon einmal eines mit Gläsern dieser Stärke verkauft hätten. Dann widmete er seine Aufmerksamkeit wieder dem Dreieck Trevisan-Lotto-Martucci, wobei sein Interesse vor allem den Überlebenden galt, die auf irgendeine Weise von Trevisans Tod profitieren konnten. Die Witwe würde wahrscheinlich erben, und Martucci erbte womöglich die Witwe. Schwierig war es allerdings, den Mord an Lotto in einem der Modelle unterzubringen, die Brunetti im Zusammenhang mit Martucci und Signora Trevisan vorschwebten. Er zweifelte nicht einen Augenblick daran, daß Eheleute oft Mordgedanken gegeneinander hegten und sie mitunter auch ausführten, aber er konnte sich nur sehr schwer vorstellen, daß eine Schwester ihren Bruder umbrachte. Ein Ehemann ist zu ersetzen, sogar Kinder, aber einen Bruder kann man von seinen betagten Eltern nicht mehr erwarten. Dieser Wahrheit hatte Antigone ihr Leben geopfert. Brunetti merkte, daß er noch einmal mit Signora Trevisan und Avvocato Martucci sprechen mußte, und er stellte es sich interessant vor, mit beiden gleichzeitig zu sprechen und zu sehen, was dabei wohl herauskam.

Bevor er jedoch diesbezüglich etwas unternahm, wandte er sich den Papierstapeln auf seinem Schreibtisch zu. Wie versprochen, lag dort die Liste mit Trevisans Klienten, sieben engbeschriebene Seiten mit Namen und Adressen, streng nach dem Alphabet und somit streng neutral geordnet. Er überflog kurz die Spalten. Bei einigen Namen pfiff er leise: Wie es aussah, hatte Trevisan sich bei den reichsten Bürgern der Stadt eine Vertrauensstellung erobert, ebenso bei denen, die als ihr Adel galten. Brunetti blätterte zur ersten Seite zurück und begann die Namen sorgfältig zu lesen. Er wußte, daß die Aufmerksamkeit, die er ihnen widmete, für einen Nichtvenezianer wie nüchterne Betrachtung aussehen würde; für den jedoch, der mit den inzestuösen Gerüchten und Kabalen dieser Stadt aufgewachsen war, wäre zu erkennen, daß jedem Namen, den er las, nichts als Klatsch, Schimpf und üble Nachrede anhaftete. Da war Baggio, der Hafendirektor, ein Mann, der an Macht gewöhnt war und rücksichtslosen Gebrauch von ihr machte. Da war Seno, Besitzer der größten Glasmanufaktur auf Murano und Arbeitgeber von über dreihundert Leuten, ein Mann, dessen Konkurrenten offenbar alle dasselbe Pech mit Streiks und ungeklärten Bränden hatten.

Und da war Brandoni, Conte Brandoni, dessen immenser Reichtum ebenso dunklen Ursprungs war wie sein Titel.

Einige Leute auf dieser Liste standen in bestem, ja makellosem Ruf; was Brunetti eigenartig anmutete, war die bunte Mischung: die Ehrenwerten in engster Nachbarschaft mit den Zwielichtigen, die Hochgeachteten mit den Fragwürdigen. Er blätterte zum F zurück und suchte den Namen seines Schwiegervaters, aber Conte Orazio Falier war nicht aufgeführt. Brunetti legte die Liste beiseite. Er wußte, daß nichts anderes übrigblieb, als sie alle zu befragen, einen nach dem anderen, und schalt sich, weil er solche Hemmungen hatte, seinen Schwiegervater anzurufen und ihn zu fragen, was er über Trevisan wußte. Oder über dessen Klienten.

Unter der Liste lag eine mühsam getippte und unangemessen lange Mitteilung von Agente Gravini, worin er erklärte, daß die brasilianische Hure und ihr Zuhälter am Abend zuvor in der Pinetta-Bar erschienen seien, worauf er eine Festnahme initiiert habe. »Initiiert?« hörte Brunetti sich laut fragen. Das hatten sie davon, daß sie Universitätsabsolventen in ihre Reihen aufnahmen. Als Brunetti unten anrief und fragte, wo die beiden seien, erfuhr er, daß man sie heute früh aus dem Gefängnis hergebracht und auf Gravinis Geheiß hin in getrennte Räume gesteckt habe, falls Brunetti sie verhören wolle.

Das nächste war ein Fax der Paduaner Polizei, in dem stand, daß die aus Lottos Leiche geborgenen Geschosse aus einer 5,6-Millimeter-Pistole stammten, aber man habe noch keine Profilvergleiche vorgenommen, um zu überprüfen, ob es dieselbe Waffe wie im Mordfall Trevisan war.

Brunetti spürte im Innersten, daß ein solcher Vergleich nur das ergeben würde, was er sowieso schon wußte.

Darunter kamen noch mehr Faxe zum Vorschein, diese mit dem Briefkopf der Telecom und der Liste von Telefonaten, die von Giorgio zu besorgen er Signorina Elettra gebeten hatte. Beim Gedanken an Rondini und die vielen Listen, die er ihnen schon beschafft hatte, fiel Brunetti wieder ein, daß er den Brief für den jungen Mann noch nicht geschrieben hatte. Daß Rondini es für nötig hielt, seiner Verlobten einen solchen Brief vorzuweisen, löste in Brunetti die Frage aus, warum er sie überhaupt heiraten wollte, aber er hatte es längst aufgegeben, die Ehe als solche begreifen zu wollen.

Brunetti mußte sich eingestehen, daß er auch noch keine Ahnung hatte, was er von Mara oder ihrem Zuhälter eigentlich zu erfahren hoffte, aber er wollte auf jeden Fall mit ihnen reden. Er ging ins Erdgeschoß hinunter, wo sich drei zellenähnliche Zimmerchen befanden, in denen die Polizei üblicherweise Verdächtige und andere verhörte, die zur Vernehmung hergebracht worden waren.

Vor einem dieser Zimmer stand Agente Gravini, ein gutaussehender junger Mann, der vor einem Jahr zur Polizei gekommen war, nachdem er die beiden vorherigen Jahre damit verbracht hatte, nach jemandem Ausschau zu halten, der einem siebenundzwanzigjährigen Universitätsabsolventen mit Abschluß in Philosophie und ohne Berufserfahrung eine Stelle anzubieten hätte. Brunetti fragte sich oft, was Gravini wohl zu seiner Entscheidung veranlaßt hatte, welches Philosophen Lehre ihn bewogen haben mochte, die Uniform, Pistole und Mütze der Ordnungshüter anzulegen. Oder vielleicht – der Gedanke sprang von irgendwo aus dem Nichts heraus in Brunettis Hirn –, vielleicht glaubte Gravini ja auch in Vice-Questore Patta die Fleischwerdung von Platos Philosophenkönig gefunden zu haben.

»Guten Morgen, Commissario«, sagte Gravini mit zackigem Salut, und ohne irgendwelches Erstaunen darüber zu verraten, daß sein Vorgesetzter still vor sich hinlachte, als er auf ihn zukam. Philosophen, heißt es, tragen solches mit Gelassenheit.

»Wer von den beiden ist da drin?« fragte Brunetti, wobei er mit dem Kopf zu der Tür hinter Gravini deutete.

»Die Frau, Commissario.« Mit dieser Auskunft händigte er Brunetti eine dunkelblaue Mappe aus. »Hier ist die Akte des Mannes drin. Über die Frau haben wir nichts.«

Brunetti nahm die Akte und warf einen Blick auf die beiden im Deckel angehefteten Blätter. Das Übliche: Körperverletzung, Drogenhandel, Zuhälterei. Franco Silvestri war einer von Tausenden. Nachdem er alles genau durchgelesen hatte, gab er Gravini die Mappe zurück. »Irgendwelche Probleme bei der Festnahme?«

»Bei der Frau nicht, Commissario. Es kam einem fast so vor, als ob sie darauf gewartet hätte. Aber der Mann hat zu entkommen versucht. Ruffo und Vallot waren bei mir, draußen vor der Tür. Sie haben ihn geschnappt.«

»Gut gemacht, Gravini. Wer hatte die Idee, sie mitzunehmen?«

»Nun ja«, antwortete Gravini hüstelnd, »ich habe ihnen gesagt, was ich vorhatte, und da haben sie angeboten mitzugehen. In ihrer Freizeit, versteht sich.«

»Sie kommen gut mit ihnen aus, ja?«

»Stimmt, Commissario.«

»Schön, schön. Dann wollen wir uns die Dame mal ansehen.« Brunetti trat durch die Tür in den düsteren kleinen Raum. Die einzigen Lichtquellen waren ein schmutziges Fensterchen hoch oben in der einen Wand, viel höher, als jemand springen konnte, und eine 60-Watt-Birne hinter einem Drahtgitter in der Deckenmitte.

Mara saß auf der Kante eines der drei Stühle. Weiteres Mobiliar gab es nicht, keinen Tisch, kein Waschbecken, nur die drei Stühle, außerdem verstreute Kippen auf dem Boden. Sie sah auf, als Brunetti hereinkam, erkannte ihn und sagte in zwanglosem Ton: »Guten Morgen.« Sie sah müde aus, als ob sie in der Nacht zuvor nicht gut geschlafen hätte, aber es schien sie nicht sonderlich zu stören, daß sie hier war. Über der Stuhllehne hing dieselbe Leopardenjacke, die sie neulich nachts getragen hatte, aber Bluse und Rock waren neu, wenn auch beide so aussahen, als hätte sie darin geschlafen. Ihr Make-up hatte sich aufgelöst, oder sie hatte es abgewaschen; so oder so sah sie dadurch viel jünger aus, kaum älter als ein Teenager.

»Sie haben das schon öfter erlebt, nehme ich an?« fragte Brunetti, während er sich auf den zweiten Stuhl setzte.

»Öfter als ich zählen kann«, sagte sie, dann fragte sie: »Haben Sie Zigaretten bei sich? Meine sind alle, und der Bulle da draußen macht die Tür nicht auf.«

Brunetti ging zur Tür und klopfte dreimal. Als Gravini öffnete, fragte er ihn, ob er Zigaretten habe, nahm das Päckchen, das der Beamte ihm gab, und brachte es Mara.

»Danke«, sagte sie, nahm ein Plastikfeuerzeug aus ihrer Rocktasche und zündete sich eine an. »Meine Mutter ist an den Dingern gestorben«, erklärte sie, wobei sie die Zigarette vor sich hin und her schwenkte und dem Rauch nachsah, der davon aufstieg. »Ich wollte das in ihren Totenschein eintragen lassen, aber die Ärzte spielten nicht mit. Sie haben ›Krebs‹ hineingeschrieben, dabei hätte es ›Marlboro‹ heißen müssen. Sie hat mich angefleht, nie mit Rauchen anzufangen, und ich habe es ihr versprochen.«

»Hat sie je erfahren, daß Sie rauchen?«

Mara schüttelte den Kopf. »Nein, sie hat nie etwas erfahren, und vieles andere auch nicht.«

»Zum Beispiel?« fragte Brunetti.

»Zum Beispiel, daß ich schwanger war, als sie starb. Im vierten Monat, aber es war das erstemal, und ich war noch so jung, da hat man nichts gesehen.«

»Vielleicht hätte sie sich gefreut«, meinte Brunetti. »Vor allem, wenn sie wußte, daß sie im Sterben lag.«

»Ich war fünfzehn«, sagte Mara.

»Oh.« Brunetti wandte den Blick ab. »Hatten Sie noch mehr?«

»Mehr was?« fragte sie verwirrt.

»Mehr Kinder. Sie sagten, es war das erste.«

»Nein, das sollte heißen, es war das erstemal, daß ich schwanger war. Dieses eine Kind habe ich bekommen, aber beim zweitenmal hatte ich eine Fehlgeburt, und seitdem bin ich sehr vorsichtig.«

»Wo ist Ihr Kind?«

»In Brasilien, bei der Schwester meiner Mutter.«

»Junge oder Mädchen?«

»Ein Mädchen.«

»Wie alt ist sie jetzt?«

»Sechs.« Sie lächelte, als sie an das Kind dachte. Dann blickte sie auf ihre Füße und wieder auf zu Brunetti, wollte etwas sagen, hielt inne und sagte dann: »Ich habe ein Foto von ihr, wenn Sie es sehen wollen.«

»Ja, gern«, sagte er und zog seinen Stuhl näher.

Sie warf die Zigarette auf den Fußboden, griff in ihre Bluse und zog ein vergoldetes Medaillon von der Größe einer 100-Lire-Münze heraus. Sie drückte auf einen Knopf, damit es aufsprang, und hielt es Brunetti hin, der sich vorbeugte, um besser zu sehen. Auf der einen Seite erkannte er ein Baby mit rundem Gesicht, bis zur Nasenspitze eingemummelt, und auf der anderen Seite ein kleines Mädchen mit langen, dunklen Zöpfen, das in einer Art Schuluniform steif und verlegen dastand. »Sie geht bei den Nonnen in die Schule«, erklärte Mara, während sie den Kopf verdrehte, um das Foto zu sehen. »Ich glaube, das ist besser für sie.«

»Ja, das glaube ich auch«, stimmte Brunetti zu. »Unsere Tochter war bei den Nonnen, bis sie ins Gymnasium kam.«

»Wie alt ist sie?« fragte Mara, indem sie das Medaillon schloß und wieder in ihrer Bluse verschwinden ließ.

»Vierzehn.« Brunetti seufzte. »Ein schwieriges Alter«, sagte er, bevor ihm wieder einfiel, was Mara ihm vor ein paar Sekunden erst erzählt hatte.

Sie hatte es zum Glück wohl auch vergessen und sagte nur: »Ja, schwierig. Ich hoffe, sie ist ein braves Mädchen.«

Brunetti lächelte. »O ja«, sagte er stolz. »Sehr brav.«

»Haben Sie noch mehr Kinder?«

»Einen Sohn, er ist siebzehn.«

Sie nickte, als wüßte sie über siebzehnjährige Jungen mehr, als ihr lieb war.

Sie schwiegen eine Weile. Dann deutete Brunetti mit einer leeren Geste ins Zimmer. »Warum das?« fragte er.

Mara zuckte die Achseln. »Warum nicht?«

»Wenn Sie ein Kind in Brasilien haben, ist das ein weiter Weg zur Arbeit.« Er lächelte dabei, und sie nahm es nicht übel.

»Ich verdiene genug, um meiner Tante Geld schicken zu können, genug für die Schule, für gutes Essen und eine neue Schuluniform, wenn sie eine braucht.« Ihre Stimme klang gepreßt vor Stolz oder Wut; welches von beidem, konnte Brunetti nicht sagen.

»Und in São Paulo konnten Sie kein Geld verdienen? Um nicht so weit fort von ihr zu sein?«

»Ich bin mit neun von der Schule abgegangen, weil jemand sich um die anderen Kinder kümmern mußte. Meine Mutter war lange krank, und ich war das einzige Mädchen. Nachdem dann meine Tochter geboren war, habe ich Arbeit in einer Bar gefunden.« Sie sah seinen Blick und erklärte: »Nein, nicht, was Sie denken. Ich habe nur Getränke serviert.«

Als es schien, als ob sie weiter nichts sagen wollte, fragte Brunetti: »Wie lange haben Sie das gemacht?«

»Drei Jahre. Es reichte für die Miete und zum Essen für mich und Ana und meine Tante, die sich um sie kümmerte. Für viel mehr aber auch nicht.« Sie schwieg wieder, aber für Brunettis Gefühl war sie jetzt doch ins Erzählen gekommen.

»Was dann?«

»Dann kam Eduardo, mein Romeo«, sagte sie. Dabei bearbeitete sie eine der Kippen auf dem Boden mit der

Schuhspitze, bis nur noch Papierschnipsel und Tabakkrümel übrig waren.

»Eduardo?«

»Eduardo Alfieri. So hat er sich mir jedenfalls vorgestellt. Er kam eines Abends in die Bar und blieb, bis wir zumachten. Dann hat er mich gefragt, ob ich noch einen Kaffee mit ihm trinken gehe. Keinen Drink, wohlgemerkt, einen Kaffee – ganz wie man ein ehrbares Mädchen zu einem Stelldichein einlädt.«

»Und was passierte?«

»Was denken Sie wohl, was passierte?« fragte sie, und ihre Stimme klang zum ersten Mal verbittert. »Wir sind Kaffee trinken gegangen, und von da an ist er jeden Abend in die Bar gekommen und hat mich immer nach der Arbeit zu einem Kaffee eingeladen, immer respektvoll, immer höflich. Meiner Großmutter hätte er sehr gefallen, so respektvoll war er. Es war das erste Mal, daß ein Mann mich nicht wie ein Ding behandelte, das nur zum Bumsen gut ist, und ich habe getan, was jedes Mädchen tun würde. Ich habe mich in ihn verliebt.«

»Ja«, sagte Brunetti, »ja.«

»Und dann hat er gesagt, daß er mich heiraten will, aber dazu müßte ich nach Italien kommen und seine Familie kennenlernen. Er wollte alles besorgen, das Visum und eine Arbeitsstelle in Italien. Italienisch zu lernen sei kein Problem, sagte er.« Sie grinste wehmütig. »Das dürfte das einzige Wahre gewesen sein, was er mir erzählt hat, dieser Dreckskerl.«

»Und dann?«

»So bin ich nach Italien gekommen. Ich habe alle Papiere

unterschrieben und mich in eine Alitalia-Maschine gesetzt, und im Handumdrehen war ich in Mailand, und Eduardo hat mich vom Flughafen abgeholt.« Der Blick, mit dem sie Brunetti ansah, war offen und ehrlich. »Das haben Sie wahrscheinlich schon tausendmal gehört, nicht?«

»So ähnlich, ja. Dann gab's Ärger mit den Papieren?«

Sie lächelte fast belustigt, wenn sie an ihre Arglosigkeit von früher dachte. »Genau. Ärger mit den Papieren. Bürokratie. Aber er wollte mich fürs erste mit in seine Wohnung nehmen, dann würde sich schon alles finden. Ich war verliebt und habe ihm geglaubt. Am Abend hat er sich meinen Paß geben lassen, damit er am nächsten Tag das Aufgebot bestellen könne.« Sie nahm sich eine Zigarette, steckte sie aber wieder in die Packung zurück. »Meinen Sie, ich könnte hier einen Kaffee bekommen?« fragte sie.

Brunetti ging wieder zur Tür und klopfte, diesmal um Gravini nach Kaffee und Sandwichs zu schicken. Als er zu seinem Stuhl zurückging, rauchte sie wieder.

»Ich habe ihn noch einmal gesehen, nur noch einmal. Er kam am Abend zurück und sagte, daß es ernsthafte Probleme mit meinem Visum gebe und er mich nicht heiraten könne, bevor das geregelt sei. Ich weiß nicht, ab wann ich ihm nicht mehr geglaubt und endlich gemerkt habe, was sich da abspielte.«

»Warum sind Sie nicht zur Polizei gegangen?« fragte Brunetti.

Ihr Erstaunen war nicht gespielt. »Zur Polizei? Er hatte doch meinen Paß, und dann hat er mir dieses eine Papier gezeigt, das ich unterschrieben hatte – er hatte sich sogar die Mühe gemacht, meine Unterschrift notariell beglaubigen zu lassen, unter dem Vorwand, wir hätten es dann hier in Italien leichter – und darin stand, daß er mir 50 Millionen Lire geliehen hätte.«

»Und dann?« fragte Brunetti.

»Dann sagte er, daß er mir eine Stelle in einer Bar besorgt habe, und da brauchte ich nur zu arbeiten, bis das Geld zurückgezahlt sei.«

»Und?«

»Eduardo hat mich zu dem Barbesitzer gebracht, und der sagte, ich könnte die Stelle haben. Ich sollte, glaube ich, eine Million Lire im Monat bekommen, aber dann hat der Mann gesagt, er müsse etwas für das Zimmer über der Bar abziehen, in dem ich wohnen könnte. Ich könnte sonst nirgends wohnen, weil ich doch keinen Paß und kein Visum hätte. Und für das Essen und die Kleidung, die er mir gebe, müsse er auch was abziehen. Eduardo hat mir nie meine Koffer gebracht, ich besaß also nur das, was ich am Leib hatte. Es lief darauf hinaus, daß ich nur noch etwa fünfzigtausend Lire im Monat verdiente. Ich konnte die Sprache nicht sprechen, aber rechnen konnte ich; und ich wußte, wenn ich dieses Geld meiner Tante schickte, wären es nicht einmal 30 Dollar. Das ist nicht viel zum Leben für eine alte Frau und ein Baby, nicht einmal in Brasilien.«

Es klopfte, und die Tür öffnete sich. Brunetti erhob sich und nahm Gravini ein blechernes Tablett ab. Als er damit zu Mara zurückging, zog sie den dritten Stuhl zwischen sich und ihn und bedeutete Brunetti, er solle das Tablett daraufstellen. Sie taten beide Zucker in ihren Kaffee. Brunetti wies auf den Teller mit Sandwichs, aber sie schüttelte den Kopf.

»Erst wenn ich fertig bin«, sagte sie und trank einen Schluck von ihrem Kaffee. »Ich war nicht dumm; ich wußte, welche Chance mir blieb. Also habe ich in der Bar gearbeitet. Die ersten Male war es schlimm, aber dann habe ich mich daran gewöhnt. Das war vor zwei Jahren.«

»Was hat sich denn zwischen damals und heute abgespielt? Ich meine, wie sind Sie nach Mestre gekommen?« fragte Brunetti.

»Ich wurde krank. Lungenentzündung, glaube ich. Wie ich diese kalte Witterung hasse.« Sie schauderte schon bei dem bloßen Gedanken daran. »Während ich im Krankenhaus lag, ist die Bar abgebrannt. Jemand hat mir erzählt, es war Brandstiftung. Ich weiß es nicht. Aber ich hoffe es. Als ich dann entlassen werden sollte, ist Franco« – sie deutete mit dem Kopf zur linken Wand, als wüßte sie, daß Franco in der Zelle nebenan war – »gekommen und hat die Rechnung bezahlt und mich hierhergebracht. Seitdem arbeite ich für ihn.« Sie trank den Kaffee aus und stellte die Tasse aufs Tablett zurück.

Brunetti hatte diese Geschichte schon öfter gehört, als ihm lieb war, aber er hatte sie zum erstenmal ohne jede Spur von Selbstmitleid geschildert bekommen, ohne den Versuch, die Erzählerin als unfreiwilliges Opfer übermächtiger Kräfte darzustellen.

»Hatte er…«, fragte Brunetti, wobei auch er mit dem Kopf zur selben Wand deutete, obwohl Franco, wie es der Zufall wollte, hinter der gegenüberliegenden Wand saß, »…irgend etwas mit der Bar in Mailand zu tun? Oder mit der, in der Sie jetzt arbeiten? Oder mit Eduardo?«

Sie starrte zu Boden. »Ich weiß es nicht.« Brunetti sagte

nichts, und schließlich fügte sie hinzu: »Ich glaube, er hat mich gekauft. Oder meinen Vertrag.« Sie blickte auf und fragte: »Warum wollen Sie das wissen?«

Brunetti sah keinen Grund, sie anzulügen. »Wir sind im Zuge anderer Ermittlungen auf die Telefonnummer der Bar gestoßen, in der Sie jetzt arbeiten. Jetzt wollen wir herausfinden, ob da eine Verbindung besteht.«

»Und worum geht es bei der anderen Ermittlung?«

»Das kann ich Ihnen nicht sagen«, antwortete Brunetti. »Aber bisher hat es nichts mit Ihnen oder Eduardo und dem allen zu tun.«

»Kann ich Sie etwas fragen?«

Wenn Chiara das sagte, hatte er die schlechte Angewohnheit, ihr zu antworten, sie *dürfe* fragen, aber ob sie es *könne*, müsse sie selbst wissen. Jetzt sagte er jedoch nur: »Natürlich.«

»Geht es irgendwie um…«, begann sie, hielt dann inne und suchte nach dem richtigen Wort. »Also, um einige von uns, die gestorben sind?«

»Wen meinen Sie mit ›uns‹?« fragte Brunetti.

»Huren«, erklärte sie knapp.

»Nein.« Seine Antwort kam ohne Zögern, und sie glaubte ihm. »Warum fragen Sie?«

»Aus keinem besonderen Grund. Man hört so manches.« Sie nahm sich ein Sandwich, biß vorsichtig hinein und wischte geistesabwesend die Krümel weg, die über ihre Bluse rieselten.

»Was hört man denn so?«

»Dies und das«, sagte sie und biß noch einmal in das Sandwich.

»Mara«, begann Brunetti, nicht ganz sicher, welchen Ton er anschlagen sollte. »Wenn es etwas gibt, was Sie mir sagen oder mich fragen möchten, es bleibt unter uns.« Und bevor sie etwas sagen konnte, fügte er hinzu: »Nicht wenn es um ein Verbrechen geht. Aber wenn Sie mir nur etwas mitteilen oder etwas von mir erfahren wollen, bleibt es unter uns.«

»Ganz inoffiziell?«

»Ganz inoffiziell.«

»Wie heißen Sie eigentlich?« fragte sie.

»Guido«, antwortete er.

Es schien sie zu amüsieren, daß er ihr seinen richtigen Namen genannt hatte. »Guido der Rohrleger?«

Er nickte.

Sie biß noch einmal ab und wiederholte: »Man hört so manches«, worauf sie die neuen Krümel wegwischte. »Wissen Sie, wenn etwas passiert, spricht sich das herum. Und wenn wir das eine oder andere hören, wissen wir eigentlich nie genau, wo oder von wem wir es gehört haben.«

»Was haben Sie denn gehört, Mara?«

»Daß jemand unsereins umbringt.« Kaum hatte sie es gesagt, schüttelte sie den Kopf. »Nein, das ist verkehrt. Nicht umbringt. Aber es sterben welche von uns.«

»Ich verstehe den Unterschied nicht«, sagte Brunetti.

»Da war einmal diese Kleine. Ich weiß ihren Namen nicht mehr, die kleine Jugoslawin. Sie ist im Sommer umgekommen, und dann Anja, die aus Bulgarien, die hat es draußen im Gelände erwischt. Die Kleine kannte ich nicht, aber Anja kannte ich. Sie ging mit jedem.«

Brunetti erinnerte sich an diese Verbrechen, erinnerte sich auch, daß die Polizei nie auch nur die Namen der Opfer herausbekommen hatte.

»Und dann der Lastwagen, der von der Straße abgekommen ist.« Sie stockte und sah ihn an. Irgend etwas klingelte bei dieser Formulierung, aber Brunetti erinnerte sich an nichts Bestimmtes.

Als er schwieg, fuhr sie fort: »Eines von den Mädchen sagt, sie hat gehört – sie wußte aber nicht mehr, wo –, daß die Mädchen für hier bestimmt waren. Ich habe vergessen, von woher.«

»Um als Prostituierte zu arbeiten?« fragte er und bereute die Frage sofort.

Sie ging auf Abstand zu ihm und verstummte. Der Ausdruck ihrer Augen veränderte sich, als hätte sich ein Schleier darüber gesenkt. »Ich erinnere mich nicht.«

Brunetti hörte an ihrer Stimme, daß sie ihm entglitten war, daß seine Frage den dünnen Faden durchtrennt hatte, der sie vorübergehend verbunden hatte.

»Haben Sie darüber jemals etwas verlauten lassen…?« fragte er.

»Der Polizei gegenüber?« beendete sie seinen Satz mit einem verächtlichen Schnauben. Sie warf den Rest des Sandwichs, den sie noch in der Hand hatte, aufs Tablett. »Wollen Sie Anzeige gegen mich erstatten?«

»Nein«, sagte Brunetti.

»Dann kann ich also gehen?« Die Frau, mit der er gesprochen hatte, war weg, und statt ihrer saß da wieder die Hure, die ihn mit in ihr Zimmer genommen hatte.

»Ja, Sie können gehen, wann immer Sie wollen.« Bevor

sie aufstehen konnte, fragte Brunetti noch: »Ist es auch nicht gefährlich für Sie, wenn Sie vor ihm gehen?« Dabei deutete er mit dem Kinn zu der Wand, hinter der Franco nicht saß.

»Ach der«, meinte sie, verächtlich die Backen plusternd.

Brunetti ging zur Tür und klopfte. »Die Signorina geht jetzt«, sagte er, als Gravini öffnete.

Sie nahm ihre Jacke von der Stuhllehne und ging ohne ein Wort an Brunetti vorbei nach draußen. Als sie fort war, sah er Gravini an. »Danke für den Kaffee«, sagte er und nahm die Akte, die Gravini noch immer in der Hand hielt.

»Nichts zu danken, Dottore.«

»Wenn Sie noch das Tablett wegbringen könnten. Ich werde jetzt mit dem Mann reden.«

»Soll ich noch mal Zigaretten besorgen, Commissario? Oder Kaffee?« fragte Gravini.

»Nein, ich glaube nicht. Jedenfalls nicht, bevor ich meine fünfzigtausend Lire von Franco zurückbekommen habe«, antwortete Brunetti und ging in das andere Zimmer.

Ein einziger Blick genügte, um Brunetti alles zu sagen, was er über Franco wissen mußte: Franco war ein harter Bursche, Franco ließ sich nicht unterkriegen, Franco hatte keine Angst vor Polizisten. Aber aus der Akte, die er bei sich hatte, und aus della Cortes Bemerkung wußte Brunetti auch, daß Franco heroinabhängig war und sich seit über zehn Stunden in Polizeigewahrsam befand.

»Guten Morgen, Signor Silvestri«, sagte Brunetti so freundlich, als wäre er gekommen, um mit ihm über die Fußballergebnisse vom Wochenende zu plaudern.

Silvestri ließ die Arme sinken, die er vor der Brust verschränkt hatte, und sah Brunetti an, den er sofort erkannte. »Der Rohrleger«, sagte er und spuckte auf den Boden.

»Bitte, Signor Silvestri«, antwortete Brunetti geduldig, während er sich einen der beiden freien Stühle heranzog und sich setzte. Er klappte die Akte wieder auf und sah sich die Blätter an, schlug das oberste um und las von dem darunterliegenden vor: »Körperverletzung, Zuhälterei – und hier sehe ich, daß Sie auch schon wegen Drogenhandels festgenommen worden sind. Das war … Moment.« Er blätterte zur ersten Seite zurück: »Das war im Januar letzten Jahres. Also, zwei Anzeigen, Geld genommen zu haben, das einer Prostituierten angeboten wurde, das dürfte Ihnen einigen Ärger einbringen, aber ich vermute, daß …«

Silvestri fiel ihm ins Wort. »Hören Sie mal, kommen wir zur Sache, Sie Rohrleger. Sagen Sie schon, was Sie mir zur Last legen, dann rufe ich meinen Anwalt an, und der kommt her und holt mich raus.« Brunetti warf einen flüchtigen Blick in Silvestris Richtung und sah, wie dieser die zu Fäusten geballten Hände an seine Seiten gepreßt hielt, sah auch den dünnen Schweißfilm auf seiner Stirn.

»Das würde ich ja nur zu gern tun, Signor Silvestri, aber ich fürchte, was wir hier haben, ist eine viel ernstere Angelegenheit als das, was in Ihrer Akte steht.« Brunetti klappte die Mappe zu und schlug sich damit aufs Knie. »Es ist im Grund sogar etwas, was weit über die Zuständigkeit der städtischen Polizei hinausgeht.«

»Was soll denn das heißen?«

Brunetti sah, wie der Mann sich zwang, seine Fäuste zu öffnen und die Hände scheinbar ganz gelassen auf seine Oberschenkel zu legen.

»Das soll heißen, daß die Bar, in der Sie verkehren, seit einiger Zeit beobachtet wird und das Telefon angezapft wurde.«

»Von wem?« fragte Silvestri.

»Vom SISMI«, erklärte Brunetti. »Ganz genau gesagt, von der Anti-Terror-Einheit.«

»Anti-Terror-Einheit?« wiederholte Silvestri verständnislos.

»Ja, allem Anschein nach haben da Leute verkehrt, die in den Bombenanschlag auf das Museum in Florenz verwickelt waren«, reimte Brunetti sich aus dem Stegreif zusammen. »Ich dürfte Ihnen das wohl eigentlich nicht erzählen, aber da Sie nun offenbar mit drinhängen, wüßte ich nicht, warum wir nicht darüber reden sollten.«

»Florenz?« Silvestri konnte nur noch das Gehörte wiederholen.

»Ja. Offenbar diente das Telefon in dieser Bar zur Übermittlung von Nachrichten. Die Jungs hören da schon seit einem Monat mit. Alles ganz im gesetzlichen Rahmen – richterlicher Beschluß.« Brunetti wedelte mit der Mappe. »Als meine Leute Sie gestern abend festnahmen, habe ich den anderen klarzumachen versucht, daß Sie nur ein kleiner Fisch sind, der uns gehört, aber die hören nicht auf mich.«

»Was heißt das?« fragte Silvestri in einem Ton, aus dem alle Wut gewichen war.

»Das heißt, Sie werden nach den Anti-Terror-Gesetzen in Gewahrsam genommen.« Brunetti stand auf. »Es ist nur ein Mißverständnis zwischen einzelnen Dienststellen, Sie verstehen, Signor Silvestri. Man wird Sie achtundvierzig Stunden festhalten.«

»Aber mein Anwalt?«

»Den können Sie danach anrufen, Signor Silvestri. Es sind ja nur achtundvierzig Stunden, und Sie haben bereits« – er hielt inne, schob seine Manschette hoch und sah auf die Uhr – »zehn davon hinter sich. Sie brauchen also nur noch anderthalb Tage warten, dann dürfen Sie Ihren Anwalt anrufen, der Sie hier bestimmt in Null Komma nichts wieder rausholt.« Brunetti lächelte.

»Wozu sind Sie hier?« fragte Silvestri mißtrauisch.

»Da es einer von meinen Leuten war, der Sie festgenommen hat, dachte ich, also, ich hatte das Gefühl, daß ich Sie gewissermaßen hineingezogen habe, und darum fand ich, es wäre das mindeste, daß ich mal vorbeikomme und Ihnen die Sache erkläre. – Ich hatte schon früher mit diesen Leuten vom SISMI zu tun«, sagte Brunetti resigniert, »und die sind wirklich unbelehrbar. Sie können einen nach dem Gesetz achtundvierzig Stunden lang festhalten, ohne irgend jemanden zu benachrichtigen, und ich fürchte, damit müssen wir ganz einfach leben.« Er sah wieder auf seine Uhr. »Die Zeit wird Ihnen bestimmt wie im Flug vergehen, Signor Silvestri. Wenn Sie gern ein paar Illustrierte hätten, sagen Sie es nur dem Mann vor der Tür, ja?« Damit erhob Brunetti sich und wollte gehen.

»Bitte«, sagte Silvestri – sicher das erste Mal in seinem Leben, daß er zu einem Polizisten ›bitte‹ sagte. »Bitte, gehen Sie nicht.«

Brunetti drehte sich um und hielt unverhohlen neugierig den Kopf schief. »Ist Ihnen eingefallen, welche Zeitschrift Sie gern hätten? *Panorama? Ambiente? Famiglia Cristiana?*«

»Was wollen Sie von mir?« fragte Silvestri, mit harscher Stimme, aber nicht vor Wut. Der Schweiß stand ihm jetzt in dicken Tropfen auf der Stirn.

Brunetti sah, daß er nicht länger mit dem Mann zu spielen brauchte. Soviel also zu dem harten Franco, dem Eisenfresser.

Mit ruhiger, strenger Stimme fragte Brunetti: »Wer ruft Sie in dieser Bar an, und wen rufen Sie von dort aus an?«

Silvestri fuhr sich mit beiden Händen übers Gesicht und durch das dichte Haar, so daß seine Stirnlocke auf dem Schädel klebte. Er rieb sich mit der einen Hand über den Mund und zupfte wiederholt an seinen Lippen, wie um einen Flecken zu entfernen. »Da ruft mich ein Mann an, der Bescheid sagt, wann neue Mädchen ankommen.«

Brunetti schwieg.

»Ich weiß nicht, wer er ist und von wo er anruft. Aber er ruft etwa einmal im Monat an und sagt mir, wo ich sie abholen soll. Sie sind schon zugeritten. Ich muß sie nur noch holen und arbeiten schicken.«

»Und das Geld?«

Silvestri antwortete nicht. Brunetti drehte sich um und ging zur Tür.

»Das gebe ich einer Frau. Jeden Monat. Wenn der Mann anruft, sagt er mir, wann und wo ich die Frau treffen soll, und der gebe ich dann das Geld.«

»Wieviel?«

»Alles.«

»Wovon alles?«

»Von dem, was übrigbleibt, wenn ich die Zimmer und die Mädchen bezahlt habe.«

»Wieviel ist das?«

»Je nachdem«, antwortete er ausweichend.

»Sie stehlen mir meine Zeit, Signor Silvestri«, sagte Brunetti, ohne seine Wut länger zu unterdrücken.

»In manchen Monaten sind es vierzig bis fünfzig Millionen, in manchen weniger.« Das hieß für Brunetti, daß es in manchen Monaten auch mehr war.

»Wer ist diese Frau?«

»Weiß ich nicht. Ich habe sie noch nie gesehen.«

»Was soll das heißen?«

»Er sagt mir, wo ihr Auto steht. Es ist ein weißer Mercedes. Ich muß von hinten herangehen, die hintere Tür aufmachen und das Geld auf den Rücksitz legen. Dann fährt sie weg.«

»Und Sie haben ihr Gesicht nie gesehen?«

»Sie hat immer ein Kopftuch um und eine Sonnenbrille auf.«

»Ist sie groß? Schlank? Weiß? Schwarz? Blond? Alt? Na los, Silvestri, um das sagen zu können, braucht man das Gesicht nicht zu sehen.«

»Sie ist nicht klein, aber ich weiß nicht, was für eine Haarfarbe sie hat. Ihr Gesicht habe ich nie gesehen, aber ich glaube nicht, daß sie alt ist.«

»Ihre Autonummer?«

»Weiß ich nicht.«

»Haben Sie die auch noch nie gesehen?«

»Nein. Es ist immer Nacht, und der Wagen ist unbeleuchtet.« Brunetti war überzeugt, daß Silvestri log, aber er merkte auch, daß der Mann jetzt bald alles gesagt hatte, was er zu sagen bereit war.

»Wo treffen Sie sich mit ihr?«

»Auf der Straße. In Mestre. Einmal in Treviso. Ganz verschieden. Wenn er anruft, sagt er mir, wohin ich gehen soll.«

»Und die Mädchen. Wie holen Sie die ab?«

»Genauso. Er nennt mir eine Straßenecke und sagt, wie viele es sind, und ich hole sie mit meinem Wagen ab.«

»Wer bringt sie?«

»Niemand. Ich komme hin, und da stehen sie schon.«

»Einfach so? Wie die Schafe?«

»Die werden sich hüten, was anderes zu versuchen«, antwortete Silvestri in einem plötzlich ganz rohen Ton.

»Wo kommen sie her?«

»Von überall.«

»Was heißt das?«

»Aus allerlei Städten. Allerlei Ländern.«

»Wie kommen sie hierher?«

»Was meinen Sie damit?«

»Wie werden sie… Teil Ihrer Lieferung?«

»Es sind einfach Huren. Woher soll ich das wissen? Herrgott, ich rede doch nicht mit denen.« Silvestri stieß unvermittelt seine Fäuste in die Hosentaschen. »Wann lassen Sie mich hier endlich raus?«

»Wie viele waren es bis jetzt?«

»Schluß!« schrie Silvestri, wobei er aufsprang und auf Brunetti zukam. »Schluß jetzt. Lassen Sie mich hier raus!«

Brunetti rührte sich nicht von der Stelle, und Silvestri machte ein paar Schritte rückwärts. Brunetti klopfte an die Tür, die sogleich von Gravini geöffnet wurde. Brunetti ging hinaus und wartete, während der Beamte die Tür abschloß, dann sagte er: »Warten Sie noch anderthalb Stunden, dann lassen Sie ihn gehen.«

»Ja, Commissario«, sagte Gravini und salutierte hinter dem Rücken seines Vorgesetzten, als dieser fortging.

22

Die Gespräche mit Mara und ihrem Zuhälter hatten Brunetti nicht in die günstigste Stimmung versetzt, um sich nun mit Signora Trevisan und dem Teilhaber ihres verstorbenen Mannes zu befassen, um nur eines von Martuccis Ämtern zu nennen, aber er führte das nötige Telefongespräch mit der Witwe und machte ihr klar, daß es für den Fortgang seiner Ermittlungen unerläßlich sei, ein paar Worte mit ihr und möglichst auch mit Signor Martucci zu wechseln. Ihre Angaben, wo sie sich in der Nacht des Mordes an Trevisan aufgehalten hatten, waren inzwischen überprüft worden: Signora Trevisans Dienstmädchen bestätigte, daß ihre Herrin an diesem Abend das Haus nicht verlassen hatte, und ein Freund von Martucci hatte um halb zehn bei ihm angerufen und ihn zu Hause angetroffen.

Aus langer Erfahrung wußte Brunetti, daß es immer am besten war, die Leute selbst bestimmen zu lassen, wo sie befragt werden wollten: Sie wählten dann stets den Ort, an dem sie sich am wohlsten fühlten, und nährten so den irrigen Glauben, sie hätten mit der Ortswahl auch den Inhalt des Gesprächs in der Hand. Wie nicht anders erwartet, entschied Signora Trevisan sich für ihre Wohnung, wo Brunetti pünktlich um halb sechs ankam. Noch immer aufgewühlt von seiner Begegnung mit Silvestri, war Brunetti nicht bereit, auf irgendwelche Gastfreundlichkeit einzugehen. Ein Cocktail wäre ihm zu weltläufig, ein Tee zu geziert vorgekommen.

Aber nachdem Signora Trevisan, heute in gedecktem Marineblau, ihn in ein mit zu wenigen Stühlen und zuviel Geschmack möbliertes Zimmer geführt hatte, ging Brunetti auf, daß er im Gefühl seiner eigenen Bedeutung zuviel erwartet hatte und hier als Eindringling behandelt werden sollte, nicht als Vertreter der Staatsgewalt. Die Witwe gab ihm zwar die Hand, und Martucci erhob sich, als Brunetti eintrat, aber beide taten nicht mehr, als die Höflichkeit unbedingt erforderte. Brunetti argwöhnte, daß ihr Ernst und ihre langen Gesichter ihm demonstrieren sollten, wie sehr er ihre gemeinsame Trauer störte. Aber die Unterredung mit Richter Beniamin hatte Brunetti beiden gegenüber skeptisch gemacht, sein kurzes Gespräch mit Franco Silvestri vielleicht sogar skeptisch gegenüber der Menschheit allgemein.

Rasch leierte Brunetti seinen förmlichen Dank für ihre Bereitschaft zu diesem Gespräch herunter. Martucci nickte; Signora Trevisan gab nicht zu erkennen, daß sie ihn überhaupt gehört hatte.

»Signora Trevisan«, begann Brunetti. »Ich möchte gern etwas über die Finanzen Ihres Gatten erfahren.« Sie sagte nichts, verlangte keine Erklärung. »Können Sie mir sagen, was aus seiner Anwaltskanzlei wird?«

»Das können Sie mich fragen«, unterbrach ihn Martucci.

»Ich habe Sie vor zwei Tagen danach gefragt«, sagte Brunetti. »Sie haben mir wenig gesagt.«

»Inzwischen wissen wir mehr«, sagte Martucci.

»Heißt das, Sie haben das Testament gelesen?« fragte Brunetti und freute sich insgeheim, wie sehr seine Taktlosigkeit die beiden überraschte.

Martuccis Ton blieb ruhig und höflich. »Signora Trevisan hat mich gebeten, ihr bei der Regelung des Nachlasses als Anwalt zur Seite zu stehen, falls Sie das meinen.«

»Die Antwort tut's wahrscheinlich genausogut wie jede andere«, sagte Brunetti, der mit Interesse feststellte, daß Martucci sich nicht so leicht aus der Reserve locken ließ. Es mußte wohl die zivilrechtliche Übung sein, überlegte er, die allen immer die größte Höflichkeit abverlangte. Brunetti fuhr fort: »Was wird aus der Kanzlei?«

»Signora Trevisan behält sechzig Prozent.«

Brunetti sagte darauf so lange nichts, daß Martucci sich zu der Ergänzung gezwungen sah: »Und ich vierzig.«

»Darf ich fragen, wann dieses Testament aufgesetzt wurde?«

»Vor zwei Jahren«, antwortete Martucci ohne Zögern.

»Und wann sind Sie in Signor Trevisans Kanzlei eingetreten, Avvocato Martucci?«

Signora Trevisan richtete ihre sehr blassen Augen auf Brunetti und sprach zum erstenmal, seit sie hier hereingekommen waren. »Commissario, bevor Sie sich allzusehr in der Befriedigung Ihrer vulgären Neugier üben, darf ich wissen, worauf diese Fragen eigentlich hinauslaufen?«

»Wenn sie überhaupt auf etwas hinauslaufen, Signora, dann auf den Gewinn von Erkenntnissen, die uns zu der Person führen könnten, die Ihren Gatten ermordet hat.«

»Mir scheint«, begann sie, indem sie ihre Ellbogen auf die Sessellehnen stützte und die Hände vor sich zu einem Kirchturm formte, »das könnte ja nur dann der Fall sein, wenn ein Zusammenhang zwischen den Testamentsbestimmungen und dem Mord bestünde. Oder sehe ich das für Sie zu naiv?« Als Brunetti nicht sofort antwortete, bedachte sie ihn mit einem flüchtigen Lächeln. »Es *könnte* doch sein, daß manche Dinge Ihnen einfach als zu naiv gesehen erscheinen, nicht wahr, Commissario?«

»Ganz gewiß, Signora«, sagte Brunetti, froh, doch wenigstens einen der beiden mit Erfolg provoziert zu haben. »Darum stelle ich gern Fragen, die leicht zu beantworten sind. Hier zum Beispiel mit einer Zahl. Seit wann arbeitete Signor Martucci für Ihren Gatten?«

»Seit zwei Jahren«, antwortete Martucci.

Brunetti richtete seine Aufmerksamkeit wieder ganz auf den Anwalt und fragte: »Wenn ich nun noch nach den sonstigen Testamentsbestimmungen fragen dürfte?«

Martucci wollte schon antworten, aber Signora Trevisan hob die Hand. »Das beantworte ich, Avvocato.« Und zu Brunetti gewandt: »Der Großteil von Carlos Besitz geht, wie es gesetzlich durchaus üblich ist, an mich als seine Witwe und an seine Kinder, zu gleichen Teilen. Es wurden noch ein paar Verwandte und Freunde bedacht, aber der Großteil geht an uns. Befriedigt das Ihre Neugier?«

»Durchaus, Signora.«

Martucci machte jetzt Anstalten aufzustehen. »Wenn das alles ist, was Sie hier wollten...«, meinte er.

»Ich habe noch mehr Fragen«, sagte Brunetti, zu Signora Trevisan gewandt. »An Sie, Signora.«

Sie nickte, ohne ihn eines Wortes zu würdigen, und warf Martucci einen besänftigenden Blick zu.

»Haben Sie ein Auto?«

»Bedaure, diese Frage verstehe ich nicht«, sagte sie nach einer kurzen Pause.

Brunetti wiederholte: »Haben Sie ein Auto?«

»Ja.«

»Was für eines?«

»Ich weiß nicht, wozu das gut sein soll«, redete Martucci dazwischen.

Ohne sich um ihn zu kümmern, antwortete Signora Trevisan: »Einen BMW. Drei Jahre alt. Grün.«

»Danke«, sagte Brunetti, ohne eine Miene zu verziehen, und fragte dann: »Ihr Bruder, Signora, hinterläßt er eine Familie?«

»Nur seine Frau. Sie hatten keine Kinder.«

Wieder mischte sich Martucci ein. »Das steht doch sicher alles in Ihren Akten.«

Ohne ihn zu beachten, fragte Brunetti, wobei er seine Worte sehr sorgfältig wählte: »Hatte Ihr Bruder in irgendeiner Weise mit Prostituierten zu tun?«

Martucci sprang auf, aber Brunetti ignorierte ihn; seine ganze Aufmerksamkeit galt Signora Trevisan. Sie hob bei dieser Frage abrupt den Kopf, und fast als lauschte sie noch ihrem Echo nach, wandte sie kurz den Blick, bevor sie ihn wieder ansah. Es dauerte zwei sehr lange Sekunden, bis ihr Gesicht Empörung verriet, dann sagte sie laut, als deklamierte sie auf der Bühne: »Mein Bruder war nicht auf Huren angewiesen.«

Martucci versuchte sich ihren Zorn zunutze zu machen und Brunetti nun mit dem seinen zu übergießen. »Ich lasse nicht zu, daß Sie das Andenken von Signora Trevisans Bruder in den Schmutz ziehen. Ihre Anwürfe sind widerlich und beleidigend. Wir müssen uns Ihre Unterstellungen nicht anhören.« Er machte eine Pause, um Luft zu holen,

und Brunetti konnte regelrecht hören, wie sein Juristenge-
hirn ansprang. »Im übrigen ist das verleumderische üble
Nachrede, und Signora Trevisan kann bezeugen, was Sie
gesagt haben.« Er sah von ihr zu ihm und wartete auf eine
Reaktion, aber beide hatten seinem Ausbruch nicht die
mindeste Beachtung geschenkt.

Brunetti hatte Signora Trevisan keinen Moment aus den
Augen gelassen, und auch sie machte keinen Versuch, seinem Blick auszuweichen. Martucci wollte wieder etwas
sagen, ließ es aber, verwirrt ob der Aufmerksamkeit, mit
der die beiden anderen einander bedachten, wobei ihm ent-
ging, daß es nicht das Ehrenrührige in Brunettis letzter Bemerkung war, was Signora Trevisan beschäftigte, sondern
der genaue Wortlaut.

Brunetti wartete, bis die anderen merkten, daß eine Antwort gefordert war, keine selbstgerechte Entrüstung. Er
sah, wie die Frau sich die Frage durch den Kopf gehen ließ
und überlegte, wie sie zu beantworten wäre. Er glaubte
schon, in ihren Augen etwas zu sehen, was ihr gleich über
die Lippen käme, doch als sie gerade etwas sagen wollte,
fing Martucci wieder an: »Ich verlange eine Entschuldigung.« Als Brunetti ihn keiner Antwort würdigte, machte
Martucci zwei Schritte auf ihn zu, bis er zwischen Brunetti
und Signora Trevisan stand, so daß sie sich nicht mehr
sehen konnten. »Ich verlange eine Entschuldigung«, wiederholte er, wobei er Brunetti von oben herab ansah.

»Aber ja, aber ja«, sagte Brunetti mit einzigartigem Des-
interesse. »Sie können so viele Entschuldigungen haben,
wie Sie wollen.« Brunetti stand auf und trat neben Martucci, aber Signora Trevisan hielt jetzt den Kopf abgewandt

und sah nicht mehr zu ihm hinüber. Ein Blick sagte ihm, daß Martuccis Dazwischenfunken jede Anwandlung, sich ihm anzuvertrauen, in ihr erstickt hatte. Brunetti sah keinen Sinn darin, sich zu wiederholen.

»Signora«, sagte er, »wenn Sie sich doch noch entschließen, meine Frage zu beantworten, erreichen Sie mich in der Questura.« Ohne ein weiteres Wort ging er um Martucci herum und verließ das Zimmer, dann das Haus.

Auf dem Heimweg mußte Brunetti darüber nachdenken, wie nah er schon daran gewesen war, mit der Frau diesen Kontakt herzustellen, den er manchmal zu einem Zeugen oder Verdächtigen schaffen konnte, diesen heiklen Punkt zu erreichen, an dem ein zufälliger Satz, ein zufälliges Wort einen Menschen plötzlich dazu brachte, etwas preiszugeben, was er eigentlich hatte verschweigen wollen. Was hatte sie ihm sagen wollen, und was hatte Lotto mit Prostituierten zu tun gehabt? Und die Frau im Mercedes? War sie die Frau, die mit Favero an dem Abend gegessen hatte, an dem er ermordet wurde? Brunetti fragte sich, was bei einem Abendessen eine Frau so nervös oder vergeßlich machen könnte, daß sie eine Brille liegenließ, die über eine Million Lire kostete. Und war es etwas, was während des Essens geschehen war oder wovon sie wußte, daß es nach dem Essen geschehen würde, was sie nervös gemacht hatte? Die Fragen umschwirrten Brunetti wie Furien, die nach ihm riefen und ihn verhöhnten, weil er die Antworten nicht kannte und, schlimmer noch, nicht einmal wußte, welche Fragen wichtig waren.

Als er aus der Trevisanschen Wohnung gekommen war, hatte Brunetti automatisch den Weg zum Ponte dell' Accademia und nach Hause eingeschlagen. Er war so mit seinen Gedanken beschäftigt, daß er erst nach einer Weile merkte, wie belebt die Straße war. Er sah auf die Uhr und wunderte sich, daß in diesem Teil der Stadt so viele Leute eine halbe Stunde vor Geschäftsschluß unterwegs waren. Bei näherem Hinsehen stellte er fest, daß es Italiener waren: Männer wie Frauen waren zu gut gekleidet und frisiert, um etwas anderes zu sein.

Er vergaß alle Eile und ließ sich von dem Strom in Richtung Campo San Stefano treiben. Vom Fuß der nächsten Brücke hörte er etwas aus einem Lautsprecher, konnte aber nicht erkennen, was es war.

Weiter schob ihn die Menge durch die Enge der letzten *calle,* um ihn dann plötzlich in die Freiheit des dämmrigen *campo* zu entlassen. Unmittelbar vor ihm stand die Statue, die Brunetti bei sich immer den Baisermann nannte, weil der Marmor, aus dem sie gemeißelt war, so schneeweiß und porös war. Andere Leute, die den Bücherstapel sahen, der unter seinem Mantel hervorzukommen schien, hatten einen unanständigeren Namen für ihn.

Rechts von Brunetti hatte man neben der Kirche San Stefano ein hölzernes Podium errichtet. Ein paar Holzstühle standen darauf, rechts und links davor zwei riesige Lautsprecherboxen. Dahinter hingen an drei hölzernen Stangen schlaff drei Fahnen mit der italienischen Trikolore, dem Löwen von San Marco und dem frisch kreierten Emblem der vormaligen Democrazia Cristiana.

Brunetti ging näher an die Statue heran und trat hinter das niedrige Eisengitter, das um den Sockel lief. Etwa hundert Leute standen vor dem Podium; aus dieser Gruppe lösten sich soeben drei Männer und eine Frau und stiegen aufs Podium. Plötzlich begann Musik zu dröhnen. Brunetti glaubte, daß es die Nationalhymne war, aber bei der Lautstärke und den Knistergeräuschen war das schwer zu erkennen.

Ein Mann in Jeans und Bomberjacke reichte einem der Männer auf dem Podium ein Mikrofon, an dem ein langer Draht hing. Dieser hielt es ein Weilchen neben sich an den Körper, dann lächelte er in die Menge, nahm das Mikrofon in die linke Hand und begrüßte die anderen auf dem Podium mit Handschlag. Unten hob der Mann in der Bomberjacke eine Hand und vollführte eine schneidende Geste, aber die Musik hörte nicht auf.

Der Mann auf dem Podium nahm das Mikrofon vor den Mund und sagte etwas, aber die Musik übertönte ihn und machte das Gesagte unverständlich. Er hielt das Mikrofon auf Armeslänge von sich weg und klopfte mit einem Finger darauf, aber das kam aus den Lautsprechern wie sechs gedämpfte Pistolenschüsse.

Ein Grüppchen von Leuten löste sich aus der Menge und ging in eine Bar. Sechs weitere gingen zur Vorderseite der Kirche und verschwanden die Calle della Mandola hinauf. Der Mann in der Bomberjacke stieg aufs Podium und fummelte an den Kabeln eines der Lautsprecher herum, worauf dieser plötzlich verstummte, während aus dem andern Musik und ein Knistern dröhnte. Er eilte rasch übers Podium und kniete sich hinter den zweiten Lautsprecher.

Noch ein paar Leute verzogen sich. Die Frau auf dem Podium kam die Treppe herunter und verschwand in der Menge, rasch gefolgt von zweien der Männer. Als der Lärm nicht verstummte, erhob sich der in der Bomberjacke und beriet sich tuschelnd mit dem Mann, der das Mikrofon hielt. Als auch Brunetti seine Aufmerksamkeit von ihnen abwandte, standen nur noch wenige Leute vor dem Podium.

Er stieg wieder über das niedrige Gitter und ging weiter auf die Accademia-Brücke zu. Gerade kam er an dem kleinen Blumenkiosk am Ende des *campo* vorbei, als die Musik und die Knistergeräusche plötzlich abbrachen und eine Männerstimme, jetzt nur noch durch ihre Wut verstärkt, sich vernehmen ließ: »*Cittadini, Italiani*«, aber Brunetti blieb nicht stehen und drehte sich auch nicht mehr um.

Er merkte, daß er das Bedürfnis hatte, mit Paola zu reden. Er hatte sie wie immer – und wie immer regelwidrig – über den Fortgang seiner Ermittlungen auf dem laufenden gehalten und ihr seine Eindrücke von den Menschen geschildert, die er verhört hatte, und von den Antworten, die sie gaben. Diesmal hatte Paola, weil niemand von vornherein nackt im Scheinwerferstrahl der Schuld stand, davon abgesehen, ihm die Person zu nennen, die nach ihrer Überzeugung der Mörder war, eine Angewohnheit, die Brunetti ihr bisher noch nicht hatte austreiben können. Ohne diese vorschnelle Gewißheit war sie nun die vollkommene Zuhörerin, die Fragen stellte und ihn zwang, ihr die Dinge so deutlich zu erklären, daß sie etwas damit anfangen konnte. Und wenn er gezwungen war, einen Rest von Unbehagen in Worte zu fassen, verstand er es selbst oft besser. Diesmal hatte sie keinerlei Mutmaßungen angestellt, keine Andeutungen gemacht, keinen Verdacht gegenüber einem der Menschen geäußert, von denen er sprach. Sie hörte nur interessiert zu, mehr nicht.

Zu Hause angekommen, mußte er feststellen, daß Paola noch nicht da war, aber Chiara wartete schon auf ihn. »Papà«, rief sie aus ihrem Zimmer, als sie die Wohnungstür aufgehen hörte. Gleich darauf erschien sie in ihrer Zimmertür, in der Hand eine aufgeschlagene Illustrierte. Brunetti erkannte das gelbumrahmte Titelblatt von *Airone,* ebenso wie er in den üppigen Fotos, dem Hochglanzpapier und dem schlichten Stil weitere Ähnlichkeiten mit dem *National Geographic* erkannte, an das sie sich so eng anlehnte.

»Was gibt's denn, mein Herz?« fragte er und bückte sich, um sie aufs Haar zu küssen, dann ging er seinen Mantel in den Schrank bei der Tür hängen.

»Hier ist ein Preisausschreiben drin, *papà,* und wenn man gewinnt, kriegt man ein kostenloses Abo.«

»Aber hast du nicht schon ein Abo?« fragte er, denn er hatte es ihr selbst zu Weihnachten geschenkt.

»Darum geht es nicht, *papà.*«

»Worum geht es denn?« erkundigte er sich, schon auf dem Weg durch den Flur in die Küche. Dort machte er Licht und ging an den Kühlschrank.

»Ums Gewinnen geht es«, sagte Chiara, die ihm gefolgt war, und Brunetti fragte sich, ob die Zeitschrift für seine Tochter nicht doch ein wenig zu amerikanisch war.

Er fand eine Flasche Orvieto, sah sich das Etikett an, stellte sie wieder weg und holte den Soave heraus, den sie tags zuvor zum Abendessen angebrochen hatten. Er nahm sich ein Glas, goß es voll und trank einen Schluck. »Also, Chiara, worum geht es bei dem Preisausschreiben?«

»Um einen Namen für einen Pinguin.«

»Namen für einen Pinguin?« fragte Brunetti verständnislos.

»Ja, guck mal, hier!« Sie hielt ihm die Zeitschrift mit einer Hand hin und zeigte mit der anderen auf ein Foto. Was Brunetti sah, erinnerte ihn an die filzigen Knäuel, die Paola manchmal beim Leeren des Staubsaugers zutage förderte. »Was ist das?« fragte er, wobei er seiner Tochter die Zeitschrift aus der Hand nahm und sie unters Licht hielt.

»Das ist das Pinguinbaby, *papà*. Es ist letzten Monat im Zoo von Rom geboren worden und hat noch keinen Namen. Darum haben sie jetzt einen Preis für den ausgesetzt, dem der beste Name einfällt.«

Brunetti klappte die Illustrierte ganz auseinander und sah sich das Foto genauer an. Doch, ja, er sah einen Schnabel und zwei runde schwarze Augen. Zwei gelbe Schwimmfüße. Auf der Seite gegenüber war ein ausgewachsener Pinguin abgebildet, aber Brunetti suchte vergeblich nach einer Familienähnlichkeit zwischen den beiden.

»Was für einen Namen?« fragte er. Beim Weiterblättern durch die Zeitschrift sah er Hyänen, Ibisse und Elephanten an sich vorbeiziehen.

»Fleck«, sagte sie.

»Wie?«

»Fleck«, wiederholte sie.

»Für einen Pinguin?« Er blätterte zu dem Artikel zurück und betrachtete die Fotos der erwachsenen Vögel. Fleck?

»Klar. Alle anderen nennen ihn bestimmt Nonne oder Ober. Aber auf Fleck kommt garantiert niemand.«

Da war was dran, das mußte Brunetti zugeben. »Du kannst dir den Namen ja aufsparen«, schlug er vor, während er die Flasche in den Kühlschrank zurückstellte.

»Wofür?« fragte sie und nahm die Zeitschrift wieder an sich.

»Es könnte ja mal ein Preisausschreiben für einen Leoparden geben«, meinte er.

»Ach *papà,* du bist manchmal richtig albern«, sagte sie und begab sich wieder in ihr Zimmer, ohne zu ahnen, wie sehr ihr Urteil ihn freute.

Im Wohnzimmer nahm er sein Buch, das er gestern abend vor dem Zubettgehen mit den aufgeschlagenen Seiten nach unten hatte liegen lassen. Während er auf Paola wartete, konnte er ja den Peloponnesischen Krieg noch einmal führen.

Eine Stunde später schloß sie die Wohnungstür auf und kam herein. Sie warf ihren Mantel über die Sofalehne und ließ sich neben ihn plumpsen, ihr Tuch noch um den Hals. »Guido, hältst du es manchmal für möglich, daß ich verrückt bin?«

»Oft«, sagte er im Umblättern.

»Nein, ernsthaft. Ich muß verrückt sein, daß ich für diese Kretins arbeite.«

»Welche Kretins?« fragte er, immer noch ohne von seinem Buch aufzusehen.

»Die an der Uni.«

»Was haben sie jetzt wieder angestellt?«

»Vor drei Monaten haben sie mich gebeten, vor der Anglistischen Fakultät in Padua einen Vortrag zu halten. Über den britischen Roman, hieß es. Was meinst du, wozu ich in den letzten beiden Monaten alle diese Bücher gelesen habe?«

»Weil sie dir gefallen. Nur deshalb liest du sie schon seit zwanzig Jahren.«

»Ach, hör auf, Guido.« Sie bohrte ihm sanft ihren Ellbogen in die Rippen.

»Also, was ist passiert?«

»Ich gehe heute ins Sekretariat, um meine Post abzuholen, und da sagen sie mir, es habe ein Mißverständnis gegeben, ich solle einen Vortrag über amerikanische Lyrik halten, aber niemand ist auf die Idee gekommen, mich über diese Änderung zu informieren.«

»Und was wird es nun?«

»Das erfahre ich erst morgen. Sie teilen Padua erst mal das neue Thema mit, falls *Il Magnifico* es gutheißt.« Sie hatten beide schon immer ihren Spaß an diesem köstlichen Relikt aus der akademischen Steinzeit gehabt, daß nämlich der Rektor der Universität mit *Il Magnifico Rettore* angesprochen wurde – von allem, was Brunetti während seiner zwanzig Jahre im Umkreis der Universität gelernt hatte, das einzige, was ihm das Gelehrtenleben halbwegs interessant erscheinen ließ.

»Was wird er machen?« fragte Brunetti.

»Wahrscheinlich eine Münze werfen.«

»Na, dann viel Glück.« Brunetti legte sein Buch weg. »Dieses amerikanische Zeug magst du nicht, wie?«

»Himmel, nein.« Sie schlug die Hände vors Gesicht. »Puritaner, Cowboys und schrille Frauen. Lieber würde ich einen Vortrag über die Silver Fork Novel halten«, sagte sie, den englischen Ausdruck benutzend.

»Die was?« fragte Brunetti.

»Die sogenannten Silbergabelromane. Das sind Bücher mit leicht verständlicher Handlung, in denen Neureichen erklärt wird, wie man sich in feiner Gesellschaft benimmt.«

»Für Yuppies?« fragte Brunetti, ehrlich interessiert.

Paola lachte aus vollem Hals. »Nein, Guido, nicht für Yuppies. Diese Bücher wurden im achtzehnten Jahrhundert geschrieben, als aus den Kolonien so viel Geld nach England strömte und die dicken Frauen der Weber von Yorkshire lernen mußten, mit welcher Gabel man was ißt.« Sie schwieg einen Moment und dachte darüber nach, was er gesagt hatte. »Wenn ich mir's allerdings recht überlege, wüßte ich nicht, warum man dasselbe, ein bißchen modernisiert, nicht auch von Bret Easton Ellis sagen könnte.« Sie legte den Kopf an Brunettis Schulter und lachte sich halb krank über einen Witz, den er nicht verstand.

Als sie fertiggelacht hatte, nahm sie ihr Tuch vom Hals und warf es auf den Tisch. »Und bei dir?« fragte sie.

Er setzte sich so, daß er ihr ins Gesicht sehen konnte. »Ich habe mit der Hure und ihrem Zuhälter gesprochen, und danach mit Signora Trevisan und ihrem Anwalt.« Langsam und voller Konzentration, damit er auch alles genau richtig schilderte, berichtete Brunetti ihr in allen Einzelheiten von seinem Tag und endete mit Signora Trevisans Reaktion auf seine Frage nach den Prostituierten.

»Hatte ihr Bruder denn etwas mit Prostituierten zu tun?« fragte Paola, darauf bedacht, Brunettis genaue Formulierung zu wiederholen. »Und du glaubst, daß sie verstanden hat, was du meintest?«

Brunetti nickte.

»Aber der Anwalt hat es mißverstanden?«

»Ja, und nicht absichtlich, glaube ich. Er hat einfach nicht begriffen, daß die Frage doppeldeutig war und sich nicht darauf bezog, ob er zu Prostituierten ging.«

»Und sie hat das richtig verstanden?«

Brunetti nickte wieder. »Sie ist viel schlauer als er.«

»Das sind Frauen meist«, meinte Paola, dann fragte sie rasch: »Was glaubst du denn, was er mit ihnen zu tun gehabt haben könnte?«

»Keine Ahnung, Paola, aber aus ihrer Reaktion schließe ich, daß sie darüber Bescheid wußte.«

Paola sagte nichts und wartete, bis er zu Ende gedacht hatte. Er nahm ihre Hand, küßte sie und ließ sie auf seinen Schoß fallen. Paola rührte sich nicht und wartete.

»Es ist die einzige Gemeinsamkeit«, begann er, mehr zu sich selbst als zu ihr. »Sowohl Trevisan als auch Favero hatten die Telefonnummer dieser Bar in Mestre, wo ein Zuhälter etliche Mädchen laufen hat, und immer wieder werden neue nachgeliefert. Von Lotto weiß ich nichts, außer daß er Trevisans Geschäfte führte.« Er drehte Paolas Hand um und zeichnete mit dem Zeigefinger die schwachen blauen Venen auf ihrem Handrücken nach.

»Viel ist das nicht, wie?« fragte sie schließlich.

Er schüttelte den Kopf.

»Die eine, mit der du gesprochen hast, diese Mara, was hat sie dich über die anderen gefragt?«

»Sie wollte wissen, ob ich etwas über eine Jugoslawin weiß, die umgekommen ist, und dann hat sie noch etwas von Mädchen in einem Lastwagen gesagt. Was sie damit meinte, weiß ich nicht.«

Wie ein bejahrter Karpfen, der langsam ans Tageslicht emporschwimmt, regte sich eine Erinnerung tief in Paolas Gedächtnis, eine Erinnerung, die mit einem Lastwagen und jungen Frauen zu tun hatte. Sie legte den Kopf an die Sofalehne und schloß die Augen. Und sah Schnee. Und dieses kleine Detail genügte, um die Erinnerung vollends an die Oberfläche zu bringen.

»Guido, diesen Herbst – ich glaube, du warst gerade an der Konferenz in Rom – ist irgendwo ein Lastwagen von der Straße abgekommen, nicht weit von der Grenze nach Österreich, ich weiß die Einzelheiten nicht mehr… Der ist irgendwie auf vereister Fahrbahn ins Rutschen gekommen und einen Felshang hinuntergestürzt. Jedenfalls waren da Frauen drin, und sie sind alle umgekommen, acht oder zehn müssen es gewesen sein. Das war merkwürdig. Den einen Tag stand es in den Zeitungen, und dann war es vergessen, ich habe nie mehr etwas darüber gelesen.« Paola fühlte wie seine Hand die ihre etwas fester umschloß. »Meinst du, das könnte sie gemeint haben?«

»Ich erinnere mich jetzt auch dunkel, daß davon etwas in einem Interpolbericht über Frauen stand, die als Prostituierte ins Land gebracht werden«, sagte Brunetti. »Der Fahrer ist auch umgekommen, nicht?«

Paola nickte. »Ich glaube ja.«

Die dortige Polizei hatte sicher ein Protokoll über den Vorfall; da konnte er morgen anrufen. Er versuchte sich den Interpolbericht wieder ins Gedächtnis zu rufen – oder war er vielleicht von einer anderen Dienststelle gewesen? –, wußte der Himmel, wo das abgelegt war. Aber für das alles war morgen noch Zeit.

Paola zog sanft an seiner Hand. »Wozu gebraucht ihr sie?«

»Hm?« fragte Brunetti, nicht ganz bei der Sache.

»Wozu gebraucht ihr Huren?« Und bevor er sie mißverstehen konnte, formulierte sie die Frage deutlicher: »Ich meine Männer überhaupt, nicht dich. Männer allgemein.«

Er hob ihre ineinander verschlungenen Hände in die Höhe und wedelte ziellos damit in der Luft herum. »Sex ohne Zwänge, denke ich. Keine Bindungen, keine Verpflichtungen. Keine Rücksichten.«

»Klingt nicht sehr verlockend«, sagte Paola, dann fügte sie hinzu: »Aber Frauen möchten Sex wohl immer romantisch verklären.«

»Das stimmt allerdings«, sagte Brunetti.

Paola löste ihre Hand aus der seinen und stand auf. Sie sah einen Moment auf ihren Mann hinunter, dann ging sie in die Küche, um das Abendessen zu machen.

23

Brunetti verbrachte den ersten Teil seines Arbeitstages damit, in seiner Ablage nach dem Interpolbericht über Prostitution zu suchen und darauf zu warten, daß die Vermittlung ihn mit der Polizei in Tarvisio verband. Die Vermittlung war schneller als Brunetti, und er konnte sich eine Viertelstunde lang von einem Capitano der Carabinieri den Unfall schildern lassen, bis er das Gespräch mit der Bitte beendete, ihm alle für den Fall wichtigen Unterlagen zu faxen.

Er brauchte zwanzig Minuten, um den Bericht über den internationalen Prostituiertenhandel zu finden, und eine halbe Stunde, um ihn zu lesen. Es war eine ernüchternde Lektüre, und den letzten Satz: »Nach Schätzungen verschiedener polizeilicher und internationaler Organisationen könnten in diesem Handel eine halbe Million Frauen verwickelt sein«, mochte er kaum glauben. In dem Bericht wurden Dinge aufgeführt, von denen er, wie die meisten Polizisten in Europa, durchaus Kenntnis hatte; erschreckend aber war das Ausmaß und die Verflochtenheit des Ganzen.

Der Ablauf unterschied sich kaum von dem, was Mara erlebt haben wollte: Einer jungen Frau aus einem Entwicklungsland wurde ein neues Leben in Europa in Aussicht gestellt – die Grundlage war manchmal Liebe, süße Liebe, meist aber nur das Versprechen einer Stelle als Hausmädchen, manchmal auch als Bardame. Dort in Europa könne sie ein ordentliches Leben anfangen, sagte man ihr, und Geld genug verdienen, um ihrer Familie etwas zu schicken, vielleicht sogar eines Tages die Familie nachkommen zu lassen in jenes Paradies auf Erden.

Nach ihrer Ankunft mußten sie meist ähnliche Erfahrungen machen wie Mara: Sie stellten fest, daß der Arbeitsvertrag, den sie vor der Abreise unterschrieben hatten, oft ein Schuldschein über Summen bis zu 50.000 Dollar war, zahlbar an den, der ihre Verfrachtung nach Europa organisiert hatte. Und so saßen sie nun in einem fremden Land, hatten ihren Paß dem ausgehändigt, der sie hergebracht hatte, und bekamen eingeredet, daß ihre bloße Gegenwart ein Gesetzesverstoß sei, für den sie verhaftet und wegen der hohen Verschuldung, die sie mit ihrer Unterschrift eingegangen seien, lange hinter Gitter kommen könnten. Trotzdem begehrten viele dagegen auf, ohne Angst vor Verhaftung. Eine Bandenvergewaltigung machte sie dann meist gefügig. Wenn nicht, mußte noch brutalere Gewalt herhalten. Manche starben. Das sprach sich herum. Es gab kaum noch Gegenwehr.

Und so füllten sich die Bordelle der Industrieländer mit schwarzhaarigen, dunkelhäutigen Exotinnen: Thailänderinnen, deren sanfte Bescheidenheit dem Überlegenheitsgefühl der Männer so schmeichelte; Mischlinge aus der Dominikanischen Republik, und wir wissen doch alle, wie gern diese Schwarzen es tun; und nicht zuletzt die Brasilianerinnen, diese heißblütigen Cariocas, geborene Huren.

Weiter hieß es in dem Bericht, daß sich angesichts der erleichterten Transportbedingungen neue Märkte in Osteuropa auftäten, wo Tausende von blonden, blauäugigen

Frauen ihren Arbeitsplatz verlören oder durch die Inflation um ihre Ersparnisse gebracht würden. Siebzig Jahre Entbehrungen unter dem Kommunismus machten sie anfällig für die Verlockungen des Westens, und sie kämen in Personen- und Lastwagen, zu Fuß, manchmal sogar mit Schlitten, alle auf der Suche nach dem Eldorado ihrer westlichen Nachbarn, nur um bei ihrer Ankunft festzustellen, daß sie ohne Papiere, ohne Rechte und ohne Hoffnung dastanden.

Brunetti glaubte das alles, nur die Zahl – eine halbe Million – überstieg sein Vorstellungsvermögen. Er blätterte ans Ende vor und las die Namen der Menschen und Organisationen, die diesen Bericht zusammengestellt hatten; sie überzeugten ihn schließlich auch von der Zahl, obwohl es das alles nicht erträglicher machte. In Italien gab es ganze Provinzen, in denen keine halbe Million Frauen lebte. Mit dieser Zahl könnte man ganze Städte bevölkern.

Als er fertig war, legte er den Bericht in die Mitte seines Schreibtischs, schob ihn dann aber weiter weg, als fürchtete er Ansteckung. Er öffnete eine Schublade, nahm einen Bleistift und ein Stück Papier heraus und schrieb rasch drei Namen darauf. Einer war ein brasilianischer Polizeimajor, den er vor einigen Jahren bei einem Seminar in Paris kennengelernt hatte; einer war der Inhaber einer Import-Export-Firma mit Büros in Bangkok; und die dritte war Pia, eine Prostituierte. Sie alle standen bei Brunetti aus dem einen oder anderen Grund in der Schuld, und er sah keine bessere Möglichkeit, diese Schulden einzutreiben, als sie um Informationen zu bitten.

In den nächsten zwei Stunden vertelefonierte er eine

Summe, die sich später durch ein paar Tastendrücke am Zentralcomputer der Telecom in Luft auflösen sollte. Am Ende wußte er zwar wenig mehr, als er bereits dem Bericht entnommen hatte, aber es war ein umfassenderes, persönlicheres Wissen.

Major de Vedia in Rio konnte weder Brunettis Besorgnis teilen noch seine Empörung verstehen. Schließlich waren erst diese Woche sieben seiner Beamten verhaftet worden, weil sie sich als Exekutionskommando bei Geschäftsleuten verdingt hatten, die sie dafür bezahlten, daß sie die Straßenkinder umbrachten, die ihre Ladeneingänge versperrten. »Die nach Europa gehen, sind noch gut davongekommen, Guido«, sagte er, bevor er auflegte. Brunettis Kontaktmann in Bangkok war ebenso verständnislos. »Commissario, über die Hälfte der hiesigen Prostituierten haben Aids. Die Mädchen, die aus Thailand rauskommen, können von Glück reden.«

Die ergiebigste Quelle war Pia, die er zu Hause antraf, weil ihre Hündin Luna, ein Golden Retriever, gerade ihren ersten Wurf erwartete. Ihr war die Geschichte nicht neu, sie wunderte sich nur, daß die Polizei sich damit abgab. Als sie hörte, daß Brunettis Interesse durch den Tod dreier Geschäftsleute geweckt worden war, lachte sie lange und laut. Die Mädchen, erklärte sie, als sie wieder Luft bekam, stammten von überallher; manche arbeiteten auf der Straße, aber viele würden in festen Häusern gehalten, wo man sie besser unter Kontrolle habe. Ja, sie würden ganz schön mißhandelt, wenn nicht von denen, die sie für sich arbeiten ließen, dann von so manchem unter denen, die sie benutzten. Sich beschweren? Bei wem? Sie hätten keine

Papiere, und man habe ihnen eingeredet, daß schon ihre Anwesenheit in Italien ein Verbrechen sei; manche lernten nicht einmal Italienisch. Schließlich arbeiteten sie in einem Gewerbe, in dem brillante Konversation nicht unbedingt gefragt war.

Pia hatte nicht direkt etwas gegen sie, allerdings machte sie kein Hehl daraus, daß ihr die Konkurrenz nicht paßte. Sie und ihre Freundinnen, die alle keinen Zuhälter hatten, erfreuten sich zumindest einer gewissen finanziellen Stabilität – Wohnung, Auto, manche besaßen sogar ein Haus –, aber diese Ausländerinnen hatten nichts und konnten es sich folglich nicht leisten, einen Kunden abzuweisen, egal was er von ihnen verlangte. Ihnen und den Drogenabhängigen ging es am dreckigsten, sie nahmen alles, ließen sich zu allem zwingen. Ohnmächtig wurden sie zu Zielscheiben jeglicher Brutalität und, schlimmer noch, zu Krankheitsüberträgerinnen.

Er fragte, wie viele es davon im Veneto gebe, und Pia meinte lachend, so weit könne er gar nicht zählen. Aber dann bellte plötzlich Luna so laut, daß sogar Brunetti es hörte, und Pia sagte, sie müsse jetzt fort.

»Wer zieht die Fäden, Pia?« fragte er in der Hoffnung, wenigstens noch eine Antwort zu bekommen, bevor sie auflegte.

»*Big business,* Dottore«, sagte Pia. »Fragen Sie doch gleich, wer bei den Banken oder an der Börse die Fäden zieht. Es sind die gleichen Männer mit teuren Haarschnitten und Maßanzügen. Sonntags in die Kirche, täglich ins Büro, und wenn gerade keiner hinsieht, zählen sie nach, wieviel sie an den Frauen verdient haben, die auf dem

Rücken arbeiten. Wir sind eine Handelsware wie alles andere, Dottore. Warten Sie noch ein bißchen, und wir werden an der Termingeschäftsbörse gehandelt.« Pia lachte, erfand noch rasch einen unfeinen Namen für diese Art Termingeschäfte, dann heulte Luna, und Pia legte auf.

Brunetti nahm sein Blatt Papier und stellte ein paar einfache Rechnungen an. Er schätzte den Durchschnittspreis für eine Nummer mal so etwa auf 50.000 Lire; dann mußte er sich eingestehen, daß er keine Ahnung hatte, wie viele es am Tag wohl sein mochten. Er beschloß, daß die Zahl Zehn seine Multiplikationen vereinfachen würde, und setzte Zehn ein. Selbst bei freiem Wochenende, und er bezweifelte, daß den Frauen dieser Luxus zugestanden wurde, kam er auf zweieinhalb Millionen Lire pro Woche, zehn Millionen Lire im Monat. Um die Sache zu vereinfachen, setzte er hundert Millionen Lire im Jahr an, dann halbierte er diese Summe zum groben Ausgleich für eventuelle Fehler in seinen bisherigen Berechnungen. Als er danach versuchte, das Ergebnis mit einer halben Million malzunehmen, hatte er für die Endsumme kein Zahlwort mehr und mußte sich damit begnügen, die Nullen hinter der 25 zu zählen: Er kam auf zwölf. Pia hatte recht; das war in der Tat *big business*.

Instinkt und Erfahrung sagten ihm, daß von Mara oder ihrem Zuhälter keine weiteren Informationen zu erwarten waren. Er rief unten bei Vianello an und fragte, ob man den Optiker schon gefunden habe, von dem die Brille aus dem Paduaner Restaurant stammte. Vianello hielt seine Sprechmuschel zu, der Ton verstummte, dann meldete sich die Stimme des Sergente wieder, gepreßt vor Wut oder noch

Schlimmerem. »Ich bin gleich oben, Dottore«, sagte er und legte auf.

Als der Sergente eintrat, war sein Gesicht immer noch rot, und Brunetti wußte aus langer Erfahrung, daß es die Nachwehen großer Wut waren. Vianello schloß leise die Tür hinter sich und kam an Brunettis Schreibtisch. »Riverre«, sagte er zur Erklärung. Der Name war der Fluch seines Lebens, eigentlich sogar der gesamten Questura.

»Was hat er getan?«

»Er hat gestern den Optiker gefunden und ihn sich notiert, aber dann hat er den Zettel einfach auf seinem Schreibtisch liegen lassen, bis ich vorhin danach fragte.« Wäre Brunetti in besserer Stimmung gewesen, hätte er wahrscheinlich jetzt gespöttelt, daß Riverre sich diesmal immerhin eine Notiz gemacht hatte, aber im Moment brachte er weder die Geduld noch den Humor dafür auf. Und lange Erfahrung hatte beide gelehrt, daß Riverres bodenlose Inkompetenz jeden Kommentar überflüssig machte.

»Welcher Optiker ist es?«

»Carraro, in der Calle della Mandola.«

»Hat er den Namen des Kunden?«

Vianello biß sich auf die Unterlippe und ballte unwillkürlich die Fäuste. »Nein. Riverre hat sich mit der Feststellung begnügt, daß die Brille mit der entsprechenden Gläserstärke dort verkauft wurde. Das sei sein Auftrag gewesen, sagt er, und den habe er erfüllt.«

Brunetti nahm das Telefonbuch aus seinem Schreibtisch und fand schnell die Nummer. Als der Optiker sich meldete, sagte er gleich, er habe mit einem weiteren Anruf der

Polizei schon gerechnet, und gab Brunetti unverzüglich den Namen und die Adresse der Frau, an die er die Brille verkauft hatte. Seinem Ton war zu entnehmen, daß er glaubte, die Polizei habe nichts anderes im Sinn, als ihr die Brille zurückzugeben, und Brunetti tat nichts, um diesen Irrtum aufzuklären.

»Sie werden sie aber wahrscheinlich nicht zu Hause antreffen«, meinte Dr. Carraro noch. »Sie wird wohl bei der Arbeit sein.«

»Und wo wäre das, Dottore?« fragte Brunetti in fürsorglichstem Ton.

»Sie hat ein Reisebüro im Univiertel, irgendwo auf halbem Weg zwischen der Universität und diesem Teppichgeschäft.«

»Ach ja, das kenne ich«, sagte Brunetti, der sofort ein mit Postern vollgehängtes Schaufenster vor sich sah, an dem er schon unzählige Male vorbeigegangen war. »Vielen Dank, Dottore. Ich werde dafür sorgen, daß sie ihre Brille zurückbekommt.«

Brunetti legte auf und sah Vianello an. »Regina Ceroni. Sagt Ihnen der Name etwas?« fragte er.

Vianello schüttelte den Kopf.

»Sie hat ein Reisebüro im Univiertel.«

»Soll ich mitkommen?« fragte Vianello.

»Nein, ich denke, ich gehe vor dem Mittagessen dort vorbei und bringe Signora Ceroni ihre Brille.«

Brunetti stand im novemberlichen Nieselregen und betrachtete den sonnenüberfluteten Strand. Zwischen zwei riesigen Palmen war eine Hängematte gespannt, und darin lag eine junge Frau, die, soviel er sah, nur mit dem Unterteil ihres Bikinis bekleidet war. Hinter ihr brachen sich sanfte Wellen auf weißem Sand, und ein azurblaues Meer erstreckte sich bis zum fernen Horizont. Das Ganze war für lumpige 1.800.000 Lire die Woche zu haben, Doppelzimmer, Flug inbegriffen.

Er stieß die Tür auf und trat in das Reisebüro. Eine hübsche junge Frau mit dunklem Haar saß vor einem Computer. Sie blickte auf und lächelte freundlich.

»*Buon giorno*«, sagte er, ebenfalls lächelnd. »Ist Signora Ceroni da?«

»Und wen darf ich melden?«

»Signor Brunetti.«

Sie hob die Hand, was »Moment bitte« hieß, drückte noch ein paar Tasten und stand dann auf. Links von ihr begann der Drucker zu rattern und spuckte etwas aus, was wie ein Flugticket aussah.

»Ich sage ihr, daß Sie da sind, Signor Brunetti.« Damit drehte sie sich um und ging nach hinten zu einer Tür, die geschlossen war. Sie klopfte und ging hinein. Sekunden später kam sie wieder und bedeutete Brunetti hineinzugehen.

Das hintere Büro war wesentlich kleiner als das vordere, aber was dem Raum an Größe fehlte, machte er durch seine geschmackvolle Einrichtung mehr als wett. Der Schreibtisch, Teakholz, soweit Brunetti es beurteilen konnte, war auf Hochglanz poliert, und das Fehlen von Schubladen demonstrierte, daß kein Nutzdenken sein Vorhandensein rechtfertigte. Der Teppich, ein Isfahan aus blaßgoldener Seide, war so ähnlich wie der, den Brunetti im Arbeitszimmer seines Schwiegervaters hatte liegen sehen.

Die Frau hinter dem Schreibtisch hatte helles Haar, das an den Seiten zurückgenommen und mit geschnitzten Elfenbeinkämmchen festgesteckt war. Die Schlichtheit der Frisur stand im Gegensatz zu Material und Schnitt ihres dunkelgrauen Rohseidekostüms mit dicken Schulterpolstern und schmal geschnittenen Ärmeln. Sie mußte in den Dreißigern sein, aber ihr geschicktes Make-up und die allgemeine Eleganz ihrer Erscheinung ließen nur schwer bestimmen, ob Anfang oder Ende Dreißig. Sie trug eine Hornbrille. Am linken Glas war in der unteren Ecke ein halbmondförmiges, gut erbsengroßes Stück herausgeplatzt.

Sie blickte bei seinem Eintreten auf, lächelte mit geschlossenen Lippen, nahm die Brille ab und legte sie auf die vor ihr liegenden Papiere, sagte aber nichts. Ihre Augenfarbe paßte, wie er sah, so genau zur Farbe ihres Kostüms, daß es kein Zufall sein konnte. Wenn Brunetti sie so ansah, mußte er unwillkürlich an Figaros Worte über Cherubino denken: Lockenhaar, strahlendes Antlitz, rosige Wangen.

»*Sì?*« fragte sie.

»Signora Ceroni?«

»Ja.«

»Ich bringe Ihnen Ihre Brille«, sagte Brunetti, wobei er das Etui aus der Tasche nahm, ohne die Frau aus den Augen zu lassen.

Sie strahlte vor Freude, was sie noch reizvoller machte. »Ach, das ist aber schön«, sagte sie und erhob sich. »Wo haben Sie die nur gefunden?«

Brunetti hörte einen leichten Akzent heraus, vielleicht slawisch, auf jeden Fall osteuropäisch. Er reichte ihr wortlos das Etui über den Schreibtisch. Sie nahm es und legte es, ohne hineinzusehen, auf den Schreibtisch.

»Wollen Sie nicht nachsehen, ob es auch Ihre ist?« fragte er.

»Nein, ich erkenne sie am Etui«, antwortete sie. Dann fragte sie lächelnd: »Aber woher wußten Sie, daß es meine ist?«

»Wir haben alle Optiker in der Stadt angerufen.«

»Wir?« fragte sie. Doch dann besann sie sich auf ihre Manieren und sagte: »Bitte, nehmen Sie doch Platz. Wie unhöflich von mir.«

»Danke«, sagte Brunetti und setzte sich auf einen der drei Stühle vor ihrem Schreibtisch.

»Entschuldigen Sie, aber Roberta hat mir Ihren Namen nicht gesagt.«

»Brunetti, Guido Brunetti.«

»Vielen Dank, Signor Brunetti, daß Sie sich die Mühe gemacht haben. Sie hätten mich aber auch anrufen können, dann hätte ich sie gern bei Ihnen abgeholt. Sie hätten nicht durch die ganze Stadt laufen müssen, um sie mir zu bringen.«

»Durch die ganze Stadt?« wiederholte Brunetti.

Seine Frage überraschte sie, aber nur ganz kurz. Sie wischte sowohl die Frage als auch ihr Erstaunen darüber mit einer Handbewegung weg. »Wie man so redet. Der Laden hier ist ja etwas abgelegen.«

»Ja, natürlich«, sagte er.

»Ich weiß nicht, wie ich Ihnen danken soll.«

»Sie könnten mir sagen, wo Sie die Brille verloren haben.«

Sie lächelte wieder. »Also, wenn ich wüßte, wo ich sie verloren habe, wäre sie ja nicht verloren gewesen, oder?«

Sie sah ihn über den Schreibtisch hinweg an, aber er sagte nichts. Sie betrachtete das Etui und zog es zu sich herüber. Sie nahm die Brille heraus, verdrehte den einen Bügel, genau wie Brunetti es im Restaurant gemacht hatte, und zog dann beide mit einem Ruck auseinander. Wieder bog sich das Gestell, brach aber nicht.

»Erstaunlich, nicht?« fragte sie, ohne ihn anzusehen. Brunetti schwieg weiter.

Schließlich sagte sie im selben, ganz und gar beiläufigen Ton: »Ich wollte nichts damit zu tun haben.«

»Mit uns?« fragte Brunetti. Wenn sie schon wußte, daß er die ganze Stadt hatte durchqueren müssen, um zu ihr zu kommen, wußte sie ja wohl sicher auch, woher er kam.

»Ja.«

»Warum?«

»Er war verheiratet.«

»In wenigen Jahren schreiben wir das einundzwanzigste Jahrhundert, Signora.«

»Was meinen Sie damit?« fragte sie und sah aufrichtig verwirrt zu ihm auf.

»Daß ›verheiratet‹ oder ›unverheiratet‹ kaum noch etwas bedeutet.«

»Seiner Frau schon«, entgegnete sie heftig. Sie legte die Brille zusammen und schob sie wieder in das Lederetui.

»Auch nachdem er tot aufgefunden wurde?«

»Gerade da. Ich wollte erst gar nicht den Verdacht aufkommen lassen, daß ich damit etwas zu tun haben könnte.«

»Hatten Sie etwas damit zu tun?«

»Commissario Brunetti«, sagte sie, und es gelang ihr tatsächlich, ihn durch die Anrede mit seinem Titel zu überraschen. »Ich habe fünf Jahre gebraucht, um Bürgerin dieses Landes zu werden, und selbst jetzt zweifle ich nicht daran, daß mir diese Staatsbürgerschaft sehr schnell entzogen werden könnte, wenn die Behörden jemals auf mich aufmerksam würden. Deshalb möchte ich nichts tun, was mir deren Aufmerksamkeit einträgt.«

»Sie erfreuen sich zur Zeit unserer Aufmerksamkeit.«

Unwillkürlich schürzte sie ärgerlich die Lippen. »Das hatte ich zu vermeiden gehofft.«

»Sie wußten, daß Sie Ihre Brille dort vergessen hatten?«

»Ich wußte, daß ich sie an diesem Tag verloren hatte, hoffte aber, es wäre woanders gewesen.«

»Hatten Sie ein Verhältnis mit ihm?«

Er sah sie die Frage abwägen, dann nickte sie.

»Wie lange?«

»Drei Jahre.«

»Hatten Sie die Absicht, daran etwas zu ändern?«

»Ich verstehe leider Ihre Frage nicht.«

»Hatten Sie die Hoffnung, ihn zu heiraten?«

»Nein. Mir paßte die Situation so, wie sie war.«

»Und wie war sie?«

»Wir haben uns alle paar Wochen getroffen.«

»Zu welchem Zweck?«

Sie sah mit strengem Blick zu ihm auf. »Auch diese Frage verstehe ich leider nicht.«

»Was haben Sie getan, wenn Sie sich trafen?«

»Was tun Liebende normalerweise, wenn sie sich treffen, Dottor Brunetti?«

»Sie schlafen miteinander.«

»Sehr gut, Dottore. Und genau das haben wir getan.«

Brunetti hatte das Gefühl, daß sie zornig wurde, aber er hatte nicht den Eindruck, daß der Zorn sich auf seine Fragen richtete oder durch sie ausgelöst worden war. »Wo?« fragte er.

»Pardon?«

»Wo haben Sie miteinander geschlafen?«

Sie kniff die Lippen zusammen und quetschte die Antwort dazwischen hervor. »Im Bett.«

»Wo?«

Schweigen.

»Wo stand das Bett? Hier in Venedig oder in Padua?«

»Hier und dort.«

»In einer Wohnung, oder im Hotel?«

Bevor sie darauf antworten konnte, gab das Telefon auf ihrem Schreibtisch einen dezenten Summton von sich, und sie nahm den Hörer ab. Sie hörte kurz zu, sagte: »Ich rufe heute nachmittag zurück«, und legte auf. Der Rhythmus der Fragen war nur kurz gestört worden, aber der Moment hatte ihr genügt, um die Fassung wiederzuerlangen.

»Bedaure, Commissario, aber könnten Sie Ihre letzte Frage wiederholen?«

Er wiederholte sie, wohl wissend, daß die Unterbrechung ihr Zeit verschafft hatte, über die Antwort nachzudenken, die sie gegeben hatte. Aber er wollte hören, wie anders sie jetzt ausfallen würde. »Ich habe gefragt, wo Sie miteinander geschlafen haben.«

»Hier in meiner Wohnung.«

»Und in Padua?«

Sie stellte sich verwirrt. »Wie bitte?«

»In Padua, wo haben Sie sich da getroffen?«

Sie lächelte ihn kurz an. »Entschuldigung, aber ich hatte Ihre Frage mißverstanden. Wir haben uns normalerweise hier getroffen.«

»Und wie oft konnten Sie es einrichten, sich zu treffen?«

Ihr Ton wurde jetzt freundlicher, wie immer bei Leuten, bevor sie zu lügen anfangen. »Genaugenommen war von der Affäre nicht mehr viel übrig, aber wir mochten uns und waren noch immer gute Freunde. Darum haben wir uns gelegentlich noch zum Essen getroffen, mal hier, mal in Padua.«

»Wissen Sie noch, wann Sie sich das letzte Mal hier in Venedig getroffen haben?«

Sie sah weg und überlegte, wie sie darauf antworten sollte. »Hm, nein. Es muß irgendwann im Sommer gewesen sein, glaube ich.«

»Sind Sie verheiratet, Signora?« fragte er.

»Geschieden«, antwortete sie.

»Leben Sie allein?«

Sie nickte.

»Wie haben Sie von Signor Faveros Tod erfahren?«

»Ich habe es in der Zeitung gelesen, am Morgen danach.«

»Und da haben Sie uns nicht angerufen?«

»Nein.«

»Obwohl Sie am Abend vorher mit ihm zusammenwaren?«

»Gerade darum. Wie ich Ihnen vorhin schon sagte, habe ich keinen Grund, den Behörden zu vertrauen.«

In seinen schlimmsten Momenten hatte Brunetti den

Verdacht, daß dazu niemand Grund hatte, aber solche Ansichten gab er wohl besser nicht Signora Ceroni preis.

»Woher stammen Sie, Signora?«

»Aus Jugoslawien. Mostar.«

»Und wann sind Sie nach Italien gekommen?«

»Vor neun Jahren.«

»Warum sind Sie hergekommen?«

»Ursprünglich als Touristin, aber dann habe ich Arbeit gefunden und mich entschieden hierzubleiben.«

»In Venedig?«

»Ja.«

»Was war das für Arbeit?« fragte er, auch wenn er wußte, daß er das irgendwo in den Akten des Ufficio Stranieri nachlesen konnte.

»Zuerst habe ich in einer Bar gearbeitet, aber dann bekam ich eine Stelle in einem Reisebüro. Ich spreche mehrere Sprachen, und damit fand ich ziemlich leicht Arbeit.«

»Und jetzt das hier?« fragte er mit einer Handbewegung, die das kleine Büro umschrieb, in dem sie saßen. »Gehört das Ihnen?«

»Ja.«

»Seit wann?«

»Seit drei Jahren. Ich mußte über vier Jahre sparen, um den früheren Besitzern eine Anzahlung leisten zu können. Aber jetzt gehört es mir. Ein weiterer Grund, warum ich Ärger aus dem Weg gehen wollte.«

»Obwohl Sie nichts zu verbergen haben?«

»Wenn ich ehrlich sein darf, Commissario, ich habe noch nie die Erfahrung gemacht, daß staatliche Behörden sich besonders dafür interessieren, ob man etwas zu verbergen hat oder nicht. Ganz im Gegenteil. Und da ich über Signor Faveros Tod nichts Näheres weiß, bin ich zu dem Schluß gekommen, daß ich der Polizei keine sachdienlichen Hinweise geben kann, und habe nicht angerufen.«

»Worüber haben Sie sich abends beim Essen unterhalten?«

Sie blickte zur Seite, offenbar um sich den Abend ins Gedächtnis zu rufen. »Worüber Freunde so reden. Seine Geschäfte. Meine. Seine Kinder.«

»Seine Frau?«

Wieder kniff sie mit deutlichem Unmut die Lippen zusammen. »Nein, über seine Frau haben wir nicht gesprochen. Das hätten wir beide nicht sehr geschmackvoll gefunden.«

»Worüber haben Sie noch gesprochen?«

»Nichts, woran ich mich erinnern könnte. Er sprach davon, daß er sich ein neues Auto kaufen wolle und nicht wisse, was für eines, aber dabei konnte ich ihm nicht helfen.«

»Weil Sie selbst nicht Auto fahren?«

»Man braucht ja hier keines, oder?« fragte sie lächelnd. »Und ich verstehe nichts von Autos. Wie die meisten Frauen.«

Brunetti fragte sich, warum sie so offenkundig an sein männliches Überlegenheitsgefühl appellierte; es schien ihm nicht angemessen für eine Frau, die jedem Mann so mühelos ebenbürtig war.

»Wie der Ober in dem Restaurant sagt, in dem Sie waren, hat Favero Ihnen während des Essens irgendwelche Papiere gezeigt.«

»Ach ja. Da habe ich dann meine Brille hervorgeholt. Ich brauche sie zum Lesen.«

»Was waren das für Papiere?«

Sie schwieg, entweder um sich zu erinnern, oder um sich etwas auszudenken. »Es war der Prospekt eines Unternehmens, in das ich investieren sollte. Da mein Reisebüro Gewinn abwirft, meinte er, ich solle das Geld ›für mich arbeiten lassen‹ – das waren seine Worte. Aber ich war nicht interessiert.«

»Wissen Sie noch, was das für ein Unternehmen war?«

»Nein, leider nicht. Für so etwas interessiere ich mich nicht besonders.« Brunetti hatte da seine Zweifel. »Ist das wichtig?« fragte sie.

»Wir haben ziemlich viele Unterlagen im Kofferraum seines Wagens gefunden«, log Brunetti, »und möchten irgendwie beurteilen können, ob die einen oder anderen von besonderer Bedeutung sind.«

Er sah, daß sie schon nach der Art dieser Unterlagen fragen wollte, sich aber dann eines Besseren besann.

»Können Sie sich an irgend etwas Besonderes von diesem Abend erinnern? Hatten Sie den Eindruck, daß er sich Sorgen machte oder über irgend etwas aufgebracht war?« Brunetti mußte sich sagen, daß nahezu jeder sich jetzt doch verwundert fragen würde, wieso er so lange gebraucht hatte, um zu dieser Frage zu kommen.

»Er war stiller als sonst, aber das konnte daran liegen, daß er so viel gearbeitet hatte. Er hat ein paarmal erwähnt, daß er viel zu tun hatte.«

»Hat er von etwas Bestimmtem gesprochen?«

»Nein.«

»Und nach dem Essen, wohin sind Sie da gegangen?«

»Er hat mich zum Bahnhof gefahren, und ich bin nach Venedig zurückgekommen.«

»Mit welchem Zug?«

Sie dachte kurz nach, bevor sie antwortete. »Ich glaube, ich bin gegen elf Uhr hier angekommen.«

»Der gleiche Zug wie Trevisan«, meinte Brunetti und sah sofort, daß der Name ihr etwas sagte.

»Der Mann, der letzte Woche ermordet wurde?« fragte sie nach einer kurzen Pause.

»Ja. Kannten Sie ihn?« erkundigte sich Brunetti.

»Er war Kunde bei uns. Wir haben seine Reisen organisiert, für ihn und seine Mitarbeiter.«

»Ist das nicht merkwürdig?« fragte Brunetti.

»Was soll merkwürdig sein?«

»Daß gleich zwei Männer, die Sie kannten, in einer Woche gestorben sind.«

Ihr Ton war kühl und desinteressiert. »Nein, das finde ich nicht besonders merkwürdig, Commissario. Sie wollen doch sicher nicht andeuten, daß es irgendeine Verbindung zwischen den beiden gibt?«

Statt zu antworten, stand Brunetti auf. »Vielen Dank, daß Sie mir Ihre Zeit geopfert haben, Signora Ceroni«, sagte er und reichte ihr über den Schreibtisch die Hand.

Auch sie erhob sich und kam mit anmutigen Bewegungen um ihren Schreibtisch herum. »Ich muß mich bei Ihnen bedanken, daß Sie sich die Mühe gemacht haben, mir meine Brille zurückzubringen.«

»Das war unsere Pflicht«, sagte er.

»Ich danke Ihnen trotzdem für Ihre Mühe.« Sie ging mit

ihm zur Tür, öffnete sie und hielt sie für ihn auf. Im vorderen Büro saß die junge Frau noch immer an ihrem Schreibtisch, und aus dem Drucker hing jetzt eine lange Fahne Tickets. Signora Ceroni begleitete ihn bis zur Eingangstür. Brunetti öffnete sie, drehte sich um, gab ihr noch einmal die Hand und machte sich auf den Heimweg. Signora Ceroni blieb vor dem Sandstrand stehen, bis er um die Ecke war.

24

Als Brunetti wieder in die Questura kam, schaute er zuerst bei Signorina Elettra hinein und diktierte ihr den Brief an Giorgio – er gebrauchte den Namen schon so selbstverständlich wie den eines alten Freundes –, in dem er sich für einige »Bearbeitungsfehler« innerhalb der Questura entschuldigte. Der Brief würde Giorgios Verlobter und ihrer Familie hoffentlich genügen und war gleichzeitig so nichtssagend formuliert, daß man Brunetti keinen Strick daraus drehen konnte.

»Da wird er sich aber freuen«, sagte Signorina Elettra, den Blick auf ihrem Stenogrammblock.

»Und das Festnahmeprotokoll?« fragte Brunetti.

Sie sah zu ihm auf, ihre Augen zwei klare Seen. »Festnahme?« Sie nahm einen Computerausdruck, der neben ihrem Stenoblock lag, und reichte ihn Brunetti. »Ihr Brief dürfte ihm das hier vergüten.«

»Die Nummern in Faveros Adreßbuch?« fragte er.

»Ebendiese«, antwortete sie, ohne ihren Stolz verhehlen zu können.

Brunetti lächelte. Ihre Genugtuung war ansteckend. »Haben Sie mal reingeschaut?« fragte er.

»Nur ganz kurz. Er hat die Namen und Adressen, und ich glaube, er ist auch an die Daten und Uhrzeiten aller Gespräche herangekommen, die von Venedig oder Padua aus dorthin gegangen sind.«

»Wie macht er das nur?« fragte Brunetti voll aufrichtiger

Ehrfurcht vor Giorgios Fähigkeit, der Telecom solche Informationen zu entlocken; die Akten der Geheimdienste waren leichter zu knacken.

»Er ist ein Jahr lang in den USA an Computern ausgebildet worden und hat sich dort einer Gruppe sogenannter Hacker angeschlossen. Zu denen hat er immer noch Kontakt. Sie tauschen untereinander Informationen darüber aus, wie so etwas geht.«

»Macht er das während der Arbeitszeit, über die Leitungen der Telecom?« fragte Brunetti, dessen Ehrfurcht und Dankbarkeit so groß waren, daß sie jeden Gedanken, Giorgios Tun könnte ungesetzlich sein, völlig verdrängten.

»Natürlich.«

»Bravo«, sagte Brunetti mit der ganzen Inbrunst dessen, bei dem die Telefonrechnung nie mit dem tatsächlichen Gebrauch dieses Instruments übereinstimmte.

»Die verteilen sich über die ganze Welt, diese Hacker«, fuhr Signorina Elettra fort, »und ich glaube, es gibt nicht vieles, was man vor ihnen verstecken kann. Giorgio sagt, er hat sich dafür mit Leuten in Ungarn und Kuba in Verbindung gesetzt, und noch irgendwo. Gibt es in Laos Telefon?«

Brunetti hörte nicht mehr zu, denn er überflog bereits die langen Spalten mit Uhrzeiten und Datum, Orten und Namen. Allerdings drang Pattas Name doch an sein Ohr: »...möchte Sie sprechen.«

»Später«, sagte er, und damit verließ er Signorina Elettras Büro und ging, unentwegt lesend, in sein eigenes hinauf. Dort angekommen, schloß er die Tür und trat in das Licht, das durchs Fenster hereinfiel. Da stand er in der Pose eines römischen Senators aus Cäsars Zeit, die Hände weit ausgebreitet, um eingehend einen langen Bericht aus den fernen Städten des Imperiums zu studieren. Nur daß in diesem Bericht nichts über die Entsendung von Truppen oder die Verschiffung von Öl und Gewürzen stand. Vielmehr war ihm nur zu entnehmen, wann zwei nicht weiter auffällige Italiener eventuell mit Bangkok, Santo Domingo, Belgrad, Manila und etlichen anderen Städten telefoniert hatten, aber er war darum nicht weniger interessant. An den Blatträndern waren mit Bleistift die Standorte der Telefonzellen vermerkt, von denen aus gesprochen worden war. Einige Gespräche waren zwar von Trevisans wie auch von Faveros Büro aus geführt worden, viel mehr aber aus einer öffentlichen Zelle in Padua, die sich in derselben Straße befand wie Faveros Büro, und noch mehr aus einer anderen in einer kleinen *calle,* die hinter Trevisans vorbeiführte.

Ganz unten standen die Namen, unter denen die Anschlüsse registriert waren. Drei, darunter auch der in Belgrad, gehörten zu Reisebüros, der in Manila zu einer Firma, die sich Euro-Employ nannte. Bei diesem Namen verwandelten sich alle Ereignisse seit Trevisans Tod in die bunten Glasstückchen eines riesigen Kaleidoskops, das nur Brunetti sah, und der eine Name war die letzte Drehung des Zylinders, der die Glasstückchen in Bewegung setzte und zu einem Muster zusammenfügte. Das Bild war noch nicht vollständig, noch nicht ganz scharf, aber es war da, und Brunetti verstand.

Er nahm sein Adreßbuch aus einer Schreibtischschublade und blätterte darin, bis er die Telefonnummer von

Roberto Linchianko fand, einem Oberstleutnant der philippinischen Militärpolizei, der zusammen mit Brunetti vor drei Jahren an einem zweiwöchigen Polizeiseminar in Lyon teilgenommen hatte. Die Freundschaft, die sie damals geschlossen hatten, bestand weiter, auch wenn sie nur per Telefon oder Fax miteinander kommunizierten.

Brunettis Summer ertönte. Er ignorierte ihn, nahm den Hörer vom Telefon, bekam eine Amtsleitung und wählte Linchiankos Privatnummer, obwohl er nicht die Spur einer Ahnung hatte, wieviel Uhr es jetzt in Manila war. Sechs Stunden voraus, wie sich zeigte, und das hieß, er hatte Linchianko gerade vor dem Zubettgehen erwischt. O ja, er kenne Euro-Employ. Sein Abscheu drang über die Ozeane hinweg durch die Leitung. Euro-Employ sei nur eine von vielen Agenturen, die Handel mit jungen Frauen betrieben, und sie sei noch nicht einmal die übelste. Alles, was die Frauen unterschrieben, bevor sie zum »Arbeiten« nach Europa führen, sei völlig legal. Daß die Papiere von einer Analphabetin einfach mit einem »x« unterzeichnet seien – oder von einer Frau, die der Sprache, in der die Verträge abgefaßt seien, nicht mächtig war –, beeinträchtigte ihre Legalität in keiner Weise, so daß auch keine der Frauen, denen die Heimkehr auf die Philippinen gelang, auf die Idee kam, gerichtlich gegen die Agentur vorzugehen. Zurück kamen, soviel Linchianko wußte, allerdings nur wenige. Die Zahl der verschickten Frauen schätzte er auf fünfzig bis hundert pro Woche, allein über Euro-Employ. Abschließend gab er ihm noch den Namen eines Reisebüros durch, das die Flüge buchte, ein Name, den Brunetti schon von seiner Liste kannte. Bevor sie auflegten, versprach Linchianko, ihm nicht nur die amtliche Polizeiakte über Euro-Employ und das Reiseunternehmen zu faxen, sondern auch die persönlichen Aufzeichnungen, die er seit Jahren über alle Arbeitsvermittlungen in Manila führte.

Brunetti hatte keine persönlichen Kontakte in den anderen Städten auf der Telecom-Liste, aber was er von Linchianko erfahren hatte, war mehr als genug, um sich den Rest vorstellen zu können.

Eines der Dinge, über die Brunetti sich immer wunderte, wenn er in Werken der römischen und griechischen Geschichte las, war die Leichtigkeit, mit der die Altvordern die Sklaverei akzeptiert hatten. Die Kriegsregeln waren damals andere gewesen als heute, ebenso die wirtschaftlichen Grundlagen ihrer Gesellschaft, so daß Sklaven sowohl verfügbar als auch notwendig waren. Vielleicht war es der Gedanke, daß es einem jederzeit selbst so ergehen konnte, falls das eigene Land einen Krieg verlor, der das Ganze akzeptabel machte – nur eine kleine Drehung des Schicksalsrads machte einen zum Sklaven oder Herrn. Aber keiner hatte sich je dagegen ausgesprochen, nicht Plato und nicht Sokrates, oder falls doch, dann war das, was sie gesagt oder geschrieben hatten, nicht überliefert.

Auch heute erhob, soviel er wußte, niemand seine Stimme dagegen, aber heute beruhte dieses Schweigen auf dem Glauben, es gebe keine Sklaverei mehr. Jahrzehntelang hatte er Paolas radikalen politischen Ansichten zugehört, war schon fast taub geworden für ihre Vorträge, in denen sie mit Begriffen wie »Lohnsklaven« und »ökonomische Ketten« um sich warf, doch nun nahmen alle diese Klischees Gestalt an, um ihn zu verfolgen, denn was Linchianko ihm geschildert hatte, verdiente keinen anderen Namen als Sklaverei.

Brunettis innerer Monolog wurde vom erneuten Summen der Gegensprechanlage auf seinem Schreibtisch abrupt unterbrochen.

»Ja, Vice-Questore?« meldete er sich.

»Ich möchte Sie sprechen«, sagte ein verstimmter Patta.

»Komme sofort.«

Signorina Elettra war nicht mehr an ihrem Platz, als Brunetti nach unten kam, also ging er in Pattas Büro, ohne zu wissen, was er zu erwarten hatte; aber da gab es ja nicht allzu viele Möglichkeiten, denn wie viele Formen konnte Unmut schon annehmen?

Heute sollte er erfahren, daß er nicht Zielscheibe von Pattas Mißfallen war, sondern der Mittler, über den es an die unteren Ränge weitergegeben werden sollte. »Ihr Sergente«, erklärte Patta, nachdem er Brunetti geheißen hatte, Platz zu nehmen.

»Vianello?«

»Ja.«

»Was hat er Ihrer Meinung nach getan?« erkundigte sich Brunetti, doch erst nachdem die Frage ausgesprochen war, wurde ihm die Skepsis bewußt, die darin lag.

Patta hatte sie nicht überhört. »Meiner Meinung nach ist er gegen einen unserer *poliziotti* ausfällig geworden.«

»Riverre?« fragte Brunetti.

»Sie haben also davon gehört und nichts unternommen?« fragte Patta.

»Nein, ich habe nichts gehört. Aber wenn es einen gibt, der Ausfälligkeiten verdient, dann ist es Riverre.«

Patta hob beide Hände, um seinen großen Unmut zu demonstrieren. »Ich habe eine Beschwerde von einem unserer Offiziere bekommen.«

»Tenente Scarpa?« fragte Brunetti, ohne daß es ihm gelang, seine Abneigung gegen diesen Sizilianer zu verbergen, der mit dem Vice-Questore, seinem *padrone,* nach Venedig gekommen war und ihm nicht nur als Adjutant, sondern auch als Spion diente.

»Wer die Beschwerde vorgetragen hat, ist unwichtig. Wichtig ist, daß sie vorgetragen wurde.«

»War es eine offizielle Beschwerde?« fragte Brunetti.

»Das tut nichts zur Sache«, versetzte Patta ungehalten. Bei Patta tat alles, was er nicht hören wollte, nichts zur Sache, mochte es noch so wahr sein. »Ich will keinen Ärger mit den Gewerkschaften. Die dulden so etwas nicht.«

Brunetti, angewidert von diesem jüngsten Beweis für Pattas Feigheit, hätte um ein Haar gefragt, ob es denn irgend etwas gab, wovor der Vice-Questore nicht auf die Knie ging, aber er hielt wieder einmal an sich, hütete sich vor des Narren Wut und sagte statt dessen: »Ich werde mit ihnen reden.«

»Mit ihnen?«

»Mit Tenente Scarpa, Sergente Vianello und Agente Riverre.«

Patta wollte schon zum Protest anheben, aber dann schien ihm aufzugehen, daß damit das Problem wenngleich nicht gelöst, so doch wenigstens von seiner Schulter war, weshalb er statt dessen fragte: »Wie steht der Fall Trevisan?«

»Wir arbeiten daran, Vice-Questore.«

»Fortschritte?«

»Kaum.« Zumindest keine, die er mit Patta besprechen wollte.

»Gut, dann kümmern Sie sich um die Sache mit Vianello. Und halten Sie mich auf dem laufenden.« Patta wandte sich wieder den Papieren auf seinem Schreibtisch zu, was seine Art war, den anderen höflich zu entlassen.

Da Signorina Elettra noch nicht wieder an ihrem Platz war, ging Brunetti weiter hinunter zu Vianello und traf den Sergente bei der Lektüre des *Gazzettino* an.

»Scarpa?« fragte Brunetti beim Eintreten.

Vianello knüllte die Zeitung zusammen und preßte sie mit einer nicht druckreifen Bemerkung über Scarpas Mutter auf seinen Schreibtisch.

»Was gab's denn?«

Vianello begann mit einer Hand die Zeitung wieder glattzustreichen. »Ich hatte gerade eine Unterredung mit Riverre, als Scarpa dazukam.«

»Unterredung?«

Vianello zuckte die Achseln. »Riverre wußte, was ich meinte, und er wußte auch, daß er Ihnen den Namen dieser Frau schon früher hätte geben sollen. Das sagte ich ihm gerade, als der Tenente hereinkam. Er fand es nicht gut, wie ich mit Riverre sprach.«

»Was haben Sie denn gesagt?«

Vianello faltete die Zeitung einmal, und noch einmal, und schob sie zur Seite. »Daß er ein Idiot ist.«

Brunetti, der wußte, daß es so war, fand daran nichts auszusetzen.

»Und was hat er dazu gesagt?«

»Wer, Riverre?«

»Nein, Scarpa.«

»Er hat gemeint, so dürfe ich nicht mit meinen Untergebenen reden.«

»Noch etwas?«

Vianello antwortete nicht.

»Hat er noch etwas gesagt, Sergente?«

Noch immer keine Antwort.

»Haben Sie etwas zu ihm gesagt?«

Vianellos Ton klang abwehrend. »Ich habe ihm gesagt, das ist eine Sache zwischen mir und einem meiner Leute und betrifft ihn nicht.«

Brunetti wußte, daß er keine Zeit damit vertun mußte, Vianello zu erklären, wie dumm das von ihm war. »Und Riverre?« fragte er.

»Ach, der war schon bei mir und hat mir gesagt, soweit er sich erinnern kann, habe ich ihm gerade einen Witz erzählt. Über einen Sizilianer.« Hier erlaubte Vianello sich den Anflug eines Lächelns. »Wie Riverre sich jetzt an den Vorfall erinnert, kam der Tenente genau in dem Moment herein, als ich die Pointe zum besten gab, nämlich wie dumm der Sizilianer war, und das hat der Tenente nicht verstanden – weil wir Dialekt sprachen – und gedacht, ich hätte Riverre gemeint.«

»Na, dann scheint das ja erledigt«, sagte Brunetti, dem es allerdings nicht gefiel, daß Scarpa damit zu Patta gerannt war. Vianello hatte da oben schon genug Minuspunkte, allein deswegen, weil er so oft mit Brunetti zusammenarbeitete, da brauchte er nicht auch noch die Gegnerschaft des Tenente.

Froh, sich nicht auch noch mit Scarpa auseinandersetzen zu müssen, ließ Brunetti das Thema fallen und fragte: »Erinnern Sie sich an irgendeinen Lastwagen, der im Herbst von der Straße abgekommen sein soll, oben bei Tarvisio?«

»Ja. Warum?«

»Wissen Sie noch, wann das war?«

Vianello überlegte ein Weilchen, bevor er antwortete. »Am 26. September. Zwei Tage vor meinem Geburtstag. Das erstemal, daß es da oben so früh geschneit hat.«

Bei Vianello brauchte Brunetti nicht erst nachzufragen, ob er das Datum auch sicher wisse. Er überließ den Sergente seiner Zeitung und ging in sein Büro und zu den Computerausdrucken zurück. Am 26. September war um neun Uhr morgens aus Trevisans Büro ein Gespräch mit einer Nummer in Belgrad geführt worden. Es hatte drei Minuten gedauert. Am nächsten Tag war dieselbe Nummer wieder angerufen worden, aber diesmal aus der Zelle in der *calle* hinter Trevisans Kanzlei. Dieses Gespräch hatte zwölf Minuten gedauert.

Der Lastwagen war von der Straße abgekommen, die Ladung vernichtet. Sicher würde der Käufer wissen wollen, ob es seine Ware war, die da im Schnee verstreut lag, und es gab keine bessere Möglichkeit, das herauszufinden, als den Absender anzurufen.

Brunetti überlief es kalt bei der Vorstellung, daß Leute diese Frauen als Ware sahen, ihren jähen Tod als Verlust einer Sendung.

Er blätterte weiter bis zu Trevisans Todesdatum. Am Tag nach Trevisans Tod waren zwei Gespräche aus der Kanzlei geführt worden, beide mit der Belgrader Nummer. Wenn die ersten Telefonate dazu gedient hatten, den Verlust einer Sendung zu melden, konnten dann diese späteren Gespräche bedeuten, daß mit Trevisans Tod das Geschäft in neue Hände übergegangen war?

25

Brunetti kramte in den Papieren, die sich während der letzten zwei Tage auf seinem Schreibtisch angesammelt hatten. Er stellte fest, daß Lottos Witwe tatsächlich vernommen worden war und ausgesagt hatte, sie habe seine Todesnacht im Ospedale Civile am Bett ihrer krebskranken Mutter zugebracht. Beide Stationsschwestern hatten diese Aussage bestätigt. Die Vernehmung hatte Vianello geführt, der sich mit gewohnter Gewissenhaftigkeit auch gleich nach den Nächten erkundigt hatte, in denen Trevisan und Favero starben. Die erste dieser Nächte hatte sie im Krankenhaus, die zweite in ihrer Wohnung verbracht. Aber in beiden Nächten war ihre Schwester aus Turin bei ihr gewesen, und somit hatte Signora Lotto keinen Platz mehr in Brunettis Gedankenspielen.

Plötzlich fragte er sich, ob Chiara wohl immer noch bei ihrem hirnrissigen Versuch war, Francesca Informationen zu entlocken, und während er sich das fragte, überkam ihn fast so etwas wie Ekel. Da erlaubte er sich den Luxus selbstgerechter Entrüstung über Männer, die Teenager zu Huren machten, und er hatte selbst nicht den mindesten Abscheu dagegen empfunden, die eigene Tochter als Spionin zu mißbrauchen. Bis jetzt.

Das Telefon klingelte, und er meldete sich mit Namen. Es war Paola, die mit aufgeregter Stimme »Guido! Guido!« rief. Im Hintergrund hörte er noch wüstere Geräusche, ein hohes Kreischen.

»Was ist los, Paola?«

»Guido, komm nach Hause. Sofort. Es geht um Chiara«, rief Paola so laut, daß sie das Geheul übertönte, das von sonstwoher aus der Wohnung kam.

»Was ist los, ist ihr etwas passiert?«

»Ich weiß es nicht, Guido. Sie war im Wohnzimmer, und plötzlich fing sie an zu schreien. Jetzt ist sie in ihrem Zimmer und hat die Tür abgeschlossen.« Er hörte die Panik in Paolas Stimme, gleich einer Unterwasserströmung, die an ihr zerrte, dann auch an ihm.

»Fehlt ihr etwas? Hat sie sich weh getan?« fragte er.

»Ich weiß es nicht. Aber du hörst sie ja. Sie ist richtig hysterisch, Guido. Bitte, komm nach Hause. Bitte. Sofort.«

»Ich komme so schnell wie möglich«, sagte er und legte auf. Er schnappte sich seinen Mantel und rannte aus dem Büro, überlegte sich dabei schon den kürzesten Weg zu seiner Wohnung. Am *embarcadero* vor der Questura lag kein Polizeiboot, also wandte er sich nach links und rannte mit wehendem Mantel los. Er bog um die Ecke und raste die schmale *calle* entlang, wobei er sich zu entscheiden versuchte, ob er über die Rialtobrücke laufen oder die öffentliche Gondel nehmen sollte. Vor ihm schlenderten drei junge Burschen Arm in Arm dahin. »*Attenti*«, rief Brunetti im Näherkommen, und zwar so laut, daß es beim besten Willen nicht mehr höflich klang. Die Jungen sprangen auseinander, und Brunetti stürmte an ihnen vorbei. Bis er zum Campo Santa Maria Formosa kam, war er so ausgepumpt, daß er auf einen müden Trab zurückschalten mußte. Kurz vor der Rialtobrücke geriet er in dichten Fußgängerverkehr, und einmal stieß er im Vorbeihasten sogar den Rucksack einer Touristin grob beiseite. Hinter sich hörte er das Mädchen ärgerlich etwas rufen, was deutsch klang, doch er rannte weiter.

Aus dem Durchgang heraus und auf den Campo San Bartolomeo, wo er sich scharf nach links wandte, da er sich nun doch für die Gondel entschieden hatte, um dem nachmittäglichen Gedränge auf der Brücke auszuweichen. Zu seinem Glück lag gerade eine Gondel an der Haltestelle. Zwei alte Damen standen im hinteren Teil. Er rannte über den hölzernen Anleger und sprang hinein. »Los, fahren wir«, rief er dem Gondoliere zu, der am Heck auf seinem Ruder lehnte. »Polizei, setzen Sie mich über.«

So gelassen, als mache er das alle Tage in der Woche, stemmte der Gondoliere am Bug sich gegen die Stufen, und die Gondel glitt rückwärts in den Canal Grande. Der Gondoliere am Heck packte sein Ruder und legte sich mit voller Kraft hinein; die Gondel drehte sich langsam und hielt aufs gegenüberliegende Ufer zu. Die alten Damen, Fremde, klammerten sich ängstlich aneinander und setzten sich dann auf die niedrige Bank im Bootsheck.

»Können Sie mich ans Ende der Calle Tiepolo bringen?« fragte Brunetti den Mann am Bug.

»Sind Sie wirklich von der Polizei?« wollte dieser wissen.

»Ja«, sagte Brunetti, wobei er in die Tasche griff und dem Mann seinen Ausweis zeigte.

»Danke.« Damit wandte er sich an die Damen und sagte in Veneziano: »Wir machen einen kleinen Umweg, Signore.«

Die beiden waren durch die Vorgänge viel zu eingeschüchtert, um etwas zu sagen.

Brunetti stand aufrecht, blind für die Boote, blind für das Licht, blind für alles, außer für ihre langsame Fahrt über den Canal Grande. Endlich, nach Stunden, wie es ihm vorkam, legten sie am Ende der Calle Tiepolo an, und die beiden Gondolieri hielten das Boot im Gleichgewicht, während Brunetti ans Ufer stieg. Er drückte dem Mann im Bug zehntausend Lire in die Hand und wandte sich im Laufschritt die *calle* hinauf.

In der Gondel war Brunetti wieder zu Atem gekommen, er rannte nun bis nach Hause und die drei ersten Treppen hinauf. Schnell nahm er auch die vierte und fünfte, aber keuchend und mit wackligen Beinen. Er hörte oben die Tür aufgehen, und als er hochsah, stand Paola dort und hielt sie ihm auf.

»Paola«, begann er.

Bevor er noch etwas sagen konnte, schrie sie zu ihm herunter: »Hoffentlich bist du glücklich, wenn du siehst, was deine kleine Detektivin für dich entdeckt hat. Hoffentlich bist du glücklich, wenn du die Welt siehst, in die du sie mit deinen Fragen und deinen Nachforschungen einführst.« Sie war ganz rot im Gesicht und vor Wut dem Platzen nah.

Er trat in die Wohnung und schloß die Tür. Paola wandte sich von ihm ab und ging den Flur entlang. Er rief sie, aber sie beachtete ihn nicht und knallte gleich darauf die Küchentür hinter sich zu. Er ging zu Chiaras Zimmer und blieb davor stehen. Stille. Er horchte, ob er sie schluchzen hörte oder sonst ein Ton ihm verriet, daß sie da drin war. Nichts. Er ging über den Flur zur Küche zurück und klopfte an. Paola öffnete und starrte ihn mit versteinertem Blick an.

»Sag mir doch, was los ist«, bat er. »Sag's mir.«

Er hatte Paola schon oft zornig gesehen, so aber noch nie, so bebend vor Wut oder einem noch tieferen Gefühl.

Instinktiv hielt Brunetti Abstand von ihr und wiederholte bewußt ruhig: »Sag mir, was los ist.«

Paola sog Luft durch die zusammengepreßten Zähne. Ihre Halssehnen waren so angespannt, daß sie vorstanden. Er wartete.

Als sie dann sprach, klang ihre Stimme so gepreßt, daß er sie kaum verstand. »Sie kam heute nachmittag heim und sagte, sie müsse sich ein Video ansehen. Ich war in meinem Arbeitszimmer beschäftigt und habe ihr gesagt, sie soll es sich allein ansehen, aber den Ton leise stellen.« Paola hielt kurz inne und sah ihn fest an. Brunetti schwieg.

Wieder sog sie Luft durch die Zähne und fuhr dann fort: »Nach einer Viertelstunde fing sie auf einmal zu schreien an. Als ich aus dem Arbeitszimmer kam, war sie auf dem Flur und völlig hysterisch. Du hast sie ja gehört. Ich wollte sie in den Arm nehmen, mit ihr reden, aber sie konnte einfach nicht mit Schreien aufhören. Jetzt ist sie in ihrem Zimmer.«

»Was ist denn passiert?«

»Sie hatte ein Video mitgebracht und es sich angesehen.«

»Wo hatte sie das her?«

»Guido«, begann sie, immer noch schwer atmend, aber jetzt langsamer, »es tut mir leid, was ich vorhin gesagt habe.«

»Schon gut. Woher hatte sie das Video?«

»Von Francesca.«

»Trevisan?«

»Ja.«

»Hast du es dir angesehen?«

Sie nickte.

»Was ist drauf?«

Diesmal bewegte sie nur langsam den Kopf hin und her. Dann hob sie hilflos einen Arm und zeigte zum Wohnzimmer.

»Hat sie sich jetzt etwas beruhigt?«

»Ja. Vor ein paar Minuten hat sie mich in ihr Zimmer gelassen. Ich habe ihr zwei Aspirin gegeben und gesagt, sie soll sich hinlegen. Sie will mit dir reden. Aber du sollst dir zuerst das Video ansehen.«

Brunetti nickte und ging zum Wohnzimmer, wo Fernseher und Videorecorder standen. »Solltest du nicht lieber bei ihr bleiben, Paola?«

»Ja«, sagte Paola und ging hinüber zu Chiaras Zimmer.

Im Wohnzimmer fand Brunetti sowohl den Fernseher als auch den Videorecorder eingeschaltet, ein Band eingelegt, das bis zum Ende durchgelaufen war. Er drückte den Rücklauf und richtete sich auf, während er wartete und dem schlangenähnlichen Zischen des Bandes in dem Gerät lauschte. Er dachte an gar nichts, konzentrierte sich darauf, seinen Kopf von allen Möglichkeiten zu leeren.

Ein leises Klicken holte ihn zurück. Er drückte auf PLAY. Dann setzte er sich auf einen Stuhl. Es kam kein Vorspann, kein Logo, kein Ton. Das schimmernde Grau verschwand, und auf dem Bildschirm erschien ein Zimmer mit zwei Fensterluken hoch oben in der einen Wand, drei Stühlen und einem Tisch. Die Beleuchtung kam von den Fenstern und, wie er vermutete, noch von einer anderen

Lichtquelle hinter demjenigen, der die Kamera hielt, denn an der leichten Unruhe des Bildes sah man, daß aus der Hand gefilmt wurde.

Ein Ton kam aus dem Fernseher, und die Kamera schwenkte zu einer Tür, die aufging und drei junge Männer ins Zimmer ließ, die sich lachend und einander schubsend hereindrängten. Als sie drinnen waren, drehte der letzte sich um und griff nach etwas hinter der Tür. Kurz darauf zerrte er eine Frau herein, und hinter ihr drängten drei weitere Männer ins Zimmer.

Die drei ersten schienen zwischen zwölf und fünfzehn Jahren alt zu sein, zwei andere waren vielleicht in Brunettis Alter, und der letzte, der hinter der Frau ins Zimmer kam, war etwa Mitte Dreißig. Alle trugen Hemden und Hosen, die irgendwie militärisch wirkten, und alle hatten Schnürstiefel mit dicken Sohlen an.

Die Frau, vielleicht Ende Dreißig oder Anfang Vierzig, trug einen dunklen Rock und Pullover. Sie war ungeschminkt, und ihr Haar hing offen und wirr herunter, als wäre es aus einem Knoten oder unter einem Kopftuch hervorgezogen worden. Obwohl es ein Farbfilm war, konnte man unmöglich die Farbe ihrer Augen erkennen, nur daß sie dunkel und angsterfüllt waren.

Brunetti hörte die Männer reden, aber er verstand nicht, was sie sagten. Die drei jüngsten lachten über etwas, was einer der älteren sagte, aber die Frau drehte sich zu ihm um, nachdem er gesprochen hatte, und sah ihn an, als könnte oder wollte sie nicht glauben, was sie gehört hatte. In unbewußter Schamhaftigkeit kreuzte sie die Arme vor ihrer Brust und senkte den Kopf.

Eine ganze Weile sagte niemand etwas, keiner bewegte sich, bis eine Stimme ganz in der Nähe der Kamera etwas rief, aber keine der Personen im Bild hatte gesprochen. Es dauerte einen Moment, bis Brunetti klar wurde, daß es der Kameramann gewesen sein mußte. Nach dem Ton zu urteilen, war es wohl ein Kommando oder irgendeine Ermunterung gewesen. Die Frau hob bei den Worten ruckartig den Kopf und blickte zur Kamera, aber nicht ins Objektiv, sondern etwas links daran vorbei zu dem, der sie hielt. Die Stimme neben der Kamera redete wieder, diesmal lauter, und diesmal traten die Männer daraufhin in Aktion.

Zwei der Jungen stellten sich rechts und links neben die Frau und packten sie an den Armen. Der in den Dreißigern ging zu ihr und sagte etwas. Sie schüttelte den Kopf, und er versetzte ihr einen Faustschlag. Es war keine Ohrfeige, sondern ein Faustschlag, der sie unmittelbar vor dem Ohr traf. Dann zog er seelenruhig ein Messer aus dem Gürtel und schlitzte ihren Pullover an der Vorderseite von oben bis unten auf. Sie begann zu schreien, und er schlug sie noch einmal und riß ihr den Pullover vom Leib, daß sie mit nacktem Oberkörper vor ihm stand. Dann riß er einen Ärmel von dem Pullover und stopfte ihn ihr, als sie etwas zu ihm sagen oder schreien wollte, in den offenen Mund.

Er sagte etwas zu den beiden, die sie festhielten, und sie hoben sie hoch und legten sie auf den Tisch. Er gab den beiden älteren ein Zeichen. Sie gingen schnell um den Tisch herum, packten sie bei den Füßen und drückten ihre Beine auf den Tisch. Der mit dem Messer benutzte dieses jetzt, um ihren Rock vom Saum bis zum Bund aufzuschneiden.

Er zog ihn von ihr ab wie die Kunststoffhülle von einem neuen Buch, das man in der Mitte aufklappt.

Der Kameramann sagte wieder etwas, und der mit dem Messer ging auf die andere Seite des Tischs; er hatte der Kamera die Sicht verstellt. Er legte das Messer auf den Tischrand und zog den Reißverschluß seiner Hose auf. Einen Gürtel hatte er nicht um. Er stieg auf den Tisch und legte sich auf die Frau. Die beiden, die sie an den Beinen festhielten, mußten ein Stück nach hinten ausweichen, um keinen Tritt abzubekommen, als er gewaltsam in sie eindrang. Er blieb ein paar Minuten auf ihr, dann stieg er auf der anderen Seite vom Tisch herunter. Als nächstes war einer der jungen Burschen an der Reihe, dann die anderen beiden.

Der Ton geriet durcheinander, denn die Männer riefen einander zu und lachten, während der Kameramann sie anzufeuern schien. Das Ganze war untermalt vom ununterbrochenen Ächzen und Wimmern der Frau, aber man hörte die Töne, die sie von sich gab, fast nicht heraus.

Als letzte sollten die beiden älteren sie besteigen. Der eine zauderte vor dem Tisch und schüttelte den Kopf, aber das wurde mit Hohngewieher quittiert, und so stieg auch er auf den Tisch und machte sich über sie her. Der letzte, älteste, war so erpicht, daß er den anderen regelrecht von ihr hinunterstieß, um sich auf sie stürzen zu können.

Als alle sechs fertig waren, bewegte sich die Kamera zum erstenmal und ging ganz nah heran. Sie fuhr liebevoll ihren ganzen Körper hinauf und hinunter und verharrte da und dort, wo Blut zu sehen war. Sie endete auf dem Gesicht. Die Frau hatte die Augen geschlossen, aber die Stimme, die Brunetti inzwischen mit Sicherheit für die des Kameramanns hielt, rief ihr leise etwas zu, und sie schlug die Augen auf, nur Zentimeter vor dem Objektiv. Er hörte sie scharf die Luft einziehen und dann ihren Kopf auf den Tisch knallen, als sie ihn in dem vergeblichen Versuch, sich vor der Kamera zu verstecken, heftig zur Seite warf.

Die Kamera entfernte sich, und mehr von ihrem Körper kam ins Bild. Als der Kameramann wieder an seiner ursprünglichen Position war, rief er erneut etwas, und der erste, der auf die Frau gestiegen war, ergriff das Messer. Der Kameramann sprach wieder, jetzt eindringlicher, worauf der mit dem Messer hinging und so lässig, als hätte man ihm befohlen, ein Huhn fürs Abendessen zu schlachten, die Klinge durch die Kehle der Frau zog. Blut spritzte ihm über Hand und Arm, und die anderen Männer lachten über das dämliche Gesicht, das er machte, als er von der Leiche zurücksprang. Sie lachten immer noch, als die Kamera mit einem letzten Schwenk über ihren Körper fuhr. Sie brauchte nicht mehr genüßlich zu suchen, Blut war jetzt überall genug. Der Bildschirm wurde dunkel.

Das Band lief weiter, aber zu hören war nur noch sein leises Surren, dazu ein fernes Summgeräusch, das Brunetti nach kurzer Irritation als sein eigenes erkannte. Er verstummte und versuchte aufzustehen, aber daran hinderten ihn seine Hände, die er nicht von der Stuhlkante zu lösen vermochte. Er blickte fasziniert auf sie hinunter und bot seine ganze Willenskraft auf, um die Finger zu entkrampfen. Schließlich gelang es ihm, und er erhob sich.

Er hatte von der Sprache genug mitbekommen, um zu wissen, daß es Serbokroatisch war. Vor einigen Monaten hatte er im *Corriere della Sera* einen kurzen Artikel über solche Videos gelesen; sie wurden in diesen Todesfallen hergestellt, zu denen die bosnischen Städte geworden waren, dann ins Ausland gebracht und dort vervielfältigt und verkauft. Seinerzeit hatte er einfach nicht glauben wollen, was er da las, denn trotz allem, was er in den letzten Jahrzehnten zu sehen bekommen hatte, konnte oder wollte er nicht wahrhaben, daß seine Mitmenschen zu dieser äußersten Gemeinheit fähig sein sollten. Und nun hatte er, dem ungläubigen Thomas gleich, seine Hand in die offene Wunde gelegt, und es blieb ihm keine andere Wahl mehr, als es zu glauben.

Er schaltete Fernseher und Videogerät aus. Dann ging er über den Flur zu Chiaras Zimmer. Die Tür stand offen, und er trat ohne anzuklopfen ein. Chiara lag in ihre Kissen zurückgelehnt. Sie hatte einen Arm um Paola gelegt, die auf der Bettkante saß, mit dem anderen hielt sie ihren abgekauten und vielgezausten Plüschhund an sich gedrückt, den sie zum sechsten Geburtstag bekommen hatte.

»*Ciao, papà*«, sagte sie, als er hereinkam. Sie sah zu ihm auf, lächelte aber nicht.

»*Ciao, angelo*«, sagte er und ging näher an ihr Bett. »Es tut mir leid, daß du das gesehen hast, Chiara.« Er fand sich selbst so dumm wie seine Worte.

Chiara sah ihn scharf an, versuchte aus seinen Worten einen Vorwurf herauszuhören, hörte aber keinen, nur bittere Zerknirschung, die zu erkennen sie noch zu jung war. »Haben sie die Frau wirklich umgebracht, *papà*?« fragte sie, womit sie sogleich seine Hoffnung zunichte machte, daß sie vielleicht vor dem Filmende geflüchtet war.

Er nickte. »Ich fürchte ja, Chiara.«

»Warum?« fragte sie, in der Stimme ebensoviel Unverständnis wie Entsetzen.

Seine Gedanken stoben auf, flohen das Zimmer. Er versuchte Hehres zu denken, wollte seinem Kind so gern etwas Tröstliches sagen, es überzeugen, daß die Welt entgegen aller Niedertracht, die sie gesehen hatte, dennoch ein Ort war, an dem solche Dinge die Ausnahme waren, daß die Menschheit dennoch von Natur und Neigung gut war.

»Warum, *papà*? Warum tun die so was?«

»Ich weiß es nicht, Chiara.«

»Aber die haben sie richtig getötet?« fragte sie wieder.

»Sprich nicht mehr davon«, unterbrach Paola sie und bückte sich, um ihr Gesicht zu küssen, während sie den Arm fester um sie schlang.

Unbeirrt wiederholte Chiara: »Richtig getötet, *papà*?«

»Ja, Chiara.«

»Sie ist wirklich gestorben?«

Paola sah zu ihm auf, versuchte ihn mit ihrem Blick zum Schweigen zu bringen, aber er antwortete: »Ja, Chiara, sie ist wirklich gestorben.«

Chiara zog ihren zerzausten Hund auf den Schoß und sah starr auf ihn hinunter.

»Wer hat dir dieses Video gegeben, Chiara?« fragte er.

Sie zog an einem der langen Hundeohren, aber vorsichtig, weil sie wußte, daß es das kaputte war. »Francesca«, antwortete sie schließlich. »Heute morgen vor der ersten Stunde hat sie es mir gegeben.«

»Hat sie etwas dazu gesagt?«

Chiara nahm den Hund hoch und stellte ihn mit den Hinterbeinen auf die Bettdecke. Schließlich antwortete sie:

»Sie sagt, sie habe gehört, daß ich wegen der Sache mit ihrem Vater nach ihr herumfrage. Sie hat sich gedacht, daß ich es für dich tue, weil du doch Polizist bist. Und dann hat sie gesagt, ich soll mir das Video ansehen, wenn ich wissen will, warum jemand ihren Vater hätte umbringen wollen.« Sie ließ den Hund wackelnd auf sich zukommen.

»Hat sie noch etwas gesagt, Chiara?«

»Nein, *papà*, nur das.«

»Weißt du, woher sie das Video hat?«

»Nein. Sie hat nur das gesagt, – daß es zeigt, warum jemand ihren Vater hätte umbringen wollen. Aber was hat Francescas Vater damit zu tun?«

»Ich weiß es nicht.«

Paola stand so unvermittelt auf, daß Chiara ihren Plüschhund losließ und dieser auf den Boden fiel. Paola bückte sich danach, packte ihn mit einer Hand und hielt das abgegriffene Stofftier einen Moment mit fast tödlichem Griff umklammert. Dann bückte sie sich ganz langsam und legte es auf Chiaras Schoß zurück, strich ihrer Tochter übers Haar und verließ das Zimmer.

»Was waren das für Männer, *papà*?«

»Ich glaube, es waren Serben, aber sicher weiß ich das nicht. Es muß sich jemand anhören, der die Sprache versteht, dann wissen wir es.«

»Was machst du jetzt, *papà*? Wirst du sie verhaften und ins Gefängnis stecken?«

»Ich weiß es nicht, Schätzchen. Es wird nicht leicht sein, sie zu finden.«

»Aber sie gehören doch ins Gefängnis, oder?«

»Ja.«

»Was denkst du, wie Francesca das mit ihrem Vater gemeint hat?« Ihr fiel eine Möglichkeit ein, und sie fragte: »Er war doch nicht der Mann mit der Kamera, nein?«

»Nein, sicher nicht.«

»Was hat sie denn dann gemeint?«

»Ich weiß es nicht. Das muß ich ja eben herausfinden.« Er sah, wie sie die Ohren des Hundes zusammenzuknoten versuchte. »Chiara?«

»Ja, *papà*?« Sie sah ihn an, voll Vertrauen darauf, daß er jetzt etwas sagen würde, das alles wieder gutmachen, alles in Ordnung bringen würde, als ob es nie geschehen wäre.

»Ich glaube, du solltest jetzt lieber nicht mehr mit Francesca sprechen.«

»Und keine Fragen mehr stellen?«

»Nein, das auch nicht.«

Sie ließ sich das durch den Kopf gehen, dann fragte sie zögernd: »Du bist nicht böse auf mich, nein?«

Brunetti beugte sich übers Bett. »Nein, ich bin überhaupt nicht böse auf dich.« Er war nicht sicher, ob seine Stimme ihm gehorchen würde, und schwieg einen Moment, dann zeigte er auf den Hund und sagte: »Paß auf, daß du Bello nicht das Ohr abreißt.«

»Ist das nicht ein dummer Hund?« fragte Chiara. »Wer hat denn schon mal von einem Hund gehört, der kahle Flecken hat?«

Brunetti strich dem Hund über die Nase. »Die meisten Hunde werden auch nicht von kleinen Mädchen abgekaut.«

Darüber mußte sie lächeln, dann schwang sie die Beine über die Bettkante. »Ich glaube, ich mache jetzt lieber meine Hausaufgaben«, sagte sie und stand auf.

»Gut. Ich gehe mal mit deiner Mutter reden.«

»*Papà*?« sagte sie, als er schon fast an der Tür war.

»Hmm?« fragte er.

»*Mamma* ist auch nicht böse auf mich, nein?«

»Chiara«, antwortete er mit etwas unsicherer Stimme: »Du bist unsere größte Freude.« Und bevor sie darauf etwas sagen konnte, knurrte er im tiefsten Baß: »Und jetzt ab an deine Hausaufgaben.« Brunetti wartete, bis er sie lächeln sah, bevor er aus dem Zimmer ging.

In der Küche stand Paola am Spülbecken und wirbelte etwas in der Salatschleuder herum. Als er hereinkam, sah sie auf und sagte: »Die ganze Welt könnte zusammenstürzen, wir müßten wohl trotzdem zu Abend essen.« Er war erleichtert, sie dabei lächeln zu sehen. »Hat Chiara sich wieder gefangen?«

Brunetti hob die Schultern. »Sie macht jetzt ihre Hausaufgaben. Wie sie sich fühlt, weiß ich nicht. Was denkst du denn? Du kennst sie besser als ich.«

Sie nahm die Hand vom Drehknopf der Schleuder und sah ihn an. Das Surren erfüllte die Küche, und als es allmählich abklang, fragte sie: »Glaubst du das im Ernst?«

»Ob ich was glaube?«

»Daß ich sie besser kenne als du?«

»Du bist ihre Mutter«, sagte Brunetti, als wäre das eine hinreichende Erklärung.

»Ach Guido, du bist doch manchmal ein richtiger Esel. Wenn du eine Münze wärst, Chiara wäre die andere Seite.«

Das aus Paolas Mund zu hören, machte ihn seltsamerweise sehr müde. Er setzte sich an den Tisch. »Wer weiß? Sie ist so jung. Vielleicht vergißt sie es wieder.«

»Wirst du es vergessen?« fragte Paola, während sie sich ihm gegenübersetzte.

Brunetti schüttelte den Kopf. »Die Einzelheiten in dem Film werde ich wohl vergessen, aber nie, daß ich ihn gesehen habe. Ich werde nie vergessen, was er bedeutet.«

»Gerade das verstehe ich nicht«, sagte Paola. »Was hat jemand davon, sich so etwas anzusehen? Es ist so widerwärtig.« Sie schwieg einen Moment und sprach dann weiter, offenbar erstaunt, sich selbst dieses Wort sagen zu hören: »Die reine Schlechtigkeit ist das. Das ist das Schreckliche daran: Ich komme mir vor, als hätte ich in ein Fenster geschaut und die menschliche Schlechtigkeit erblickt.« Nach einer kleinen Weile fragte sie: »Guido, wie konnten diese Männer das tun? Wie konnten sie das tun und sich nach wie vor für Menschen halten?«

Brunetti hatte auf solch ›letzte Fragen‹, wie er sie nannte, nie eine Antwort. Statt nach einer zu suchen, stellte er eine Gegenfrage: »Wie steht es mit dem Kameramann, wie steht es mit denen, die Geld dafür bezahlen, daß sie sich das ansehen können?«

»Bezahlen?« fragte Paola. »Bezahlen?«

Brunetti nickte. »Ich glaube, das ist es nämlich, ein Video, das zum Verkauf gedreht wurde. Die Amerikaner nennen sie ›snuff films‹. Da werden Leute wirklich umgebracht. Interpol hat vor ein paar Monaten einen Bericht darüber erstellt. Man hat in Amerika welche gefunden, in Los Angeles, glaube ich. In einem Filmstudio, da wurden sie vervielfältigt und dann verkauft.«

»Wo kommen sie denn her?« fragte Paola, deren Erstaunen dem schieren Entsetzen Platz gemacht hatte.

»Du hast die Männer gesehen, die Uniformen. Ich glaube, was sie sprachen, war Serbokroatisch.«

»Der Himmel steh uns bei«, flüsterte Paola. »Und diese arme Frau.« Sie hielt sich eine Hand vor den Mund. »Guido, Guido.«

Er stand auf. »Ich werde noch mal zu Francescas Mutter gehen und mit ihr reden müssen.«

»Wußte sie davon?«

Brunetti hatte keine Ahnung, er wußte nur, daß er sie satt hatte, so satt, daß es schon fast weh tat: diese Signora Trevisan mit ihrer kaum verhohlenen Verachtung und ihren Unwissenheitsbeteuerungen. Wenn Francesca dieses Video Chiara gegeben hatte, dann konnte dieses Mädchen vermutlich viel klarer zwischen Wahn und Wirklichkeit unterscheiden als ihre Mutter. Wenn er daran dachte, daß Francesca gewußt haben mußte, was auf dem Video war, erfaßte ihn das Grauen vor dem Unreinen bei der Vorstellung, daß er sie vernehmen mußte, aber er brauchte sich nur den Blick in den Augen der Frau wieder ins Gedächtnis zu rufen, als sie die Kamera aus nächster Nähe auf sie herabstarren sah, und er wußte, daß er das Mädchen und seine Mutter bis in die tiefste Hölle verfolgen würde, um zu erfahren, was sie wußten.

26

Signora Trevisan wich vor Brunetti zurück, kaum daß sie die Tür geöffnet hatte, als wäre seine Wut ein Flammenstrahl, der ihr entgegenloderte. Er trat in die Wohnung und knallte die Tür hinter sich zu, richtig froh, sie bei dem Krach zusammenzucken zu sehen.

»Schluß jetzt, Signora«, sagte Brunetti. »Schluß mit den Ausflüchten, Schluß mit den Lügen, was Sie alles gewußt und nicht gewußt haben wollen.«

»Ich weiß gar nicht, wovon Sie sprechen«, erwiderte sie, wobei sie einen so offenkundig aufgesetzten Zorn in ihre Stimme legte, daß es die Angst, die dahinter lauerte, nicht kaschieren konnte. »Ich habe Ihnen schon einmal Rede und Antwort gestanden und...«

»Und dabei haben Sie gelogen, gelogen und nichts als mich angelogen«, schnitt Brunetti ihr wütend das Wort ab. »Jetzt ist Schluß mit der Lügerei, sonst lasse ich Sie und Ihren Liebhaber in die Questura bringen und die Guardia di Finanza jede einzelne Geldtransaktion durchleuchten, die Sie in den letzten zehn Jahren getätigt haben.« Er machte einen Schritt auf sie zu, und sie wich noch weiter zurück, eine Hand vor sich gestreckt, wie um seine Wut abzuwehren.

»Ich weiß noch immer nicht...« begann sie, doch Brunetti unterbrach sie mit einer so drohenden Handbewegung, daß es ihn selbst erschreckte.

»Kommen Sie gar nicht erst auf den Gedanken, mich anzulügen, Signora. Meine Tochter hat das Video gesehen, das aus Bosnien.« Er wurde so laut, daß er den Protest, den sie schon erheben wollte, ohne weiteres übertönte. »Meine Tochter ist vierzehn, und sie hat dieses Video gesehen.« Sie wich immer weiter vor ihm zurück, doch er folgte ihr erbarmungslos. »Sie werden mir jetzt alles sagen, was Sie darüber wissen, und keine Lügen mehr, nicht eine einzige, oder Sie werden es jeden Tag bereuen, den Sie noch leben.«

Sie sah ihn an, und ihr Blick war so von Grauen erfüllt wie bei der Frau in dem Video, doch obwohl er diese Ähnlichkeit bewußt wahrnahm, ließ sie ihn kalt.

Kein Höllenschlund, nichts Unheildrohenderes als eine Tür tat sich hinter ihr auf, und ihre Tochter streckte den Kopf heraus. »Was ist, *mamma*?« fragte Francesca, dann sah sie zu Brunetti hinüber. Sie erkannte ihn sofort, sagte aber nichts.

»Geh zurück in dein Zimmer, Francesca«, befahl ihre Mutter und überraschte Brunetti mit dem kühlen Ton, in dem sie das sagte. »Commissario Brunetti muß mir noch ein paar Fragen stellen.«

»Über *papà* und Onkel Ubaldo?« fragte sie, ohne auch nur ansatzweise ihre Neugier zu tarnen.

»Ich habe gesagt, daß ich mit ihm reden will, Francesca.«

»Klar willst du das«, sagte das Mädchen, worauf es in sein Zimmer zurückging und leise die Tür schloß.

Mit derselben ruhigen Stimme sagte Signora Trevisan: »Also gut.« Damit ging sie auf das Zimmer zu, in dem schon ihre letzten Unterredungen stattgefunden hatten.

Dort setzte sie sich, Brunetti aber blieb stehen und trat ruhelos von einem Fuß auf den anderen, während sie sprach, oder ging mit kleinen Schritten hin und her, noch viel zu erregt, um stillzuhalten.

»Was wollen Sie wissen?« fragte sie, sobald sie saß.

»Die Filme.«

»Die werden in Bosnien gedreht. In Sarajewo, glaube ich.«

»Das weiß ich schon.«

»Was wollen Sie denn dann wissen?« fragte sie mit gespielter Unschuld, aber sie spielte schlecht.

»Signora«, sagte er, wobei er einmal kurz stehenblieb, »ich warne Sie, daß ich Sie vernichten werde, wenn Sie mir nicht sagen, was ich wissen will.« Er sah, daß sein Ton Wirkung tat. »Die Videos. Reden Sie.«

Sie veränderte ihren Ton, jetzt ganz die Gastgeberin, die es mit einem besonders lästigen Gast zu tun hat. »Sie werden dort hergestellt, und einige werden dann nach Frankreich geschickt und dort vervielfältigt. Andere gehen in die USA, wo dasselbe mit ihnen geschieht. Dann werden sie verkauft.«

»Wo?«

»In Geschäften. Oder per Post. Da gibt es Versandlisten.«

»Wer hat diese Listen?«

»Die Verteiler.«

»Und wer sind die?«

»Ich kenne die Namen nicht. Die Originale gehen an Postfächer in Marseille und Los Angeles.«

»Wer dreht die Originale?«

»Jemand in Sarajewo. Ich glaube, er arbeitet für das serbische Militär, aber genau weiß ich das nicht.«

»Wußte Ihr Mann, wer das ist?« Er sah sie zu einer Antwort ansetzen und fügte hinzu: »Die Wahrheit, Signora.«

»Ja, er wußte es.«

»Wessen Idee war es, diese Filme zu drehen?«

»Ich weiß es nicht. Ich denke mir, daß Carlo vielleicht einen gesehen hat. Er hatte eine Vorliebe für so etwas. Und ich denke mir, das hat ihn auf die Idee gebracht, sie zu vertreiben. Er vertrieb ja schon andere Sachen per Post und über Geschäfte in Deutschland.«

»Was für Sachen?«

»Zeitschriften.«

»Was für Zeitschriften?«

»Pornographische.«

»Signora, man kann pornographische Zeitschriften in dieser Stadt an jedem Zeitungskiosk kaufen. Welche Art Pornographie?«

Ihre Stimme war jetzt so leise, daß er sich vorbeugen mußte, um sie zu verstehen. »Kinder.« Sie sagte nichts weiter, nur dieses eine Wort.

Brunetti schwieg und wartete, daß sie fortfuhr.

»Carlo hat gesagt, daran sei nichts Ungesetzliches.«

Brunetti brauchte einen Moment, um zu begreifen, daß sie das ernst meinte. »Wie ist Ihre Tochter an diesen Film gekommen?«

»Carlo bewahrte die Originale in seinem Arbeitszimmer auf. Er hat sich die neuen immer gern angesehen, bevor er sie weiterschickte.« Ihr Ton wurde jetzt deutlich mißbilligend, als sie sagte: »Ich nehme an, sie ist da hineingegangen und hat sich einen genommen. Das wäre nie passiert, wenn Carlo noch lebte.«

Brunetti wollte sich nicht erdreisten, eine Witwe in ihrer Trauer zu stören, und fragte statt dessen nur: »Wie viele solche Videos waren es?«

»Ach, das weiß ich nicht. Ein Dutzend, vielleicht auch zwanzig.«

»Alle gleich?«

»Ich weiß es nicht. Ich weiß auch nicht, was Sie mit ›alle gleich‹ meinen.«

»Videos, in denen Frauen vergewaltigt und ermordet werden.«

Sie bedachte ihn mit einem Blick voller Abscheu, daß er es wagte, von solch häßlichen Dingen zu reden. »Ich glaube, ja.«

»Glauben Sie es, oder wissen Sie es?«

»Ich denke, ich weiß es.«

»Wer war daran noch beteiligt?«

Ihre Antwort kam prompt: »Ich nicht.«

»Wer war außer Ihrem Mann und Ihrem Bruder noch daran beteiligt?«

»Ich glaube, dieser Mann in Padua.«

»Favero?«

»Ja.«

»Wer noch?«

»Bei den Bändern niemand, von dem ich wüßte.«

»Und bei dem anderen, bei den Prostituierten, wer noch?«

»Ich glaube, da war noch eine Frau. Ich weiß nicht, wer sie war, aber ich weiß, daß Carlo sich bei der Überführung neuer Mädchen ihrer Hilfe bedient hat.« Brunetti registrierte, in welch selbstverständlichem Ton sie seine Frage nach den Prostituierten beantwortete, den ›Mädchen‹, und wie beiläufig sie ihre volle Mitwisserschaft beim Mädchenhandel ihres Mannes zugab.

»Überführung von wo?«

»Von überall. Ich weiß es nicht.«

»Wer ist die Frau?«

»Das weiß ich nicht. Die beiden haben sehr wenig über sie gesprochen.«

»Was *haben* sie denn über sie gesprochen?«

»Nichts, gar nichts.«

»Was haben sie über die Frau gesprochen?«

»Ich kann mich nicht erinnern. Ubaldo hat einmal etwas erwähnt, glaube ich, aber ich kann mich nicht erinnern.«

»Was hat er gesagt?«

»Er nannte sie ›die Slawin‹, aber was er damit meinte, weiß ich nicht.«

Für Brunetti war sonnenklar, was er gemeint hatte. »Ist sie Slawin?«

Sie senkte die Stimme und wandte den Blick ab, als sie antwortete: »Ich glaube, ja.«

»Wie heißt sie? Wo wohnt sie?«

Er sah sie diese Frage genau durchdenken, bevor sie antwortete, sah sie abwägen, welches Maß an Unannehmlichkeiten eine ehrliche Antwort ihr eintragen könnte. Er wandte sich abrupt von ihr ab, machte zwei Schritte von ihr fort, drehte sich dann ebenso abrupt wieder um, ging auf sie zu und baute sich vor ihr auf. »Wo wohnt sie?«

»Ich glaube, sie wohnt hier.«

»In Venedig?«

»Ja.«

»Was wissen Sie noch?«

»Sie ist berufstätig.«

»Signora, die meisten Menschen sind berufstätig. Was macht sie?«

»Sie organisiert – das heißt, sie organisierte – Ubaldos und Carlos Flugreisen.«

»Signora Ceroni?« fragte Brunetti, sehr zu Signora Trevisans Überraschung.

»Ich glaube, ja.«

»Was hat sie noch für die beiden gemacht?«

»Das weiß ich nicht«, antwortete sie, aber bevor er noch näher auf sie zugehen konnte, fügte sie hinzu: »Ich weiß es wirklich nicht. Ich habe sie ein paarmal mit ihr telefonieren hören.«

»Wegen Flugtickets?« fragte er, ohne seinen Sarkasmus verbergen zu wollen.

»Nein, wegen anderem. Mädchen. Geld.«

»Kennen Sie die Frau persönlich?«

»Nein, ich habe sie nie kennengelernt.«

»Ist ihr Name irgendwann einmal in Verbindung mit den Videos gefallen?«

»Sie haben nie über die Videos gesprochen. Nicht direkt. Sie haben nur Andeutungen gemacht, und ich verstand, worum es ging.«

Er sparte sich die Mühe, ihr zu widersprechen, weil ihm völlig klar war, daß so die Wahrheit aussehen würde, um die herum sie sich ihre Zukunft einrichten würde – daß Vermuten nicht dasselbe sei wie Wissen, und wer nichts weiß, ist für das, was geschieht, nicht verantwortlich, zumindest nicht wirklich. Brunetti war sich darüber so sehr im klaren, daß ihm richtig schlecht wurde, und er wußte, daß er sich nicht länger mit dieser Frau im selben Zimmer aufhalten konnte. Ohne eine Erklärung machte er kehrt, ging hinaus und zog die Tür hinter sich zu. Die Vorstellung, jetzt auch noch mit dem Mädchen zu sprechen, war ihm unerträglich, und er verließ die Wohnung. Sollten die beiden sich doch in ihrer bequemen Zukunft einzurichten beginnen.

Die Dunkelheit und Kälte, in die Brunetti hinaustrat, tat seinen Nerven wohl. Er warf einen Blick auf die Uhr und sah, daß es schon nach neun war. Eigentlich hätte er jetzt hungrig und durstig sein müssen, aber seine Wut hatte beides vertrieben.

Er konnte sich nicht an Signora Ceronis Privatadresse erinnern, die sie in der Questura ausfindig gemacht hatten, wußte nur noch, daß es irgendwo in San Vio war, denn er hatte sich gefragt, wie nah es wohl bei S. Maria della Salute war. Er ging in eine Bar und sah im Telefonbuch nach, dann nahm er das Einserboot über den Canal zum Salute-Anleger. Er fand das Haus nicht nur ganz in der Nähe der Kirche, es stand sogar so, daß man über den schmalen Kanal hinweg einen freien Blick auf sie hatte. Der Name Ceroni stand unter dem Klingelknopf. Er drückte darauf und hörte nach einer Weile eine Frauenstimme fragen, wer da sei. Er nannte seinen Namen, und sie betätigte ohne weitere Fragen den Türöffner.

Er nahm kaum Notiz vom Treppenhaus, der Treppe, auch nicht von der Art der Begrüßung, mit der sie ihn an der Wohnungstür empfing. Sie führte ihn in ein großes Wohnzimmer, dessen eine Wand ganz von Bücherregalen eingenommen wurde. Indirekte Beleuchtung, die hinter den Balken unter der Decke versteckt sein mußte, spendete sanftes Licht. Nichts davon interessierte ihn. Auch ihre Schönheit nicht oder die dezente Eleganz ihrer Kleidung.

»Sie haben mir verschwiegen, daß Sie Carlo Trevisan kannten«, sagte er, als sie einander gegenübersaßen.

»Ich habe Ihnen gesagt, daß er Kunde bei uns war.« Erst jetzt, während er sich zur Ruhe zwang, begann er sie wahrzunehmen, ihr beigefarbenes Kleid, das sorgsam frisierte Haar, die Silberschnallen auf ihren Schuhen.

»Signora«, sagte Brunetti mit müdem Kopfschütteln, »ich spreche nicht davon, daß er Kunde bei Ihnen war. Ich spreche von Ihren gemeinsamen Geschäften, oder von Ihrer Arbeit für ihn.«

Sie hob das Kinn und sah mit leicht geöffnetem Mund in eine Zimmerecke, als hätte er ihr eine schwierige Entscheidung abverlangt. Nach einer kleinen Ewigkeit sagte sie: »Ich habe Ihnen bei unserer letzten Unterredung schon gesagt, daß ich nichts mit den Behörden zu tun haben will.«

»Und ich habe Ihnen gesagt, daß Sie schon mit ihnen zu tun haben.«

»Scheint so«, versetzte sie ohne jeden Humor.

»Was haben Sie für Signor Trevisan gemacht?«

»Wenn Sie schon wissen, daß ich für ihn gearbeitet habe, brauchen Sie das ja wohl nicht mehr zu fragen.«

»Antworten Sie, Signora Ceroni.«

»Ich habe Geld für ihn kassiert.«

»Was für Geld?«

»Geld, das er von verschiedenen Männern bekam.«

»Prostituiertengeld?«

»Ja.«

»Sie wissen, daß es ungesetzlich ist, von den Einkünften einer Prostituierten zu leben?«

»Natürlich weiß ich das«, sagte sie unwirsch.

»Trotzdem haben Sie es getan?«

»Wie ich Ihnen eben sagte.«

»Was haben Sie noch für ihn getan?«

»Ich wüßte nicht, warum ich Ihnen die Arbeit erleichtern sollte, Commissario.«

»Hatten Sie etwas mit den Videos zu tun?« fragte er.

Sie hätte nicht heftiger reagieren können, wenn er sie geschlagen hätte. Sie erhob sich schon halb, dann fiel ihr ein, wo sie war und wer er war, und sie setzte sich wieder. Brunetti betrachtete sie und notierte sich im Geiste, was jetzt alles zu tun war: ihren Arzt finden und fragen, ob sie schon einmal Rohypnol verschrieben bekommen hatte; ihr Foto den Leuten zeigen, die mit Trevisan im Zug gewesen waren, um zu sehen, ob jemand sie erkannte; feststellen, was für Telefongespräche von ihrem geschäftlichen und privaten Anschluß aus geführt worden waren; ihre Personalien nebst Foto und Fingerabdrücken an Interpol weiterleiten; ihre Kreditkartenquittungen prüfen, ob sie schon einmal ein Auto gemietet hatte, folglich also fahren konnte. Kurz gesagt, alles das, was er sofort hätte machen müssen, als er erfuhr, wem die Brille gehörte.

»Hatten Sie etwas mit den Videos zu tun?« fragte er noch einmal.

»Davon wissen Sie?« fragte sie, und als sie merkte, wie überflüssig diese Frage war: »Wie haben Sie das herausbekommen?«

»Meine Tochter hat eines gesehen. Trevisans Tochter hatte es ihr gegeben und gesagt, es könne vielleicht erklären, warum jemand ihren Vater hätte töten wollen.«

»Wie alt ist Ihre Tochter?« fragte sie.

»Vierzehn.«

»Das tut mir leid.« Signora Ceroni blickte auf ihre Hände. »Es tut mir aufrichtig leid.«

»Sie wissen, was auf den Videos ist?« fragte er.

Sie nickte. »Ja, ich weiß es.«

Er versuchte erst gar nicht, den Ekel aus seiner Stimme fernzuhalten. »Und Sie haben Trevisan beim Verkauf geholfen?«

»Commissario«, sagte sie, indem sie aufstand, »ich möchte darüber nicht weitersprechen. Wenn Sie mich offiziell etwas zu fragen haben, können Sie das in der Questura tun, in Gegenwart meines Anwalts.«

»Sie haben die Männer umgebracht, nicht wahr?« fragte er, noch bevor er richtig darüber nachgedacht hatte.

»Bedaure, ich habe keine Ahnung, wovon Sie reden«, sagte sie. »Und wenn Sie jetzt keine weiteren Fragen haben, wünsche ich Ihnen einen guten Abend.«

»Waren das Sie im Zug, die Frau mit der Pelzmütze?«

Sie war schon auf dem Weg zur Tür, doch bei dieser Frage stockte sie und kam abrupt auf dem linken Fuß zum Stehen. Schnell gewann sie jedoch ihr Gleichgewicht und ihre Haltung wieder und ging weiter. Sie öffnete die Tür und hielt sie ihm auf. »Guten Abend, Commissario.«

Er blieb an der Tür noch kurz vor ihr stehen, aber ihr Blick war fest und kühl. Er ging ohne ein weiteres Wort.

Er trat aus dem Haus und entfernte sich sogleich, ohne

sich noch einmal umzudrehen und dahin zurückzusehen, wo er ihre Fenster vermutete. Vielmehr ging er über die vor ihm liegende Brücke und wandte sich nach rechts in die erste *calle*. Dort blieb er stehen und wünschte sich, nicht zum erstenmal, ein Handy. Er strengte sein Gedächtnis an und wartete, bis der Straßenplan von dieser Gegend, den er wie jeder Venezianer im Kopf hatte, Gestalt annahm. Als es soweit war, wußte er, daß er bis zur zweiten *calle* weitergehen und sich dann nach links in eine schmale *calle* wenden mußte, die hinter ihrem Haus vorbeiführte, um dahin zu kommen, wohin er wollte: ans Ende der *calle,* in der sie wohnte, denn von dort aus hätte er ihre Haustür im Blick.

Dort angekommen, lehnte er sich an eine Mauer und wartete eine Ewigkeit, bis sie aus dem Haus trat. Sie schaute beim Herauskommen in beide Richtungen, aber Brunetti stand gut versteckt im Schatten. Sie wandte sich nach rechts, und er folgte ihr, froh, daß er die braunen Schuhe mit den Gummisohlen anhatte, die seine Schritte dämpften. Die ihren waren dank der hohen Absätze so gut zu hören, daß er ihr folgen konnte, als hätte er sie ständig im Blick.

Schon bald merkte er, daß sie entweder zum Bahnhof oder zum Piazzale Roma wollte, wobei sie sich immer an die kleineren *calli* und fern von den Vaporetti auf dem Canal Grande hielt. Auf dem Campo Santa Margherita wandte sie sich nach links zum Piazzale Roma und den Bussen, die zum Festland fuhren.

Brunetti hielt soviel Abstand von ihr, wie er konnte, ohne sie aus den Ohren zu verlieren. Es war jetzt schon nach zehn, so daß nur noch sehr wenige Leute unterwegs waren und so gut wie keine anderen Geräusche das Klicken ihrer Absätze übertönten.

Am Piazzale überraschte sie Brunetti damit, daß sie diesen überquerte, sich also von den Bushaltestellen entfernte. Drüben ging sie die Treppe hinauf und zum städtischen Parkhaus, wo sie durch den großen offenen Eingang verschwand. Brunetti rannte über den Piazzale, blieb aber am Eingang stehen und versuchte in das nur schwach erhellte Innere zu spähen.

In der Glaskabine rechts vom Eingang saß ein Mann, der den Kopf hob, als Brunetti sich ihm näherte. »Ist hier eben eine Frau im grauen Mantel vorbeigekommen?«

»Bilden Sie sich ein, daß Sie von der Polizei sind?« fragte der Mann und blickte sogleich wieder auf die Zeitschrift, die er aufgeschlagen vor sich liegen hatte.

Wortlos zückte Brunetti seine Brieftasche und entnahm ihr seinen Dienstausweis. Er ließ ihn auf die Zeitschrift fallen. »Ist hier eine Frau im grauen Mantel hereingekommen?«

»Signora Ceroni«, sagte der Mann und sah jetzt auf, als er Brunetti den Ausweis zurückgab.

»Wo steht ihr Wagen?«

»Parkdeck vier. Sie muß gleich unten sein.«

Das Brummen eines Motors auf der geschwungenen Rampe, die zu den oberen Parkdecks führte, lieferte den Beweis. Brunetti wandte sich von der Kabine ab und ging zur Ausfahrt, die in die Straße zum Festland mündete. Er stellte sich mitten in die Ausfahrt, die Arme an den Seiten.

Der Wagen, ein weißer Mercedes, kam die Rampe herunter und bog in die Ausfahrt. Die Scheinwerfer strahlten

Brunetti voll ins Gesicht und blendeten ihn kurz, so daß er die Augen zusammenkneifen mußte.

»He, was machen Sie da?« rief der Mann Brunetti zu, während er von seinem Stuhl stieg und aus der Kabine kam. Er kam auf Brunetti zu, aber genau in dem Moment brüllte die Hupe des Wagens auf, ohrenbetäubend zwischen den Wänden, und der Wächter sprang zurück und prallte gegen den Türpfosten. Er sah den Wagen die zehn Meter bis zu dem in der Ausfahrt stehenden Brunetti zurücklegen. Er rief noch einmal, aber jener rührte sich nicht von der Stelle. Er sagte sich, daß er hinrennen und den Polizisten aus dem Weg stoßen müsse, konnte sich aber zu keiner Bewegung überwinden.

Wieder ertönte die Hupe, und der Mann schloß die Augen. Das Quietschen der Bremsen zwang ihn, sie wieder zu öffnen, und da sah er den Wagen auf dem ölverschmierten Boden heftig schlingern, als er dem Polizisten auszuweichen versuchte, der sich noch immer nicht vom Fleck gerührt hatte. Der Mercedes streifte einen Peugeot auf Platz 17, schwenkte erneut auf die Ausfahrt zu und kam nicht einmal einen Meter vor dem Polizisten zum Stehen. Vor den Augen des Parkwächters trat der Polizist nun an die Beifahrertür und öffnete sie. Er sagte etwas, wartete kurz und stieg dann in den Wagen. Der Mercedes schoß durch die Ausfahrt und bog nach links zur Schnellstraße ab, während der Parkwächter, dem nichts Besseres zu tun einfiel, die Polizei anrief.

27

Während sie auf der Schnellstraße den Lichtern von Mestre und Marghera entgegenfuhren, betrachtete Brunetti eingehend Signora Ceronis Profil, aber sie beachtete ihn nicht und blickte starr geradeaus, darum schaute er nun rechts aus dem Fenster zum Leuchtturm von Murano und, noch weiter draußen, zu den Lichtern von Burano. »So eine klare Nacht«, sagte er. »Ich glaube, ich kann sogar Torcello da draußen erkennen.«

Sie gab Gas und fuhr bald schneller als alle anderen Wagen auf der Strecke. »Wenn ich jetzt das Steuer nach rechts herumreiße, fliegen wir ins Wasser«, sagte sie.

»Da haben Sie wahrscheinlich recht«, antwortete Brunetti.

Sie nahm den Fuß vom Gaspedal, und sie wurden wieder langsamer. Ein Wagen zog links an ihnen vorbei. »Als Sie ins Reisebüro kamen«, sagte sie, »wußte ich, daß es nur eine Frage der Zeit war, bis Sie wiederkämen. Ich hätte da schon abhauen sollen.«

»Wohin wären Sie abgehauen?«

»In die Schweiz, und von da nach Brasilien.«

»Wegen der Geschäftsbeziehungen dort?«

»Die hätte ich wohl kaum benutzen können, oder?«

Brunetti dachte darüber nach, bevor er antwortete: »Nein, unter den gegebenen Umständen wahrscheinlich nicht. Warum also Brasilien?«

»Weil ich dort Geld habe.«

»Und in der Schweiz?«

»Natürlich. Jeder hat Geld in der Schweiz«, blaffte sie.

Brunetti, der kein Geld in der Schweiz hatte, verstand dennoch, was sie meinte, und sagte: »Klar.« Dann fragte er: »Aber dort könnten Sie nicht bleiben?«

»Nein. Brasilien ist besser.«

»Wahrscheinlich. Aber jetzt können Sie nicht mehr hin.«

Sie antwortete nicht.

»Wollen Sie mir davon erzählen? Ich weiß, wir sind nicht in der Questura, und Sie haben Ihren Anwalt nicht dabei, aber ich wüßte gern, warum.«

»Fragen Sie als Polizist oder als Mensch?«

Er seufzte. »Ich fürchte, das macht keinen Unterschied, jetzt nicht mehr.«

Sie sah ihn daraufhin an, nicht auf die Worte hin, sondern den Seufzer. »Was passiert jetzt?«

»Mit Ihnen?«

»Ja.«

»Das hängt davon ab...«, begann er, denn er dachte, es würde wohl von ihrem Motiv abhängen. Aber dann fiel ihm ein, daß es ja drei waren, und so traf das nicht zu. Das Motiv würde für die Richter kaum eine Rolle spielen, nicht bei drei Toten, alle offensichtlich kaltblütig umgebracht. »Schwer zu sagen. Nichts Gutes.«

»Ich glaube, es ist mir egal«, meinte sie, und ihn überraschte die Leichtigkeit, mit der sie das sagte.

»Wieso das?«

»Weil sie es verdient hatten, alle drei.«

Brunetti wollte schon entgegnen, daß niemand den Tod verdiene, aber dann fiel ihm das Video ein, und er schwieg.

»Erzählen Sie«, sagte er.

»Sie wissen, daß ich für sie gearbeitet habe?«

»Ja.«

»Ich meine nicht jetzt. Ich meine, schon seit Jahren, seit ich in Italien bin.«

»Für Trevisan und Favero?« fragte er.

»Nein, für die nicht, aber für Männer wie sie, die dieses Geschäft betrieben, bevor sie es an Trevisan verkauften.«

»Er hat es gekauft?« fragte Brunetti, den es überraschte, daß sie darüber sprach, als ginge es um normalen Warenhandel.

»Ja. Ich weiß nicht, wie das zugegangen ist, aber ich weiß, daß die Männer, die das Geschäft betrieben, eines Tages verschwunden waren und Trevisan der neue Chef war.«

»Und Sie…?«

»Ich war sozusagen ›mittleres Management‹.« Sie gebrauchte diesen Begriff aus der Unternehmenswelt mit triefender Ironie.

»Was bedeutet das?«

»Es bedeutet, daß ich meinen Arsch nicht mehr auf der Straße feilbieten mußte.« Sie schaute zu ihm hinüber, um zu sehen, ob sie ihn schockiert hatte, aber der Blick, mit dem Brunetti sie ansah, war so gelassen wie seine Stimme, als er fragte: »Wie lange haben Sie das gemacht?«

»Als Prostituierte gearbeitet?«

»Ja.«

»Ich war als Prostituierte hierhergekommen«, sagte sie und hielt dann inne. »Nein, das stimmt nicht. Ich kam als junge Frau, die zum erstenmal verliebt war, in einen Italiener, der mir die Welt zu Füßen legen wollte, wenn ich nur meine Heimat verließ und ihm folgte. Ich habe meinen Teil erfüllt, er den seinen nicht.

Wie ich schon sagte, ich stamme aus Mostar. Das heißt, daß meine Familie muslimisch war. Nicht daß einer von uns je eine Moschee von innen gesehen hätte. Außer meinem Onkel, aber den hielten alle für verrückt. Ich bin sogar bei den Nonnen in die Schule gegangen. Meine Familie meinte, da bekäme ich eine bessere Ausbildung, also habe ich zwölf Jahre katholische Schulen genossen.«

Brunetti stellte fest, daß sie auf der rechten Seite des Kanals zwischen Venedig und Padua fuhren, der Straße der Palladio-Villen. Gerade als er die Straße erkannte, tauchte jenseits des Kanals eine der Villen auf, ihre Umrisse schwach erkennbar im Mondlicht, ein einzelnes Fenster im Obergeschoß erhellt.

»Die Geschichte ist so abgedroschen, daß ich sie Ihnen gar nicht erst erzähle. Ich war verliebt. Ich kam hierher und fand mich keinen Monat später auf der Straße wieder. Ohne Paß, ohne Italienischkenntnisse, aber ich hatte bei den Schwestern sechs Jahre Latein gehabt und alle diese Gebete auswendig gelernt, da fiel es mir also leicht, Italienisch zu lernen. Und ebenso leicht lernte ich, was ich tun mußte, um Erfolg zu haben. Ich war schon immer sehr ehrgeizig gewesen und sah nicht ein, warum ich nicht auch darin Erfolg haben sollte.«

»Was haben Sie also gemacht?«

»Ich war sehr gut bei der Arbeit. Ich ließ nichts davon auf mich abfärben und konnte mich dem Mann, der die Hand über uns hatte, nützlich machen.«

»Nützlich inwiefern?«

»Ich habe die anderen Mädchen bei ihm verpfiffen; zweimal habe ich ihm von welchen berichtet, die abhauen wollten.«

»Was ist aus ihnen geworden?«

»Sie haben Prügel bekommen. Der einen hat er, glaube ich, ein paar Finger gebrochen. Sie haben uns selten so zugerichtet, daß wir nicht mehr arbeiten konnten. Schlecht fürs Geschäft.«

»Und wie haben Sie sich sonst noch nützlich gemacht?«

»Ich habe ihnen Namen von Freiern beschafft, und ich glaube, von denen wurden einige erpreßt. Ich hatte einen Blick für die nervösen Typen, und die habe ich ausgequetscht, bis sie mir früher oder später alle von ihren Ehefrauen erzählten. Wenn ich den Eindruck hatte, daß es sich lohnen könnte, habe ich ihnen zuerst ihre Namen, dann ihre Adressen entlockt. Es war ganz einfach. Männer sind sehr schwach. Ich glaube, durch ihre Eitelkeit.«

Nach kurzem Schweigen fragte Brunetti: »Und was dann?«

»Dann haben sie mich von der Straße genommen. Sie merkten, daß ich ihnen in einer *managerial capacity* viel nützlicher sein konnte.« Sie gebrauchte den englischen Terminus fast akzentfrei, wechselte so leicht zwischen den Sprachen hin und her wie ein Seehund zwischen Land und Wasser.

»Was hatten Sie denn in dieser *managerial capacity* zu tun?« fragte Brunetti so akzentfrei wie sie.

»Ich mußte mit den neuen Mädchen reden, sie einweisen, ihnen einschärfen, zu tun, was von ihnen verlangt wurde.«

Überflüssigerweise fügte sie hinzu: »Ich habe schnell Spanisch gelernt, das war nützlich.«

»Hat es sich gelohnt?«

»Je weiter ich in der Organisation aufstieg, desto mehr lohnte sich's. Ich hatte nach zwei Jahren so viel zusammengespart, daß ich das Reisebüro kaufen konnte.«

»Aber Sie haben weiter für diese Leute gearbeitet?«

Sie sah ihn an, bevor sie antwortete: »Wer einmal für diese Leute gearbeitet hat, hört nicht auf.« Sie hielt vor einer roten Ampel an, drehte sich aber nicht zu ihm um. Die Hände fest auf dem Lenkrad, blickte sie starr geradeaus.

»Und Gewissensbisse hatten Sie bei dem allem nicht, was Sie da gemacht haben?«

Sie zuckte die Achseln, und als die Ampel umsprang, legte sie den Gang ein. Sie fuhren weiter.

»Das Geschäft expandierte enorm. Es kamen jedes Jahr mehr Mädchen, jeden Monat, wie es aussah. Hergebracht haben wir sie…«

Brunetti unterbrach sie. »War das der Zweck des Reisebüros?«

»Ja. Aber nach einer Weile war es gar nicht mehr sinnvoll, sie zu importieren, so viele kamen aus dem Osten und aus Nordafrika. Da haben wir die Organisation diesen neuen Gegebenheiten angepaßt. Wir haben die Mädchen einfach aufgelesen, nachdem sie schon hier waren. Das senkte die Betriebskosten enorm. Und es war ganz einfach, sich von ihnen die Pässe aushändigen zu lassen. Sofern sie überhaupt welche hatten. Viele kamen ohne Paß.« Ihr Ton war spröde geworden, fast belehrend. »Es ist erstaunlich, wie leicht man in dieses Land kommt. Und hier bleiben kann.«

Wieder tauchte rechts eine Villa auf, aber Brunetti gönnte ihr kaum einen Blick. »Die Videos«, erinnerte er sie.

»Ach ja, die Videos«, sagte sie. »Ich wußte davon schon seit Monaten, bevor ich sie sah. Das heißt, ich wußte theoretisch darüber Bescheid, nämlich daß Videos aus Bosnien geschickt wurden, nicht aber was für welche. Trevisan, Favero und Lotto, sie waren alle ganz wild wegen des Profits, den sie darin sahen. Sie brauchten nur für ein paar Tausend Lire eine Leerkassette zu kaufen und das Video zu überspielen, dann konnten sie es, jedenfalls in Amerika, für mindestens das Zwanzig- bis Dreißigfache des Kassettenpreises verkaufen. Anfangs verkauften sie ja nur die Originale. Für ein paar Millionen Lire das Stück, soviel ich weiß. Aber dann wollten sie doch selbst in den Vertrieb einsteigen, weil da das Geld zu holen sei.

Es war Trevisan, der mich um meine Meinung fragte. Sie wußten, daß ich einen guten Geschäftsinstinkt hatte, deshalb haben sie mich gefragt. Ich habe ihnen genau gesagt, was ich dachte, nämlich daß ich dazu nichts sagen könne, ohne die Videos gesehen zu haben. Selbst da noch habe ich sie nur als Ware betrachtet und das Ganze als ein Marketingproblem.« Sie blickte kurz zu ihm herüber. »Ich dachte ja nur in diesen Begriffen. Waren. Marketing.« Sie seufzte.

»Trevisan hat also mit den andern beiden gesprochen, und sie beschlossen, mir einige der Videos zu zeigen. Sie bestanden aber darauf, daß ich sie mit ihnen zusammen ansehen müsse; sie trauten mir nicht, sie vertrauten die Originalbänder überhaupt niemandem an, nachdem sie einmal gemerkt hatten, wieviel Geld darin steckte.«

»Sie haben sie dann gesehen?« fragte er, als er das Gefühl hatte, daß sie nicht weiterreden wollte.

»O ja, ich habe sie gesehen. Drei.«

»Wo?«

»In Lottos Wohnung. Er war der einzige, der keine Frau im Haus hatte, also sind wir zu ihm gegangen.«

»Und?«

»Und haben die Videos gesehen. Da habe ich den Entschluß gefaßt.«

»Welchen Entschluß?«

»Sie zu töten.«

»Alle drei?« fragte Brunetti.

»Natürlich.«

Nach ein paar Sekunden fragte er: »Warum?«

»Weil sie die Filme so genossen haben. Favero war am schlimmsten. Am zweiten hat er sich so aufgegeilt, daß er aus dem Zimmer mußte. Ich weiß nicht, wohin er gegangen ist, aber er kam erst wieder, als alle durchgelaufen waren.«

»Und die beiden anderen?«

»Oh, erregt waren sie auch. Aber sie kannten die Filme schon, alle, und konnten sich beherrschen.«

»Waren sie wie der, den ich gesehen habe?«

»Wurde eine Frau umgebracht?« fragte sie.

»Ja.«

»Dann waren es die gleichen. Sie wird vergewaltigt, meist mehrmals, und dann umgebracht.« In ihrer Stimme klang so viel Bewegung mit, als hätte sie ihm einen Ausbildungsfilm für Flugbegleiter beschrieben.

»Wie viele von diesen Videos gab es?« fragte Brunetti.

»Das weiß ich nicht. Mindestens sieben, von denen ich wußte, nicht mitgerechnet die drei, die ich gesehen habe. Aber die ersten haben sie gleich verkauft; diese letzten drei wollten sie vervielfältigen und vertreiben.«

»Was haben Sie ihnen gesagt, nachdem Sie die Filme gesehen hatten?«

»Ich habe ihnen gesagt, daß ich einen Tag oder zwei zum Nachdenken brauche und daß ich jemanden in Brüssel kenne, der vielleicht Interesse hätte, Kopien für den belgischen und niederländischen Markt zu kaufen. Aber da hatte ich schon beschlossen, sie zu töten. Es ging nur noch darum, die beste Art zu finden.«

»Warum?«

»Warum was? Warum ich gewartet habe, oder warum ich beschlossen habe, sie zu töten?«

»Warum Sie beschlossen haben, sie zu töten.«

Sie ging vom Gas, weil ein Wagen vor ihnen nach rechts abbiegen wollte. Nachdem die Rücklichter des anderen Autos verschwunden waren, wandte sie sich wieder zu Brunetti. »Darüber habe ich viel nachgedacht, Commissario. Ich glaube, das für mich Entscheidende war, daß sie diese Videos so genossen; das hat mich bei ihnen überrascht. Und wie ich so dasaß und die drei beobachtete, merkte ich, daß sie nicht nur gar nicht auf den Gedanken kamen, es könnte unrecht sein, sich solche Videos anzusehen, sie fanden es offenbar nicht einmal unrecht, sie drehen zu lassen.«

»Und sie haben welche drehen lassen?«

Sie blickte wieder auf die Straße. »Bitte, Commissario,

stellen Sie sich nicht dumm. Wenn es für so etwas keinen Markt gäbe, würde es nicht gemacht. Trevisan und seine Freunde haben einen Markt geschaffen und dann dafür gesorgt, daß er beliefert wurde. Bevor ich die Videos gesehen hatte und wußte, was darauf war, hatte ich Trevisan und Lotto darüber reden hören, ein Fax nach Sarajewo zu schicken und weitere zu bestellen. Darüber redeten sie so beiläufig, als ginge es um die Bestellung einer Kiste Wein oder um einen Auftrag an ihren Börsenmakler, irgendwelche Aktien für sie zu verkaufen. Es war für sie nur Geschäft.«

»Aber dann haben Sie die Filme gesehen?«

»Ja. Dann habe ich die Filme gesehen.«

»Haben Sie darüber nachgedacht, ob es unrecht war, sie zu ermorden?«

»Das versuche ich Ihnen die ganze Zeit zu sagen, Commissario. Es war nicht unrecht. Es war recht. Das stand für mich nie in Frage, von Anfang an nicht. Und bevor Sie fragen: Ja, ich würde es wieder tun.«

»Weil die Frauen Bosnierinnen sind? Muslime?«

Sie ließ einen Laut hören, der wie ein leises Lachen klang. »Es spielt doch keine Rolle, wer die Frauen sind. Oder waren. Sie sind tot, und was immer passiert, es ändert für sie nichts mehr, die armen Dinger.« Sie dachte kurz noch über seine Frage nach. »Nein, das spielte dabei keine Rolle.« Sie hob den Blick von der Straße und sah ihn an. »Da reden die Leute über Menschlichkeit und Verbrechen gegen die Menschlichkeit, Commissario. Die Zeitungen sind voll mit Kommentaren, und die Politiker reden und reden und reden. Und keiner tut etwas. Wir kriegen nur

Reden und noble Gesinnungen aufgetischt, und trotzdem gehen solche Dinge weiter; Frauen werden vergewaltigt und ermordet, und jetzt drehen wir davon sogar Filme und gucken zu.« Er hörte ihre Wut, aber die machte ihre Rede langsamer, nicht schneller. »Darum habe ich beschlossen, ihnen das Handwerk zu legen. Weil es nur so ging.«

»Sie hätten zur Polizei kommen können.«

»Und dann, Commissario? Sie verhaften lassen, wofür? Ist es ein Verbrechen, was sie getan haben?«

Brunetti wußte es nicht und schämte sich, es einzugestehen.

»Ist es ein Verbrechen, Commissario?« bohrte sie.

»Ich weiß es nicht«, sagte er endlich. »Aber Sie hätten die Männer wegen ihrer Geschäfte mit Prostituierten bloßstellen können. Das hätte ihnen auch schon das Handwerk gelegt.«

Sie lachte laut auf. »Was sind Sie doch begriffsstutzig, Commissario! Ich hatte nicht die Absicht, der Prostitution einen Riegel vorzuschieben, ganz und gar nicht. Ich lebe sehr gut davon. Warum sollte ich da einen Riegel vorschieben wollen?«

»Weil man den Frauen das alles antut, dasselbe, was auch Ihnen widerfahren ist.«

Sie sprach jetzt schneller, aber aus Ungeduld, nicht aus Zorn. »Das würde ihnen überall so ergehen, egal, wo. Sie wären auch in ihren Heimatländern Huren und Opfer.«

»Werden nicht manche von ihnen umgebracht?«

»Was wollen Sie von mir, Commissario? Daß ich sage, ich nähme Rache für alle armen toten Prostituierten dieser Welt? Das ist nicht der Fall. Ich versuche, Ihnen zu erklären, warum ich es getan habe. Wenn man diese Männer verhaftet hätte, wäre alles herausgekommen. Ich wäre ebenso verhaftet worden. Und was wäre passiert? Sie hätten ein paar Monate in Untersuchungshaft gesessen, und was dann? Geldstrafe? Ein Jahr Gefängnis? Zwei? Finden Sie, das wäre genug für das, was sie getan haben?«

Brunetti war zu müde, um mit dieser Frau ethische Fragen zu diskutieren. »Wie haben Sie es gemacht?« Er wollte sich mit Fakten begnügen.

»Ich wußte, daß Trevisan und Favero zum Essen verabredet waren, und ich wußte, mit welchem Zug Trevisan immer zurückfuhr. Ich habe denselben Zug genommen. Der Zug ist auf dem letzten Fahrtabschnitt vor Venedig immer ziemlich leer, es war also ganz einfach.«

»Hat er Sie erkannt?«

»Ich weiß es nicht. Es ging alles sehr schnell.«

»Woher hatten Sie die Waffe?«

»Von einem Freund«, sagte sie, ohne dazu Näheres zu erklären.

»Und Favero?«

»Während unseres Essens ist er zur Toilette gegangen, und ich habe ihm ein Schlafmittel in seinen Vin Santo getan. Ich hatte ihn eine halbe Flasche bestellen lassen, weil er so süß ist, daß er den Geschmack überdecken würde.«

»Und dann bei ihm zu Hause?«

»Er sollte mich zum Bahnhof fahren, damit ich den Zug nach Venedig erreichte. Aber auf halbem Weg ist er an einer roten Ampel eingeschlafen. Ich habe ihn auf den Beifahrersitz gezogen, mich selbst ans Steuer gesetzt und den Wagen zu seinem Haus gefahren. Er hatte so einen automatischen

Türöffner für die Garage, also habe ich das Tor geöffnet, bin hineingefahren und habe den Motor laufenlassen, dann habe ich ihn wieder hinters Steuer gesetzt und schnell auf den Knopf gedrückt, der die Garage schloß. Während das Tor zuging, bin ich hinausgerannt.«

»Lotto?«

»Er rief mich an und sagte, er mache sich Sorgen und wolle mit mir über die Ereignisse sprechen.« Brunetti betrachtete ihr Profil, das im Scheinwerferlicht der wenigen Autos, die an ihnen vorbeifuhren, immer wieder kurz zu sehen war. Ihre Miene blieb bei alledem ganz ruhig. »Ich habe ihm gesagt, wir sollten uns besser außerhalb der Stadt treffen, und so haben wir uns in Dolo verabredet. Ich sagte, ich hätte geschäftlich auf dem Festland zu tun, und wir könnten uns auf dieser Nebenstraße in Dolo treffen. Ich war sehr zeitig da, und als er kam, bin ich in seinen Wagen umgestiegen. Er lebte in tausend Ängsten, dachte, seine Schwester hätte Trevisan und Favero umgebracht, und wollte wissen, ob ich das auch glaubte. Er fürchtete, sie würde auch ihn umbringen. Damit das ganze Geschäft ihr gehörte. Und ihrem Liebhaber.«

Sie lenkte an den Straßenrand und ließ einen nachfolgenden Wagen vorbeifahren, dann wendete sie und fuhr den Weg zurück, den sie gekommen waren.

»Ich habe ihm gesagt, daß er von seiner Schwester nichts zu fürchten habe. Er schien deswegen sehr erleichtert. Ich weiß nicht mehr, wie oft ich auf ihn geschossen habe. Dann bin ich wieder in mein eigenes Auto gestiegen und zum Piazzale Roma zurückgefahren.«

»Und die Pistole?« fragte er.

»Die ist noch in meiner Wohnung. Ich wollte sie nicht wegwerfen, bevor ich fertig war.«

»Wie meinen Sie das?«

Sie sah ihn von der Seite an. »Die anderen.«

»Welche anderen?«

Sie antwortete nicht und schüttelte so entschieden den Kopf, daß er es als ein endgültiges Nein verstand.

»Haben Sie nie daran gedacht, daß man Ihnen früher oder später auf die Spur kommen würde?«

»Ich weiß es nicht. Darüber habe ich nicht nachgedacht. Aber dann kamen Sie ins Reisebüro, und ich habe Ihnen erzählt, ich führe nicht Auto, und da ist mir so nach und nach noch alles mögliche eingefallen – abgesehen von der Brille –, was ich falsch gemacht hatte. Ich nehme an, daß Leute mich im Zug gesehen haben, und der Mann im Parkhaus wußte, daß ich in der Nacht, in der Lotto starb, mit dem Wagen unterwegs war. Und heute abend wußte ich dann, daß es aus war. Ich dachte noch, ich könnte davonkommen… Na ja«, fügte sie hinzu, »ich weiß nicht, ob ich das wirklich gedacht oder nur gehofft habe.«

Nach einiger Zeit kamen sie wieder an der ersten Villa vorbei, nur daß sie diesmal auf Brunettis Seite war. Plötzlich brach sie das Schweigen. »Die werden mich umbringen, verstehen Sie?«

Er war durch die Wärme und die ungewohnte Bewegung halb eingedöst. »Wie?« fragte er. Er schüttelte den Kopf und setzte sich aufrecht.

»Wenn die erfahren, daß ich verhaftet bin, wenn sie erfahren, daß ich die drei getötet habe, bleibt ihnen nichts anderes übrig, als mich aus dem Weg zu schaffen.«

»Das verstehe ich nicht«, sagte Brunetti.

»Ich weiß, wer die Leute sind – einige jedenfalls –, die ich nicht getötet habe. Sie werden dafür sorgen, daß ich nicht rede.«

»Wer?«

»Männer, die solche Videos machen – Trevisan war nicht der einzige – und Prostituierte auf die Straße schicken. Nein, nicht die kleinen Gauner auf der Straße, die den Mädchen Dampf machen und ihnen das Geld abnehmen. Ich kenne die Männer, die das Geschäft organisieren, den ganzen Frauen-Import-Export. Allerdings gibt es wohl kaum Export, abgesehen von den Videos, oder? Ich weiß nicht, wer sie alle sind, aber ich kenne etliche.«

»Wer sind die Leute?« fragte Brunetti, der an Mafia und Männer mit Schnurrbärten und südlichem Akzent dachte.

Sie nannte ihm den Bürgermeister einer großen Stadt in der Lombardei und den Generaldirektor eines Pharmakonzerns. Als Brunetti den Kopf herumwarf und sie groß ansah, lächelte sie grimmig und fügte noch den Namen eines der Staatssekretäre im Justizministerium hinzu. »Das ist ein multinationales Unternehmen, Commissario. Wir reden hier nicht von zwei alten Männern, die bei einem Glas Billigwein in einer Bar sitzen und sich über Huren unterhalten; wir reden von Vorstandsetagen und Jachten und Privatflugzeugen, und von Befehlen per Fax und Mobiltelefon. Es sind Männer, die echte Macht haben. Was meinen Sie, wie die es geschafft haben, die Aufzeichnungen über Faveros Autopsie verschwinden zu lassen?«

»Woher wissen Sie das alles?« fragte Brunetti scharf.

»Lotto hat es mir gesagt. Sie wollten nicht, daß Faveros

Tod genauer untersucht wurde. Da sind zu viele Leute beteiligt. Ich kenne ihre Namen nicht alle, aber genug.« Ihr Lächeln verschwand. »Und darum werden sie mich umbringen.«

»Wir nehmen Sie in Schutzhaft«, sagte Brunetti, im Geiste schon bei den organisatorischen Einzelheiten.

»Wie Sindona?« fragte sie sarkastisch. »Wie viele Bewacher hatte er im Gefängnis, wie viele Videokameras haben ihn rund um die Uhr überwacht? Und trotzdem ist das Gift in seinen Kaffee gekommen. Was glauben Sie, wie lange ich am Leben bleibe?«

»Das wird nicht passieren«, versetzte Brunetti hitzig, dann sagte er sich, daß er eigentlich keinen Grund hatte, das alles zu glauben. Er wußte, daß sie die drei Männer getötet hatte, ja, aber alles übrige mußte erst einmal bewiesen werden, vor allem dieses Gerede über Gefahr und Anschläge auf ihr Leben.

Über irgendeine Gefühlsantenne spürte sie seinen Stimmungswandel und verstummte. Sie fuhren weiter durch die Nacht, und Brunetti wandte den Kopf und beobachtete die Lichtreflexe auf dem Kanal zu seiner Rechten.

Als nächstes fühlte er, wie sie an seiner Schulter rüttelte, und als er die Augen öffnete, sah er unmittelbar vor sich eine Mauer. Instinktiv riß er die Arme vors Gesicht und zog den Kopf ein. Aber es folgte kein Aufprall, kein Krachen. Das Auto bewegte sich nicht, der Motor war stumm.

»Wir sind wieder in Venedig«, sagte sie.

Er ließ die Arme sinken und sah sich um. Die Mauer vor ihm gehörte zum Parkhaus; rechts und links standen andere geparkte Wagen.

Sie griff zwischen die Vordersitze und löste ihren Sicherheitsgurt. »Ich nehme an, Sie wollen mich zur Questura bringen.«

Als sie zum *embarcadero* kamen, legte das Einserboot gerade ab. Brunetti sah auf die Uhr und stellte verblüfft fest, daß es schon nach drei war. Er hatte weder Paola noch in der Questura angerufen, um zu sagen, was er vorhatte.

Signora Ceroni stand vor dem Bootsfahrplan und versuchte ihn zu lesen. Schließlich nahm sie ihre Brille heraus und setzte sie auf. Nachdem sie die Abfahrtszeiten gelesen hatte, drehte sie sich zu Brunetti um und sagte: »Erst in vierzig Minuten.«

»Möchten Sie zu Fuß gehen?« fragte er. Es war zu kalt, um sich in dem offenen *embarcadero* hinzusetzen, und beim Gehen blieb ihnen wenigstens warm. Er konnte auch in der Questura anrufen und ein Boot kommen lassen, aber wahrscheinlich waren sie zu Fuß schneller da.

»Ja, gern«, sagte sie. »Ich werde die Stadt nicht mehr zu sehen bekommen.«

Brunetti fand das melodramatisch, aber er sagte nichts. Er wandte sich nach rechts, und sie gingen am Kanal entlang. Als sie zur ersten Brücke kamen, sagte sie: »Haben Sie etwas dagegen, wenn wir über die Rialtobrücke gehen? Ich habe die Strada Nuova nie sonderlich gemocht.«

Ohne etwas zu sagen, ging Brunetti weiter am Kanal entlang, bis sie zu der Brücke kamen, die sie zum Campo Tolentini und von dort durch Seitengäßchen zur Rialtobrücke führte. Sie ging in gemessenem Tempo und schien die Gebäude, an denen sie vorbeikamen, nicht sonderlich zu beachten. Manchmal war Brunetti mit seinem schnelleren

Schritt ihr voraus, dann blieb er an einer Ecke oder am Fuß einer Brücke stehen und wartete auf sie. Sie kamen beim Fischmarkt heraus und gingen weiter zur Rialtobrücke. Mitten auf der Brücke blieb sie nur ganz kurz stehen und blickte nach rechts und links auf den stillen Canal Grande. Sie verließen die Brücke und überquerten den Campo San Bartolomeo. Ein Wachmann mit einem Schäferhund an der Leine begegnete ihnen, aber keiner sagte etwas.

Es war fast vier Uhr, als sie zur Questura kamen. Als Brunetti an die schwere Glastür klopfte, ging im Wachraum rechts neben dem Eingang Licht an. Ein verschlafener Wachposten kam heraus und spähte durch die Scheibe. Als er Brunetti erkannte, öffnete er die Tür und salutierte.

»*Buon giorno, commissario*«, sagte er, dann sah er die Frau an, die neben seinem Vorgesetzten stand.

Brunetti erwiderte den Gruß und fragte, ob eine Polizistin heute nacht Dienst habe. Als der Posten verneinte, befahl Brunetti ihm, die erste auf der Bereitschaftsliste anzurufen und ihr zu sagen, sie solle unverzüglich in die Questura kommen. Er entließ den Posten und führte Signora Ceroni durch die Eingangshalle und die Treppe hinauf zu seinem Büro. Die Heizung war heruntergedreht, so daß es im ganzen Gebäude kühl und die Luft feucht war. Oben im vierten Stock öffnete Brunetti die Tür zu seinem Büro und ließ Signora Ceroni den Vortritt.

»Ich möchte auf die Toilette«, sagte sie.

»Bedaure. Erst wenn eine Beamtin da ist.«

Sie lächelte. »Haben Sie Angst, ich könnte mich umbringen, Commissario?« Und als er nicht antwortete, sagte sie: »Glauben Sie mir, ich bin keine, die so etwas tut.«

Er bot ihr einen Stuhl an und ging hinter seinen Schreibtisch, wo er im Stehen einige Papiere durchsah. Sie redeten beide nicht weiter in der Viertelstunde, bis die Beamtin kam, eine Frau mittleren Alters und schon seit Jahren im Polizeidienst.

Als sie in sein Büro trat, sah Brunetti zu Signora Ceroni und fragte: »Möchten Sie eine Aussage machen? Agente Di Censo wäre Zeugin.«

Signora Ceroni schüttelte den Kopf.

»Möchten Sie Ihren Anwalt anrufen?«

Wieder eine stumme Verneinung.

Brunetti wartete noch kurz, dann wandte er sich an die Polizistin. »Bringen Sie Signora Ceroni bitte in eine Zelle. Nummer vier. Die ist geheizt. Wenn sie es sich noch anders überlegt, darf sie ihren Anwalt und ihre Angehörigen anrufen.« Dabei sah er Signora Ceroni an, aber sie schüttelte erneut den Kopf.

Brunetti wandte sich wieder an Agente Di Censo. »Sie darf keine sonstigen Kontakte haben, weder mit jemandem innerhalb noch außerhalb der Questura. Haben Sie verstanden?«

»Ja, Commissario«, sagte die Polizistin und fragte: »Soll ich bei ihr bleiben, Commissario?«

»Ja, bis Sie abgelöst werden.« Und an Signora Ceroni gewandt: »Wir sehen uns später, Signora.«

Sie nickte, ohne etwas zu sagen, stand auf und folgte Agente Di Censo nach draußen. Brunetti horchte den Schritten der beiden Frauen auf der Treppe nach: fest und gleichmäßig die der Polizistin, dazwischen Signora Ceronis hohe Absätze mit diesem hellen Klick-Klack, das ihn vorhin noch zum Piazzale Roma und damit zur Mörderin der drei Männer geführt hatte.

Er schrieb einen kurzen Bericht, in dem er das Wesentliche seiner Unterredung mit Signora Ceroni wiedergab, einschließlich ihrer Weigerung, ihren Anwalt anzurufen oder ein förmliches Geständnis abzulegen. Den Bericht hinterlegte er bei der Wache am Eingang mit der Anweisung, ihn Vice-Questore Patta oder Tenente Scarpa zu übergeben, wenn einer der beiden in die Questura käme.

Es war kurz vor fünf, als er neben Paola ins Bett schlüpfte. Sie regte sich, drehte sich zu ihm, legte einen Arm über sein Gesicht und murmelte etwas, das er nicht verstand. Während er in Schlaf sank, brachte die Erinnerung ihm nicht wieder das Bild der sterbenden Frau vor Augen, sondern Chiara, die ihren Stoffhund hochhielt. Bello. Blöder Name für einen Hund, dachte er, dann schlief er ein.

28

Als Brunetti am nächsten Morgen aufwachte, war Paola schon aus dem Haus, hatte ihm aber einen Zettel hingelegt, auf dem stand, Chiara sei offenbar wieder obenauf und ganz normal zur Schule gegangen. Obwohl ihn das in gewisser Weise tröstete, konnte es seinen Kummer über den Schmerz, den sein Kind erlebt hatte, doch nicht ganz lindern. Er trank einen Kaffee, duschte ausgiebig und trank noch einen Kaffee, aber die bleierne Schwere, die ihm von den Geschehnissen der letzten Nacht noch in Kopf und Körper steckte, ließ sich nicht abschütteln. Er erinnerte sich an Zeiten, in denen er nach einer schlaflosen Nacht, nach erlebtem Grauen sofort wieder dagewesen war und auf der Suche nach Wahrheit, oder was er für Gerechtigkeit hielt, tagelang durcharbeiten konnte. Damit war es vorbei. Der Wille, der ihn trieb, war allenfalls noch verbissener geworden, aber das Nachlassen der Körperkräfte war nicht zu leugnen.

Er schob diese Gedanken von sich fort und verließ die Wohnung, froh über die beißend kalte Luft und die belebten Straßen. Als er an einem Zeitungskiosk vorbeikam, überflog er – obwohl er wußte, daß es zu früh war – die Schlagzeilen nach einer Meldung über die nächtliche Festnahme.

Es war fast elf Uhr, als er in die Questura kam, wo man ihn wie üblich mit Salutieren oder Kopfnicken begrüßte, und wenn es ihn ein bißchen wunderte, daß ihm niemand gratulieren kam, weil er ganz allein die Mörderin Trevisans, Faveros und Lottos dingfest gemacht hatte, so ließ er es sich nicht anmerken.

Auf seinem Schreibtisch fand er zwei Notizzettel von Signorina Elettra, beide des Inhalts, daß der Vice-Questore ihn zu sprechen wünsche. Er ging sofort nach unten und fand Signorina Elettra an ihrem Arbeitsplatz.

»Ist er da?«

»Ja«, sagte sie, indem sie aufsah, aber nicht lächelte. »Und nicht in bester Stimmung.«

Brunetti verkniff sich die Frage, ob denn Patta jemals guter Stimmung sei, und fragte statt dessen: »Weswegen?«

»Wegen der Überstellung.«

»Der was?« fragte Brunetti, nicht eigentlich interessiert, aber jederzeit gern bereit, eine Unterredung mit Patta hinauszuschieben; ein paar Minuten bei Signorina Elettra boten dazu die angenehmste Möglichkeit, die er bisher entdeckt hatte.

»Überstellung«, wiederholte sie. »Überstellung der Gefangenen, die Sie heute nacht eingeliefert haben, Commissario.« Sie mußte einen Anruf annehmen. »*Sì?*« fragte sie, dann rasch: »Nein, geht nicht.« Sie legte ohne ein weiteres Wort auf und sah Brunetti wieder an.

»Was ist passiert?« fragte er ruhig. Ob Signorina Elettra wohl hörte, wie sein Herz dabei klopfte?

»Heute vormittag kam ein Anruf aus dem Justizministerium, die Frau gehöre nach Padua und solle dorthin überführt werden.«

Brunetti legte beide Hände auf ihren Schreibtisch und stützte sich mit seinem ganzen Gewicht darauf.

»Wer hat diesen Anruf entgegengenommen?«

»Das weiß ich nicht. Einer von den Männern unten. Ich war noch gar nicht hier. Und gegen acht kamen dann ein paar Männer vom Staatsschutz mit irgendwelchen Papieren.«

»Und haben sie mitgenommen?«

»Ja. Nach Padua.«

Entsetzt sah Signorina Elettra, wie Brunetti die Hände zu Fäusten ballte und mit seinen Nägeln acht lange Kratzer auf der polierten Fläche ihres Schreibtischs hinterließ.

»Was ist los, Commissario?«

»Ist sie da angekommen?« fragte er.

»Ich weiß es nicht.« Sie sah auf ihre Armbanduhr. »Sie sind schon drei Stunden weg, etwas länger. Müßten eigentlich schon dort sein.«

»Rufen Sie an«, sagte Brunetti mit heiserer Stimme.

Als sie nichts tat und ihn nur anstarrte, verwundert über seine plötzliche Wandlung, wiederholte er, diesmal lauter: »Rufen Sie an. Rufen Sie della Corte an.« Noch bevor sie etwas tun konnte, riß er ihren Apparat an sich und hieb auf die Tasten.

Della Corte nahm beim dritten Klingeln ab.

»Guido hier. Ist sie da?« fragte Brunetti ohne Einleitung.

»*Ciao,* Guido«, antwortete della Corte. »Ist wer hier? Ich weiß nicht, wovon Sie sprechen.«

»Ich habe heute nacht eine Frau festgenommen. Sie hat alle drei umgebracht.«

»Hat sie gestanden?« fragte della Corte.

»Ja. Alle drei.«

Della Cortes anerkennender Pfiff hallte durch die Leitung. »Ich weiß von nichts«, sagte er schließlich. »Warum rufen Sie mich an? Wo haben Sie die Frau festgenommen?«

»Hier. In Venedig. Aber heute morgen kamen ein paar Leute vom Staatsschutz und haben sie abgeholt. Jemand vom Justizministerium hatte sie geschickt. Sie haben gesagt, die Frau müsse in Padua in Untersuchungshaft.«

»Das ist doch Unsinn«, rief della Corte. »Sie gehört bis zur Anklage dahin, wo sie festgenommen wurde, das weiß doch jeder.« Dann fragte er nach einer Pause: »Ist sie schon angeklagt?«

»Weiß ich nicht«, sagte Brunetti. »Aber ich kann es mir nicht vorstellen, die Zeit war zu kurz.«

»Ich will mal sehen, was ich in Erfahrung bringen kann«, sagte della Corte. »Ich rufe zurück, sobald ich etwas weiß. Wie heißt sie?«

»Ceroni, Regina Ceroni.« Bevor Brunetti noch etwas hinzufügen konnte, hatte della Corte schon aufgelegt.

»Was ist los?« fragte Signorina Elettra in höchster Sorge.

»Ich weiß es nicht«, antwortete Brunetti. Ohne noch ein Wort zu sagen, drehte er sich um und klopfte an Pattas Tür.

»*Avanti.*«

Brunetti stieß die Tür auf und ging rasch ins Zimmer. Er zwang sich zu schweigen, um sich nach Möglichkeit schon ein Bild von Pattas Stimmung zu machen, bevor er dem Vice-Questore etwas erklären mußte.

»Was muß ich da über diese Frau hören, die nach Padua überstellt wurde?« verlangte Patta zu wissen.

»Ich weiß davon nichts. Ich habe sie heute nacht festgenommen. Sie hat gestanden, alle drei getötet zu haben: Trevisan, Favero und Lotto.«

»Wo hat sie das gestanden?« fragte Patta – eine Frage, mit der er Brunetti verwirrte.

»In ihrem Auto.«

»Ihrem Auto?«

»Ich bin ihr zum Piazzale Roma gefolgt. Dann bin ich lange mit ihr herumgefahren, und schließlich habe ich sie wieder hierhergebracht, nach Venedig. Sie hat mir gesagt, wie sie es getan hat. Und warum.«

Patta schien sich weder für das eine noch das andere zu interessieren. »Haben Sie ihr Geständnis? Ist es bezeugt?«

Brunetti schüttelte den Kopf. »Wir kamen um vier Uhr früh hier an, und ich habe sie gefragt, ob sie ihren Anwalt anrufen will. Das wollte sie nicht. Ich habe gefragt, ob sie eine Aussage machen will, aber das lehnte sie ab, und da habe ich sie in eine Zelle bringen lassen. Agente Di Censo hat sie in die Frauenabteilung gebracht.«

»Ohne ein Geständnis oder eine Aussage von ihr zu haben?« fuhr Patta auf.

Es hatte keinen Sinn, auf Zeit zu spielen. »Ja. Ich dachte, das könnte ich heute vormittag noch bekommen.«

»Sie dachten, das könnten Sie heute vormittag bekommen«, äffte Patta ihn in einem gehässigen Singsang nach.

»Ja.«

»Nun, daraus wird wohl nichts werden, wie?« meinte Patta ohne einen Versuch, seine Wut zu verhehlen. »Sie ist nach Padua gebracht worden…«

»Ist sie dort angekommen?« unterbrach ihn Brunetti.

Patta blickte müde zur Seite. »Wenn Sie mich bitte ausreden ließen, Commissario…«

Brunetti nickte, hielt aber jedes Wort für überflüssig.

»Wie ich sagte«, begann Patta und hielt lange genug inne, um die Bedeutung dessen zu betonen, was er noch hatte sagen wollen, bevor man ihn unterbrach, »sie wurde heute morgen nach Padua gebracht. Bevor Sie sich hierherbemühten und ohne daß sie ein Geständnis abgelegt hätte, was, wie Ihnen wohl bekannt sein dürfte, Commissario, zum kleinen Einmaleins jeder Polizeiarbeit gehört. Aber jetzt wurde sie nach Padua gebracht, und Sie wissen hoffentlich, was das bedeutet.« Hier legte Patta eine hochdramatische Kunstpause ein und wartete auf Brunettis uneingeschränktes Geständnis seiner Unfähigkeit.

»Sie glauben also, daß sie in Gefahr ist?« fragte Brunetti.

Patta blinzelte irritiert und legte den Kopf zurück. »In Gefahr? Ich weiß nicht, wovon Sie reden, Commissario. Die einzige Gefahr ist, daß Padua jetzt das Verdienst für ihre Verhaftung und ihr Geständnis einheimsen wird. Sie hat drei Männer umgebracht, zwei davon hochangesehene Persönlichkeiten aus unserer Stadt, und das Verdienst für ihre Festnahme wird Padua angerechnet.«

»Sie ist also dort?« fragte Brunetti mit hoffnungsvoll erhobener Stimme.

»Ich habe keine Ahnung, wo sie ist«, versetzte Patta, »und es ist mir, ehrlich gesagt, auch ziemlich egal. Sowie sie aus unserem Zuständigkeitsbereich heraus war, hat sie aufgehört, für mich von Interesse zu sein. Wir können die Ermittlungen in diesen Mordfällen einstellen – immerhin etwas –, aber alles Verdienst für die Festnahme heimst jetzt Padua ein.« Pattas Wut war greifbar. Er streckte die Hand über seinen Schreibtisch und zog eine Akte zu sich heran. »Ich habe Ihnen nichts weiter zu sagen, Commissario Brunetti. Sie finden sicher etwas, womit Sie sich beschäftigen können.« Er schlug die Akte auf, beugte sich darüber und fing an zu lesen.

In seinem Dienstzimmer folgte Brunetti einem Impuls und wählte della Cortes Nummer. Niemand nahm ab. Er setzte sich. Er stand wieder auf und ging ans Fenster. Dann setzte er sich erneut an seinen Schreibtisch. Die Zeit verging. Das Telefon klingelte, und er nahm ab.

»Guido, wußten Sie etwas davon?« fragte della Corte argwöhnisch.

Brunettis Hand war schweißnaß. Er nahm den Hörer in die andere und wischte sich die Hand an der Hose ab. »Was ist passiert?«

»Sie hat sich in ihrer Zelle erhängt. Sie haben sie vor einer guten Stunde hergebracht und solange in eine Arrestzelle gesteckt, bis man einen Kassettenrecorder für das Geständnis aufgetrieben hatte. Man hat es nicht für nötig befunden, ihr ihre Sachen wegzunehmen, und als man dann wieder in die Zelle kam, hatte sie sich inzwischen mit ihrer Strumpfhose am Heizungsrohr erhängt.« Della Corte verstummte, aber Brunetti sagte nichts.

»Guido? Sind Sie noch da?«

»Ja, ich bin noch da«, sagte Brunetti endlich. »Wo sind die Leute vom Staatsschutz?«

»Die füllen Formulare aus. Sie hat ihnen auf dem Weg hierher gesagt, daß sie die drei Männer umgebracht hat.«

»Warum?«

»Warum sie es ihnen gesagt hat, oder warum sie die Männer umgebracht hat?« fragte della Corte.

»Warum sie die Männer umgebracht hat.«

»Sie hat gesagt, sie habe in der Vergangenheit Affären mit allen dreien gehabt und sie dann jahrelang erpreßt. Jetzt hätten alle drei ihr gesagt, daß sie nicht länger zahlen wollten, worauf sie beschlossen habe, sie umzubringen.«

»Aha«, sagte Brunetti. »Alle drei?«

»So sagen es die Leute.«

»Wie viele sind es?« fragte Brunetti.

»Die vom Staatsschutz?«

»Ja.«

»Drei.«

»Und die sagen alle dasselbe? Daß sie die Männer umgebracht hätte, weil sie sich nicht länger erpressen lassen wollten?«

»Ja.«

»Haben Sie mit ihnen gesprochen?«

»Nein. Ich habe das alles von dem Wächter, der sie gefunden hat.«

»Wann haben die zum erstenmal von ihrem Geständnis gesprochen?« fragte Brunetti. »Bevor oder nachdem sie tot war?«

»Weiß ich nicht«, antwortete della Corte. »Spielt das eine Rolle?«

Nein, sagte sich Brunetti, es spielte keine Rolle, weil diese drei Männer vom Staatsschutz alle dasselbe sagen würden, davon war er überzeugt. Ehebruch, Erpressung, Habgier und Rache: lauter Laster, die hinreichend erklären würden, was sie getan hatte. Wahrscheinlich waren sie sogar glaubhafter als Wut und Grauen und eiskalter Rachedurst. Das Wort dreier Staatsschutzbeamter war kaum in Frage zu stellen.

Brunetti sagte: »Danke«, und legte bedächtig auf. Er machte sich daran, nach irgendwelchen Beweisfetzen zu suchen, irgendeinem Faden, mit dem sich noch jemand anders ans Licht der Wahrheit zerren ließe. Nach Signora Ceronis Geständnis und ihrem Selbstmord waren die einzigen greifbaren Indizien die Listen der Telefongespräche aus den Büros der drei toten Männer. Und was bewiesen die? Telefonate mit verschiedenen legalen Firmen in verschiedenen Ländern sowie einer verrufenen Bar in Mestre. Es war wenig mehr als nichts, sicherlich nicht genug, um eine Untersuchung zu rechtfertigen. Mara war mit Sicherheit wieder auf der Straße, wahrscheinlich in eine andere Stadt verlegt. Und Silvestri würde alles aussagen, was die Leute, die ihm seine Drogen gaben, ihm auszusagen befahlen. Oder genausogut könnte man ihn auch tot auffinden, gestorben an einer Überdosis. Brunetti hatte noch immer das Video, aber um zu beweisen, daß es von den Trevisans stammte, müßte er von Chiara verlangen, darüber zu reden, sich daran zu erinnern, und das würde er nicht tun, egal welche Folgen diese Weigerung hätte.

Sie hatte ihn gewarnt, aber er hatte nicht auf sie gehört. Sie hatte ihm sogar den Mann genannt, der ihre Mörder schicken würde. Oder vielleicht steckte sogar ein noch Mächtigerer als er dahinter, noch so ein angesehener Mann, der gleich dem römischen Hauptmann in der Bibel nur »Geh hin!« zu sagen brauchte, und einer ging hin. Beziehungsweise es gingen gleich drei solch williger Kriegsknechte hin und erfüllten sein Geheiß.

Aus dem Gedächtnis wählte er die Nummer eines Freundes, der ein Colonnello bei der Guardia di Finanza war, und erklärte ihm kurz die Sache mit Trevisan, Favero, Lotto und dem Geld, das sie seit Jahren bekommen und auf die Seite gebracht haben mußten. Der Colonnello sagte, er wolle sich Signora Trevisans Finanzen vornehmen, sobald er Zeit und Leute dafür habe. Als Brunetti wieder auflegte, fühlte er sich nicht besser. Er stützte die Ellbogen auf seinen Schreibtisch, legte den Kopf in die Hände und blieb lange so sitzen. Er hatte die Frau erst vor Morgengrauen hergebracht, aber um acht waren schon die Männer vom Staatsschutz dagewesen, um sie abzuholen.

Mühsam erhob er sich und ging hinunter in den Wachraum, um Preside zu suchen, den Mann, der Wachdienst gehabt hatte, als er mit Signora Ceroni in die Questura gekommen war. Preside hatte um acht Uhr seinen Dienst beendet, aber in seinem Wachbuch hatte er notiert: »6.18 Uhr: Tte. Scarpa übernimmt Tagdienst. Comm. Brunettis Bericht an Tte. Scarpa.«

Brunetti verließ den Wachraum und blieb kurz in der Halle stehen, erstaunt, daß er mehrere Sekunden brauchte, um sein Gleichgewicht wiederzufinden. Er drehte sich um und ging auf die Treppe zu, die ihn aus der Questura hinausführte, wobei er sich zwang, das Wissen, das er hinter sich zurückließ, aus seinem Kopf zu drängen. Er ging die Treppe hinunter, mit den Gedanken bei Signora Ceroni und ihrer seltsamen Fahrt durch die Nacht. Er mußte sich sagen, daß er nie verstehen würde, warum sie es getan hatte. Vielleicht mußte man dafür eine Frau sein. Er würde Paola fragen. Sie verstand so etwas meist. Bei diesem Gedanken kehrten die Gefühle in ihn zurück, und er verließ die Questura und machte sich auf den Heimweg.

Donna Leon
im Diogenes Verlag

»Es gibt einen neuen liebenswerten Polizisten in der
Welt der literarischen Detektive zu entdecken. Sein
Name lautet Guido Brunetti. Er lebt und arbeitet in
einer der schönsten Städte Italiens, in Venedig. Ein
Mann, der in glücklicher Ehe lebt, gerne ißt und guten
Wein schätzt, sich gelegentlich über seine heranwach-
senden Kinder ärgert und auch manches Mal chole-
risch reagiert. Eine Eigenschaft aber bleibt dem Com-
missario auch in den schwierigsten Situationen: Sein
Anstand, gepaart mit einem wunderbaren Sinn für
Humor und Menschlichkeit.«
Margarete v. Schwarzkopf/NDR, Hannover

»Aus dem Commissario Brunetti könnte mit der Zeit
ein Nachfolger für Simenons Maigret werden.«
Jochen Schmidt / Radio Bremen

»Ganz oben auf der Beliebtheitsskala der literarischen Verbrechensaufklärer.« *Die Presse, Wien*

Venezianisches Finale
Roman. Aus dem Amerikanischen
von Monika Elwenspoek

Endstation Venedig
Roman. Deutsch von Monika Elwenspoek

Venezianische Scharade
Roman. Deutsch von Monika Elwenspoek

Vendetta
Roman. Deutsch von Monika Elwenspoek

Acqua alta
Roman. Deutsch von Monika Elwenspoek

Sanft entschlafen
Roman. Deutsch von Monika Elwenspoek